国家出版基金项目

华北抗日根据地及解放区文艺大系

陈晋 郑恩兵 主编

《晋察冀日报》
文艺文献全编

散文报告文学
第十四卷

关小彬 编

河北出版传媒集团
河北教育出版社

图书在版编目（CIP）数据

《晋察冀日报》文艺文献全编.散文报告文学.第十四卷/关小彬编.——石家庄：河北教育出版社，2023.12

（华北抗日根据地及解放区文艺大系/陈晋，郑恩兵主编）

ISBN 978-7-5545-7646-5

Ⅰ.①晋… Ⅱ.①关… Ⅲ.①文艺-作品综合集-世界-现代②散文集-中国-现代③报告文学-作品集-中国-现代 Ⅳ.①I11 ②I266 ③I25

中国国家版本馆CIP数据核字(2023)第064035号

书　　名	《晋察冀日报》文艺文献全编·散文报告文学·第十四卷
	JINCHAJI RIBAO WENYI WENXIAN QUANBIAN SANWEN BAOGAO WENXUE DI-SHISI JUAN
编　　者	关小彬
责任编辑	王　哲
装帧设计	郝　旭
出　　版	河北出版传媒集团
	河北教育出版社　http://www.hbep.com
	（石家庄市联盟路705号，050061）
印　　制	石家庄众旺彩印有限公司
开　　本	787毫米×1092毫米　1/16
印　　张	23.5
字　　数	316千字
版　　次	2023年12月第1版
印　　次	2023年12月第1次印刷
书　　号	ISBN 978-7-5545-7646-5
定　　价	138.00元

版权所有，侵权必究

丛书编委会

顾　问
陈平原　刘跃进　王长华　李　扬

编委会主任
吕新斌

编委会副主任
彭建强　孟庆凯　刘　月

主　编
陈　晋　郑恩兵

副主编
董素山　向　回　汪雅瑛

编　委（按姓氏笔画排序）
马春香　王少军　田浩军　包来军　吉　喆　刘书芳　刘贵廷
关小彬　杨　程　杨春生　宋少净　张　辉　张川平　赵　华
高露洋　郭义强　阎晓宏　梁晓晓

编纂说明

在中国共产党百年发展历程中，文艺始终是党领导人民开展进步事业的有机组成部分，是党在各个历史时期的中心工作的实时反映和重要推动力量。"华北抗日根据地及解放区文艺大系"，是一部全面展示抗日战争和解放战争时期华北地区党的历史创造、奋斗风采和形象建构的大型革命历史文艺文献丛书，对于深入研究华北地区革命文艺史、红色新闻史，弘扬伟大建党精神、梳理中国共产党人精神谱系，是必不可少的第一手资料，是我们在新时代坚定树立文化自信的重要思想资源。

一、编纂缘起

抗日战争及解放战争时期，华北地处各方政治与文化力量激烈博弈的前沿，这种特殊政治、军事、文化、地理环境中产生的革命文艺，具有鲜明的地域性特征，是五四新文化运动以来的革命文艺发展史上的突出标识。

但一直以来，由于史料文献整理不足，对华北抗日根据地及解放区文艺的研究，始终未能深入，其独特的地域性实践价值和蕴含的文化创新意义被严重遮蔽。这些史料文献主要以党报党刊的形式呈现，梳理汇编这些党报党刊中的革命文艺史料，借之以探索华北革命文艺的发展路径、发展方向、创造机制和创新经验，是深入贯彻习近平总书记关于"把红色资源利用好、把红色传统发扬好、把红色基因传承好"，"用好红色资源、赓续红色血脉"等系列重要讲话精神的有力举措，也是新时代文艺研究者不可推卸的责任。

2017年6月左右，我们去中国社科院文学所拜访时任所长刘跃进先生，协商合作研究事宜，寻求中国社科院文学所的帮助。请教过程中，刘先生建议我们结合地方特色，做好地方红色文艺文献的搜集整理与编纂出版工作。经过一段时间筹备，2017年底，我们以"河北红色经典系列丛书"为名，正式申报"2018年度河北省省级宣传文化发展专项资金"项目并成功立项，旨在通过选定刊行河北红色经典作品、梳理汇编河北红色经典研究资料、系统阐述河北红色经典发展历史等基础性工作，打造一个集大成式的河北红色经典文献资料库。

项目最初设计共二十四卷，包括六大板块：《河北红色经典史》一卷、《河北红色文艺作品选》六卷、《河北红色经典作家作品索引》三卷、《河北红色经典研究资料汇编》四卷、《〈晋察冀日报〉副刊文学作品全编》六卷、《晋冀鲁豫抗日根据地文艺作品及〈新华日报〉太行版文艺作品汇编》四卷。但在项目实施过程中，我们充分吸收专家意见，认为网络时代和大数据背景下的科研活动有了很大变化，《河北红色经典作家作品索引》与《河北红色经典研究资料汇编》的编纂工作，在当前学术生态中价值不大，并予以取消。同时，在项目实施过程中我们发现，《晋察冀日报》《人民日报》等党报除刊发大量文艺作品外，还有大量记录边区文艺工作者行迹，反映边区戏剧、音乐、文学、美术、舞蹈、曲艺活动与报刊书籍出版发行等各方面情况的文艺史料，以及体现我党文艺方向、方针变化的政策文件与重要领导讲话，是华北地域党和人民对敌作战的重要宣传武器，更是飘扬在华北地区军民心中一面旗帜。这些史料是华北地域革命文艺发生、发展与壮大的真实记录，对我们正确认识革命文艺的特点与历史地位有重要的决定性作用。

为此，我们精心整理了《〈晋察冀日报〉文艺文献全编》《晋冀鲁豫〈人民日报〉文艺文献全编》《〈晋察冀画报〉文艺文献全编》《晋察冀日报社人物志》（共五十一卷），同时收入全国抗战时期和解放战争时期与河北地域相关且被广大群众所喜爱并广泛传唱的红色文艺作品，结集为《河北红色文艺作品选》（共六卷），至此形成丛书目前的五大板块，而且将名称由"河北红色经典系列丛书"改为"华北抗日根据地及解放区文艺大系"，方便以后在此基础上做进一步拓展。

二、地域范围及文艺特质

华北抗日根据地包括当时山东、河北、山西、察哈尔、绥远、热河全部及豫北、苏北、皖北部分地区，分晋绥、晋察冀、晋冀豫、冀鲁豫、山东五大块。1941年，冀鲁豫合并到晋冀豫，称晋冀鲁豫。其中晋察冀抗日根据地作为开辟最早、地域最大、人口最众的模范抗日根据地，是华北抗日根据地的坚强堡垒，牵制和抗击了三分之一以上的华北日军和二分之一的伪军。

在河北及其邻省周边地区开辟与创建华北抗日根据地，是红军长征到达陕北之后党中央迅速做出的重大战略决策。这些根据地地处对日武装斗争最前线，不仅打开了抗战的新局面，成为华北敌后抗战的主战场，而且进行了新民主主义社会的实践探索，对解放战争的历史进程产生了巨大影响，成为我党开辟东北解放区的前进基地和逐鹿中原的战略后方。随着抗日根据地的开辟，延安文艺工作团、西北战地服务团、东北促进纵队干部队、八路军总政治部前线记者团等大批文艺工作者，随同党政干部一道陆续抵达华北，东北、平津的青年学生也纷纷冒着生命危险来到边区。他们一手拿枪，一手拿笔，深入农村与抗战前线，切身体会工农兵的生活，深刻了解工农兵的需求，从而根本上克服了艺术至上主义思想倾向。所以，华北抗日根据地及解放区文艺，既响应了伟大的民族抗战对文学艺术提出的时代要求，亦充分兼顾到广大人民群众的接受习惯和欣赏水平，真实地反映了华北人民火热的战斗与生产生活。很多作者本身就是农民、战士或基层工作者，他们把自己的经历和熟悉的人和事，通过小说、戏剧、诗歌、报告文学、歌曲、绘画、舞蹈等文艺样式记录下来，语言通俗平实，富有生活气息。由于产生于特定时代、特定区域而又适应特定需要，故而无论是题材、语言还是风格，在体现革命大众文艺共性的同时，又具有强烈的华北地域特性。

华北抗日根据地及解放区文艺的繁荣发展，是专业文艺工作者与工农兵群众共同创造的结果。人民群众不仅是革命文艺运动的主导主体、推进主体、受益主体，还是一切成败得失的评判主体。华北抗日根据地及解放区文艺，归根结底，是"以人民为中心"的文艺。

三、学术价值

今天的河北在抗日战争、解放战争时期是晋察冀、晋冀鲁豫两大根据地的中心区域，有着悠久的革命历史传统和丰厚的红色文化底蕴。据不完全统计，抗日战争和解放战争期间，仅晋察冀边区专区以上就办有报刊四百余种，编印图书五百余万册。如果将这种统计扩大到环绕河北的整个华北抗日根据地及解放区，时间扩展至从中国共产党成立到中华人民共和国成立，数据更为可观。这些红色图书、报刊的出版发行，团结了一大批来自全国各地的著名革命文艺家和专业文艺工作者，其中有大量文艺相关信息，是研究近现代中国革命文艺的重要史料。但因受当时物质条件及复杂局势影响，它们传播范围有限，保存困难，如今已普遍出现老化或损毁现象，面临着消失、断层的危险。

长期以来，由于对抢救、整理和利用红色文艺文献的意义认识不足，现行的科研评价、出版机制亦难以有效刺激科研工作者积极从事老旧报刊等红色文艺文献的系统整理，大量有待整理的红色文艺文献尚未进入学界的视野。特别是华北抗日根据地及解放区的文艺文献，有很多甚至还是学术盲区。如《冀中导报》《救国报》《边政导报》《冀南日报》《团结报》《前进报》《新察哈尔报》《冀热察导报》等各类党报，以及《冀热辽画报》《冀中画报》《北方文化》《五十年代》《新长城》《新群众》《诗建设》《诗战线》等期刊，虽有部分学者对其办报（刊）历程、思想以及传播等方面予以研究，但均无系统的文艺文献整理本。"华北抗日根据地及解放区文艺大系"整理的《晋察冀日报》、晋冀鲁豫《人民日报》、《晋察冀画报》，是当时华北抗日根据地及解放区党报党刊的典型代表，是党的理论和实践同文艺结合的主要媒介和载体，是华北革命文艺重要的传播平台。这些报刊，既客观记录了华北革命文艺的传播与发展，也完整展现了华北革命文艺的特殊使命与风格特征，具有极其重要的史料价值。在此基础上，我们还会将视角延伸到《晋绥日报》《新华日报·太行版》《新华日报·太岳版》等党报，不断地充实这套大型文献史料丛书，以此来系统建构华北抗日根据地及解放区的"文艺史料学"。

四、丛书特色

这套丛书的编纂，主要以抗日战争及解放战争期间华北境内各根据地、解放区出版、发行、制作之图书、期刊、报纸等红色文献中的文艺资料为内容。编纂特色主要包括：

（一）抢救珍贵历史文献，弘扬伟大建党精神。

华北抗日根据地及解放区的红色文献发行于条件艰苦的战争年代，数量少，印制质量粗糙，历经岁月的洗礼，留存下来的品相完好者已经很少，有些到今天已成孤本。这些文献作为特定历史时期和区域的产物，见证了中国共产党领导华北人民争取民族独立和人民解放的伟大历程，反映了华北近代社会的巨大变化，蕴含着珍贵的史料价值和鉴往知来的现实意义，是中国共产党领导的文艺事业、新闻出版事业与意识形态建设发展的历史见证。它们诠释了党的初心和使命，蕴含着坚定的理想信念与崇高的革命精神，到今天仍然具有强大的感染力与说服力，是陶冶情操、磨炼意志，走好新时代长征路的有效精神资源。抢救性搜集、整理与研究这些珍贵历史文献，有利于增强党政干部政治信仰，弘扬伟大建党精神和践行社会主义核心价值观。

（二）文艺与党史密切融合，拓展革命文艺与党史研究的新视野。

革命文艺作品的创作、发表和传播，和党的历史任务和奋斗实践是分不开的。在艰苦卓绝的革命岁月，奋斗前行的中国共产党始终强调，既要拿"枪杆子"，也要拿"笔杆子"。革命的文艺工作者，一手拿枪，一手拿笔，深入农村与抗战前线，以人民大众易于接受和欣赏的形式，宣传党的政策，推行党的方针，为中国共产党顺利完成不同历史阶段的中心任务和伟大使命发挥了独特而重要的作用。本套丛书收入的文献史料，主要是抗日战争与解放战争时期党报党刊中的文艺作品与文艺史料，它们鲜明生动地体现了党的历史，党领导人民争取民族独立、人民解放的奋斗历程和精神面貌，从而为学界从文艺角度研究党史和从党史角度研究文艺提供了有力支撑。

（三）作品汇编与史料梳理并行，还原革命文艺的历史场域。

"华北抗日根据地及解放区文艺大系"的编纂，全面辑录华北抗日根据地及解放区党报党刊上刊登的诗歌、小说、戏剧、报告文学、散文、歌曲、版画等文艺作品，并系统梳理当时文艺发生、发展、传播以及社会各界文艺活动的各类消息和报导，同时选编了大量的河北红色文艺作品作为补充。这种文艺史料与文艺作品的配合整理，还原了革命文艺的历史场域，有利于构建对革命文艺的科学认识。

五、丛书内容

（一）《〈晋察冀日报〉文艺文献全编》共三十八卷：

诗歌三卷

戏剧一卷

小说二卷

文艺评论三卷

文艺史料九卷

外国文艺二卷

散文报告文学十七卷

歌曲版画一卷

（二）《晋冀鲁豫〈人民日报〉文艺文献全编》共十一卷：

诗歌一卷

戏剧、小说、文艺评论一卷

散文报告文学五卷

文艺史料四卷

（三）《〈晋察冀画报〉文艺文献全编》一卷

（四）《晋察冀日报社人物志》一卷

（五）《河北红色文艺作品选》共六卷：

诗歌一卷

戏剧一卷

散文一卷

小说三卷

六、编纂体例

（一）整套丛书题材丰富、门类众多，在体裁上不做强行统一。

（二）丛书中所录作品均为当年报刊发表的原文。为确保丛书的文献性、学术性、专业性和资料性，丛书编辑加工的总原则为保持文献原貌，内容上不做改动。

（三）文字的使用

1. 丛书中文字的使用以2013年教育部、国家语言文字工作委员会公布的《通用规范汉字表》为准。

2. 丛书中的古体字、通假字、俗体字，以及所涉及姓名字号、职官地理等专用字，均予保留。

3. 丛书原文字迹模糊残损，但仍可辨认或可依上下文校正，以字外加方框"囗"表示；原文缺字或无法辨识，且无法校补，每字以一个方框"□"表示；如无法统计所缺字数，则以"☒"表示。

4. 丛书中数字的使用，保持原貌。

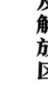

（四）标点符号及其他符号的使用

1. 丛书在不改变原文意义的情况下，将旧式标点改作现行标点符号。

2. 丛书原文中出现代表文字的符号，如"×""△""〇""▲"等，保持原貌。

3. 丛书原文中的着重号、专名号等不再保留。

（五）其他

1. 丛书原文中的注释，保持原貌；编者亦出部分注释，供读者参考。

2. 因为原始文献本身产生于战争年代，保存不易，漫漶不清处较多，丛书疏误之处在所难免，希望专家读者批评指正。

七、鸣谢

本套丛书得以顺利面世，要特别感谢中共河北省委宣传部、河北省社会科学院、河北教育出版社的资金支持，以及北京大学陈平原教授、中国社科院文学所刘跃进研究员、南开大学文学院李扬教授、河北师范大学文学院王长华教授等，为丛书编纂提供了多方面的学术支撑；晋察冀日报社老报人及报史研究会诸位老师，中国社科院文学所现代室、中国丁玲研究会、中国现代文学馆各位专家，也在丛书编纂过程中提出了许多建设性意见；院内外的数十位年轻科研工作者，在原文录入和校对方面付出了艰辛劳动，确保了项目的顺利进行。在此一并致谢。

把艺术交给大众（代序）
——祝贺"华北抗日根据地及解放区文艺大系"结集问世

中国社会科学院　刘跃进

由河北省社会科学院文学研究所编纂、河北教育出版社出版的"华北抗日根据地及解放区文艺大系"结集问世，值得庆贺。

文艺是时代前进的号角。1937年7月7日，卢沟桥事变爆发，全面抗战由此而起。广大的爱国知识分子和青年学生，表现出同仇敌忾的民族气节，走出书斋，走出校园，用知识，用智慧，用不屈的精神力量唤醒民众，用实际行动担负起抗日救亡的历史重任。在此后的岁月里，延安文艺和华北抗日根据地及解放区文艺，是中国共产党领导下的两大主体，双峰并峙，展示着那个时代的风貌，引领了那个时代的风气。

随着抗日根据地的开辟，延安文艺工作团、西北战地服务团、东北促进纵队干部队、八路军总政治部前线记者团等大批文艺工作者，随同党政干部一道陆续抵达华北，东北、平津的青年学生也纷纷冒着生命危险来到边区。他们一方面积极创作大量街头剧、活报剧、街头诗、墙头小说、木刻版画、歌曲、舞蹈等革命文艺，开展抗日救亡宣传运动；一方面也通过开办文艺干训班，开展各行业、各阶层甚至全民的文艺创作与评选活动,吸引工农兵群众加入文艺队伍,掀起了"晋察冀一周""冀中一日"等具有深化性质的群众写作运动,以及"创造模范村剧团""穷人乐"等群众戏剧运动,为晋察冀文艺史添上了浓墨重彩的一笔。

说到这里,我想起2009年参加《北平学生移动剧团团体日记》捐赠仪式的一段往事。从1937年到1938年,在中国抗战史上唯一以大学生组成的"北平学生移动剧团"在长达一年半的时间里,历尽艰难,转辗于国民党第五战区的各个战场,演出话剧,创办报纸,宣传抗日,鼓舞斗志,谱写出响彻云霄的时代赞歌。移动剧团的成员每人一周轮流记述,用日记形式记录了那段不平凡的岁月,《北平学生移动剧团团体日记》就是这部历史的记录。它不是写给个人看的私密记录,也不是为将来面世扬名。作者完全出于一种历史责任,真实客观地记录了那段鲜为人知的历史,体现出强烈的史家意识。日记封面上有这样一段题记,"北平学生移动剧团·愿我永恒·中华民国二十七年二月二十三日始·璧华"。孤立地看这部日记,也许没有什么轰轰烈烈的战斗业绩,也没有什么感人肺腑的情感纠结。客观、平实是它的本色,正是这种本色,为那个历史年代留下一段真实。"北平学生移动剧团"的抗日活动,是文艺工作者投身抗日洪流中的一个历史缩影。

随着抗战的胜利,察哈尔省会张家口解放,晋察冀文协、晋察冀剧协、晋察冀音协、晋察冀美协、晋察冀通讯社、晋察冀边区剧社、晋察冀日报社、晋察冀画报社等文化团体随中共晋察冀中央局和军区领导先后开赴华北根据地,一大批文艺工作者也随之来到华北,开展丰富多彩的文艺活动。他们坚持毛泽东《在延安文艺座谈会上的讲话》中指出的方向,一手拿枪,一手拿笔,深入农村与抗战前线,既为切身体会工农兵的生活,也为深刻了解工农兵的需求,从而在根本上克服了自身相当普遍和严重的艺术至上主义思想倾向，为工农兵而创作，为工农兵所利用，以人民大众易于接受和欣赏的形式，普遍写人民大众的生产战斗故事。譬如左翼作家邵子南，于1938年10月随西战团到晋察冀，主持战地社日常工作，主编《诗建设》；1943年整风运动后，他到阜平任小学教员，在反"扫荡"中与群众、民兵一起转移、战斗，还直接在五丈湾跟随李勇的游击组对日寇展开地雷战；1944年5月随团回延安，在鲁艺任教，后调陕甘宁文协搞专业创作，开始大量创作反映晋察冀边区生活的小说。他以亲身体验为基础创作的短篇小说《李勇大摆地雷阵》（后改为《地雷阵》），运用阜平农民群众的语言，以口语化方式讲述了爆炸英雄李勇的抗日故事，明显吸取了民间说唱文学的优点，特别是在白话叙述中还插入不少快板式的韵白，更适合群众的喜好，因而在当时广为流传，家喻户晓，起到了很大的宣传鼓动作用。其他作品，如《荷花淀》《太阳照在桑干河上》《漳河水》《赶车传》《王九诉苦》《孟祥英翻身》《新儿女英雄传》《白求恩大夫》《我的两家房东》《穷人乐》《李殿冰》《戎冠秀》《没有共产党就没有中国》《团结就是力量》《没有土地的人们》《白毛女》等，都是成功的文艺典范，在现代中国文学史上占据比较重要的位置。

在华北抗日根据地及解放区的文艺创作成果中，还有数以万计的文艺作品和极具研究价值的文艺史料刊发在根据地及解放区所办的报刊上。很多作者，本身就是农民、战士或基层工作者。他们把自己的经历和熟悉的人和事，通过小说、戏剧、诗歌、报告文学、歌曲、绘画、舞蹈等文艺样式记录下来，语言通俗，富有生活气息。人民既是历史的创造者，也是历史的见证者；既是历史的"剧中人"，也是历史的"剧作者"。让故事中的人物自己编词、自己表演的创作方式，很好地反映出人民的心声，并让人民群众从生动活泼的艺术作品中得到教育，这确实是一个成功的尝试。

配合党的中心工作，"把艺术交给大众"，通过文艺唤醒大众，这已成为华北文艺工作者的自觉意识。他们积极响应伟大的民族抗战对文学艺术提出的时代要求，充分兼顾到广大人民群众的接受习惯和欣赏水平，创作了大量的作品，真实地反映了燕赵儿女火热的战斗与生产生活，起到了良好的宣传教育与鼓动激励效果。刘萧无编排新闻报道剧《李殿冰》，编剧与演员一起住到李殿冰家里，以便于熟悉主人公的生活，搜集真实生动的群众语言，还模仿他们的动作，理解他们的心理，甚至还让主人公李殿冰等直接参与剧本的修改和编排。描写群众的生活，邀请群众参与创作，这是当时文艺工作者走群众路线的生动体现。该剧演出后获得当地老百姓的极大赞赏，鲁中实验剧团还专门学习该剧的创作方法，创编了三幕五场话剧《过关》。艾思奇《前方文艺运动的新范例》更是誉其开创了前方文艺的新范例。抗敌剧社的《王老三减租小唱》、冀中火线剧社的话剧《我们的母亲》，也都具有这种特色。

这些文艺作品，可能略显仓促，有的甚至急就于战火中，所以在素材提炼、人物形象塑造以及语言的使用、细节的刻画等方面还有很多不足。但是，这不是一般意义上的创作，而是燕赵大地为争取民族独立、人民解放的集体记忆和行动号角，是中国革命事业的重要组成部分。华北抗日根据地及解放区的文艺，有很多这样未经沉淀的纪实作品，不管其艺术性如何，但在发动群众、组织群众、铸就抗击日寇和国民党反动派铜墙铁壁方面，发挥了无可替代的作用。20世纪五六十年代，河北地区涌现出大量的红色经典，便是华北抗日根据地及解放区文艺的传承和发展。

2017年6月，河北省社科院文学所郑恩兵所长来京与我们协商合作研究事宜。我根据所了解的信息，建议他们结合地方特色，做好地方红色文艺文献的搜集整理与编纂出版工作。"华北抗日根据地及解放区文艺大系"就是那次商讨的成果。全书由五个部分组成：第一部分为《晋察冀日报》文艺文献全编，第二部分为晋冀鲁豫《人民日报》文艺文献全编，第三部分为《晋察冀画报》文艺文献全编，第四部分为晋察冀日报社人物志，第五部分为河北红色文艺作品选。全书收录各种文体的作品六千余种，包括小说、诗歌、文艺评论、戏剧、报告文学、散文、文艺通讯、美术、书法和音乐、文艺史料，还有文艺信息、文艺广告，基本涵盖了华北抗日根据地及解放区的文艺创作情况，具有很高的研究价值。

　　时值中华人民共和国成立七十五周年之际，我们有机会阅读这部皇皇五十余册的"华北抗日根据地及解放区文艺大系"，更加深切地感受到新中国的建立真是来之不易，她是无数条战线的可歌可泣的人们不懈奋斗的结果。在这样一个特殊的日子里，我们感念当年那些有名无名的作者，感谢参与整理工作的学者，当然，更要感激我们这个伟大的时代。

目 录

- 工人参议员在休息室里 ... 1
- 我们永远在一起 ... 3
- 从奴隶到主人 ... 5
- 跟着共产党走 ... 8
- 纪念"五四"青年节 ... 11
- 再来一个五四运动！ ... 16
- 青年战斗英雄姬继海 ... 17
- 永不忘记"五四"对我们的号召 ... 19
- 青年的话 ... 21
- 我们到了张家口 ... 23
- "收复"画幅 ... 26
- 在曲折中前进 ... 41
- 白求恩和白求恩工作者 ... 44
- 悼王若飞同志 ... 51
- 为什么要来张家口考联大？ ... 56
- 戎冠秀本事 ... 59
- 妈妈同志 ... 62
- 矿山书简 ... 69
- 英勇的四平街保卫战 ... 72
- 把业余文化补习教育坚持下去推广开来 ... 77
- 访问安东市 ... 82
- 悼许群同志 ... 85

"孤石" ……………………………………… 87
边缘地带 …………………………………… 90
售票生 ……………………………………… 95
诉苦 ………………………………………… 98
杨靖宇同志 ………………………………… 100
赵尚志同志 ………………………………… 104
血泪话平泉 ………………………………… 108
瀑河两岸尽遭殃 …………………………… 111
石塘人民的新生 …………………………… 113
国士无双—亚子 …………………………… 119
今屈原 ……………………………………… 123
"大爷"的画像 ……………………………… 125
南口被扣记 ………………………………… 129
"横"与"赖" ………………………………… 136
我来自"社会大学" ………………………… 138
军民一起浚沙河 …………………………… 141
我更懂得庄子 ……………………………… 143
三言两语（杂感）…………………………… 146
四十一号桥 ………………………………… 147
从"长春"说起 ……………………………… 149
蹄痕 ………………………………………… 151
这回是包文正变老鼠了 …………………… 153
还都的还 …………………………………… 154
还乡河之夜 ………………………………… 156
"主席"来慰问了！ ………………………… 160
向阳口 ……………………………………… 162

也算"歌功颂德"	164
联大修堤记	166
昌师傅	169
检查(小幽默)	171
女县长白芸同志	172
"亡国奴的样子"	175
国民党特务怎样陷害青年	177
为弟子服务	185
在炮火里诞生	187
记深泽县开明士绅崔老秉先生！	190
冀东解放区	192
故乡纪事	198
下窑	201
十五个青童工	204
吃粽子有感	206
太原城的五气	207
回队	208
战斗归来	212
"特来道谢"(民间传说)	214
刘大娘	215
东线见闻记	218
奴才相	225
迎接七月节开展回忆运动	226
老英雄	232
编剧	235
终究想出办法来了(小故事)	237

隗有清	239
解放区斗争故事	243
"放下武器,我们心甘情愿"	247
兵	250
拾物不昧	252
记续范亭将军	254
国民党军的"模范团"	261
十四年	266
被俘之后	271
温故知新	274
护送	275
公审辩	277
忍让	279
无数悲愤的心	283
论"中间人"	286
信	289
吵架	291
买米	294
现实与判断	295
和平前零感	298
杂感两则	306
东北鳞爪	308
阿Q再起	311
天津掮拾	312
胜芳保卫战	313
母亲在命令我们	316

饥寒病死遍农村 …… 321

大同二三事 …… 324

炮楼下收麦 …… 326

缝鞋匠 …… 329

泊头风光 …… 330

把戏公式 …… 334

忧郁 …… 336

家属 …… 339

杂感二题 …… 343

保卫既得利益 …… 345

也算杂感 …… 348

工人参议员在休息室里

——张市首届参议会速写之一

沉波

宽敞的房间里，有无数的锦旗，有张市解放后各种工作的统计表格，有根据地八年抗战中人民参加政治活动的各种照片，布满了整个墙壁，房子中间是几行桌椅——这是张市首届参议会的休息室。

就在这个房子的一角，坐着几位披戴红花的工人参议员，大家微笑着。老甄瞧着自己的红花说："这真是百年来的第一件大事啊！过去我们这拉洋车的'臭'工人，现在也当上参议员了。"

旁边坐着的许炳炎说："什么！百年来？自古至今这还是头一回哩！"

正说着，有一个人问："昨天发生了一件事，听说了吗？北平中山公园国大问题演讲会，又被特务打了！"

在许炳炎沉默的面孔上，表示着愤慨，他静静地说着："这简直不是人干的！这些法西斯派们，他们的手始终在……"他用五个手指朝下，作比喻状，"始终想恐怖人民……国民党也天天嚷着什么民主政府，他们的政府那才是一党专政的'民主'政府哩！画家们可以给他们画一幅很好的画，画成两只手；一只手是法西斯的大魔手，手里有个小民主，看起来随时都有被他们一下控□的危险；另一只手，是人民的手，表示着在我们的解放区，民主真正地被人民自己掌握了！"他表示同情地说："我一个最大的希望，就是什么时候才能够使全国各地的人民都能够像我们一样，真正地得到民主。"

"现在我们既然当选参议员了，一定要为大伙做好事。这次参议会就好比一个火车头，或者是一架飞机，人民是座客，我们呢？是司机,驾驶员,要好好地开,不要出了轨,把张家口十七万乘客开到一个新的光明的方向去……"

他们谈着,休息室的其他参议员也谈着,铃声响了,大家都一同步入会场去。

(《晋察冀日报》1946年5月1日,
《"五一"国际劳动节》特刊)

我们永远在一起

龙烟建设公司工人 吴绍山

我们工会里，要想买一个收音机，放在俱乐部，大□听听。可是各工友的薪金，有的买了布做新衣，有的人到本工会所成立的合作社去生息，所以就没有钱买。总工会一位陈同志，给我们出了一个主意说："你们工会，可写一张借条，往公司向马经理□借，到下个月开支，再归还。"我们听了，当时有些不大相信。你想，工人只做活罢□，还想快活，还想借公司的款，自古以来哪有这回事？敌人在时，不用说借钱买娱乐器，就是买点高粱面，还不知要向工头弯几次腰，叫几十声掌柜的和先生哩！何况是直□见经理。我自从干事以来，也曾经国民党统治过，亦曾在敌人压迫下生活过，做工人还不及牲畜好，牛马的主人，还好好地养着它，准备干活，或者能卖□钱花。工人呢？饿死算完，不值半分钱，所以我们因此就不肯信。陈同志替我们写了借条，叫我们去借，我只好就和李学增去了，一路上望着大楼，就望而却步地说："咱们怎么见马经理去说话？咱们是一个工人，他还住在大楼上层。"总是感觉有些惧怕。一会儿到了办公室门外，他叫我先进，我让他头里，我们俩一同推开门进去了。看见了马经理，我们脱下帽子，想给他鞠躬，经理说："你们快坐下谈话吧！不要客气，咱们是一样。点头弯腰，是对付敌人，咱们见面和一家人一样的，不要客气。"随手递给我水壶、茶杯，叫喝水，我听了就好像是兄长在说的。弄得我和李学增，我看他，他看我的。我把借条递给他的时候，心里小兔□般地跳动着，非常胆怯的，他看完了说："可以的。"并且问，"你们工友是否能维持生活，春天来了，有没有害疾病的？"又告诉我们以后应怎样讲究卫生、防止传染病，又叫我们开展副业,男女生产,改善生活。每一句话,都照顾我们穷人,说完了,写了一个介绍条,叫我到董科长那里去取,送我们出了门口。我觉得面红耳热的,李学增也快活地红着脸说:"马经理怎么这样好,我们中国这样心好的经理,我头一次晤面。"说着即到了董科长室,只见一位女同志,正在忙着做衣裳,我们转回头,就要走,她说:"你们屋里坐吧!来,不是有事情吗?"我听了便把条子递给了她,她看完了说:"董科长不在家,我另给你找一位同志去取吧!"我们跟她到另一位女同志处,她正在忙着工作,急忙搬椅子,叫我们坐下,倒水喝,问我们的家属是否生产,我听了,跟马经理同样关心我们穷人。她开开箱子,拿出了一万六千元边钞,给了我们,送我们出去门口,临行时,还说:"你们有时间,再到这里来玩。"我说:"好吧!"我们拿着钱,回到路上说:"八路军怎么这么好呢?"眼眶里就含着泪珠,很激动地说,"我们永远和八路军在一起!永远跟着毛主席走!"很高兴地回去买收音机了。

(《晋察冀日报》1946年5月1日,

《"五一"国际劳动节》特刊)

从奴隶到主人

草明

打个比方：缠绵的阴雨天突然出了太阳，从深渊的矿洞钻出跑到山顶，或爬出了冰窖走到锅炉旁；但这种种对比明显的改变，都比不上被八路军所解放的工人们从奴隶到主人的改变来得生动，鲜明，和□人惊叹！我举晋察冀龙烟铁矿公司工人为例。

过去，敌人配给工人们的粮食是掺了沙子的小米和上白土的高粱面、黑豆面和大麦面（工人们最恨这种大麦面）。小菜根本吃不上，一般用盐水下饭，好一点也不过是些咸菜。穿的呢，是破烂不堪的衣服，没有被子，好些人连破衣服都没有，就披上一块麻包袋，甚至一块牛皮纸。解放以后呢，他们每个人都换上了新衣服；□绸棉袄、细布棉袄、羊皮袄、半新的呢衣服；即便是卖力气，整天与煤炭为伍的焦□股工人，也都穿上齐整的衣服和完好的鞋袜。吃的是小米、白面、萝卜、山药和肉。好些工人的孩子每天吃上一两个鸡蛋，孙德龙的孩子没有糖就不喝开水。

这种巨大的改变，是因为八路军一来，就给工人以救济，跟着工资提高了，物质生活便实实在在地改善了。不过我们不能单单满足于物质生活的改变，我们看看他们的文化生活吧。

工人们普遍地得到从工作时中抽出来的一小时的学习，他们普遍地办自己的黑板报、壁报或油印报。经常读《工人报》，不识字的有读报小组，文化高的自己阅读《晋察冀日报》。由于生活的安定，工人们的业余学校开办起来了，妇女识字班也吸收了一部分的工属。职工子弟学校由一所而增至两所。他们各单位□出了通讯员，他们不客气地表扬自己队伍里好□和批评还没有完全纠正□缺点。俱乐部里自己□演新旧戏剧，此外乒乓球、象棋都是工友们所喜爱的。

而过去，他们因为干活过重，缺乏营养，弄得精疲力乏。电气工友马得山描写他们的过去说："说我死了呢，我分明每天都在干活，吃饭；说我活着吧，我却麻麻木木，一点生气都没有。"敌人害怕八路军，经常布置特务监视工人的行动。一位苦力工人说："两个人站在一起小声说句话，就说你是八路，我们只得离开了工厂就钻进自己的铺上，在屋里也不敢说话，因为狗腿子的耳朵就贴在墙上。"吴绍山回忆他八年来受敌伪的非人压迫时，痛苦的记忆犹□得他脸上充了血，眼睛含了泪水，但当他猛想起现在已经解脱了那种奴隶的情况的时候，他便仿佛噩梦刚醒似的跳起来说："他妈的，那个时代早已过去了，为什么一说起来，像昨天的事一样，还难过得很呢。"

因为这种种惊人的改变，无怪敌人在时每天做五十个螺丝母的，现在可以做二百一二十个；过去三天旋一个皮□轱辘的，现在两天旋三个；过去故意往串套里浇水消火以破坏窑底缸砖的焦炭工人，现在是推车的催促抬焦的，抬焦的催促出窑的了。怪不得又有一次，敌人来叫救火时，工人们等吃完了饭，估计已烧得差不多了，才懒洋洋地提着铁桶跑去"雨后送伞"；可是在解放以后的今春，某机关失火，三分会的全体工友用最敏捷的动作拿了家伙跑到大烟最浓的地方去扑救。过去，看见日本职员便远远避开的，现在工友们很自然地坐在经理室里谈话，和厂长说笑……

凡这种种，如果你问他为什么，工友们的回答会很简单："因为过去是奴隶，现在是主人。"工人对光明的感受，特别敏锐。在选举时，他们会拥护实际替他们谋幸福的人，他们关心并援助国民党区受压迫，受屠杀的工人。"四八"事件发生后，他们痛悼失去了自己的心爱的领袖们，纷纷要求参加公祭，他们渴望着早日恢复交通，痛恨国民党不顾信义进行内战。……虽然只有半年光景，工会里便涌现大批优秀的工人干部。他们善于组织自己的力量，启发别人，和清除个别的坏分子。

换句话说，工人们在民主政府领导下，解脱了奴隶的命运，当了主人。而在从奴隶到主人的过程是那么生动和自然——使人又一次想起我们先驱者的话：工人是最优秀的阶级，工人原是中国的主人、世界的主人。

一九四六年四月于龙烟

（《晋察冀日报》1946年5月1日，
《"五一"国际劳动节》特刊）

跟着共产党走

——记商校"五四"青年节回忆大会

贾风

在民主自由的张家口，庆祝抗战胜利后第一个"五四"青年节，令人多么兴奋啊！商科职业学校的同学们在"五四"回忆大会上，倾吐了他们心底的话，同学当中，有的回忆起八年在敌伪摧残下的无限苦难，有的追忆着在国民党黑暗统治下不幸的遭遇……但是，现在他们都解放了，他们是在人民自己的城市来纪念这革命的节日，他们以无比的兴奋表白了一个共同的意志："我们要跟着共产党走！"

在回忆大会上，第一个起立发言的是本地学生梁耀云，他说："国民党统治时期，我家里干什么什么都倒霉，□买□赔钱，下蒙古地通不了，生活简直不能想象。二十四年抗日同盟军起义，我亲眼看见，老百姓自动组织起来，纷纷参加到游行队伍里去，但是国民党不帮助，反而派兵抄后路。因此，我们仍然□气。七七事变后，我们便开始做日本人的牛马，每天被迫学日语、学孔子，想把我们变成奴隶。日本人利用我们年级的高低，分离我们同学的团结，用'勤劳俸仕'的办法，苦害我们的身体，耽误我们的学业。我们没有□□□自由，一句话说不对，就是'思想不良''通八路'，打骂之后还有性命危险。有□□□我母亲病在炕上，父亲外出做工去了，突然来了几个宪兵特务，□母亲毒打了一顿，三天以后母亲便死了。妹妹年纪小，吓病了，不几天也死了……"他的声音颤抖，热泪纵横。同学们高呼："肃清日本法西斯残余！消灭汉奸特务！"他又沉痛地回忆母亲死后的情景，"母亲死后，哥哥残废，父亲失业。后来，父亲到附近村□背酒，勉强养活全家，但是特务汉奸还找错，截酒不算还要打人，父亲气病了，我就再不能上学了。有些同学想帮助我，劝我，并且安慰我说：'将来总有出头的日子。'但是在学校里，经常挨棒子打，不好受。"突然□他的声音提高起来，两眼炯炯发光，他说："东山坡枪声响起，八路军进来了，发给我们救济粮，医好了父亲的病，父亲找到了工作，增加了工资，改善了家□生活，我才得到安心学习的机会了。"他最后说："现在□了□到只有共产党才关心我们青年学生的前途，我要永远跟着共产党，替母亲报仇，替妹妹报仇！"

来自老根据地的青年阎汝耕站起讲话，他先叙述了抗战以前国民党白色恐怖下，自己儿童生活和家庭境遇，他愤慨地说："民国二十五年，县长曹长春（平山）借口修桥，大量派款，我家没吃喝也得拿。抗日战争爆发，我当时以为这一下可有了出头的日子了，见到了中央军，心里曾经很高兴，谁料这些队伍见了日寇竟一溜烟地往南跑，抢掠打骂无恶不作。"他像勾引起了更加悲痛的事，咬着牙，热泪盈眶："什么中央军，简直是杀人不眨眼的东西，我家这么穷，连最后一点□东西□被抢去，父母亲也被逼死了……"

"八路军来到平山后，我当时才十二岁，没有什么思想，我只是见到他们比我们穿得还破，生活还苦，十冬腊月天穿草鞋，不打人不骂人，待我们像一家人像亲兄弟，于是我开始喜欢他们。"他兴奋而又感慨地讲了许多抗战的事和他自己的亲身遭遇：他和游击小组一道作过战，在封锁沟边敲毙过汉奸；他认为只有共产党八路军是人民的救星，他决心跟着共产党走，跟着毛主席走！

第六个回忆的是新近从北平来的女同学韩絮□她说："我是从乌烟瘴气的北平来的，我要向大家谈谈我在北平所见到的。"她亲眼见到，军人充斥妓院，百姓流浪街头；中央军大吃大喝，贪污腐化；小百姓没吃没穿，奄奄待毙。她说："在北平街头巷尾到处传着这样的歌谣：想中央，盼中央，中央来了更遭殃。盼了八年半，来了一群大混蛋。"她来到张家口，见到老百姓平安度日，有自由、有民主，她说她自己像投入了母亲的怀抱一样温暖。最后她以"我要坚决反对国民党的做法，跟着共产党，拯救国民党统治区的青年学生"结束了她的讲话。

另外，还有许许多多同学的回忆和哭诉，那是写不完的，十五岁的小同学王乃恕，他讲话二十分钟，从未间断啜泣，从未中止眼泪。

现在，回忆者早已得到了充分的自由，敌寇汉奸和国民党法西斯派所留给他们的遗恨，虽然还深重地压在每个人的心头，但是他们已不再悲伤了。他们知道：该憎恨谁，该喜欢谁，正如同学们所喊出的一样："我们已找着了一条光明幸福的道路，跟着共产党走，跟着毛主席走！"

(《晋察冀日报》1946年5月4日)

纪念"五四"青年节

许世平

今天是五四运动二十七周年纪念日,是第八届中国青年节日。战胜了日本以后来过自己的节日,倍加鼓舞兴奋。

回忆八年来在反抗日本法西斯侵略者艰苦的岁月中,边区青年表现了自己的力量及其所占位置之重要,已显示出边区青年是中华民族最优秀的子女、最英勇的爱国者,是真正继承了五四运动的革命精神与爱国传统。战争期间边区青年不疲倦战争的业绩、伟大的功勋将永垂史册。边区青年无论在子弟兵团中、在游击队中民兵中、在生产战线上、在文化教育生活中、在各级政权中,都发扬了青年们坚毅英武的精神,他们有高度的积极性与创造性。青年是边区最坚强的保卫者,祖国人民永不会忘记边区青年的伟大劳绩。在战争中牺牲的千万个青年烈士,将永远留在光辉的记忆里。边区青年之所以能胜利完成其艰巨的任务,就因为在共产党民主政府及青救会领导下,享有充分的自由与民主,政治上求得解放,社会地位提高了;实行减租减息增资等政策,并开展大生产运动,经济生活改善了;党政军民对青年们的爱护培养,广大青年政治觉悟文化水平空前提高了;实行了青年统一战线政策,边区青年强固地团结起来了。一句话,我们是解放了的青年。

八年来青年们为了保卫家乡田园,为了坚持边区抗战,拿起武器,建立了地方性的青年武装组织——青年抗日先锋队。平原里、山岗上青年游击小组到处活跃着,仅北岳区青抗先在民国三十年十月以前独立作战七四五次,配合作战一九〇〇次,袭击敌人三千多次,毙伤俘敌伪汉奸一九八九名,破坏交通一〇五九二次,破路一八〇〇〇里；冀中青抗先在三十年一年内独立作战九一〇次，配合作战一九六一次，只电线就割了六六二〇六斤；至于普遍全边区的地雷战，坚持平原抗战的地道战，青年贡献是最大的。八年来炮火中锻铸出大批像燕戈子、贾玉、郝庆山、刘通、吕六等千百位青年战斗英雄。

在子弟兵的行列里，百分之七十是青年，青年自觉地献身于民族事业奔赴前线，在青救会号召下，成班成排的集体入伍，如阜平的青年连、平山的青年营。四〇年北狱区青联号召建立青年支队，二个多月参加了一千六百人。青抗先是人民军队的源泉，他与国民党用捆捉抓骗驱使青年为少数人的利益去当炮灰绝不相同，边区子弟兵中有工农青年这样新鲜的血液，所以就特别英勇善战，狼牙山五勇士的事迹，射出了子弟兵万丈光芒！

在文化生活中，锻炼了千百万有才智的青年。知识青年下乡为工农服务，各种工作干部，校长教师，文化工作者，绝大多数是青年，工农青年大大提高了文化水平，推广农村文化，民校、识字班、黑板报、识字牌、读报组、秧歌队、村剧团几乎普遍全边区。据统计：冀晋区有一三八一个村剧团，冀察三分之二村庄有剧团，冀东有一村数剧团的，只四专区就有三九八八块黑板报；完县大小一六八个村中有一四六个民校；冀中一九四〇年统计，二十八个县内有二八四七所青年识字班，青联办有流动图书馆（冀中）出版青年读物小报等。一切文化活动，与生产战斗紧密地结合，以群众自愿与需求为原则。于是涌现出了大批青年画家、诗人、音乐家、模范青年教师等，在边区开展着高街、柴庄"穷人乐"的新艺术方向。至于青年文盲被大大地扫除了。

青年是劳动战线上的胜利军，是劳武结合的模范，带着武器下地，放下锄头作战；是拨工组里的骨干，老解放区的青年二流子绝了迹，新的青年劳动英雄大量出现。

在民主运动中，更可看出边区青年高度的政治觉悟与组织水平，各界大量地被选进各级政权中。如四〇年冀中七个县的统计，青年公民参加村选的占百分之九零点七，参加区选的占百分之九十一点七九。在各级政权中的地位则是：在村主席、秘书中为百分之三零点六，区代表会主席、秘书中占百分之四七点六一，在区长中则占百分之一二点五八，在县议员中则占百分之三七点八，当选县长者则占为百分之四二点八。这是封建制度开始被打破的表现。

由于青年的抗战英勇，所以牺牲也最大，除开战士不说，八年来被敌人直接杀死的群众三十七万七千八百多人，被敌虐待病伤致死的三十三万多人，其中青年不在少数的。至于被敌人抓走的五十多万壮丁，则绝大多数是青年。由于干部的坚决英勇，牺牲很大，但就边区一级的青年领袖如王晓东、林克、吴大友等牺牲十一位。抗战胜利和平局面的出现，是由青年们的生命热血换来的，纪念"五四"要继承烈士的遗志，坚决保卫胜利的果实，不容法西斯野猪来侵害。

纪念"五四"，回顾八年，应指出以下几点：

1. 在边区所以能为一个有力的青年运动，首先是组织与发动起广大的工农青年，知识青年要起骨干桥梁作用，深入群众中去，与工农青年紧紧地结合在一起，形成强有力青年统一战线。知识青年全心全意为工农服务，达到知识青年工农化、工农青年知识化，提高工农，又虚心向工农学习；空喊为人民服务，眼睛不向下不联系占人口百分之九十的工农则一事无成。"革命的或不革命的或反革命的青年之最后分界，看其是否愿意并且实行同工农民众结合。"边区实行了知识青年与工农结合的方针，才开展轰轰烈烈的青年运动，战胜了敌人。五四运动没有动员起广大工农，所以失败了。纪念青年节，要牢记这一真理。

2. 服务工农首先要了解工农青年的感情情绪与需要，解决青年之切身问题。要做到这点，青年运动非与整个群众运动结合不可，孤立的青年运动是不成功的。边区经验证明，那里的减租减息增资政策执行得最好的地区，则那里的青年工作一定活跃，文教工作一定开展得好。实际工农青年是民主民生斗争中最积极最活跃的分子。减租政策是一切问题的根本，这一真理，青年工作者应深刻认识。

3. 只有在民主政府及人民的政党领导下，青年运动才能有光明的前途，青年才能真正成为社会的主人。边区党政军爱护青年无微不至，我们有充分的民主自由、学习自由、思想自由。此次边区国大选举，十八岁以上的青年热烈参选。张市市选中够公民资格的青年学生全部参选，并选自己的学生代表为参议员（二十五岁以下的青年参议员九名，占总数的十分之一强），反观国民党统治区青年的民主权利在哪里？那里有的只是特务、恐怖、欺骗、麻醉、失踪、捕杀、失业、失学，思想无自由，人身无保障，完全是法西斯的反动统治。在这种情形下十数年来真正的青年运动的结局如何？请回忆"九一八""一·二八""一二·九""一二·一六""一二·一"……最近腥风血雨的南通惨案吧，谁戕杀青年，谁爱护青年，事实胜于欺骗。

4. 青年是一切革命工作突击队、先锋军。青年的敏感热情，爱好真理，喜于创造。例如边区最多参军的是青年，民兵的前身是青抗先，农村文化最初组织的是青年民校剧团识字班等，生产中最早出现的是青年拨工队。许多工□由青年开始推广与广大群众相结合，一定与老年成年儿童相结合。青年应该站在时代的前面，在全世界全中国人民民主力量迅速发展的条件下，法西斯反动派在极力破坏民主企图独裁，全国民主青年应首先团结起来，站在民主战线的最前列，把反动派的阴谋打碎！

在和平民主的新时期中来纪念"五四"，本应大加庆祝，但国民党反动派，青年的公敌们，在抗战期间消极观战，提倡曲线救国论，派遣大批国□与敌人勾结，来破坏边区，进行屠杀青年，滔天罪行，罄竹难书。事实说明，哪里敌人烧杀得最厉害，哪里就有国特在捣鬼，如冀中□镇县国特柴恩波、献县国特刘孟康、景河国特□洪基等都是勾结敌伪屠杀抓捕青年的刽子手。抗战胜利后的今天，反动派们正在撕毁三大协定，违背四项诺言，扩大东北内战，挑动中原内战，在边区周围捕杀青年。如冀中在三月十五以前，国民党军捕去我青年四百多人，强迫参加自卫壮丁团；三月十九在正定贾村用刺刀挑死青年十六名；武济小旺村国特击毙我区青联主任丁有才。国民党驱使特务对全国青年学生进行血腥的大屠杀，南通已成黑暗世界，特务在北平中大无理横行，是可忍孰不可忍！全国青年团结起来，与法西斯反动派做坚决的斗争。

全边区青年动员起来，积极参加各种民主建设工作，使边区青年工作成为推动与支持全国青年团结民主建设的一个重要力量。老解放区青年，更积极地开展大生产运动、查租工作，在优裕的物质基础上，进一步提高与普及文化艺术运动，朝着平山柴庄乡村艺术的方向前进！

新解放区青年积极参加减租减息、增资等群众翻身的斗争，进而加强生产、提高产量、开展劳模运动，在上述工作的基础上，开展乡村文化工作。

青年同志们！提高政治文化，研究时事学习科学技术，树立为人民服务的人生观。

青年们团结起来，消灭中国的法西斯主义！

中国人民的自由万岁！

（《晋察冀日报》1946年5月5日，《"五四"》特刊）

再来一个五四运动！

萧军

作为中国历史全程分水岭的"五四时代"，到现在整整有了二十七个年头。在这二十七年中间，整千整万革命的先驱战士倒下去了！整千整万的无辜人民被杀戮了！整千整万的田地、房屋、财产……被荒芜、被焚毁、被浪费了！我们付出了这样旷世无匹的代价，为了什么呢？我们不愿做奴隶、不愿做牛马、不愿做猪羊、不愿做任何人脚下的泥土；我们要生存、要温饱、要民主、要和平、要自由、要平等……要堂堂正正作为一个"人"而存在于这世界之上啊！这是"罪过"吗？我们——伟大的人民——几乎是赤手空拳一次又一次地击败了那些企图永世千年奴役、剥削我们的各色帝国主义者们，一次又一次地粉碎了那些为各色帝国主义者做奴才、做走狗、做帮凶、做刽子手的各色集团和势力。最后，我们——伟大的人民——终于把若干年来作为我们的最凶残的敌人之一——日本法西斯强盗——战败了！我们胜利了！我们要开始建立自己的：和平、民主、自由、幸福的新中国。可是二十七年前那些已死了的：袁世凯、曹汝霖、陆宗舆、章宗祥、段祺瑞……等辈的鬼魂，想不到（？）又借了目前所谓"国民"政府大小反动派底尸身，向人民一次又一次地扑来了！他们到处进行内战，到处屠杀无辜人民，要再一次把人民自己已粉碎了的镣铐再锁到人民的手脚上，扣到人民的脖子上……再一次要这四万万五千万人民重归到那可悲可耻的"奴隶时代"！这是狂妄的思想和举动，这是愚昧和可耻的下贱行为，它决不被人民所允许。眼见这新的"五四时代"就要到来。——胜利要永远属于人民这一边，这是不能移易的真理，这是人类发展必然的法则。谁漠视它，谁就灭亡！

一九四六年五月三日

（《晋察冀日报》1946年5月5日，《"五四"》特刊）

青年战斗英雄姬继海

谢

童子军和青救会员，都不愿意青救会主任姬继海去做自卫队中队长，因为儿童和青年们都喜欢他；因为他一做了中队长，就会离开青救会。

可是，三月里，姬继海当选了自卫队中队长。他的任务很大很重，他要重新组织游击小队，要领导村里游击队员，对敌人做艰苦的斗争！

那时候，村里没有了游击队，因为在反"扫荡"中损失了一些，剩下的四个人，也被鬼子捉去了。

姬继海号召青年参加游击队，当时只有十五个人报名，顽固分子散布谣言，有些年轻人便犹豫起来。姬继海很耐心，开了四天会慢慢说服动员他们，使他们懂得游击小队是保卫家乡的；并且征求大家意见，了解有些人不愿加入，是因为抗战勤务多，再打游击耽误家里事；于是大家同意把队员勤务减少一半，青年们就乐意加入游击队了。

青救会的会员也要求参加游击小队，于是，由十五扩大到二十三人，又增加到三十七人、四十六人……姬继海的游击小队，一天天壮大了。

这年（一九四五年）姬继海只有二十二岁。

游击小队，在一次反奔袭战斗中，缴获了敌人的白面和棉花。姬继海得到上级同意，把白面分给队员家里吃，棉花以市价四分之一的价格，卖给贫苦队员做棉衣。九十月间，贫苦队员都穿上了棉衣，吃到了几年没吃过的白面，大家对敌斗争情绪更加高涨。家属们也很高兴，在街头遇见都说："继海这孩子可是心眼强计划高哩！"

他接受了过去的经验，战斗时没吃没穿，就很难坚持下去。所以在战斗开始时，就准备了二十天的粮食，每人一双鞋，家里没有女人做，就动员妇救会员来做。他们还集体开了十亩生荒，种了十二亩平地，收下粮食六石七斗，萝卜一千二百斤，备下了几个月的战斗粮。战争中的后勤工作，转移人畜，分沟进行计划，都有专人负责。游击队员家属也有人专门照管，一切工作都布置得井井有条，有组织有计划地进行着。

一天，群众得到情报，又听见枪声，仓皇转移，丢了不少东西，原来是他们举行演习。在开了检讨会，具体讨论了坚壁清野的办法之后，群众在这次演习中，受到了教育，以后有敌情时，都比较有秩序，转移起来好得多了。

姬继海的游击小队，同时也是拨工小队，他们全是青年小伙，劳动力很强。春耕、夏锄、秋收，共拨工一五〇〇个，帮助抗属和孤寡病人五十四个，另外卖工四十四个。

他们在拨工生产时作战斗演习，休息时间做战斗教育，发现了使用地雷的新方法，练习用抬枪、步枪、土枪和地雷结合，练习射击……他们是一面生产一面战斗。

一九四五年一月，姬继海出席了晋察冀边区第二届群英大会。因为他战斗有功，生产好，当选为灵丘县第一名战斗英雄。

（《晋察冀日报》1946年5月5日，《"五四"》特刊）

永不忘记"五四"对我们的号召

欧阳凡海

从民国八年发生五四运动,到现在已经过了二十七载的光阴了。二十七年以前,"五四"新文化运动中的奋斗目标,到现在也仍然没有完全实现。

"五四"新文化运动的奋斗目标,也就是我们今天所要求实现的东西:民主、科学、人权的保障,国民文化教育的普及和提高。这些东西,在解放区,基本上已经实现了。因为解放区已经实行了真正的民主,有了民主,人权自然就有了保障,学术自然也就有自由,同时,社会生产力从封建束缚下得到解放,工商业也就会发达,工商业发达,国民经济生活改善,又加上有学术的自由,科学当然就会跟着发达,国民文化教育当然也会逐渐普及,逐渐提高。解放区的科学虽然还不够发达,文化教育虽然还不够普及和提高,但由于解放区实行了真正的民主,社会生产力已经从封建束缚下被解放出来了,解放区科学的发达和文化教育的普及与提高,就只不过是时间的问题罢了,只要大家往这方面努力,前面没有任何障碍,其结果可拭目以待。

所以问题的关键,在于实行真正的民主与否。

"五四"文化运动中要求实现的东西很多,但所有一切要求实现的东西,都和民主两个字分不开。有了民主,就一切都能实现,我们就能完成二十七年前"五四"时代的先进人士所遗留给我们的历史任务。没有民主,我们就永远只能停留在二十七年前就已经奋斗过的目标上面,不能继续前进。

民主的有无,关系为此之大,所以我们今天为了民主,要向国民党法西斯反动派大声疾呼，许多进步人士冒着生命的危险不惜流血相争，是完全值得的。这是一个关系全中国人民的命运、关系中国历史命脉的重大任务。自"五四"至今，二十七年来，流过多少血，发生过多少件泣天地而动鬼神的历史事件，都是为了完成这个历史任务。

然而国民党反动派偏偏不让中国前进，不愿实行民主。不但不愿实行民主，并且还想在中国实行法西斯专制独裁，回到"五四"以前的军阀时代、袁世凯时代、满清黑暗时代去。他们想把成千成万的中国优秀儿女为争取民主而流的鲜血付之东流，并打算继续用暴力来血洗全国民主的呼声，火药气现在已由东北国民党军的无理进攻弥漫到全国去了，类似较场口事件一样的暴行，现在正继续不断地在发生着，似乎方兴未艾。我们今天来纪念"五四"，就只有用行动来回击这个"五四"的逆流。不把这股逆流击退，"五四"的历史任务便不能实现，在这个辉煌的纪念日子里，我们便一天也不能心安理得。历史是不能推回去的，伟大的"五四"永远在全国人民心中。我们永远也不要忘记"五四"对我们的号召，我们要响应这个号召，不屈不挠地前进，目的不达誓不甘心，哪怕中国的法西斯反动派有外国人撑腰，有美式武器装满他们的军队，但中国到底是中国人民的中国，违背中国人民的愿望，反动派将来一定会自食其恶果，而为反动派撑腰的外国人也一定要自食其恶果。

一九四六年五月四日

（《晋察冀日报》1946年5月5日，《"五四"》特刊）

青年的话

青年农民

努力学习，努力进步，将来办更大更多的事情，这才能对起恩人八路军共产党。（赵汾）

内蒙古学院

五四运动，它教育了中国各个青年同样也教育了蒙古青年，所以我们今天来纪念，我们要继承"五四"的革命传统，我们记住那时的青年们在怎样不怕死地和反动势力斗争着，我们内蒙古的青年们，学习他们的勇敢、爱国的热情、斗争性、对敌人不屈服的精神。我们现在学习时期，要把我们的思想锻炼□坚强，我们的蒙古青年□实际行动上来纪念"五四"，抓紧学习、抓紧工作。（乌兰琪莫格）

察哈尔省立师范

被鬼子压迫了八年多，就像有树不能开花一样□青年们都被压迫地不能翻身，可是去年我们抗战胜利，这个区域解放了，人民都得到自由。前几天听人讲"五四"是青年的翻身节，我听到后简直快乐无比，于是就像那死了复活的枯树又开了花。但我们青年们！要借助翻身的五四节要抓紧时间来努力学习，把自己的体格锻炼成不怕恶菌来破坏，和吃苦耐劳的精神，而去建立我们的独立、自由、富强的新中国，这才不辜负伟大的"五四"青年节日。（李海青）

察哈尔省立师范

今天的青年来纪念"五四"要揩亮我们的眼睛，辨别谁是我们

的朋友、谁是我们的仇人,来展开新形势下更曲折、更复杂的斗争,来发扬"五四"的爱国精神。(张荣魁)

(《晋察冀日报》1946年5月5日,《"五四"》特刊)

我们到了张家口

李霁

一个难得的机会,我们从数千里外大后方的重庆来到了解放区的张家口。

在重庆,我们不能自由发表意见,讲我们心里所要讲的话。"休谈国事"的戒条,贴满了重庆的茶馆和饭店。在人面前,不敢随便开口,有话得捺在肚里,因为重庆的特务比耗子还多。与你谈话的人们中间,说不定就有个把特务躲在里面。为了信口开河、随便讲话致被抓进监牢"查问"的同学,我知道的有好几位。在重庆,我们更不能自由集会,发行壁报,做我们所要做的事情,否则,就有上黑名单,遭破坏或坐监牢的危险。

在重庆,我们亲眼看见较场口血案,郭沫若先生的眼镜被打掉,额角被打肿,李公朴先生的胡子被扯去了一半,血流满面。在重庆,我们亲眼看到《新华日报》馆被特务捣毁,破碎的书报、衣被飞满了中三路口;报馆里的工作人员被打得头破血流,遍体青肿。在重庆,我们更身经目击到中大女同学会主办"三八"节妇女晚会被特殊分子所破坏,电线被割断、布景被捣毁、布幕被撕烂;女同学会负责人受尽了种种侮蔑辱骂,几乎还遭毒打。

在重庆,达官贵人抱着摩登女郎,坐在最新式最漂亮的小包车里,往来穿梭于舞厅、餐馆、影院、剧场和华丽的私邸别墅之间,梭哈(show hand)、打麻将、跳舞、吃大菜是他们日常的功课、主要的生活和唯一的公事。他们从来不上办公厅的,日夜忙碌着的只是投机经商,贪污作弊和肉体的享受。在重庆,用品被囤积,土地被收买,市场被操纵,金融被掌握,工厂关门,工人失业,公教人员吃不饱饭，小百姓叫苦连天。

七八年前，我们怀着一颗希望和兴奋的心，到了重庆。可是，重庆使我们伤心失望，使我们悲观抑郁，使我们消沉颓丧。

七八年后的今日，我们怀着同样一颗希望和兴奋的心来到了晋察冀解放区的中心城市张家口。

我们到张家口的时间不长，看到的东西也不多。不过，单凭这段短时间内所看到的而论，我们觉得：张家口并没有令我们失望。相反的，张家口使我们欢欣兴奋，使我们活泼愉快，使我们积极上进！

在张家口，遍街找不出一个乞丐，遍市找不着一个西装革履、趾高气扬的绅士和搽脂抹粉、傲慢凌人的贵妇及面黄肌瘦、无精打采的市民。我们遇到的都是脸孔红润、体格健壮、精神饱满、态度和蔼的新中国的国民；我们看到的全是坚守岗位、工作紧张、团结互助、步调一致的战士同志。一股蓬蓬勃勃、积极上进的活力弥漫着张家口的每一个角落，使每个新来张家口的人都感觉到，张家口代表着青年人的希望，照耀着民主的阳光，象征着新中国的前途！

的的确确，我们是从一个充满着特务、卑鄙、威胁、恐吓、荒淫、无耻的牢狱来到了平等、自由、快乐、解放、光明、幸福、活跃、前进的天堂。从民主精神上看起来，张家口比重庆前进了十几二十年。

我们这一群大都是大后方各大学里各院系三、四年级的学生，我们年纪还轻，我们有的是信心、热情，我们毫不顽固保守，过去因为环境的黑暗，我们的活力被禁锢在钢铁的枷锁里。然而，现在，我们找到了代表着我们希望的目的地。我们愿意把我们整个的身心，全部的时间和所有的专长毫无保留地贡献给解放区的人民和全中国的同胞。

别了！打手、特务、法西斯！别了！专制独裁的政府！别了！荒淫无耻的重庆！别了！消沉、悲观和颓丧！别了！过去的坏习惯、落伍的思想、古旧的性格和不民主的作风！

解放区的父老兄弟姊妹们，我们同你们握手，从今天起，我们与你们在一起生活、一起学习、一起工作，我们是你们中的一部分。我们大家永远站在一起，请你们给我们帮助、给我们启示、给我们指导。谢谢你们的厚待！我们在这儿向你们敬礼！

（《晋察冀日报》1946年5月5日，《"五四"》特刊）

"收复"画幅
——南京、上海、天津、北平见闻录

申述

去年八月十五日日寇宣布无条件投降后，国民党军队坐着美国的飞机和战舰"收复"了很多地方，跟着政、党的机关团体相继而至，于是"接收"厉行，"复员"突进，党、政、军全班合演了一部最"伟大精彩"的"收复"戏。在锣鼓声中，人民的哀声遍地，怨气冲天，而台上的表演也花样翻新，绝今旷古，可谓民国史上一大奇观。中国老百姓不幸"沦陷"于敌，受践踏奴役了八年，却不料今日被"收复"于"胜利同胞"，所身受的痛苦，甚至有过于敌伪统治时期，真是欲哭无泪、欲诉无言了。

现在好戏还未收场，仅就我在上面这四个被"收复"的都市里的见闻，拉杂记下一些来，聊做我们的"胜利同胞"们的流芳史料；不过，这些只凭个人的屑碎片段的记忆，不足以窥全豹，应该在此表示极大的遗憾。

"接收"和"复员"

接收的兵马共分两路，一路"天兵"，一路"地将"。但天兵的地利条件不佳，虽美国飞机也帮不了这十万火急的忙，还是让地将抢了先，浩浩荡荡地纷纷出土露面，名堂繁多，曰"战区兵站"，曰"特派代表"，曰"先遣队"，曰"地下工作团"，曰"支队"，曰"纵队"……于是占领地盘，发布公告，各自表扬战功，互争正统。大小汉奸也趁着这股浊流，冲洗一下身上污垢，攒奔到可以隐蔽的堡垒中去；有的竟摇身一变，成了光荣的地下工作要员，也发榜

"安民"，出头"接收"。京沪两地的伪组织机关法团的公共财物虽多，差不多早被汉奸们下台分赃了，只剩下些空架子，但还不失为挂着肉的骨头，大可啃咀一气；于是大家就红着眼睛争夺起来；公的机关分完了，还有老百姓的私产可分，有钱的不管他是否汉奸或附逆，随便给安上个罪名便可以没收其财产或者绑架。大的接收小的，更大的接收大的。只要官衔大，队伍多，就占上风。把别人接收的东西再接过来，一个机关或团体被接收几次是司空见惯的事。上海伪《新中国报》便这样一共被"接收"了七次，先是"工作团"接了去，跟着又来个"支队"从"工作团"手里抢过去了，跟着又来了一个什么部再从支队手里接收过去。聪明些的汉奸把自己的伪组织单位的清册造完之后，立刻找找关系，弄上个中央委派的官衔，照样接收了自己原有的东西。这样，等"天兵"飞降之后，表演得就更火炽热烈。自然，天兵可以用权力抢过地将的接收品，而日本军和机关的缴收清册也不妨一改再改，直到最后改到无法彻查的程度。日侨的商店住宅都被贴上封条了，那里面尽留有日本人匆匆不及拍卖完的物品，但封条是贴在前门的，当然可以从后门运到自己的公馆里去。房子说是统统发还给原主，可是许多早就给权亲贵戚们扯下封条开了商店或住宅了。剩下来的呢，你要请求开封归还给你吗？警察局和管理机关，也有个要求，要你拿出几根或十几根金条来，这叫作权力对等。这么一来，那张封条索性就判处了无期徒刑，永久躺在门上了。

"接收"工作表演就绪，该轮到复员了。一月、二月、三月，直到半年过去了，还不见复好。自然，金融、财务、执行法令的机关是不会复得成绩稍差的，特别是宪、警、特务机关，不但复了"员"，而且还复了敌伪的"原"。至于一般政务机关、学校、工厂或社会事业团体等等，一概无人出力，听凭其自生自灭。学生不被承认学籍，命令甄别考试，却无处投甄；教育"伪学生"的临时□学天天喊着筹备，却不见开课；成千成万的学生流浪在都市里无法就学，眼巴巴候着学业一个月一个月地荒误下去。而大学的宿舍里仍住满日本兵，挤进校门的学生只好睡水门汀。工厂多数只剩下门窗墙壁，机器和原料生产品早不知道哪里去了，于是只有任其搁置。各机关也是空的，从重庆刚运来的一批复员官吏们，坐在空衙里叹气，说自己来得太晚了。大汉奸捉了几个，多半仍住在自己的公馆里看押，舆论天天催促审奸，法院就叫起苦来，说找不到办公厅。厅房呢，照旧是日本军的医院，照旧住着敌人的伤病兵。整个南京城空荡荡的！残破的马路，炮火剩下来的焦壁，贴着封条的门，门外有时躺着裁军被裁掉了的老弱伤兵，摸着溃疡的腿，茫然地望着肥胖的徒手闲荡的日本兵走来走去。一批从重庆受命令复员来的警官们写信给报馆说："我们派来三个月了，到哪里报到哪里不管，说是我们还须受训练，但到今日并无训见受，我们住在旅馆里，不发给一文旅费，衣物全当光了，留在大后方的家属也无接济，可是伪府的警官警士们倒照常留用，行使职权，难道复员就是如此吗？"这些可怜的"员"，非常天真地请求舆论主持公道，报馆也尽责给登出来了。在民营的进步的报纸上，天天登着这一类的呼吁，但是有什么用呢，没人听也没人看。老百姓在心里回答他们："复员可不就是如此嘛！"然而党报和官报上天天喊"复员"，军、政、党的宣传战士也忙着刷掉写着"大东亚""中日亲善"的墙壁，改涂上"军政党一致加紧复员工作""复员不是复原""复员建国"等等的耀眼大幅标语，复员工作全表现在这里了。

胜利进行曲

胜利了，人们厌恶再看见矮而胖的日本兵和满街冲撞的敌军大卡车，盼着自己的军队。

自己的军队开来了，坐着美国运输机，从天而降。缀着金鹰臂章的空军将士，美式装备的新六军，还有美国空军和水兵。

街头的景色马上变了，年轻漂亮的"中央"空军军人摸着美兵的脖子说着英语，一队一伙的闲荡；吉普车上的碧眼战友，偎着黑发女郎，酒吧间、跳舞场，一天比一天多，满挤着戎装舞客；古董店应时开张，罗列着古怪的瓷瓦和钱币、蟒袍、龙衣、缨帽、弓鞋、刺绣、发辫、鼻烟壶，吸引这些盟国的猎客；小孩子擎着花花绿绿的图画，跟踪兜售，乞丐追随在后面。而瞻仰风采的同胞们所得到的常是不耐烦甚至是轻蔑。

然而，自己的"胜利同胞"同样不表示亲热，"抗战八年"把同胞间□低的感情，仿佛也给炮火带去了。他们不大愿意讲中国话，看见做了八年奴役的同胞觉得耻辱，称呼他们"伪人"，掏出法币买"伪人"的东西，自定兑换率为一比二百（即法币一元兑伪币二百元，按当时实际比值，法币一元至多不能超过伪币二十元），就这样用惊人的廉价接收了"伪人"的商品，商民不堪损失，物价都改成了以法币论值。百物遂疯狂上涨，于是，另一种方式来了，"干脆不付代价"。这样支持不到两个月，仅只南京城的西服店营业就有十分之六七倒闭了。但这里也演着"爱民"的趣剧，收复大员下机伊始，即宣布了中央的"德政"，为了体恤沦陷区受敌伪压榨八年的民生困苦，豁免田赋及租税一年，不幸在人民刚要表示感激的时候，第二个命令带着税票和印花又发下来了，比敌伪征的还要重：宴席捐百分之二十至四十，娱乐捐竟达百分之六七十。人民先是惶惑，继而叫起苦来，然而政府也有堂皇的回答："不征，经费从哪里出呀？对于给你们服务的官公吏和地方机关，难道你们没有纳税的责任和义务吗？"于是，人们只好哑然了。至于田赋呢，敌伪政权早就提前征收三个年份的总额了，现在是地方政府、驻在军队、警察、自卫团，还有乡绅区保长一大堆有条文无条文的摊派，统统都要从地皮上找化消。而且没有条文更方便省事得多,用多少要多少,公费、私费,以至于老爷的大烟、姨太太的丝袜子、兵士们的赌注一律在内。据崇明县民授函申诉,他们一县弹丸之地,只有几十万人口,经费征收数目是法币三千万元,即使全县老百姓光着身子逃离他乡,他所有的财务统统充公也不够缴纳。安徽省的乡民代表请愿到京,见到粮食部长齐跪下,哭着说:"政府的缴粮政策我们不敢反对,只是请酌核耕地和人口数,合理地征取,按现时的数字,不用说我们得全体饿死,就连全省征用送粮的壮丁也不够……"这情形虽政府机关报也无法隐蔽,《和平日报》(原名《扫荡报》,为军委员代言机关)的记者对此也叫起来了,但他掩蔽着一个事实,就是:那时中央军、伪军、敌军,加上各地所谓"游击队",正在大联合全力"剿共"的时候,不征那么多的军粮,剿得了"共"吗?请愿的老乡倒比他明白得多,讳而不言。其实不讳又有什么用处。上海剧院上演高尔基的《夜店》时,有一句场白道:"现在衙门里的老爷全是聋子,你叫破了嗓子他也听不见!"于是台下的观众就报以热烈的掌声,郁结在人民肚子里的话,借着艺术形式才吐出了这么一句,否则,你敢公然地叫吗?在你的周围,明的是宪、警,暗的是特务,随便给戴上个"共产党""匪徒"的帽子,便从此失踪。南京的中学生奉命全体参加"三青团",大学生由校方监视其思想行为,老百姓要组织"乡保",实施"连坐法",领"国民身份证",被穿成一串串的糖葫芦,一个也逃不了。京沪两地的老百姓,暗地流行着一句成语是"人心思汉"。"汉"者"汉奸"也。他们想起在汉奸统治下的生活,还不这么残酷,其悲痛愤懑以至于此。广州《大公报》通讯记者,报告了广州饥馑混乱现象,在张发奎将军的天威下,人民不敢道一句怨,但当他们奉令庆祝胜利高搭牌楼的时候,在牌楼上面吊起一只铁锅,意思是:"你们胜利了，我们的锅□被吊起来了！"广州的同胞□颇会"寄沉痛于幽默"□，然而是多么凝重的幽默！

且慢，这里尽讲些接收老爷们的坏话□是不对的，倘有人问："总是说对老百姓□，难道就没一点好的地方？"答曰：有。他们唯有对这几类"收复同胞"特别关照、特别爱护，抬高其身份、培植其兴旺。这几类同胞计开：歌女、舞女、向□女、艺女以及在交际场上夜生活里活动的各色女人。上海号称"东方巴黎"，是个粉黛荟萃的地方，其繁盛火炽自不必说，只拿南京来举例吧，"夫子庙"的舞场歌榭，从冷落中不知翻身了多少，增加了多少，歌女、舞女的芳巢街上，据一个有调查兴趣的朋友报告，在华灯初上时，仅只一条短街，就成排摆着三十□辆汽车，不可不谓"懿欤盛哉！"了。伪中央大学学生到某饭店去请见"驻节"彼处的"教育委员"时，十一点钟到达，茶房叫他们下午两点再来：委员老爷每晚下榻于夫子庙歌女家里，向来是下午两点才回来办公的。而且这种作风是"华洋一致"。"吉普女郎"挎着盟国战友的腕子，阔步过市，钱夹子里装的是美钞，好不阔绰，而舞罢归来，双双并坐"吉普车"上，风驰电掣，冲坏工人罢工学生请愿的队伍，轧死几个中个小百姓，满不当一回事，不都是威风得很嘛！

所谓"法纪"

国民党反动派口口声声讲"法治"。就二十年来所目睹身受的"国民政府法治"讲来，我辈青年，能够活到现在，真算是"恩典"和"幸运"，过去用人民的骷髅穿成的"法条"，用人民的鲜血涂成的"法典"，思之战栗，言之痛心，不说也罢。这里仅就京沪两地收复期的"法纪"举出几项，让我们看看这法究竟是怎样的"法"。

先说"惩奸",国民政府的《惩治汉奸条例》公布,公布了大小汉奸也捉了几个,都是极舒服地住在洋房或从前自己的公馆里,名为看押,不见公审。舆论界要请速办速审,几乎喊破了嗓子,仅只提出几个名分不大的应应卯,敷衍塞责了事。政府和党的机关报也时常刊一条"汉奸某某仍在羁押候审"的小消息,像是在安抚群愤说:"你们不要急呀,还会放了他?"这就无意中露了马脚——老百姓是根据经验在怀疑了。其实前门捉人后门放出的很多,有人情的靠人情,没人情的靠钱,许多接收人员有做敲诈汉奸的生意,有的汉奸早经摇身一变,成了新贵,或优游无事。《惩治汉奸条例》等于一张废纸,还有什么法纪可言!而这早是收复区妇孺皆知的丑事。

上海前副市长吴绍澍,这回在国民参政会上扮演着双簧,痛斥接收人员贪财舞弊,弄得民心尽失。而他是怎样下台的呢,日寇刚一投降,他就在上海以"地下工作首领"的面目出现了,身任市党部主任委员,加封副市长,大权在握,赛跑第一,便大肆接收起来:楼房、汽车、银行、整箱的金条,统接进自己的私邸。后来风声传出,政府的颜面攸关,调到重庆查询,其实不过花钱打点一番,便悄悄地卸了副市长的职,专干市党部主委,领导着三青团,仍然是有权、有势、有钱。更轰动京沪各地的是姜公美案,此公来历也是"地下工作英雄",最先杀进上海,加封宪兵队长,职权在"接收事业"上,既大且便,于是遍市搜刮起来,工厂、银号、机关、团体、敌伪的仓库、营业、军需物资无所不备,整个的上海大部财富和物资,几乎都"收"进他的袋里。这么一来,迟到的天兵既不甘心,民情又不易平稳,只好革掉他的职。他虽买到了官方的许可票,但民愤难平,舆论界进步人士,一致沸腾起来要求公审他,政府无奈只好答应了请求，由军、政、司法三方面组织法庭开审，全上海六百万双眼睛睁大了注视这一审判，却不料法庭席上禁止一切旁听者，更奇怪的是，结果宣判"无罪开释"。全上海舆论界马上就又哗然起来，许多民主进步的报章杂志都用大字标题写着《姜公美无罪？》质问政府及各方司法负责人。这样一来，几个胆小的法官吓得又连忙声明"对这个审判不能同意"了。但，含混地解释一番之后，又宣布说："对姜保留暂不释放。"其实老百姓哪知道，这是敷衍，是骗局，缓和一下公愤之后，结果仍是以不了了之。他们看够这些老戏法了，然而知法者犯之，执法者弄之，无拳无勇的小民，喊一通有什么力量。庶民叫冤，于统治阶级之"法"何！

另有一件古今中外所无的"奇"法，远在"一·二八"抗战之前，日本法西斯在上海制造了暗杀日本水兵中山秀雄事件，企图以此为借口，发动侵略中国战争。当时南京政府惊慌失措，会同日军找出了一个广东籍同胞杨文道，指为杀人犯，判处无期徒刑，关进监狱里，于是杨文道便做了奴隶外交的牺牲品。"七七"抗战军事上日本已经是敌国了，然而日本□法律却有效，政府西迁，扔掉了上海市也扔掉了杨文道。这回抗战八年胜利，上海"收复"，而对投降国日本的法律仍旧遵守，杨文道还是关在狱里，杨的儿子连次向法院请诉释放他的父亲，一直未被理睬。天幸，委员长从北平带着四千多件人民投诉的函件，坐着"美龄号"飞到南京来了，自然南京也马上挂起了"人民陈诉箱"。杨子赶到南京，投了一次诉，蒙委员长的恩，下"手谕"令法院办理，可是法院对扬子答复说："你的父亲依法不能立即开释，须呈请最高法院批示，俟法律手续完结后判理！"于是，扬子只有等这些法律手续，一直又等了一个多月，不见消息。这期间上海的舆论界纷起呼吁立即释放,靠着这个助力,杨文道总算获释了,而且是承一个有钱的同乡仗义担负法币□百万元的保条才获释的。这个为国牺牲的同胞,住了十二年不明不白的糊涂冤狱,把头发都住白了。谢谢天!他总算活着看见了日本法西斯的败亡,看见了中国的"胜利"。但他却用他惊人的健康的身体和非凡的幸运,闯过了日寇的酷刑和杀戮,执拗地活下来,给中国人民又看清楚了一次中国政府的"法"的面目,这个跟日本法西斯政治斩扯不断地结着血缘的"法"的面目。

上面不过是举出几项有条文有法理的法律事实,此外还有许多的不文"法",如勒索法、抢掠法、人民失踪法、恫吓法、随时拘捕法、人身毁击法、头脑改造法、暴乱法、一整套特□人法典,千变万化,取用不竭,仰之弥高,测之弥深。这一所臭粪坑,掏也掏不完,还是诅咒它让它跟法西斯的亡魂一块儿毁灭吧!

黄鱼滋味

在南方,火车有"黄牛党",轮船有"黄鱼党",既无权又无势的普通小百姓,想要坐车或乘船,非甘心做条"黄牛"或"黄鱼",向该党党员买票不可。否则,你就休想移动。

(注:"黄牛党和黄鱼党"为交通困难环境的产物。构成分子:火车为铁路局大小职员,轮船为轮船公司大小职员,他们操纵客票,暗卖黑市,票价高出原价数倍以至数十倍。)

为了从上海□□□,一直等了几个月的□,没有结果;无奈只好也做条"黄鱼",好容易打听到门路,买了一张黑市票,才算上了船。

但黄鱼也得分货色，做普通轮船公司的黄鱼，跟做"国营招商局"的黄鱼就不一样：轮船公司的黄鱼好做，货色次一等；而"招商局"因是"国营"，等于"衙门"，且所有船只都是用来"复员"的，非有特别门路特别关系不可，故货色高一等。接收东北和华北的"中央"机关的中下级公务员，堆在上海一地的就不下几千人，各堆有几个月，几个星期不等。你想做黄鱼，若非特别门路，哪里轮得上呀！

招商局接收了英国旧轮船六只，两个月才修理好两只，等得日期较久而且衙门口大些的"员"□一千余人，才优先乘船以"复"。自然，其中夹带着半数以上的黄鱼，但却给到北平来接收美军战车的某战车营抢了先。□营官兵开到这条船上，连甲板都住满了，于是复员的公务员不答应了，质问招商局，招商局便向军部交涉，但军部不下命令，或者下命令而老□不表示服从，一直拒绝下船，且以揭发招商局夹带黄鱼为要挟，这样僵持了廿多天，兵不下船，船也不开。公务员和黄鱼等没有枪杆，自然不敢做如何表示，只有委屈着上船，挤在甲板、舱蓬、厕所、走廊的缝隙里。两条船上几乎挤了两千多人，还有善后救济总署拨运华北的救济物资——白面、衣服等。这两条船上遂成了人罐头，没有饮水，没有食物，厕所、水管子全堵塞或毁坏了，舱房甲板上下满堆着屎和尿，人声鼎沸，臭气熏天，全船蔚为一大奇观，船长不敢负责，大副也不敢开船，闹到最后，仍然是以不了了之。结果，不敢负责者权且负之，不敢开船者权且开之。这两天船便这样带着兵士、公务员、黄鱼、物资的堆栈，浩浩荡荡杀出吴淞口外出了。

我是属于次一等货色的"黄鱼"，坐的自然是轮船公司的商船，全船乘客，分类非常复杂：小商人、单□客、密输业者、还乡难民、小公务员的家属，被裁掉的返籍的难兵，但十分也八以上都是黄鱼，同招商局的船不相上下。甲板和舱篷上全卖了票，大家紧挤在一起，活活成了"腌黄鱼"，但有钱的黄鱼可以拿十万法币的代价向茶房买一个铺位，四万法币可以买一只帆布床。这船上有酒有肉还有咖啡牛奶，只要你有钱，你就可以从□伏在甲板上受海风吹打的腌黄鱼的身上走过，走进这地□的□□□□□舱房里去。

船上有四十几个复员的华工，这些华工原是塘沽商船上的水手，太平洋战争爆发时，他们连船带人□到菲律宾，在那里受美军的雇佣，学习造船，成了造船的技工。马尼剌陷敌，他们遂被遣送到澳大利东部一个小军港上做工，一直工作了四年多。四年中他们深深体尝了弱小民族痛苦滋味，侮辱、唾弃、歧视和待遇不平等，环境迫使他们自觉地团结起来，努力向上，热心地学习和工作，终于追上了瞧不起他们的□国人和美国人，成为模范工人。为了待遇不平等，他们曾经几次用罢工反抗来争取胜利。而环境也同时教给他们自觉地爱祖国，争取民族的自由解放，只有这些争取到手才能同别的民族立于同等地位，不受欺侮。他们加紧地工作，知道多造出一只船，便是早一天接近胜利，为了盟邦同时也是为了中国。因为衣食都是官给，把每天所得的工资全部交给美军部转送到国民政府，作为抗战的捐款，以至于号召全体华工同胞厉行戒烟运动，节省一文就会使政府多得到一分抗战的力量。他们虽在晚上仅有几小时的睡眠时间，还会团聚在无线电周围，收听祖国的战争消息。一直到战争胜利来临，军造船厂停工，他们欢欣鼓舞地盼望着复员还乡，请求中国政府遣送他们，但是没人管理，政府根本不知道还有这些远在海外为抗战而献身的华工。于是只好请求美海军帮忙,领了旅费,被送回香港;到香港政府还是不理,仍由美海军转送到善后救济总署,救济了衣食和船费,再送回上海,照旧是由救济总署照管。这弄得他们灰心失望,而上海收复期的混乱黑暗情形,官僚政治的反动与腐化,更加深了他们的悲痛。一个工人愤然地说:"我们做工,我们捐款,把一切都献给了国家,而政府不知道有我们,我们捐的款谁收下了,做什么用了,老百姓抗战抗得精光,快要冻死饿死了,而他们还要鼓动内战,发胜利财,为什么不能和平、不能团结、不能实行民主?他们都没有长着人心吗?是些狼吗,还是野兽?"那个上年纪的老工人叹着气说:"到现在还不知道好好地干,全国一心一意把国家弄好了、弄强了,难道还老死拖着美国的大腿,叫人家管理你吗?"是的,他的话一点不错,连他们将来的工作和职业也全是美军部负责管理的。

在他们一伙里,还挤着一个苍白脸瘦伶仃的兵,这兵也是救济总署送上船的,他一家子七口抗战抗死了六口,只剩下他一个人。但在胜利后不久,他就被裁掉了,靠着几个同伍的士兵帮助,弄到一点钱,回他冀东的老家。从重庆到南京,再到上海,没钱买船票和车票,他就偷偷登上船,船上向他要,票子没有,赶他下船,他就说:"你们把我扔到江里去吧!"就这样捱到了上海,跑到救济总署来请求救济,领了一张船票,他又把票子转卖给没票的黄鱼,自己沿用老法子坐船。这兵发表感想说:"妈的,抗战抗成这样,下一回王八蛋再干!"他对于国民党军队发落他的抗战下场,真是伤心到底了。

平、津巡礼

天津,气候真冷,刚从南方来,一下船,觉得身上的衣服挡不住寒气。而北平的春天还刮起西北风飞起雪片来,住在这里的人告诉我:"你的运气坏,前几天非常暖和,棉袄都穿不住□。"□是的,不但是天气遽变,那几天人事也□□和着这天变:捣乱调□执行部、策动反苏游行、东北学生请愿,满处是标语口号、阴谋策划。真□跟天气一样,来一个掉尾大狂暴,准备自己走进地狱时多带些血腥,死后也充英雄!

天津的美国兵特别多,水陆空齐备。走在街上,过不几步远便可以碰见一个或数个,也许是天津地方小,就显得多,但若再想一下天津今日□中国的情势上所处的地位,便觉得实际上还是不能不多。这些兵们跟其他地方的一样,也挎着"吉普女郎",阔步过市,或驾车疾驶而过,只是挎着的女郎不及上海的身材窈窕,显得臃肿,而舞场、酒吧间之类恐怕也不及上海的多而且好;但上海虽好,也还不能拉住思乡的美国士兵们,在要求遣送回国了,不知此地的盟军战士们亦有同样感触否?

这里还有□□惊人的特点,是敌俘敌侨的□甚变化,穿着多色鲜艳的和服的女人,整齐西装的男人,依然昂首挺胸,自由地闲荡,看了使人极不舒服。南京和上海虽也奉命以"大国民风度"对待敌人,究竟表面上还有个限度,不像这里把中国礼让宽恕之道表现得如此淋漓尽致。我到理发馆里理发,看见一个日本人昂然而入,坐在椅子上这样那样地指挥一番,神气不减当年。理发师则唯唯听命,神气也不减当年,问他们日本人为什么不集中,答曰:这里没有集中的。当局嫌办理麻烦,日侨仍住自己的房子,吃大米、鱼、肉之类,而中国人却连棒子面也快吃不起了。问他,你们为什么对他们还这样好呢?答曰:不好不行,即使你有理,打了他们当局也是不许的。

彻底以"大国民风度"来感化败敌,是文明古国的最高精神的

表现，也算是发扬国粹之一端！

北平的街上冷清清的，冷清得叫人窒息，商店里没有顾客，好像似庙堂，这古城在胜利声中被搜刮光净而死去了！到商场一家小饭馆里吃炒饼，伙计缩头缩脑地悄声叫我不要吃炒饼，下一碗面条吧。问他没有炒饼□，答云：有，可是不卖。再追其究竟，才知道最近吃炒菜新加了百分之二十□捐税，炒饼算炒菜一类，恐怕价钱太大影响了顾客生意。后来他偷偷向外一指，说："你晚上再来吃炒饼吧！等他走了再卖。"我诧异地向外面看，原来对过理发店门外端坐着一位警察，这是专门派来监察"奸商"偷税的，妙哉！不过，在一切物资全"接收"尽净之后，再下些命令，各方面挤挤油水也是好的，这对于做顺民做惯了的北平老百姓，可又算得了什么呢？

在北平几天里，躬逢盛会之一是"东北学生请愿来平"。官报上大肆宣传，说这样学生如何爱国、如何坚强不屈、如何长期不被日伪奴化，故能冒尽艰险千里来平请愿云云。而平市各机关团体忽然一改历史作风，对这些请愿学生□嘉□备至，爱护逾恒，送棉衣、送棉被、开会、慰问，以至□□警保护游行等等，应有尽有，和上海南京各地学生工人反暴行要求工资等请愿游行的待遇，恰恰相反，倒使我抚今追昔，顾此思彼而感慨无量了。我是东北人，自然也不能不关心乡土，很想看看这些久别了的有热血的爱国青年同乡，站在街上细心检视到队末一个人。却对这一队同乡，至少有半数找不出他的学生的影踪，想起昨晚一个朋友同我谈起捣乱调处执行部事件，他告诉我那些河北请愿难民团中有许多广东人和外省人，而且还有他认识的一个"军统"的工作人员在里面。跟这对证一下，我不禁为其中那一半穿着东北大学生破制服的青年同乡们悲伤，他们把自己可宝贵的青春，蒙昧地毫无代价地送给了人家，做随用随掷的手榴弹，抢救那个垂死的"统治生命"，让它继续活着，蹈着你们的血，走向你们的家乡去。

我几乎制止不住自己的感情，想要痛哭一场，但愿你们是最末一次的牺牲品吧！为了那些涂满了血腥的黑暗的过去，是值得痛哭一场的。

(《晋察冀日报》1946年5月8日、5月9日、5月10日连载)

在曲折中前进

余修 戈奇

什么点缀了故都的春天?

这是胜利后的古都第一个春天,天安门前黄色的迎春花次第地开着,中山公园的丁香林,在招引寻春的人。今天毕竟是中国人的天下了,游春的人盘桓于颐和园、故宫、北海的红墙绿瓦恬静庄严的建筑物中,以求一抒八年的抑郁之气。

但是人民的心,在内战气氛笼罩中被压缩着。夜色卷来的灰尘里,在耳语着无稽的谣言。城门黄昏后就半掩着,好战者们放散着八路军要暴动的谣言。在这些烟幕后面,正制造阴谋和战火。

许多军事机关门前都修筑了战壕、机枪掩体,南苑一带增修了许多红色砖块砌成的碉堡炮楼,西郊封锁交通,永定门都在赶筑工事。空运大队办公室贴着:"近来时局紧急,每星期三四进行实弹对击。"飞机厂正忙碌着空运部队和军备到东北去,士兵们一个个满面愁容,在飞机场□□。

"日本鬼子投了降,棒子面涨了价"

在物价狂涨下,市民生活痛苦是普遍的现象。敌伪时代,窝窝头每斤伪□币一二十元,现在涨到五百元。一般工人、茶房,每月薪水仅二三万元,只够一个人吃窝窝头。房租至少五千元,稍大的一万以上。一位十七岁的高一学生苦笑着对记者说:"现在我们每天三顿窝窝头,除了早晨一顿有稀饭外,其余两顿只有开水和咸菜。这生活要支持八小时的学习,也够苦了。"

生活的鞭子，迫使无数的男女老幼涌到马路上去向人讨乞。街头巷尾，每天总要发现不少干瘪的饿殍。许多老百姓说得对："中央大员来了，什么都贵了，他们能接收的是敌伪物资。实际上，许多老百姓的物资也被'接收'了，但接收不了民心。"孩子们在唱着："盼中央，望中央，中央来了更遭殃。""鬼子投了降呵，棒子面窝窝头涨了价呀，咿呀唉。"

庄严的文化城又受着玷污

这文化古城，遭受八年敌伪的灾难，现在又受着特务的玷污。"四三"事件以后，特务们接连几个晚上去惊扰和平市民的春眠。某大学一位生物学教授深夜被特务们从病床上□起，弄得他病加重了，一星期不能康复，□掉自由的市民达□□多人。"学生"□□□□，已成司空见惯的事，西城某大学的"学生"，竟公然以□枪之声来威吓教授。宣传和平民主团结的《解放报》是他们的眼中钉，他们组织了"自行车队"，到处殴打报童，撕毁报纸，最近更采取了鱼目混珠的无赖手段，刊行一种与《解放报》形式类似的《解放区》，以图混乱视听。但是报童们也会用不同的叫卖声喊着："看报，看国民党的'解放报'。"

如此"民族至上"

在北平市民的啼饥号苦声中，日本战犯则过着幸福美满的生活。他们都住清洁寝室，光线很好，漂亮被褥、西服、戎装，每周理发一次，每个寝室都有□□□花。罪大恶极的战犯□□吉乔与其女秘书同住一室，她还要涂脂粉。国民党中央发给日侨给养费二万万，日侨管理费二百万，配给日侨的玉米面，全都卖给□□□民，据说对此吃不惯。

汉奸同样得到当局的优待。曾于日伪时期做过"合作事业理事

长"之大汉奸汤芗铭,曾被传讯,复因"面子"关系,恢复自由,并乘机飞渝。

法西斯派对于死了的汉奸,更是如丧考妣。被房山县人民公审处决的汉奸,在抗战中屠杀了大批抗日干部的刽子手,早在房山人民心目中作了定案的李逆仲三,□偏偏□到中山公园的中山堂去开追悼会。有的报纸□替他出专刊。

一个中学生含着泪水对记者说:"现在我们还是用着敌伪时期的一套教科书,大家都不愿□,可是有什么办法呢?"

在曲折中前进

春天里,虽然有些人在制造沉重与污浊的空气,但是春天的另一面是活泼的,蓬勃的。成千的小学教员,为要求□饱,全体罢教的运动,初步胜利了。春光明媚,春假旅游形成热潮。旅行张家口回来的人,在传说着人们爱听的故事。中大为抗议特务暴行的三千人游行请愿,声势浩荡地举行了。北大的红楼里,墙壁上有四五十种壁报,传达出人民要求和平民主团结的呼声。为反民主分子所憎恨的《解放报》,在五千、一万、二万、四万地激增着。

□位七十多岁的革命前辈对记者说:"造谣污蔑,封锁统治,阻挡不了人民争自由的浪潮。依靠特务们□行□□,反而会把广大人民'结合起来的'。"是的,"四一二"以后,有过□□运动光荣传统的北平市民,正在曲折的途□上前进。(新华社延安六日电)

(《晋察冀日报》1946年5月9日)

白求恩和白求恩工作者

——献给护士节

姚远方

一个医生,一个护士的责任是什么呢?只有一个责任,那责任就是使你的病人快乐,帮助他恢复健康、恢复力量。你必须看到他们每一个人,都是你的兄弟、你的父亲——因为就真理说,他们比兄弟父亲还要亲切些——他们是你的同志。在一切的事情当中要把他们放在最前头,你要不把他看重于自己,那么,你就不配从事卫生事业,也简直就不配当八路军……

——诺尔曼·白求恩

中国共产党人、八路军、新四军和全中国人民永远记忆着一位为中国人民事业而自我牺牲的伟大的国际友人,加拿大人民的优秀代表,加拿大共产党优秀党员——诺尔曼·白求恩博士(Dr. Norman Bethune)。

白求恩博士,加拿大脱朗托人,他以一生的精力,从事了三十五年的医疗工作。第一次世界大战的时候,他就在欧洲战场上服务,回到加拿大,不久就担任加拿大空军军医队长。由于他的不断钻研,他成为肺部外科治疗出色的专家。他发明了很多种手术用具,遇到肺部生瘤的病人,他能够把整个的一叶肺取出来,这样救治了许许多多的生命,他成为世界闻名的专家。世界上几个最大的医科大学,都请过他当教授,皇家学院外科学会也请过他去当会员——这是一个外科医生所得到的最崇高的荣誉。

但他并不满足这些成就,他总是摸索着怎样能更好地为劳苦大众服务,他终于参加了加拿大的共产党,成为一个积极的模范的布尔塞维克，把他所有的才能献给人民。

一九三六年德意法西斯侵犯西班牙，他随着加拿大的志愿军——麦克拍伯营到了西班牙，他亲自上火线，去挽救为人类正义和平而战的西班牙兄弟。

为了给西班牙政府军进行医疗募捐，一九三七年四月，他回到加拿大去。三个月以后，中国人民抗日战争爆发了，他把中国人民的事业，当作他自己的事业，他毅然地抛弃他个人的优裕生活，他代表着加拿大人民，率领一个医疗队到中国战场来。一九三八年四月他到了延安，便急于要到战地去工作，不久，他如愿地渡过黄河，穿过正太路封锁线，到达了远在敌人后方的晋察冀边区。

晋察冀边区，这块百炼成钢的抗日民主根据地，在它刚诞生的时候，各方面都缺乏抚育它的人，尤其缺乏医务干部。材料药品更是贫乏到可怜的程度，全边区的药品仅够用□□月的；纱布绷带，洗了又洗地用着；自己采取中药，制成丸散膏酊来代替西药；探针、钳子是用铁丝和铁片代替；割骨和锯树是用同样的锯子……这样一个贫乏的地区，是多么需要外界的援助啊。

白求恩像个救星似的降临在这块抗日根据地上，他带着大批药品、显微镜、爱克斯光和一套手术器械……更可宝贵的，是他带来了高妙的医疗技术，惊人的组织能力和对中国革命战争事业的无限热情。

白求恩大夫的工作成绩和工作积极是令人吃惊的，他总是从清早一直忙到深夜，他不愿自己有一分钟的时间闲着，有时候甚至一天之内替十个以至十五个人施行手术。在一个月之内，他平均要替一百三十□人施行手术。一九三九年，战斗频繁的时候，四个月内，他走了一千五百里路，有三百十五伤员，经过他施行手术之后，又带着健康的身体，走上前线去了。他亲手创设一个国际和平医院，和许多救护站、医疗队。这些医院的高度的技术水平和惊人的成绩，在八路军里获得了极高的声誉。为了医生和护士的深造，他还主讲了几种课程，这对于医生护士们技术的提高，优良作风的培养有了显著的成绩。他还写了三本战时救□□著作，他设计了"流动手术治疗队"的组织。这样，医疗队要紧靠火线□里地以内，以便腹部和脑部中伤的人，能够迅速施行手术，这样的设计在世界上他算是第一人。

白求恩大夫对伤员的爱护、体贴是无微不至的，他经常对大家说："一个医生，一个护士的责任是什么呢？只有一个责任，那责任就是使你的病人快乐，帮助他恢复健康、恢复力量。你必须看到他们每一个人，都是你的兄弟、你的父亲——因为就真理说，他们比兄弟父亲还要亲切些——他们是你的同志，在一切的事实当中，要把他们放在最前头。你要不把他看重于自己，那么，你就不配从事医生事业，也简直就不配当八路军！……"

白求恩是百分之百地执行了他自己所说的话，他看重伤病员甚过他自己，他常常为了伤病员而废寝忘食，他常常冒着风雪跑了七八十里的山路以后，也不休息，也不吃饭，彻夜为伤员行手术。他时常半夜不睡的，跑到病房里，用他生硬的中国话安慰伤员，问他们好不好？只要伤员没有叫，很平静地说声好，他就快乐地简直跳起来。伤员冷了，他把自己的被子给他们盖，把自己省下的自己带来的荷兰牛乳给他们喝，甚至亲自给他们做饭，只要听说哪里有伤员需要他，他就风雨无阻地赶去。他说："医生坐在家里等待病人来叩门的时代已经过去，我们要到伤员那儿去，不要等伤员来找我们……"他严正地批评那些沾染了官僚主义作风的医务工作者。有个大夫曾经在手术室里削梨子吃，为了工作，他毫不客气把他的刀和梨扔到外面去。成千成万在死亡边缘救活的伤病员，他们衷心感激白求恩大夫。齐会战斗，经过白求恩二十八天疗治痊愈的一个打断了肠子的连长，当他重上战场的时候，他抓着白大夫的衣服，流着泪说："白大夫，你是我的爸爸，你是我的妈妈，你比爸爸妈妈还爱我，我要多杀几个敌人来报答你。"

白求恩非常看重□养员的生活，但他对自己的生活是很刻苦的，他要求党的组织降低他的生活水平，要求他和一般人生活一样，他说："我是来工作，你们要把我当作机关枪来使用。"

为要对失血过多的伤员施行手术，首先必须补偿他所失去的血量。白求恩运用他在西班牙的工作经验，用输血的方法□□决，这是要从健康的人直接取出血，再注射到伤员的身上去。因为当地中国人民对于输血□不懂的，于是白求恩以大无畏的牺牲精神，高度的国际同情心，以身作则，取出三百CC的血液为一个伤员注射了，结果这个伤员得了这位国际友人的血液补偿而得救。这个伟大的牺牲精神，不仅感动了全军医务护人员，而且感动了医院所在地的群众。首先村长齐之彬自动报名参加了志愿输血队，并且迅速地全医护人员也组织了志愿输血队。在白求恩这种自我牺牲精神的领导下，许多流血过多，伤势垂危的战士得救了，他们的血管里有国际无产阶级代表者的血，有中国抗日人民的血重新流着，使他们更坚决为中国人民解放事业，全世界人类解放事业，奔驰到战场同敌人拼命。

白求恩大夫的绝大部分的治疗工作，是在靠近火线地方、是在炮火下执行的，这样才能救治许多内脏被穿通了或是脑部被打坏的伤员。在有名的河间齐会战斗，白大夫□医疗队的手术室，离火线只有五里多地。一颗炮弹落在手术室的后面，震动得土都□了，有人劝白大夫转移到后面去动手术，白大夫说："不要紧，前面有队伍……做军医工作就要和战士在一块，就是牺牲也是光荣的。怕什么，做下去……"

白大夫这种大无畏的精神，感动了火线上的战士们，他们瞄准着敌人，相互鼓动着："同志们，冲呀，打垮敌人——白大夫就在我们后面，受伤了不要紧，冲呀！"

战士们听见白大夫在后面，浑身充满了勇气和毫无畏惧地冲过去，敌人溃败下去了。

这样一位伟大的国际友人，不幸在替别人施行手术的时候割破了手指，又受到致命的传染，虽然费尽了各种方法，终于在一九三九年十一月十三日离开战斗中的中国人民而长逝了。他为了救治别人战斗了一生，如今又为救治别人他自己死去了。

然而，白求恩的精神却永远成为八路军、新四军及一切真正为人民服务的医务工作者的光辉榜样，成为他们的努力方向。"学习白求恩！""创造成千成万的白求恩工作者！"成为八路军、新四军及一切解放区医务工作者的响亮口号和实际行动。

白求恩大夫和我们已经分别了七年。在这七年的战争锻炼中，解放区的医生们，男女护士们，白求恩的学生们，他们把白求恩的精神，贯彻到一切医务工作中去。在火线上、在平时、在残酷的反"扫荡"反"清剿"的战争中，涌现了无数的白求恩式的工作者，他们认识到自己责任的重大；他们认识到千万个为人民战斗的负伤者，他们把珍贵生命和健康托付在自己身上；他们认识到人民的事业有很大的依赖和希望；他们认识到自己的工作是非常光荣而值得尊敬的。因而他们不怕困苦、不怕危难，为了伤病员，可以牺牲自己一切。

在火线上,他们表现了英勇无畏的精神,甚至为了救护负伤的兄弟,而牺牲了自己可贵的生命。我们记得,在一九四三年石塘战斗中,二团的护士董玉生,他看见战士强来平负伤后,他不顾一切上去抢救。在敌人密集火力封锁下,他身上三处中弹,他咬紧牙关,仍然挣扎上去,把强来平背了下来,而他自己却流尽了最后一滴血。我们记得一位在冀中平原战争的烈火里涌现出白求恩工作者——冀中军区卫生部的女护士张喆同志,她在一九四二年冀中大"扫荡"中,她一个人掩护着八个重伤员,在敌人重重包围圈中,始终坚持着不屈地斗争。敌人占据了所有的村庄,她就和伤员一起在麦地里宿了十几宵,为了伤员不饿肚皮,她就化装着去沿门求乞。她历尽了一切危险,受了千辛万苦,终于把伤员掩护到安全的地方。然后,找到了她的一个当抗日区长的哥哥那里,和她哥哥一起同敌人周旋。就在这时候,我们的军队在她住地附近同敌人展开了激烈的战斗。她一听到打仗的消息,心情就完全惦念着战斗中的伤员了。这时候,她虽然没有担负着护士的职务,她还是把护理伤员当作自己的责任。她向老乡要了半斤棉花,买了一些碱面,消过毒,拿了剪子夹子,一直赶到战场上去。她一连三天三夜没有睡过觉,每天跑了五六十里路,给所有伤员们换好了药,把他们安顿在安全的地方休养。后来,敌人包围了村庄,她的哥哥,壮烈地牺牲了,她在悲痛中却还是惦念着村里伤员的安全。由于她的努力,所有的伤员都没有受到损失。总计起来,在这残酷的"扫荡""清剿"的一年中,她单独救护了八十多个伤员,使他们恢复健康,重上战场。

董玉生、张喆,还有成千成百的白求恩工作者、白求恩式的护士,他们不论在平时、在火线上、在残酷的反"扫荡"反"清剿"的斗争里,他们把白求恩的精神——"一切为了伤病员"当作自己鲜明的信条，他们把伤病员的利益当作自己的利益，把伤病员的痛苦当作自己的痛苦。他们真正成为伤病员的保命人，成为伤病员的政治宣传者和安慰者。他们的优良品质是我们一切医生和护士们的光辉榜样，是我们一切医生和护士们的一面大旗。

白求恩和白求恩工作者的精神，充分发挥在祖国解放的战争中，使得千百万抗日战士的宝贵生命得到了保障。同样的，这种精神，在今后和平民主建设的时候，将千倍万倍地发挥起来，使得高尚的为人民谋福利的卫生事业，有着光辉的发展。

(《晋察冀日报》1946年5月12日)

悼王若飞同志
——追记监狱斗争的一段

杨植霖

若飞同志给我的影响太深了,我得到他因飞机失事而遇难的消息时,□悲痛极了。真不知怎样处理我的情绪,中国人民损失了这样一个百炼成钢的战士,怎能叫人不伤痛呢?

我认识若飞同志是在一九三一年绥远的监狱里,在反动阶级加害我们的时候,与他同难真是幸运。在那些苦难的日子里,他同样是一个受难者,但他却能给我们以安慰、鼓励、教育,使我们在孤苦中不寂寞,在斗争中增加了勇气与力量。

关于他在被捕中的一长串事情,我经常回忆起来,不论回忆起哪一件来,都使我有一种感觉——他的一切都可为共产党员的榜样。

让我择要地忆述他在被捕中的一些事情吧。

三一年的秋天,他和云泽同志在包头一带工作,那时反动阶级的气势正在高涨,阴森险恶的白色恐怖笼罩了塞外,反动者到处安排下陷阱,爪牙们伸出了魔手捕捉革命者。就在这充满鬼蜮的世界里,云泽同志逃脱了魔手,而若飞同志在包头被捕了。

全绥远传说着包头捕获了大共产党的消息,各地戒严,非常惊恐,好似全绥远到处都有很多的共产党员。反动者们惊慌失措之余仍然企图屈服他,但他一开始就给那些家伙们碰了可耻的钉子。革命的英雄主义,使反动者人人赞佩,因他的被捕,共产党的威名震动了全绥远。

他在被捕中始终坚持着保护共产党与保护人民利益,从保护党与人民利益出发,表现出共产党员不怕牺牲的最高品质。他虽然被捕囚，但他那共产党员的豪气，使得反动者们更加畏惧共产党。

在包头初被捕时，为毁灭证迹，首先一口吞咽了名单，凶恶的警察扼住他的脖子硬往出掏，但始终没有掏出来。名单吃进肚子里，同志们的安全深藏在坚固处。

包头公安局局长开始审问他。

"你是共产党吗？"

"是，共产党有什么罪？"

"你是从哪里来的？谁派你来的？"

"从江西中华苏维埃来，是毛泽东同志派来的。"

"你不怕死吗？"

"怕死还革命吗?!"他冷笑了一声回答。

包头公安局局长原想问些材料好报功，可是简单地问了几句，觉得难以达到目的。他沉思想着什么另外讯问的办法，然而若飞同志却很气壮，打破了沉寂，怒气冲冲地斥责着："小小的公安局局长，问什么？拿纸笔来我自己写口供。"

公安局局长似乎希望他写出什么来，给他拿去纸笔就让他写，他写了六大张稿纸还要纸，一落笔就痛述国民党统治中国的罪恶，越写越有劲，越骂得痛快。公安局局长看了他写的口供后就慌了，连忙叫停止他再往下写：

"你写的不是口供，而是共产党的宣传品，够了，够了。"

包头的反动者们对他是无可奈何了，遂由包头送往绥远城。傅作义对他的才干与胆识，很赞叹，对他部下说："人才都出在共产党了。"傅作义当时要求若飞同志略有表示，即可放出去重用，而若飞同志却要求傅作义痛改前非，转变军阀思想，向人民赎罪，免得人民起来与他清算，这样使得傅作义更觉得他是不可侵犯的。傅作义对他的要求，觉得没希望了，便将他送到绥远高等法院去审判。可是每一次开庭法官就发愁,因为每一次的审讯都停止不了他在法庭上对共产主义的辩护,他滔滔不绝地论述共产主义的光明磊落,因此法官很害怕开庭,法官无法驳倒共产主义,因此也很难说他是有罪的。

他对国家民族是时刻负责的。"九一八"事变时,不抵抗主义者在闻风而逃下,顷刻间失地千里,他很忧伤,愤然给傅作义写了一封二万余言的长信,痛斥了不抵抗主义者,并力劝傅作义坚决抵抗。语言恳切而沉痛,打中了国事的要害,使傅作义深受感动。这样为国为民的忠心爱国者,确实使铁石人也会受感动的。

然而见不得真理的人,终竟是害怕真理的,典狱长韩渐逵就着急了:"黄敬斋(若飞坐监时的化名),你快把傅主席宣传过呀!不准你给他多写信!"

从此他给傅作义写的信往往被压起来。在监狱很长久的时间不判决,那时一般人都以为迟迟不判,不会有好结果,而他自己也做了精神准备。有一天他告诉他的舅父黄齐生(同机牺牲的名教育家)老先生说:

"我死了,一火焚之,并葬于昭君墓之侧。"

由这段话可以看出他准备死的决心,他虽然准备死,但他在有生命的一刻即为他的事业着想。他说:"不死就工作。革命一定要成功,应该爱重身体。"因此他每天冷水沐浴,每天要求晒太阳。他的生命力的表现,就在于他对事业的有信心。

为争求人类解放的热力,为事业而爱护身体的行为,给了我莫大的帮助。那时我正在狱中害病,比国医生对我说已染了肺病,我回到囚室就痛哭。有的同志劝我看若飞行事,我恍然大悟了,学他行事,肺病也没有更加重,而且有趣地一直活到现在。

他诲人不倦的精神,也表现出共产党员特有的优良的品德。凡和他在一个囚室住过的难友,都识了字。一个难友,十一个月的工夫,教会看三民主义,那个人是土匪嫌疑犯,出狱后便做了坚强的革命者。

他对我们更是关心,经常写文件让我们看。因监狱当局经常搜查,囚室里存放些纸笔墨是很困难的,为了解决纸的困难问题买进古书,翻过无字的一面写字,纸的问题是解决了。再搞一个钢笔帽子,放进一些墨汁,用时吐进唾涎,用火柴杆子蘸着写。这样写一篇东西是非常吃力的。我们就在这样艰苦环境下,领受了他的教育。

他不放松任何一个可教育同志的机会,三二年的夏秋之交吧!他偷买几张国民党的报纸看,上面有一篇黄平自首的文章,他看了非常生气,随即写了一篇反对失节的文章,痛斥黄平背叛党背叛人民的行为。那时正有一些不坚定的人,酝酿悔过,要求假释,因这一篇文章就停止了。在那篇反对失节的文章中,特别引用唐人的烧石灰诗:

千锤万打出深山,

烈火焚烧若等闲。

碎骨粉身全不顾,

只留清白在人间。

他以此诗比喻共产党人应有的人格气节。他反复指出要我们体会那首诗的精神,他说坚贞的共产党员就如同那首诗一样。

最使我难以忘怀的是三三年秋由狱中给他爱人李培之同志的那一封信,那是用白绸子写的,由我交给他的舅父黄齐生老先生转培之同志的。那封信中他重申准备死的决心,他说正义的死是轻松而愉快的,在那封信中,他对革命的前途表示出充分信心,历述中国革命的光明乐观。他要培之同志可以忘掉他,丝毫不要考虑对自己如何,应忠心耿耿地为党为人民服务,全心全意地服从党服从中央,时刻跟着毛主席走。那一片对无产阶级事业的无限忠诚,对人民事业的无限关怀,我看过那封信流泪了。我曾想这样一个志士竟有险遭不测的危险,使我兴起为中国人民痛惜之感。

若飞同志他的一生是为人民服务的一生,在他身上表现了无产阶级的光辉,他的死是为民主和平团结而死,他的死是我党与中国人民莫大的损失。他是经过了千锤万击与烈火焚烧的,他给人间留下了永远不会磨灭的清白。

若飞同志,我们用无限的沉痛纪念你,永远地纪念你,全党与全国人民永远纪念你那模范共产党员的无比清白。

安息吧,敬爱的同志,我们誓必完成你未竟的事业。

一九四六年四月十九日于集宁

(《晋察冀日报》1946年5月13日,《每周增刊》第14期)

为什么要来张家口考联大?

熊焰

一

一个刚由天津来的职业青年,他在天津某机关工作,他谈到为什么要来张家口:

"日本投降后,我和几位同事兴奋极了,每天在公事房高谈阔论:'七八年的乌气,这会总算有了出头之日!''国军来了,我们的待遇一定会提高!'于是今儿盼,明儿盼,一天接收大员来了——新来的股长给我们训话:

'我们一定不会亏待各位,各位的生活今后一定提高,今天中国抗战胜利了……'等等,非常漂亮,我们也很高兴、感激。

第二天我们正在公事房兴高采烈地谈着,外面喊:'股长请你们!'我们出去了,一人给发了把笤帚,要我们扫地,我们很迟疑,心想:'怎么叫我们扫地啊?'股长瞪着大眼睛嚷道:'不爱干,滚蛋!'

我心里想:'日本人在这儿也没有这样折腾我们!我们有我们的工作!'一气之下,我们七八人都辞职不干了。

可是自接收大员们来津后,物价高涨,生活难以维持,失业者全市十有六七。

三月十二日,天津广东中学的校长、教务主任,因为说学生反苏反共游行是盲目的、被动的,就被撤职了。九十四军军长牟廷芳并当着学生面辱骂他俩:

'妈的,简直是汉奸!混蛋!'

看到这些丧气事,我不能再耽下去。决定离开那乌烟瘴气的地方,来张家口投考联大。"

二

北平中国大学一学生说:

"学生的生活、生命都无保障,中国大学夜间捕人的事,经常发生,较日本人在时有过之无不及。中国大学、北大等大学,前后被陆军□扣押的有三百多人,生命没有一丝保障。蒋主席的四项诺言,不知应在何时何地才能兑现?

还有可恶地称我们为伪学生,要甄审。我们盼了七八年,希望走入祖国父母的怀抱中。国民党来了,不安慰没关系,打几巴掌也没关系,可是不应该抛弃我们不管。过去我们受了七八年敌伪奴化教育、法西斯教育,现在我们很希望受些新教育。奇怪的是国民党给我们的教育和敌伪的毫无两样,仍是原封不动的法西斯教育!

这些刺激我不愿再在那儿学下去,可是国民党造谣说:

'张家口如没有认识的人,就要被扣押!'因此我不敢来,后来决定冒险来张,碰碰看。听说共产党对工人好,我下了火车,就找瓦匠工会做小工。工人待遇很好,一天能挣五六百元,吃白面,闹选举,非常快乐。后来我告诉了别人,别人就介绍我来联大,这次假使我程度不够不能录取,我就在张家口做工,决不回那鬼地方去!"

三

北京大学一同学说:

"最近我们那儿出了一件事,一位女同学(叫田桂亭)正在上课,忽然说有人找她,她就出去了,一个陌生的男人摸出手枪,问她关于一同学的情形,她说不清楚,因为她实在也不太清楚。特务就恐吓她说:

'你喜欢看手铐吗？'于是拿出一副手铐在她眼中晃了半天，并警告她说：

'以后你再和他接近，小心些！'

'今天的事不许发表，发表了要你的脑袋！回去吧！'

她刚走到校门口，特务喊道：'站住！你爱听枪声吗？'

'乒'的一声，一颗子弹由她身边擦过去了！

我校同学知道了这件事都很气愤，这样可以随便威胁人命，我们如何能安心学习？

我们有个较进步的墙报，叫'火柴壁报'，是比较自由主义色彩的，有时说些较正义的话，可是白天挂着，晚上一定要收回去，否则特务就给撕走了。有一天，白天'火柴壁报'就不翼而飞，于是全校就议论纷纷，在饭厅吃饭时，大家都在谈着，一位同学很气愤地骂道：'不知道是哪个王八蛋干的事！'这时一个同学从怀中掏出壁报，放在桌上，并拿了一把匕首插在壁报上瞪着眼珠嚷道：'老子干的，你们敢把老子怎么样？'

特务在学校中这样无法无天，使我实在很难再耽下去。"

四月十二日于联大

（《晋察冀日报》1946年5月13日，《每周增刊》第14期）

戎冠秀本事

这是一个平常的故事,但却是真实的。

一九三七年秋天,日本强盗的铁蹄踏到华北来了,国民党的大官儿们早带着家眷和私产逃向后方去了。兵败如山倒的国民党军队乌鸦似的向南溃散着,老百姓在水深火热中守着他们的家,可是他们的一点可怜的财产和积蓄竟被散兵一次又一次地抢劫了去,紧接着国军的洗劫之后,多灾多难的老百姓又将遭受那日本人的奸淫、烧、杀了……

在这兵荒马乱的年头,戎冠秀的二十亩地又被地主残忍地收了回去,屡次哀求都没有用。

戎冠秀和她的丈夫一样,是诚实的庄稼人,受苦惯了也忍耐惯了。她们离开了给人打长工的大儿子,一家六口开始□逃荒,可是往什么地方逃呢?

邻居们舍不得她们走,可是不走又有什么法子呢?

正在这个时候,八路军来了。

★★★★★★

八路军一手挡住了日本强盗的进攻,一手扶起了受尽折磨的老百姓。新的时代从此开始了。

老百姓动员起来了,建立了自己的政权,在日本鬼子的屠杀面前,老百姓以自己的双手决定着自己的命运:要打日本,要过好日子。新的政策是贫富互相照顾的,一方面保证地主土地所有权和交租,另一方面地主不得无理地收回土地致使农民流离失所,并实行了减租减息,增加工资,实行了有钱出钱有力出力的合理负担……共产党领导着人民在战斗中创造了民主的抗日根据地。

戎冠秀是一个热情的正义的老太太,她被全村妇女选举为妇救会主任,连任了六七年。

戎冠秀在无依无靠中找到了依靠,在人民武装的保卫下,在人民政权的保障下,她勤勤恳恳地建造起他们的好光景:地有了永佃权,租子减低了,儿子们增高了工资,他们一家吃上了黄饼了,并且有了盈余。

戎冠秀是一个好人,在旧社会里她是一个贤妻良母,具有着吃苦、忍耐、自我牺牲的品性;新的社会发扬了她,并使她的性格更加完美。在抗日工作中,她发挥着她的热情与智慧,发挥着她高度的阶级□□□□□□□□□的毅力与自我牺牲的精神。

在一九四一年春天的参加子弟兵热潮里,她送她的两个儿子一齐报名参加子弟兵。

★★★★★

一九四三年秋冬,敌人对我边区进行了三个月残酷的"扫荡"。在反"扫荡"战斗里,她以妇救会会长的资格担负着繁重的工作:家务、全村的安全、支援部队的工作。革命责任心、对边区的热爱,使她克服着极度的疲劳,抢收、做棉军衣、供给部队给养、率领妇女转移、救护伤兵……工作,都在艰难的情况下完成。

任何困难都将在她的手下被克服。一个受伤极重,冻饿了七八天的垂死的伤兵,在她耐心细致的救护之下,重新获得了生命。

人是可以战胜一切的,顽强的信念和炽烈的友爱便是这力量的源泉。

□□□□□□□□□终于在我军民一致的顽强打击下被粉碎。一九四四年初,戎冠秀被选为拥军模范并出席边区群英大会。在会上,军区首长代表全体子弟兵赠给她以"子弟兵的母亲"的光荣称号。

★★★★★★

　　这就是这个剧里所表演的故事，在这个剧里，你可以看到边区是怎样成长起来的，你可以看到边区的妇女是怎样成长为新的妇女。你说它和解放区别的故事的轮廓很相像吗？这也难怪，因为在共产党领导的地区，现实的发展都是朝着这个路走的，戎冠秀的命运不正是解放区每一个贫苦农民的命运吗？

　　去年，戎冠秀又当选为边区的劳动英雄了，因为在前年的大生产运动里，她的成绩是很好的，创造了许多生动的模范事迹。

　　时代永远前进，英雄们走在时代的前头。

（《晋察冀日报》1946年5月13日）

妈 妈 同 志
——冀东抗战故事之一

管桦

妈妈同志常常□着长管烟袋向对门□壁子吧嗒:

"喝水别忘了挖井的,寻思寻思往常前,吃糠咽菜,揭不开锅,要没共产党八路军来,嘴唇离碗边还远着哪!"

往常前妈妈简直生活在一条线上,只不定哪会儿就断了命。

丈夫扛长活,妈妈拉扯着两个孩子给大家主洗衣裳锥帮子纳底,挣两个钱填补填补。可是,每到苦春头,还得孩子偷偷撸来杨树叶,用开水煮了拌糠吃。一次,树主找来,一定要请罪,好说歹说,妈妈忍泪吞声赔笑脸请了罪才罢。

这样的日子,一个追着一个过去,跟看要支持不下,两口子商量商量租了五亩地,丈夫白天做活,晚上回家耕地,妈妈也要领着孩子去经营。盼星星盼月亮,粮食盼到家里,但,不等晒干,就被佃主拉走了一半。官家又是个填不满的坑,捐税压死人,剩下的粮食仍是不够吃。女孩子十四岁那年,一天晚上到一家地主剥玉黍皮(剥完玉黍皮可带回家当柴烧),东家的二小子一定要搂着亲嘴,女儿打了他一个嘴巴子,二小子恼羞成怒,剥下的五六筐玉黍皮不但不给了,还说:以后再登门口,就打折腿。女儿回家埋在妈妈怀里,呜呜咽咽哭了一夜,妈妈咽着眼泪安慰女儿说:

"忍着吧,总有一天,我们翻过身来!"

这,在妈妈,就像一场梦也似的。那年七月十四,大月亮地里,全村男男女女聚在南场,听一个青年小伙子讲话(后来才知道是八路军区长),说:饿着肚子打不了日本鬼子,不要饿死的饿死,饱死

的饱死,要减租减息。过两天街上又出了布告,但地主们还是像臭虫一样叮着穷人不放手。又开了一个民众大会,租息才减了,官差也消了,二儿子同爸爸扛长活也长了工钱,粮食一年接一年地堆在屋里。

她忘不了八路军的好处,只要同志们住在家里,洗袜子、补衣裳,想尽新鲜饭做着给你吃。

"成年挨冷受冻,黑夜白天,为的啥?吃不着喝不着,到家还不解解馋!"

有时把枪搁桌上睡觉忘了,她悄悄塞你枕头下,你一睁眼她用手指点着你脑袋门儿,责备地:

"危险呢,熬的你还称打鬼子老手!"

害怕村人放哨大意,娘儿俩,暗暗轮班站岗。

同志们都说:

"你真是我们的老妈妈!"

她不高兴地拉下脸:

"我抗日啊,也该叫我同志!"

从此都叫她:"妈妈同志!"

一九四四年春天,我们去路南路过遵化圣水院村,顺便到妈妈同志家里。

院里还是那棵老槐树,铁似的干上缠着紫色藤萝。妈妈同志还是那个老样儿,矮个子、瘦削脸庞,只是鬓发更加白了,背略曲了些,黑的盖满蜘蛛纹的脸透着愉快的红晕。妈妈同志忙着叫女儿烧水,当然,还是自制枣树叶儿泡的浓茶。不一会儿,妈妈同志顶着一层土兜一大兜苹果,咕噜噜抖在炕上:

"吃吧,不着挖了个地窖,你们看也看不见!"又叫女儿去煮鸡蛋!

"没工夫吃饭,煮俩鸡蛋,留着在半道上盘饥。"

我们推却，妈妈同志马上沉下脸！

"看我不配给你们吃呀？"她就是这么一个人。

问她家里景况，政府每月有一百斤优待粮，种着几亩地，有村里代耕团耕种收割，再加上后山几十棵苹果树，称得起水来伸手，饭来张口。只是，自从丈夫死后，儿子参军，家里担子都在她一人身上：

"唉，操心的命啦，我们娘俩。"指着身旁大女儿！

"婆家催了两三回啦，要娶！"说着眼圈有些发红，忙转过脸，撩起衣角揩擦，愣了一会儿，小脚托着瘦小身躯摇晃了两下，忽然扑哧笑了！

"我怎么也顽固！"脸直红。

我想起这件事来：

一九四二年十二月三号，八路军同日本鬼子在圣水院后山开火，鬼子五百多死了大半，八路军也有伤亡。傍黑前鬼子来增援，八路军突围□□□□□□，刮了一天大风，晚上止了，乌云又密集起来，天像黑锅底，伸手不见掌。

鬼子住在圣水院。杀猪、杀羊，抓得鸡飞狗跳墙，半夜才安静下来。

妈妈同女儿熄了灯，躲在炕里睡不着，对屋鬼子打着呼噜，一会听见屋门哗啦开了，咯噔咯噔皮鞋声走出去，女儿用肘碰了妈妈一下低声说：

"换岗去啦！"

妈妈直瞪瞪地睁着两眼，望着一团团的漆黑，她心痛那头黄毛弯角小公牛，那是前年丈夫卖了一担五斗米买的，那是妈妈在夏天亲自背筐拿着镰刀到河沿割来青草，一把把喂养大的。丈夫白天给东家干一天活，夜里给牛打来大捆高粱叶，妈妈常摸着牛冰凉的鼻子说：

"好好拉套耕地，多给你割草吃。"

今天眼看着被日本鬼子用刺刀把肚子割开，剥皮，烤着吃了，牛临死，望着女主人哞哞地叫，叫一声妈妈的心就收缩一下，妈为牛到鬼子跟前求情，被皮鞋踢了一个斤斗。

西北风又刮起来，窗纸哗啦哗啦响，耗子在柜底下叫。

女儿刚一打盹，似睡非睡的时候，有一只手摸她脑袋一下，她打了一个冷战用肘碰了妈妈一下：

"有人！"

妈妈不声不响摸了一根洋火，划着，抬头看了看什么也没有，嘟囔着：

"睡吧，别疑神疑鬼的啦！"

没半袋烟工夫，摸到妈妈头上来了，这分明是一只冰冷的手。

妈妈倒吸了口冷气，坐起来点着灯，还是看不见什么，正纳闷儿，忽听炕根下有人哼哼，娘儿俩看了，几乎惊叫出来。

一个八路军，军帽被血湿透了，脑袋歪斜地枕在抱着的机关枪上，脸像白土子，胸脯和膝盖全是冰、雪和泥土。

他是个机关枪手，在天黑突围时被打中了左肩。因为他在妈妈家里住过，才爬了来，因流血过多，又加上在冰雪里，拉着一挺机关枪，昏沉沉没力气说话，怕炕上住着鬼子，才用手去摸。

娘俩把战士抬到炕上，叫女儿在门口站岗，给战士换了便衣，擦掉脸上泥土、血水，盖了被，机关枪放在妈妈被窝里。

"水！"有一袋烟工夫，战士才吐出一个字。

妈妈把嘴凑到战士耳根上小声说：

"给你烧！"

外面有咯噔咯噔皮鞋声，近了，更近了，妈妈忙向女儿使眼色，鬼子刚要掀门帘，女儿忙迎着。

"太君，走错啦，那个屋！"

"不睡？"鬼子说着中国语。

"妈叫我给太君烧水喝!"

"好的!"鬼子进屋去了。

烧开水,给对屋提去一壶,战士喝了水,又嘱咐女儿悄悄做了碗面汤,战士吃了、喝了,伤口换了新布,渐渐好了些。但新的难题来了,天亮怎么办?

娘俩低头寻思了半天,妈叫女儿在屋里照顾同志,自己到外面去了,回来用手捂着冻僵的耳朵说道:

"岗哨忒密!"

天快亮了,女儿发愁地望着妈妈,呆坐着。

这时对屋怪叫了一声。

娘儿俩对看着,变了脸色,她们想:

"发觉了?"

听听却没有响动,只是呼噜声响着。

"说梦话呢!"娘俩吐了一口气,妈妈又悄悄出去了,带着血染的军装,回来女儿问:

"军装?"

"藏在外边了。"

"同志能出去?"

妈妈失望地摇摇头。

天已经发白,公鸡连声地叫,娘儿俩急得直打转。忽听间壁圈里羊群咪咪地叫,妈妈想起了什么,忙从被里,把机关枪抱出,装入麻袋,结好口,把炕起下一块砖,塞入炕洞,又堵好,到隔壁叫起放羊小顺子。

"放羊去!"

"忒早吧!"小顺子揉着眼睛在炕头抱着胸唏哈着,妈妈在小顺子耳根嘟嘟了一阵子,小顺子点点头。

天晴了,几颗星稀稀落落在天空眨巴眼,干巴巴地冷。小顺子赶着羊群出去了，雪白的软团团的羊群叫着，互相撞挤着。战士翻穿着羊皮袄杂在这庞大的羊群里，妈妈又嘱咐小顺子送出东二里地村里，就不用管了。

小顺抽着响鞭，羊群从鬼子旁边过去。

悲剧就这样发生了。

过半个月，鬼子知道了这件事，大队来围庄，妈妈同女儿都跑了，赶巧爸爸正来家里，被捉住，拉到后山，浑身扒□赤条条地，双手用战刀□掉，掷在山根下，又用刺刀把肚子割开，就拉着大队回去了。

妈妈好好把爸爸埋葬，这天鸡刚叫头遍，就吩咐女儿把借来的小灰毛驴喂好，一条被折起来当作鞍子。

"妈，你上哪去？"女儿摸不着头脑，可是妈妈只是吩咐：

"天亮了，买点肉，买点菜，做黄米干饭，等着我，多做三四个人的！"

再问已经骑驴走开了，妈妈就是这样一个人。

妈妈骑驴过两个山□，走了十五里地，到儿子扛活的主人家，儿子正喂猪，把瓢交给伙计，伴着妈妈到屋里。

"找东家算算账！"

"干吗？"

"跟我回家！"

儿子不再追问，他知道妈的性子，算了账，挟着行李，掀起炕席，把掉了皮的识字课本装入口袋，跟妈妈回了家。

女儿把饭菜都做好了。

妈妈吩咐儿子：

"打一斤酒去！"却又一声不响地出门去了。

妈妈到街上找见了武装班长：

"到我家去！顺口找下村长。"武装班长刚要口，妈妈一摆手：

"到家再说，我还得找老办去！"

客人们都坐好了，有武装班长，办事员，村长，娘儿三个也挨次坐好，大伙都是丈二和尚，摸不着头脑，都大眼瞪小眼地愣着。

妈妈笑了。

"放心吧，没下毒药！"马上正色说道：

"今儿格请三位村干来，有一件大事。"

"快说吧，闷死我啦，净弄这些形式主义！"老办着了急。

妈妈接着说：

"今儿格请诸位来没别的，我儿子参加八路军，诸位做个保。"

"行行，这还不中！"武装班长连声地叫。

"原来这个。"村长和老办才松了口气。

"还有，"妈妈又说，"我家里情形你们也知道——"

"没问题，我们担保，饿不着你！"

儿子参加八路军了。临走妈妈同志含着眼泪说：

"二头哇，要不给你爹爹报仇，不是你娘养的！"

今天，大约又想起惨死的丈夫来了。

又坐了一会儿，鸡蛋煮熟了，娘儿俩送我们到村口，我们说：

"回去吧，妈妈同志！"

妈妈点点头说："好儿子们，别忘了看我！"

女儿抿嘴笑了。

走出约七八堆粪远，回头看娘儿俩还在村口站着，我们把手卷成圆筒放在嘴上喊着：

"妈妈同志！回去吧！"

（《晋察冀日报》1946年5月13日）

矿山书简

杨朔

我的好同志,你看见我一上矿山,就恋恋地不肯回来,不明白是些什么新鲜东西系住我的脚。说句实在话,自从我第一天来到庞家堡,便从心里爱上这个地方了。

这里是绵延不断的山岳地带,海拔足有一千五百米。矿区纵横约莫七百多万平方米,远远地看起来,不过是一片封锁在云雾里的荒山,披着白云,临到跟前,情景可完全一变。从山根到山顶,高高低低,错错落落,全是人烟。电和机器支配着整个矿山,工人都浸在劳动的快乐里。黑夜站在大山头上一望,四处的电灯就像满天的星星,一闪一闪的,简直是个城市,可是离城市顶小也有九十里。但又绝不能说是乡村,一来不见半个农民,二来乡村也不会这样现代化。这里的生活就是这么别有味道,充满新鲜的感觉。

地下的埋藏就更丰富了,足足有一万万五千三百万吨铁,成分又强,有的像鱼子,有的像葡萄,一百斤矿石,竟可以炼出六十斤铁。敌人称道说这是"东洋第一",哪能不眼红,动手抢起来了。他们靠着侵略旁人吃饭,到处屠杀,嘴里便不停地叫着:铁、铁、铁!短了铁,他们拿什么东西去杀人,于是东抓西骗,驱使着七八千工人,不分白日黑间,替他们开采。一天出钢七百吨,工人连睡觉的工夫也没有了。就这样,在敌人所进行的八年侵略战争中,庞家堡一直是他们的兵站基地之一。

我的好同志,你也许会从纸上神经质地闻到一股血腥气吧?其实自从新中国成立以来,我们早把这些血腥味洗刷得干干净净,使庞家堡变成工人自己的矿山,变成建设新中国的重要基地了。一样的铁,过去是刽子手用来杀人，今天却是和平的人民用来造机器、造农具，从事一九四六年的大生产。

这里，你又该听到个奇迹了。战争以后，除开苏联，在整个地球上，你能指出哪里没有失业，没有罢工？在上海、重庆、昆明以及许多旁的地方，失业的工人何止百万。他们陷入饥饿里，张着两手要求自由，所得到的却是枪杀和辱骂。但在解放区，就拿庞家堡来说吧，却没有一个工人挨过饿，受到失业的威胁。就是在矿山刚刚解放时，什么东西都翻了个过，陷到停顿状态中，新由八路军接收的矿山还是照旧给工人开工资，使得工人吃得比先前强，还能够剩下余钱添买衣服。

我在矿山上帮助做过点教育工人的事，曾经告诉他们一些关于重庆等地工人所过的悲惨生活，一个叫周连隆的老矿工摇摇头，□下眼皮说："咱们当工人的命真苦！"我立刻提醒他说："这不是命，是有人踩着你们不放脚！你在这个山上过得不就挺好吗？"他摸摸胡子，连连地笑道："是啊！是啊！"

不过有些工人刚从敌人的压迫下解放出来，过着中国历史上从来未有的崭新生活，还有点不放心。早些天，矿山上着手整顿，预备正式开工，有的工人便慌了，认为要"割人"，黑夜都睡不着觉。

不错，矿山的工人确实要减少了。你想，先前这是敌人的军火工业，忽然转入和平的中国人民手中，不再需要那么多铁，当然要缩小点。无论换到国民党的什么地方去，工人一定会弄得流离失所，或是愁死饿死。工人的不安，正是他们过去的痛苦经验所促成的。

可是有一天，矿山的主任在工人大会上宣布说："我知道许多工友都是叫敌人抓来的，谁愿意回家种地，和老的小的团聚一起，公家可以帮助路费。……"

这一来，工人可喜欢透了，会一散，主任办公室里便塞满人，流水似的一批来,一批去,每人都高高兴兴地拿到好大一笔盘费,家在解放区的人更拿到介绍信,要求当地政府特别帮助他们在家乡组织生产。

有些残废,或是老弱贫病无家可归的人,就仍旧留在山上,由矿山发粮救济,慢慢地帮助他们转入其他较轻的生产中去。

这绝不是"割人",倒是真正替人民负责,把他们散到工厂或老□村去,进行农业或是工业的生产,来繁荣解放区的国民经济。这种措施十分得当,也很平常。可是,我的同志,除了解放区,你听到过类似的事吗?

春天来了,矿山上的青草正在发芽,漫山漫野透出绿茸茸的意思。在呼呼的大东风里,时常传来机器的响声,或是坑道里放炮崩"红"的震响。整个矿山充满了青春的朝气,充满了劳动的热情。现在,这些伟大的人民是正在用自己的手,替自己创造幸福的家业。……

(《晋察冀日报》1946年5月13日)

英勇的四平街保卫战

刘白羽

记者整日穿行在激战的阵地上。四平街的保卫战，已进至第二十四天了。在这里，人民的忠实的警卫员们，写下了最英勇的一页。二十几天以来，这一块土地，无时不在残酷的轰炸之中，那些带着逼人的凶焰而来的美械装备之新一军，曾经以每分钟平均三十发炮弹的火力猛攻；但他们被阻止住。光荣的四平街第一线顽强不屈，它如同一座石山。四平街在两条铁路交叉的十字口上，是一个有十几万人口的城市，公允地说：这里不是什么稀奇险要的地方，附近只有一二处高地，前面有一条小小的河流。反动派的军队从南面、西南和西北面的一部分，同时向这个城攻击，炮声从三十里以外就听到了。战士们在他们低矮的堡垒里，坚决地执行任务。

当他们第一次走进这些地堡，坑道的连长、政治指导员和他们班长向大家宣誓："我誓死坚守这里，死了也要把尸首拦阻着敌人。"

最严重紧张的第一天打响以后，突然由一个连扩大到一个营，由一个营扩大到团，这话成为大家的话。他们在热烈的炮火之下，缜密地把它记录下来。在春风花雨之中，战士们白天从地堡里射击，夜晚利用一点空隙时间，修筑起坚固的碉堡。在一个地堡里，那是一个班的重机枪阵地。在工事里边的右壁上写着"正确瞄准射击"，左壁上写着"不怕牺牲流血"。正面编有号码，那里是射击手和掷弹手的位置。我可以这样相信，我们的战士对于他的地堡有着很深的感情。在一次激战当中，有一个班最后只剩下两个人——班长万金合和战士夏景春。他们最后下了决心，班长说："只要咱们活着，就不能叫阵地丢了，我们把手榴弹准备好，上来就打他"。果然，反动派一个连在这阵地前冲了三次都被打退了。他们坚持了一天一夜，天明以后，新的部队来换他们下去休息，他们对他们亲爱的阵地还是恋恋不舍。

我很了解，我很知道，他们为什么具有这样的气概。

前两天一个干燥发热的黄昏，我在满蔽尘土的街道上，看到从前线阵地上来的担架队。我跟其中一个姓张的住四平街三马路作皮匠的青年，他热诚地告诉我："同志！国民党进不来了。他们开头说三天不进来就不吃饭，可是后来又说一个星期，现在又听说大概一个月了。"他是一个十分幽默有趣的人，但他的乐观来自这二十多天的铁与血的实际。我问他："为什么？"他简单地回答："飞机大炮把四平街炸平，我们不退还是没用呀！"这就是无穷力量的来源。四平街的群众不是战争的爱好者，他们是和平的盼望者，就在战争前夕，他们中间还有两万家长代表十万市民签名要求和平，并送给沈阳的执行小组。他们听说"胡子又要来了"（他们憎恨国民党反动派部队叫作"胡子"，而民主联军是他们写信请来的），他们沉默而坚决地走到民主联军战士的身旁掘起工事来了。这样做的有七千人，但是他们心中悬虑着这样的兄弟顶得住"猴子队"（他们叫那些穿美军服装的新一军为"猴子队"）吗？火光闪烁一阵，炮火排山倒海地响来。我们区政府的干部站在瞭望哨上，用铅笔一道道画着，记不下那紧密的炮声。大家关心着第一线，眼看着两个通讯员往前跑跑不过去，伏倒地下了。半小时后，从第一线打来电话是连长的口音："阵地很好，只伤一个人，请首长放心。"这时，老百姓笑得裂开了嘴，现在他们每天听到炮声很高兴。他们都对部队同志说："我们听着高兴，你们打得好。"

一天，夕阳西沉的时候，对方火力沉寂了。忽然铁路东三个区的老百姓拥进政府来，跟区长说："前方同志为我们老百姓流血牺牲，我们准备些饼干、鸡蛋，慰劳同志们。"区长说："目标太大，怕受损失。"劝他们不要去，可是谁也不肯。后来想个办法，就是选举代表到火线上。战士从工事里伸出头来说："为了东北的和平民主，这算不了什么。"

在艰难的日子里，由于血流在一起，部队和人民在四平街造成钢一样的结合。

现在白天家家户户都在家里，他们在院里掘了地窨，晚间在窗上遮了黑布，不让电灯光露出一点来。电线夜间给炮火炸断，市政府领导着一部分工人白天又把它修好。日夜都有汽车在街上巡逻，大街上到处是沙袋堆的工事。

根据前十五天的统计，四平街五个区共死五十五人，伤一百四十三人，毁房屋数百间。

这个牺牲损失的数字，引起的不是恐惧，而是愤恨的火焰。

一个老年人被弹片伤了膝盖，打入骨中，立即被送进医院，马上区长和共产党区委书记来看他，还带了鸡蛋，告诉他，他已经分到十亩敌伪土地，这老年人说："从没见过，我们老百姓挂了彩跟同志们一样看待，区长还来看我。我五十八岁了，没见过这样好的军队，这一辈子总算叫我看见好人了。"市政府在战争中成为人民的首脑和保护者，房屋被毁了，政府立刻调剂公共房屋给他们；负伤的，政府送进医院，每天医十五元（四平街物价高粱米二元余一斤）菜金；家庭生活困难的还发高粱给他们；被炮火轰死者，市政府除负责入土，还抚恤家庭一千元和一百斤高粱，还发给一个长期抚恤证。现在为了解决大家的吃菜，各区都组织了临时合作社用大豆生豆芽制豆腐。区干部调查全市商店储蓄的盐和油，征得商人同意，代为卖给需要的人家，把卖的钱再转给商店。在这完全组织起来的战争里，城里出版有两种报纸，一种是给部队看的油印报——《战斗四平街》，另一种是给老百姓看的铅字报——《新闻简讯》，后一种报销有三千份。由于老百姓不惯在炮火中，大半都是经过区干部送到门里面去。这些英勇的工作者，常常是几夜不睡，他们为了人民并和人民紧紧地在一起。四平街的人说："打垮他们，叫他们看得见进不来。"另一方面那些厌战的俘虏在说："我们过来了。"在我所访问的俘虏当中，我发现一个人自言自语地说："热血的去当兵，没想到现在被逼着去打内战。"说着就哭了！这时一个营长叫郭朝南，河南清化县人，得了急病，突然满脸流着泪，站起来大声说："报告主席，我今天如大梦初醒，知道过去做错了。我知道内战责任不在共产党，是在那些反动派！"这时他激动地握拳高□：："拥护解放东北有功的八路军！"全场都深深地感动了。接着他诚挚地说："我知道我参加共产党条件不够，但我愿意进一步了解和努力，希望将来做一个共产党员。"他哭了，吞着泪走向后方医院去□养了。

从黑暗到光明不是一件容易的事，反动派想过种种方法，使他们的士兵变得愚蠢。

新一军起初那样自大狂妄，摇摇摆摆地到了东北，但只有一个问题，国民党当局是无法解决的，那就是在战争一接触之后，长官便无法再保存他们的欺骗。士兵知道对方不是"土匪"，因为世界上没有任何地方有这样的"匪"。俘虏没遭到活埋或剥皮，而得到的是温暖。在四平街战争的二十多天内，士兵的情绪有着显著的变化：一方面是下降、动摇，另一方面却是上升、坚定。新一军的士兵，开始把民主联军的传单秘密藏在贴身的口袋里，在战斗间隙时，偷偷地拿出来看。

我到前方就看到一辆大车送十几个俘虏回去，满车官兵每人得到香烟和路费。

不久以前，在金山堡，反动派遭受了打击，二百多伤兵被丢弃在阵地上，他们哀号呻吟，后来民主联军的同志们把他们用担架担到装满稻草的房内喂他们饭,两天之后,用几辆大车把他们送了回去,这使七十一军的无数士兵明白了真相。

乘火车回来时,同车就有三个穿着灰色美军服装的炮手,他们告诉我:"我们不赞成打内战,这就是一切。"

四平街英勇的人们永远留在我们的记忆里面,当我从车厢上望着两边无际的东北丰饶的原野的时候,我崇敬英雄四平街在为整个东北的和平民主而用胸腔抵住炮火与毒箭。四平街不是孤单的,全东北人民会把手伸向你,眼睛望着你,也会把力量集中向你!四平街不仅是为了东北,也是为了中国民主与反民主的斗争,光明的前途是在这重要□时间内发展着。(新华社延安十一日电)

(《晋察冀日报》1946 年 5 月 14 日)

把业余文化补习教育坚持下去推广开来

在张家口,自从联大、民教馆、堡子里、工专等处开设业余公学后,入学者即纷至沓来,非常踊跃。现在各校都已上课,人数共有一千七百余名,学习情绪很高。眼见一个文化学习的浪潮,是开始在高涨起来,这是很可喜的现象。

目前,入业余公学的,有干部(占大多数),也有职工、店员及其他小市民,选修的科目是国文、数学、英文、俄文、代数、化学、机械绘图、会计和政治常识。这说明了张家口业余公学不是别的,而是一种成人文化补习学校。它的出现,是解放区成人文化补习教育的一个新发展,为提高干部和群众文化水平开辟了一条新路。它是一种在职干部教育,同时又是一种社会教育。我们要努力使这种文化学习运动坚持下去,并且要进一步推广开来。

要使业余文化学习运动坚持下去,首先就要实行"大家办学",加强领导。最近业余公学校董会已拟就了该校的教学方针及解决目前一些困难问题的办法,这是很好的。但今后该校前途必须还会遭受到困难的。要使业余公学巩固下去,发展起来,政府应抓紧和加强对它的领导,应拿出更多的力量来办这件事,要随时帮助各校解决困难,总结经验,掌握方针,使之能顺利开展工作。这是从总的领导方面说的。

另一方面,就是实行"大家办学"的方针。这就是要求各机关、学校、群众团体,都来协助办业余公学。"独木难支大厦",单靠政府独力来办,而无机关、学校、群众团体的通力合作,那是很难使业余文化补习教育展开的。

老实说,目前还有些学校、机关、群众团体,对业余文化补习教育是漠不关心，或不够重视。要知道目前业余公学，已是一个拥有一千七八百干部和群众的大学校，这比一个普通大学要大得多。难道对这样一个学校，还不应该花费一些力量来办吗？要知道这个学校既是关系在职干部教育，又是关系群众教育，其意义和作用，并不比普通学校小。花费一些力量在这方面是值得的，办业余公学的各学校，机关当局，应该重视这个事业，加强对它的领导，要进一步拿出更多的力量，把它当作一件大事情来办，这对业余公学的巩固和发展，是非常必要的。各业余公学本身是没有基础的，它是以负责开办它的学校或机关的基础为基础的。因此各类业余公学遇有困难，各该主办学校或机关当局，就有责任来设法帮助解决。人力不够，就应增添人力；物资设备差，就应量力增加物资设备。只有这样，业余公学才能得到巩固和发展。

凡有干部职工入业余公学学习的机关、工厂，也应有"大家办学"的精神，协助业余公学办些事情。他们可以从两方面来协助工作：一方面是帮助管理学员的自习，业余公学都是由别的学校或机关附带办理，它的校务多是由所属学校机关的干部兼管，有的虽设有专人办事，也很有限，而学员又都是散在各机关、工厂。因此对学员的课外自习的督促检查，绝不是业余公学少数教职员所能普遍照顾的。这就要靠各有关机关工厂，指派一定人员负责组织、督促、检查本部门的学员的自习，并且随时搜集学员的意见，反映到学校去，以便促成学校方面随时改进教学，提高教学效果。

另一方面，就是帮助解决一些物质困难。如中央局、平绥铁路局等机关，及本报都捐助纸张给联大业余公学印讲义，腾出房屋来作教室，推荐干部做教员，帮联大解决不少困难。今后各机关工厂都应协助业余公学。

总括一句，要想使业余公学巩固下去，发展起来，一定要实行

"大家办学",由各方面来支持它,从物质设备以至教学管理都要给以帮助。业余文化补习教育,只有在政府和学校、机关、群众团体几方面通力合作之下,那才能顺利展开。

要使业余文化补习教育能坚持下去,那必须要它能适合学生的实际需要。要不这样学生就会不来上学了。因此,"把教学和实际需要结合起来",就变成业余文化教育成败的基本环节。

成人,特别是在职干部和职工的学习文化,有显著的特点,就是要求"学了就能用"。业余公学必须以"学以致用"作为它的教学方针,必须根据学生的实际需要,来订教学计划。例如,很多学员有些阅读能力,但写作能力差,他们特别要迫切要求学会日常应用文。国文教员就根据他们这个需要,指导他们写作,教会他们写应用文。

教员是实现教学计划的灵魂,在教学过程中,可起决定作用。业余公学的教员都是在职干部,他们拿出业余时间来教学,这是很好的。有些教员对教学很认真,不断地向学生做调查研究,了解他们的程度要求和情绪,以此作教学的根据,课前都作充分的准备。像这样的教员是值得表扬的,但听说也有个别教员课前准备不够,对学生不做调查研究,上课不免有些应付,这是很不好的,必须加以纠正。大家必须本着为群众服务的观点,拿出"谆谆善诱""诲人不倦"的精神来认真教学,应该是一面当学生,一面当先生,先向学生学七分,再向学生教三分,只有这样做才能教学得好。

业余公学教员,要了解这种学校的学生,不是干部,就是职工店员,都是成人,他们有个共同要求,就是要求学实用的东西和学习的方法。因此教员上课,除了做必要的讲授和解答疑难之外,应该循循善诱,启发学生思想,提高学习的自觉性和积极性,指导学生自学的方法,普及学生自学的能力。他应善于指导学生做预习、复习和课外阅读,一般学生除了共同要求之外,往往还有个人的特殊要求,因此教员除照顾共同要求之外，还应尽可能照顾学生的特殊要求，这就要做必要的个别指导。

如果领导上花费很大力量，教员也认真教学，而学员不好好学习，那一切努力，都会变成徒劳无功。我们得指出，目前在业余公学的学员中，存在一个极大的偏向，那就是"只听课，不自习"。这就是说，除了上课之外，再不做什么温习或预习，再不做什么钻研，这是要急需纠正的。

学习，绝不是旁人可以代劳的，它必须依靠自己的努力，才能收到效果。"自学为主，听讲为辅"应该是在职干部或成人学习的准则，教员只应看作是学习中的指导者和顾问。要知道业余公学每门功课每星期上课不过二三次，若只靠这两三次听讲，而不做自修，那是学不到什么的。如果要真想学习点东西那一定要靠自己努力自学，在课前要做预习，课后要做温习，以至还做必要的课外阅读。

有些人一上学，就急于学习文法，要求很快地学会写作，这叫作"急于求成"，是一种急性病。学习文化的一个普遍规律是要"循序渐进"，谁要想在这方面躐等跃进，那反而会落得一个"欲速则不达"的结果。

有些青年同志，国文还识不了几个字，他不学国文，反倒去学英文，这叫作太不踏实，是好高骛远，也是一种需要纠正的毛病。学习像做工作一样，必须踏实。要学的东西是很多的，但又不可能同时都学，那就得选自己最迫切需要的东西先学。例如国文还没学通的同志，那首先就应先选修国文，因为这是中国人最基本的工具。

听说已有个别学员，同时进两三处业余公学，选修四五门功课。如果他是在职干部或职业青年，他的业余时间是有限的，那他只能到处跑着上课，不会有时间自习的。结果是"贪多嚼不烂"，什么也学不成。业余公学限定学员选课不得超过两门，是有道理的。所有学员应该体会学校这个用意，选课不要太多，必须要为自己留出自学的时间。

一会儿学习很起劲，一会儿又松懈下来，这种"冷热病"，也是学习中的一种通病，这是需要防止的。学习的规律之一，是要靠经常地反复温习，才能收到效果，冷热病常常会来破坏这个规律的。医治冷热病的特效药，是一个"恒"字。所以人们常说："学贵有恒。"意思是说学习要有经常性和坚持性。

"只听讲，不自习""急于求成""好高骛远""贪多嚼不烂""一冷一热"这些毛病，都是学习的劲敌。学员们必须不绝地努力克服这些毛病，才能求得进步，把学习坚持下去。这对坚持整个学习运动是非常必要的。

目前，张家口虽说已办起了四处业余公学，但是这个数目跟实际需要还有一个距离。还有很多干部和群众，因路远望着业余公学兴叹的。还有好几处地方，集中有好些机关、学校或工厂，是需要而且有条件办业余公学的，但是由于对这事业认识不足或者是漠不关心，直到今天还是没有着手办，或者是根本没有想办，这个缺陷是急待补救的。

这些地方的机关、学校或工厂，应急起直追，向联大、民教馆、堡子里、工专等学校、机关看齐，他们应拿出"大家办学"的精神，通力合作，成立业余公学，解决那些地方的干部和群众的文化学习问题。政府对这些地方，也应给以推动督促，并给以必要的帮助，促成其实现。只有这样，才能使业余文化补习教育在张家口更广泛地展开，普及于全市。

（《晋察冀日报》1946年5月17日）

访问安东市

刘白羽

我在安奉铁路的火车上睡了一夜，早晨就到了鸭绿江边的安东。

安东是一个美丽、整齐、繁荣的都市，是我从重庆到北平、沈阳以来所见到的最好的都市。商店里陈设着成堆的物品、食粮和水果，江岸停着无数的船舶。黎明的时候，远近工厂的汽笛都响起来，唤醒了人们甜美的睡眠。所有的人都紧张地劳动着，面上浮着翻身后的笑容。

十四日，我访问了吕其恩市长，他是安东人，高大身材，是一个坚韧能干而乐观的人。今天，我所见的在短短六个月中，人民物质生活得到改善和良好的社会秩序，这与吕市长的卓异努力是分不开的。

他说，安东市有三十多万人口，安东市人民社会的秩序是在摧毁敌伪政权基础上建立的。"八一五"日本投降以后，安东陷于极度混乱。九月十七日，人民自卫军进入安东后，伪市长曹承宗等伪特、日特勾结一起，秘密活动，准备阳历年暴动，幸事前被我公安局发觉镇压下去了。这次阴谋暴动的计划者、发动者、指挥领导者为日本特务吉冈，他在长春哈尔滨干了二十多年的特务，国民党加委他为国民党挺进军参谋长。他们组织了各种名目的特务秘密武装；以后又几次准备暴动，都被预先发觉。他们还到处放火，安东法院就是国特收买日特籐九放火烧毁的。现在，吉冈和籐九及秘密组织暴动的日本人都被捕了。

我夜间在街路走过两次之后，知道现在安东是一个没有警察的城市，可是今天和过去情形比较却是截然不同的两个世界了。从前伪满时代，白天不见行人。"八一五"后，"维持会"时代是抢劫与混乱，后来由于人们自动组织了自卫队巡逻各地，才维持了这里的平稳与安乐。

去年十一月初旬，民主政府成立后，政府领导与帮助人民进行了翻身运动。在反贪污、反配给、反剥削、反特务、反汉奸的对敌伪残余的清算斗争中，人民抬起头来，清算出的二千余万万元都适当地分配给人民了。

现在，全市五十六条街街长完全是由老百姓选举出来的，这样，人民成为安东市的主人了。我所访问的仁忠街街长庞九皇，元宝区副区长田保安，就充分证明了这一点，他们以前是人力车夫，现在政权工作中表现出异常的才能而得到群众的拥护。

市政府还进行了紧急的救济工作，救济军属一零零一户，粮食九四三零五斤，救济贫民五零九一户，粮食三八四一八二斤，救济工人四二零户，粮食八七八九八七斤，发动群众互助救济现款二十万元。在过旧历年的时候，安东市街上就没有一个讨饭的人了。

东北人民受过了十四年的苦痛生活，苏醒是一件不容易的事，但也是最主要的事。新的民主政府取消了敌伪时代的苛捐杂税，如市民捐、佣人捐、畜牧捐、蔬菜捐等二十余种，鼓动群众自由买卖，又把没收敌伪的房产土地分配给老百姓。浪头庄两千多户农民和工人分到土地，贫穷者有分到四天地（每天六亩）者，最少也分到一天地，共分了敌伪土地一千三百多天地（共七千八百亩）。

更有积极意义的是：在人民翻身以后，立即开展了大生产运动。现在，全市工厂很多开了工。就我参观过的鸭绿江造纸厂、安东纺织厂、牡丹江造纸厂和安东卷烟纸厂（东北只此一处），都是紧张地工作着，而且产量的增加是可惊的。比如，安东纺织厂（过去日伪时代名"东洋纺织厂"）三千多工人，过去每日产量为五十匹布，现在工人比以前减少，但产量却为每日□百八十匹布了。关于□一个谜，十九岁的女工周桂艾给我一个很好的回答，她说："过去把成尺的布往机器里垫，机器坏了，大家就能休息。"现在改变了，这因为工人参加管理委员会，有了自己的职工会，还有不少工人被提拔当了厂长。他们有的当了街长，有的作了参议员，因此，以前吃工人血的机器工厂，现在变作自己的了，而且成为民主政府的强固基础。全部公营工厂已开工者三十六家，私营工厂开工者六十八家。

吕市长还告诉我一个可喜的比例数字，日本人经营的工商业都停止了，中国人经营的在渐渐增加起来。棉花工厂，原来中国人有二家，现在六家了。铁工厂原来中国人有□十三家、朝鲜人有四家、日本人有十一家，现在中国人有五十五家。制药工厂中国人原有一家，现在有五家。粮谷店中国人原有一九零家，朝鲜人的八家，日本人的五家，但现在中国人有二四零家。这是由于我们民主政府采取了对于私营工商业保护扶助政策的缘故。

教育工作也都随经济生活的上升而有显著的发展。过去只有二十所小学校，现在有□十四所，过去全市有学生一二一五八人，现在有一三一六六人。中级学校有省立高中及联合初中、建国学校、军政学校、艺术学校。社会教育方面，成立了许多青年俱乐部、剧团、夜校、讲习班等，有一千五百多工人参加识字夜校，二千多儿童参加了儿童夜校。

吕市长的辛苦与为人民服务的热情，使安东市一切井然有序，欣欣向荣。因此，在安东市第一届参议会上，得到了全体议员的称誉和拥护。（新华社延安十□日电）

（《晋察冀日报》1946年5月18日）

悼许群同志

沙飞

十多年前,那时候,罪恶的统治者,一方面屠杀中国人民,另一方面却以不抵抗主义,出卖了东北四省,还签订了"淞沪""何梅"等卖国协定,民族危机,千钧一发。那时候,千百万不愿做亡国奴的人们都怒吼起来了,救亡的烽火烧遍了大地。那时候,你才十五岁,便决然地从遥远的南洋,抛弃了富裕的生活,离别了亲爱的爹娘,回到了祖国,由江南又转向故都。

在伟大的"一二·九",你跟大伙儿一起,在故都的马路上,呼喊着救亡的歌声,要求停止内战一致抗日。你受到了皮鞭的毒打和水龙的扫射,你给国民党特务两次拘捕。在囚笼中,你更受尽了酷刑拷打。那时候,铁窗与镣铐牢牢地锁住了你自由的身体,地狱里的黑暗、阴湿、虱虫与冷粥戕害了你的健康,但你坚强的斗争意志并没被压倒,出狱之后,你又转向太原参加了牺牲救国同盟会,做着救亡的活动。

抗战爆发了,在空袭下的太原城里,我们作了初次愉快的会见,你是那么热诚,那么真挚,给我留下了一个极深刻的印象。不久,你便参加了决死队,在华北战场上与日寇进行生死的搏斗。当我来到了晋察冀敌后,每当遇到来自晋东南的战友,我总打听你的行踪与生死。呵!自太原分手,一别八年的老战友,想不到在胜利之后,你竟从延安随着华北文艺工作团经过了千山万水也来到了晋察冀敌后。记得是去年深秋的一个早晨,当我们重逢于这新解放的人民的城市张家口那时候,那时候我们是如何的欢欣快慰呀!从此我们又在一起工作了。

在画报的编排工作上，你是那么积极负责，毫不马虎。每次我到你的创作室里看你，常常都见到你在紧张地劳作。十多年如一日，你总是紧紧地握着一支画笔。你讽刺的笔触，好比一把社会的解剖刀，无情地揭露了日寇汉奸和国民党反动派以及一切反共反人民分子的无耻阴谋与罪行。你在待人接物上，诚恳谦虚，爱护同志如爱护自己兄弟一样。你吃苦耐劳，为人模范，你有着共产党员的优良品质。

今天，在你曾经工作过的太原和故都，那些国民党统治下的城市与乡村，人民依然受着压榨，没有任何的自由。而大规模的内战——屠杀人民的血腥的内战，又被法西斯纵火者开始燃点起来。今天，正当我们文化战线需要集中一切的力量对法西斯统治者进行坚决抗击的时候，你竟永别了我们而溘然长逝了！你的死是我们一个重大的损失，也是党的损失。今天我再三地翻阅你遗下的作品，哀痛充满了我的心。我睁视着茫茫的天野、悠悠的泉壤，但是何处能再见到你的音容和作画的手势呢?！呵！禁不住我泪雨淋淋！

许群同志！我们定将把哀痛变成力量，定将以斗争的胜利来纪念你，你安息吧！

一九四六年五月五日于张家口

（《晋察冀日报》1946 年 5 月 19 日，《每周增刊》第 15 期）

"孤 石"
——本市七区孤石村见闻记

贾风

在大境门外的孤石村头,可以远远地望见一大块孤零零的发灰黑色的石头,这石头矗立三四丈高,周围方圆七丈,据此地老人们相传,它的事迹在历史上已无从查考,但在农民的心目中确实是一件非常神秘的事。每年,甚至每天都有不少的善男信女,手持供香前来叩拜,想在这一块不开口的无生物上获取一点恩赐。敌寇统治张市期间,更大肆把它提倡了。近则门里门外(指大境门),远则数百里的坝上谣传纷纷,一些痛苦深重的农民便不知不觉地上了它的当,把它看作是个摆脱痛苦的好地方了。我于昨天观摩它的时候,还见有无以数计的,横七竖八,层层叠叠的大小石块附寄在上面,这些都是去年以前的事,每一块石头,都告诉我们有一个农民——一个淳朴的灵魂受了它的麻醉,同时,它也说明着一定数量的泪和血……

"孤石"的周围不甚宽广,但在去年春天却是一眼荒旱,干矮的玉蜀黍和谷子,微弱的被塞外的风沙吹打着,小孩子裸光着全身,大人们四五月里还换不下棉衣裳。塞上烈毒的中午太阳,像火一样地烤灼着农民们的脸臂。日子是多么难熬啊!

住在村边的七十二岁的老人王钟,他过去是一个非常信奉"孤石"的农民,他说他上过多少香,叩过多少头,但是他在前年却得下了半身不遂的病,而在去年,他的侄儿也瞎了眼,一家两口人全都残废了。当我这一次访问他时,他向我摆摆头说:"我早先相信命是孤石头的,但是八路军比神还灵,我求求你们,救救我们残废吧!"我笑了,问他是否愿意上救济院,他苦苦地舍不得家,不愿去。闾长答应给他互助些粮食,加上民主政府施放的救济粮就可以糊口了。至于穿,有过去的几件旧衣服和联总署发下的几件,勉强也能凑合。

五十八岁的老寡妇侯张氏说:她从前也信"孤石",去年儿子得病时,她不晓得给"孤石头"磕了多少头。她向人们反悔似的说:"我才傻呢,儿子好后我还把它看成真的;照我现在看,孤石头没有神仙,而张家口倒有了真神,要不叫八路军解放,儿子有吃有穿,病怎会好呢?"实在呢,八路军帮助他们减了租,成立起了农会,开展了冬季生产……

市圈内门牌十号的市民王振基,东湾子村民梁槐,就连西甸子的所谓"俱乐部"——敌伪赌博场,张家口、崇礼县的伪警、日本人,有时也路过这里点点头,或者挂上一块红布,但他们回头就高傲地向善良的农民们宣布:"我们也是信神的,苦力干活大大的有!"

谁都会记起来的,在大晴白天,在暖洋洋的春季,在这个最好的播种的季节,"孤石"的田地上曾经没有见过一个人。因为天旱,因为没有衣服穿,因为没有籽种和粮食吃,农民们被逼着要离开自己的土地了!要做更苦更辣的劳役了!敌人鞭策着他们修汽路、挖自来水沟、开设"农场"、平马路,从日出到日落,从大地解冻到河水结冰,可是,整天也不得一饱。秋末,敌人不需要这批"苦力"的时候,便把他们赶散,他们又回到冷冰冰的家里,没吃没穿,还要缴很重很重的租子……

如今,仍然是春天,但是"孤石"的周围已经更象改色,在它的左面已流过一条渠水,这条渠是在民主政府的帮助下,经过全村农民的努力,在极短期内修筑的。他们开始计划用一千个工,由于翻身后的农民生产情绪很高,结果只用了四百多个。这个蜿蜒三里长的土地生命的源泉,在全体农民的心里是种下了无限的兴奋啊!他们在渠水竣工会上这么说:"等的不是一年了,要不是八路军来,再过千辈万辈也修不成。"他们告诉我:八路军贷给他们九万四千元的粮款,帮助他们做生产计划，补助他们一百五十四个工；而在过去，敌人借口"开渠会损毁道路，不得修筑"时，他们是多么生气，其实就是叫修，也修不起。

五月初九，在孤石村农民杨德胜的家里，我参观了拨工组吃饭，真美啊！凉生生的窑洞里，放着一蒸笼白馒头，另外还有韭菜炒肉和酒，他们边吃边谈。谈到敌伪欺负他们的事、谈到高粱面糊糊和小米饭、谈到去年的民校、谈谈今年的撮菜秧，他们说："妈个×，看见了现在的好日子，就想起了从前倒霉的事，一辈子也不会忘记！"

在"孤石"旁边，我和拨工组们一块，过漫谈会，他们共同声明说："以后赌誓谁也不许信'孤石头'了。"五十来岁的闾长诙谐地摇头一笑，高声喊："信我，我给大家解决困难！"

减了租的、浇了水的"孤石"周围的土地上已呈现一片片翠绿，肥沃松软的土地上散发着一股香湿的气味，参加拨工组的农民们已露出了喜色，他们预感到：今年，这张市农民翻身后的第一年，该有多么丰美的好收成啊！

千百年来，农民们寄托在"孤石"身上的希望已开始解体，而对于共产党八路军却发生了无穷无尽的热爱，也如同该村七十四岁的老汉窦文瑞所说："救苦救难的不是别人，就是共产党八路军。它不叫我们挨饿，它叫我们穷人翻了身，我们以后永远指望它，叫它给我们想办法！"

以后，虽然孤石村——这个东窑村的副村的名字还叫"孤石"这两个字，但是它的"秘密"已开始被解放了的农民所理解了。

（《晋察冀日报》1946年5月19日，《每周增刊》第15期）

边 缘 地 带

流冰

在这个异样寒冷的初春的夜里,一件惊人的事情,在这个平静的山庄里发生了。

已经半夜了,闷人的乌云,低压在天空里,村北的陡峭的大岩,都被遮没了。村南平川的野地,被茫茫的夜雾笼罩着。初春的夜风,冷冷地吹过房上的枯草,吹过那些刚刚发芽的白杨的枝条,发出了低低的尖锐的悲啸。细雨无声地飘洒着。

村农会主任王德民,一个三十来岁的贫农,长长的脸上,耸着两块高高的颧骨。两道粗黑的浓眉下面,紧压着两只常在沉思的黄眼睛。他一说话,就要把眉头一皱,从两眼里射出尖利而强烈的光芒;再加上他响亮而有力的嗓音,那神气是一眼就可以看出来,是一个斩钉截铁的汉子。

他刚刚开完会出来,冷风和细雨,吹打着他那兴奋得非常发热的脸,浓重的刺鼻的雨气,使他感到一种难言的轻快和新鲜,似乎披着绿衣的山野的美景,已经在他眼前展开了……

他走到拐角的地方,顺便在墙上磕磕烟袋锅,一溜红艳艳的火星,顺街闪烁着飞灭了。他没有留心脚底下的泥滑,脑子里只是沸腾着他在会场上的煽动性的讲话:

"……我们决不能低头,一低头就又要变成奴隶!我们抗了这么多年,现在他们又想来骑着老百姓的脖子拉尿,不行!他们修一个死碉堡,我们大家团结起来,就是一百个一千个攻不破的活碉堡,只要我们大家坚决一条心……"

他还想起了治安员擂着桌子讲话的激怒神气,和大家发言的热烈劲头,他觉得人们已经不再是单纯的害怕和发愁了。"这就有办法

了!"他轻轻地叹了一口气,一种轻松的笑意掠过他的心头。似乎妇女们上午校的钟声已经悠扬地飘荡在村庄的上空,男人们也忙着向地里送粪了。……他觉得人们的情绪基本上已经转变过来了。

自从中央军改编的"三大队"(伪警察队),在馒头山抓夫修碉堡以来,各种各样恐吓的流言,就像看不见的瘟疫一样,在村里不见影踪地流传着。人们见面似乎都没有什么话可讲,可是内心的恐怖和不安,已经表露在脸上的忧愁了,一些胆小的人,甚至于打主意向山沟里搬了。因为几乎全村的人,都对本城的大汉奸赵烟早进行了清算复仇的斗争,把他今年在这村收的柿子全部扣下来,还拍卖了他一部分柿树园,来偿还他在八年当中掠夺大家的血汗,和大家在八年当中替他出的粮款。可是,这事情赵烟早是不会白白干休的,他一向住在城里,仗着敌人的势力,来欺压这一带的老百姓。自从中央军来了以后,两个过去在伪县政府里做事的儿子,又当上了国民党县政府里的科长和秘书。因此,"三大队"一到馒头山修碉堡,大家就觉得赵烟早迟早要在他们村上放把火,谁知道这把火却要烧着谁呢?因而恐怖的空气弥漫着全村。

为了稳定大家的情绪,村干部会已经开过好几次了,他在会上发过脾气,也忍着气给大家做着各样的比喻和解释。可是,直到这一次开会,才算把大家的认识转变过来了。

但是,游击小组一定得重新整顿一下,除奸工作也要马上加强……他一直想着这些问题,摸进屋里去。

当他疲倦地靠着他鼾睡的老婆躺下去的时候,他没有去抚摸她一下,脑筋里只是纠缠着这些问题。长期的艰苦的游击环境,已经把这个贫苦的农民锻炼成一种新的性格,就是常常思虑着大家的事情,很少纠缠着自己的这个那个了。

前几天,他的老婆曾经劝他到山里躲几天,他瞪起两眼骂了她一顿:

"你叫我动摇逃跑吗？都走，谁还在村里坚持工作！"

打从他骂了她以后，她就没有再劝说过他什么，因为她原来也并不落后，只是在那默默的神情里，总隐含着一种忧愁与不安，一听他对别人嚷着："我不是怕死鬼，我们人多着呢，牺牲了怕什么！"她就领着五六岁的孩子，到一个僻静的角落里，悄悄地偷抹着涩酸的眼泪……

小雨还在绵密地下着，野风是多么寒冷呵！几十个人影离开了馒头山上的碉堡，向紫峪口悄悄地走去。

村庄在雨雾的笼罩下，静静地睡着。在村南头的山神庙里，一个站岗的自卫队员，抱着一杆红缨枪，斜靠在一个角落里，把头缩在老羊皮衣里打盹。当他听见脸前有脚步响时，两眼还朦胧着没睁开呢，就觉得有一股坚硬的冰冷的东西刺透了前胸，一种急剧的疼痛，使他发出了一声惨痛的喑哑的绝叫。于是，他无声地栽倒在地上，红缨枪撩在他的身边，这个曾经和敌人进行过多少次争斗的农民的血，就在这样悲凄的风雨的夜里，静静地流滴在自己家乡的土地上了……

听着几只村狗，猛然地狂叫起来。治安员不安地跳下炕来，提着一个手榴弹出来了，顺着大街往南走，在非常黑暗的夜色里，他勉强分辨出人影正拥在农会主任家门前。从农会主任屋里边，发出一声尖锐而沉闷的惨叫，使他立即打了一个寒战。他一下子明白是怎么回事了，他并没有思索，就把那颗手榴弹尽力向那群人扔去，扭转身扯开了。

手榴弹轰然的爆炸声，震醒了全村的人，也震破了这些"中央军"的胆，因为他们过去跟着日本主子的时候，早在这里领略过土八路的厉害了，他们慌忙地乱放起枪来。同时，有人在门口喊着：

"拉着他走！快些！"

"你们这些汉奸！"在殴打和辱骂的声音里，飘忽地传出来了农会主任被窒息的挣扎的声音。

人群在黑暗中越走越远了。被雨雾笼罩的村庄，又恢复了它原来的静寂。只有那悲凄的初春的夜风，吹拂着房上的枯草和那些刚发芽的白杨的枝条，发出激愤的尖锐的哀啸……

天亮了，天气仍然混混沌沌地下着小雨。一条被雨冲淡的血迹，和一些杂乱的脚印，从农会主任家里，向馒头山上的碉堡伸延下去……

在农会主任屋里，显示着一幅可怕的景象。炕上炕下非常凌乱地撩着衣服和被子，农会主任平常穿的一件破棉袄，浸在炕下面那摊血里面。农会主任的老婆，赤条条地躺在炕沿上，蓬乱的头发遮没了半个脸，从另外那半个脸上还可以看出那流泪的痕迹。她的一只奶头被割下来了，只是连着下边的一层皮：鲜血淋漓地耷拉在左边的胁下，在肚脐下面，一个被刺刀穿破的血孔，冒出了鲜血，像两条红线一样向两边流去。

在她的身旁，小孩子光赤着身子，一动也不动地趴在那里。

进来看望的妇女们，面色都变得非常苍白，而且感到沉重的难受的窒息，一个年老的女人，叹息着走近炕去：

"起来吧，傻孩子！……"她以为他睡着了，打算把他抱起来。可是当她刚把这个冰冷的小孩子抱起来的时候，她一下子看见了那个被血染红的胸脯，于是，她的两个胳膊猛烈地颤动了一下，急剧地喘息着，发出一声狂了似的尖叫：

"孩子也被杀死了啊！这些该千刀万剐的汉奸呀！……"她像小孩子样地高声哭泣起来了。

别的女人也一齐跟着呜咽起来。在一片啜泣声里，她们给死去的农会主任的老婆穿着衣服。……

和这同时，在治安员家里，满满地挤着一屋子男人，大家谁也没有吸烟，都低垂着头。在沉静的空气里激荡着悲痛和愤怒……

治安员——这个瘦瘦的中等个子的青年人，脸色变得又青又黄，两只眼睛红得要冒出火来,他站在桌子旁边,狠狠地擂着桌子,每当他紧握着拳头擂一下这个风瘫了的破桌子时,它就摇晃着发出吱吱哇哇的悲鸣。他大声地嚷叫着:

"我们非干不行了!我们不是一群老绵羊,不能任这些家伙一个一个拉出去宰掉!大家伙一定要一条心!游击小队一定得马上整顿起来!……"他满嘴角子里喷着白沫,喉咙又干又疼,他暂时说不下去了,只是用手捏着喉咙弯着腰在猛烈地咳嗽。

在一个比较昏暗的角落里,突然有谁向上举一举拳头,向上探一探身子,闷声闷气地说:

"我参加一个!"说着就又蹲下去了。

"我也算一个!"这是一个还带着奶腔的少年的声音,在声音里显出一种不能再忍受的悲痛的颤抖,他的话刚说完,就低沉而愤怒地哭泣起来了。

"干吧!反正不干也活不成!咱们都豁出去干吧!"蹲在门口的一个老人说着,把胡子上的清水鼻涕向下一捋。

在悲哀和愤恨的沉闷空气里,他们把游击小队又重新整顿起来。

是出事以后的第三天上午,一群汉奸队又从馒头山向这村走来了,他们梦想着来抢本村里的牲口和粮食,抓走村干部和一些年轻的女人……

但是,打败了日本人的解放区的人民是不会屈服的。在村西南的一个小山头上,游击小队的钢枪,带着全村人的仇恨和力量,向这群野兽们猛烈地射击开了……

一九四六年四月写于宣化

(《晋察冀日报》1946 年 5 月 19 日)

售 票 生

——北平来讯

田明

北平电车公司的售票生，在日寇没有投降以前，他们本来就在死饿线上挣扎，他们想尽了各种办法，躲去了稽查员的眼睛，公开地秘密地作着冒险而又不得已的所谓"舞弊"来勉强维持着悲惨的生活。

日寇投降后，很多人的心里盼望中央军来，满腔热忱地希望在中央接收后的生活改善，可是事实却偏偏给予一个相反的回答，使他们大失所望。自从国民党派了一个叫高则田的来接收之后，向着工人们开的第一刀就是大批地裁人，给工人加上一个"伪"字，一方面却大批地任用他的亲信，以致工人们的职业是朝不保夕，处处都有被开除的危险，到最近为止被无故开除的已有好几十人了；但另一方面高则田的心腹人却增加了百余个，盘踞要职，大部分人当稽查等职来监视工人。所以工人们说："日寇投降前电车公司是冷记电车公司（以前是汉奸冷家骥的董事长）。现在是高记电车公司，高家的天下了。"

接着第二刀，便是立即严格地禁止工人唯一的生活依靠——不得已的"舞弊"，并极尽种种残酷的办法来防止工人的"舞弊"。如取消在车上售票，改为仿效火车似的在车站上售票，并且大批地增加了许多监视检查售票生的人员，如验票员、剪票员、稽查员、便衣稽查员、区稽查员、段稽查、总稽查、稽查长等一整套层层叠叠的稽查系统。他们假仁假义地"自动"增加了一些杯水车薪的工资，但所"增"工资，比起以前还是少了好几倍。而公司方面却又借口替工人增加了工资，□乘机增高车价，这样一来，公司又可大大地增加一笔收入。

工人们除了不足糊口的仅有的这点工资外,只得都是靠质当负债过日,但是还要受一种额外的剥削,就是你一月之中一天也不休息,一天也不迟到或早退,连这一点仅有的工资也是领不足的。因为公司方面严格规定:凡车厢内的一切,如果有所损坏或遗失,不管其原因为何,一律命令售票生照价赔偿;因此,在一月之中不知不觉地就有意外的若干次数的赔偿。此外,尚有迟到早退的罚工,差十分钟就得扣去半天的工资。

他们的工作时间名义上是九小时,实际上是十二小时还多。上班以前要排队去领车票,下班后的缴钱、缴票等,很多很多的费时间麻烦的手续;再加上从家中去公司,从公司回家中,在路上的时间,那就整整一天除了吃饭睡觉之外,毫无一点休息,回家后累得像死人一样地往炕上一躺就不动了。

售票生是直接地受着三重的压迫与欺侮的,每天的"家常便饭"是遭受军警、宪特的殴打与辱骂;还有就是受"强硬乘客"的无理侮辱。而公司方面对这类侵犯人权之事,不但不加保障,反而怨恨售票生没有礼貌,售票生真是"哑巴吃黄连,有苦说不出",甚至还有因此而被开除的。他们为了这仅有的一点工资,在北平今日普遍失业的情况下,只得含耻忍辱,勉强地过着牛马不如的悲惨生活。

每日两餐,只有一顿能吃饱。上早班的,在天未明前带上几个又冷又硬的窝窝头,装在衣袋里去上班。在车上饿的时候,就找个空隙偷偷地站在车门旁躲着乘客掏出来咬上一口。有时因顾不上吃,装在衣服里,由于乘客的十分拥挤,往往把窝窝头挤成碎末。他们一天毫无休息地忙碌,甚至连大小便时间都没有。在水泄不通的人丛中硬挤来又挤去,往往把衣服挤破或撕破,所以售票生穿的衣服都百孔千疮,补着各色各样布的补丁。

他们疲劳一天之后,回家才能与家中人共同进一餐热饭,但又因为过于疲劳,有时往往就吃不下去,一躺就睡着了。

总之,北平售票生是在过着一种暗无天日牛马不如的悲惨生活,所得工资不够维持生活,只得质当负债过日。但是质当是要有东西的,过几天就会当完;借债是有一定期限的,到了日期也得本利归还。他们为了活下去,现在正在酝酿着,要求增加工资,取消无理的赔偿与罚款,减少工作时间,要求与天津电车公司一样,改为三班制。他们正在团结起来,准备为改善自己的生活而斗争。

(《晋察冀日报》1946年5月19日)

诉　　苦

吕美珍

　　三年以前，我才十五岁，我的爸爸生病，吃不起药死了。留下了我的妈妈、弟弟和两个妹妹共五口人，生活很难维持，每天只是喝点谷糠和棒子面糊糊。看着家里快要饿死了，天气也一天一天冷起来，我的妈常是暗中掉眼泪。三个月后，我妈妈托人情，我才到了路局经理部当佣员，我弟弟到了伪《蒙疆日报》当学徒，我家就全靠我与弟弟的一点工饷来维持生活了。我刚进路局，穿得很烂，日本鬼子发了一套佣员穿的女服，每天回家后，怕穿脏了，只好脱下来换上我自己的旧烂衣服，次日上班再穿上发的衣服。我的妈在家，每天提着篮子东一头西一头地拾烂柴捡碎炭去，回家烧锅，烧剩的也卖给邻居换一点高粱面来吃。我与弟弟下班后，也赶忙着回家去拾柴炭，但因去得晚，所跑的炭堆，都是人家拾过的，很久也捡不得一块煤。每年到了四五月间，我们还要到菜园里去拾人家收获后的罢脚菜叶，不管是黄是烂，拿回家来腌起，到了冬季充饥。

　　到路局的头两个月，什么也不发给，后来敌人才配给了三十五斤粮食，还给的是发霉的黑豆面、绿豆面、棒子面，吃起又臭又酸，肚子饿，只好硬吞下去。然而就连臭的东西，家里也不够吃，我只好多次向敌人哭，磕头请求，才填成三十斤，连带配给五十斤；但总是发不足的，不敢问，问就会遭打骂。每天见到日本人要鞠躬请安，而日本鬼子老是喊你"小姑娘"来玩弄你。有次，鬼子要我给他奉茶，我未做，就是脚踢耳光，还不敢哭。我脸上被打起五条紫色伤痕，痛得难受，回家我一看见妈妈，就扑到她的怀里。她抚摸着我的紫伤，她的眼泪一滴滴地流在我脸上，对着我说："美珍，你又挨打了，上次的伤还未好啊！你……我们命生得苦啊！"可是不去路局能行吗，次天去路局，我的眼睛是肿的，碰到日本人，"小姑娘，你哭的有，哈哈！"不是扭你的脸，就是打你的肩。我又恨又怕，哭不是，笑不是，只好随他们，为着生活所逼啊！天！我在地狱中过着奴隶牛马生活，好容易去年八月八路军来了，穷人翻了身，得到了自由解放。开始我得到双薪，两袋白面，工资提高了，生活改善了。现在我家每天都吃白面或大米，前次路局发的小米，还未吃完啦！我的地位也提高了，我每天能读书，近来还学英文药名。我恨死过去，我热爱民主政府、八路军。我们的翻身，固然是人民自己争取到的，但更是八路军帮助我们争取到的，而总工会又帮助我们解决了实际生活问题，我只有永远跟着共产党走，在总工会的领导下，继续不断努力求进步！

（《晋察冀日报》1946年5月19日）

杨靖宇同志

郑昌

杨靖宇同志，安徽人，一九二五年加入中国共产党，曾经参加一九二五——二七年的中国大革命。

"九一八"事变爆发，国民党的不抵抗主义使日寇毫不费力地掠夺了满洲。一个空前的民族灾难开始降临于东北的时候，中国共产党中央即提出了"组织东北游击战争，直接给日帝国主义以打击"（一九三一年九月二十二日中共宣言）。一方面经过满洲地方党的号召与组织，发动了黑龙江汤源、巴彦、吉林延吉、辉春、和龙、辽宁磐石等地大规模的抗日运动；另一方面又派遣了许多有力的干部深入东北，领导群众的反日斗争，靖宇同志即其中之一。

"九一八"后，在东北还有一部分旧的军队揭旗抗日，中国共产党对他们采取了诚意协助的方针，派遣了许多干部去帮助他们。一九三二年春，靖宇同志奉命在吉海、沈海线一带活动，发动爱国青年参加抗日部队，动员群众组织游击队，配合各军作战。不幸那些旧的部队由于本身始终不曾改造，始终脱离群众。结果在日寇打击之下，都相继瓦解了。

一九三二年十一月，中共满洲党部派遣靖宇同志赴磐石抗日游击队工作。磐石的抗日游击队，是一九三一年在共产党人领导之下，经过三次群众抗日暴团后，于是年七月成立起来的，共八百余人，当时还叫作中国工农红军第三十□□赤色游击队，直接由中共磐石中心县委领导。杨靖宇同志到队后，立即将队内的政治工作、群众工作以及作战计划加以整顿。在这些工作中表现出他杰出的领导天才，得到群众的信任和爱戴，不久即被推选为游击队的司令员。第二年春，日寇调遣伪军对磐石游击队进行了连续不断的四次"讨伐"。游击队在靖宇同志指挥之下，和敌人周旋了三个多月，不但全部粉碎了日伪军的进攻，而且使抗日部队壮大起来，伪军毛殿臣团及伪第十四团，受到抗日宣传的影响，纷纷起义反正，游击队扩大成为两千余人，在队伍中还组成了迫击炮队。

磐石游击队一时声威大震。这个队伍有组织、有纪律，作战英勇，得到人民的拥护，同时在南满义勇军中也建立了很大的信仰。许多抗日武装如天龙、马团、天虎等都与之联合，杨靖宇的名字，也从此成为南满人民抗日的旗帜。

一九三三年一月二十六日，中共中央发布了"给满洲各级党部及全体党员的信"，指出为了战胜日寇，必须在满洲建立全民族的抗日统一战线。这个指示于两个月后到因东北，靖宇同志便根据这个政策，以赤色游击队为基础，号召南满伊□□甸一带的抗日部队以及抗日山林队，共同建立人民革命军。是年"九一八"二周年纪念日，便正式成立了东北人民革命军第一军磐石独立师，靖宇同志被□为独立师司令兼政治委员。次年"九一八"纪念日，又扩大成立人民革命军第一军，与其他抗日武装共同组织南满抗日□军临时总指挥部，靖宇同志任总指挥。

人民革命军第一军成立之后，在一九三四年内，与日伪作战不下百□十次，其中计陷三源浦，克凉水河，进占汪浦门，偷渡鸭绿江，绕道陷东兴等许多著名战役，均为靖宇同志亲自计划与指挥。人民革命军的连续胜利，使得日伪军闻其名便心胆俱寒，日寇某部曾告诫部下说："人民革命军真厉害，遇到要特别留心！"伪军中素称凶悍的邵伯良在被击败之后说："我一生也够鬼了，但杨司令比我还厉害！"又说："我的兵打'胡子'，一个能打十个，打人民革命军就不行了，十个还打不过一个！"一九三五年，靖宇同志率领一军向西南活动，开辟了西安、海龙、抚顺、本溪等县的抗日运动。是年八月，并曾一度攻入濛江县城。这时部队扩大为四万余人，成为东北各抗日部队中最强大的力量。

一九三五年春，靖宇同志与赵尚志、李兆麟、李延禄等同志，根据中共中央的指示，把人民革命军及各地游击队统一起来，全部改编为东北抗日联军，靖宇同志被任为联军第一军总司令。抗日联军成立后，引起了日寇极大的注意，立即在满洲增兵达三十万之众，进攻联军。在南满进行"讨伐"的是伪军中号称战斗力最强的李寿山部的"靖安军"，共八万余人。联军第一军在靖宇同志领导下，发动人民战争，取得不断的胜利，给了"靖安军"严重的打击；又发动政治攻势，"靖安军"内部发生了四五次谋杀日寇军官哗变反正的事件，迫得日寇不得不把该军调至吉东"整编训练"。

一九三七年上半年，联军各部为了统一指挥，协同作战，决定统一各军为三路指挥，第一路总指挥则为靖宇同志。其基本部队活动于南满各地及高丽北部。"七七"事变后，靖宇同志所部在南满一带对敌人展开攻势，由东而西而南，曾几度进出南满线，威震朝鲜，消灭了许多日寇的守备部队；并且在磐石、双阳、柳河、金川、临江等十三县的农村，建立了抗日根据地，办学校，出报纸，组织群众，造成了南满蓬蓬勃勃的抗日高潮。

一九三八年后，日寇企图消灭他的心腹之患，在东北大量增兵，发动"围剿"，采取了经济封锁，特务工作，并村集屯，对抗日群众杀光烧光等等无比毒辣的恐怖政策。东北抗日联军在绝对优势敌人的进攻下，受到很大的损失。靖宇同志所率的部队于一九三九年春，击溃日"满"军精锐三十四、三十二两团，冲出了日寇一个军管区兵力的包围，杀开了八道帐篷之后，终于在敌人重兵追袭下不得不向东北东部山林撤退。临行时，根据地群众扶老携幼，迤逦随口，声言愿和联军同生共死，不愿再受日寇压迫。

转到山林地带，抗日军进入了极端困难的环境，日寇构筑深沟高垒，加强特务活动，断绝他们与群众的联系，又不断搜山"讨伐"，进攻他们。靖宇同志为了应付这个艰难的情况，把部队化整为零，分散游击，他自己率领八百余人在大荒沟一带活动。他们终年生活在丛山密林中，穴居露宿，无衣无食，但仍和敌人顽强作战。靖宇同志于一九三六年西安大平桥战役中曾经左腿受伤，当时并未好好医治，这时因经常雪□□觉、冒雨行军，又缺少营养，枪伤复发，一条腿断了。但他仍和士兵一起，指挥战斗，移动时由别人背负，或用担架抬着。这支队伍在如此困难的条件下，和日寇斗争、和自然斗争，到三九年底死亡大半，干部也死亡□多。军中的一切组织以及经济□□筹划，差不多都负担在靖宇同志的身上。他不但负担了如此繁重的工作，还经常要对战士进行政治教育，鼓励大家奋斗到底。在他的教育之下，战士们虽然不断地战死、饿死、病死，但始终没有一个逃亡叛变的。

一九四〇年春，靖宇同志率队转回南满，因为那里有过去的根据地，群众条件好，容易得到供给，准备在那里找个日寇统治薄弱的地方，安扎部队，再图发展。但不幸于二月二十三日在濛江地方为敌伪□包围，靖宇同志当场阵亡。

靖宇同志是南满人民的抗日领袖，至今东北人民、抗日联军战士一提到他，莫不悲痛万分。去年八月苏军对日开战，东北各地分散的抗日联军立即汇合起来，组成强大的队伍，为了纪念这位抗日领袖，人民英雄，人们成立了"杨靖宇支队"。

（《晋察冀日报》1946年5月22日）

赵尚志同志

白和

赵尚志同志祖籍热河朝阳县。家庭是一个破落的书香之家，他的父亲赵楷，因为家乡生活困难，携带着妻子到满洲谋生，靠当塾师度日。一九〇七年尚志同志出生于辽宁省锦西县。

尚志同志在父亲的教育下读了许多书。十三岁时，由于生活艰难，入道胜银行任职，做送信的工役。尚志同志不安于那种现状，在刻苦自修、勤俭积蓄之下，于一九二三年考入中东铁路局创办的许公工业中学校。

这时正是中国大革命的前夜，革命的浪潮不但激动了关内的青年，还使较关内闭塞的东北青年兴奋起来。尚志同志逐渐对于学校生活感到不满，他开始秘密阅读从关内流布到东北的革命书籍，并且渐渐地开始在青年中进行活动。一九二五年"五卅"运动爆发，尚志同志便在许公中学第一次组织成了响应关内反帝反军阀运动的学生会，这在东北的学校中还是创举，过去是从没有过学生自己的组织的。但正因此，不久尚志同志即被学校开除。

离开学校后，尚志同志便奔上万里迢迢的长途，单身潜赴大革命策源地的广州去。到广州入黄埔军校五期，并在那里参加了中国共产党。军校毕业后，他被派回东北，在长春、哈尔滨各地从事革命的地下工作。

一九二八年，东北政治环境恶化，大批革命分子被捕入狱。是年十二月，尚志同志在长春日租界被日本侦探逮捕，旋即引渡长春中国警察厅，羁押数日后押□永吉。尚志同志在法庭上经受严刑拷打，坚不吐实，经过几次审讯，敌人始终没有识破他是共产党员。不久转押沈阳,被囚于沈阳狱中。

一九三一年"九一八"事变时,日寇曾从东北狱中释放了一些囚犯,声言是"解放"为中国军阀个人恩怨所陷的冤狱,以图收买人心。尚志同志乘此机会,脱身囹圄。出狱后,中共北满省委派他到江省巴彦张平洋抗日部队工作,当时改姓为李,至今江北一带的群众都还知道"打日本鬼子的李先生"。巴彦抗日部队失败后,尚志同志继续参加了孙朝阳义勇军。不久孙朝阳因中日寇奸计被擒,队伍陷入瓦解。

一九三三年春,尚志同志和中共珠河县委取得联系。那时正当中共中央关于在东北建立抗日民族统一战线的指示信到达满洲,尚志同志在珠河县委帮助下,根据这个指示,联合抗日的山林队、大排队、红枪会等武装共同抗日,不到一年,便将孙朝阳旧部重新团结起来,于是年十月十日正式成立珠河抗日游击队。一九三四年春,这支队伍经过艰难血战,曾经攻克珠河五区亮珠河镇,大破延寿二区黑龙宫,三次围攻宾州城。在其政治影响下,大排、伪军纷纷反正抗日,到四五月间,团结在珠河游击队周围的哈东抗日武装至数千人,游击队本身亦扩大为三千余人。这年六月,在中共北满省委领导下,正式成立了东北抗日游击队哈东支队,以尚志同志任支队司令,李兆麟同志任政治部主任。一九三五年"一二·八"纪念日,又改编为东北人民革命军第三军,入秋后,第三军迅速发展为三个师,共二万余人。

在尚志同志及李兆麟同志指挥策划之下,第三军击败日寇的几次"讨伐",尤以攻克五常堡,占领方正城,计取二道河等战役为最著名。自哈尔滨东沿中东路,沿松花江两岸,直到沿牡丹江二十余县,所向无敌。第三军的声名远播,日伪闻之胆寒,百姓听到开心。日寇曾恐吓群众说:赵尚志等是共产党,赤色分子!但群众听到后,却说:"原来赵司令李主任是共产党,他们这样坚决打日本,有武艺,名誉好。东三省多出几个共产党，就不怕日本鬼子了！"

一九三六年春，东北的抗日武装根据中共"八一宣言"，统一组织，改人民革命军及其他番号为抗日联军，尚志同志被推举为联军第三军军长兼总司令。所部转战于黑龙江克山、庆城、绥化、讷河、北安、拜泉及吉东虎林一带。

"七七"事变后，尚志同志在松花江沿岸积极活动，攻城夺寨，破坏交通，袭击敌伪据点。据伪第四军管区司令部一九三八年冬公报说，仅在伪三江省一地，一年来联军第三军主力部队即与日伪作战四百二十七次，日伪军伤亡达七千六百九十名。

一九三八年后，日寇在满洲加强"治安工作"，对抗日部队进行残酷与频繁的"讨伐"，东北的抗日运动进入极端困难的时期。北满的情况更为严重，日寇企图引诱联军部队齐集松花江上游，好一网打尽。此计为联军识破，为了应付困难的形势，尚志同志与李兆麟等同志将部队分作小股，四散游击，他自己率了三四千人被迫退入小兴安岭。那里都是冰山雪地、丛莽密林，大部分是无人居住的区域，所以比较其他地区更加困难。中共吉东省委曾经号召全体党员及抗日群众，冒死犯难，为他们输送给养，但在日寇森林警察队破坏之下，却是收效很微。而从此，尚志同志及其所部，便和外间失去了联络。从此我们也只能从日伪的口中，知道一点他们的消息。

据伪满警务总局警务科长冈部善修著《满洲国治安小史》中说：一九三九年"赵尚志'匪'七月突然……袭击了黑河省佛山县乌拉嘎金厂"。一九三九年十一月伪满《盛京时报》《满洲日报》报道：十月中旬，赵尚志所部曾进攻黑龙江西岸要镇新河口；十一月三日曾进攻布伦山的上粮台。——这告诉我们，尚志同志及其伙伴正在困难中斗争，正在用斗争来克服困难。

一九四〇年一月哈尔滨《日日新闻》载称，尚志同志牺牲了，据说地点是在都鲁河边，时间是一九三九年十二月，一同被难的有联军战士及干部七十余人。

一九四〇年四月二十日伪满《盛京时报》北安讯，说，"赵尚志'匪部'冷师长率'匪团'三千余名，分布于北安省克山、庆市、绥化等县，实行游击战……化整为零，以连排各别骚扰。到处发挥'赤化'（按日寇把主张抗日民主都叫'赤化'）宣传，并加强破坏我□事□通建设。'匪部'到处悬挂重庆旗标（按，即指青天白日满地红国旗）……"——这告诉我们：尚志同志的活着的伙伴仍旧在斗争，在把中国的国旗遍插在北满的土地上。直到去年八月，北满的分散的联军部队又集合起来，尚志同志的战友们为了纪念他——他的名字和北满的抗日运动是分不开的——他们把自己的队伍更名为"赵尚志支队"。

（《晋察冀日报》1946年5月23日）

血泪话平泉

记者于本月十日路过平泉北部铁头子沟，遇到三位老百姓谈论平泉的黑暗，言出于衷，记者乃如实记录。

（甲）你往哪里去呀，老刘？

（乙）我儿子被国民党抓丁抓了去啦，我想进平泉街看看他呢！

（甲）平泉街在南面，你往北走，越走越远，这不是开玩笑吗？

（乙）你真不知道，自从国民党军队到了平泉，把四外的道口全卡上啦，必得有日本鬼子的证明书才能对付口街，那才险呢。每过一道卡子脚底下总得冒两股烟，枪声吓得你简直要命，死伤的太多了！初九那一天，二道河子颜杖的媳妇，由莺窠沟娘家回婆家，怀里抱着不满两岁的孩子，有她妹妹做伴，眼看就要到家啦，被国民党军队当靶子打了两三枪，把孩子也抛掉啦，连滚带爬哭着回来，现在还病着呢。还有张五家往地里送粪，做活的拿着筐，东家赶着驮子，国民党军队把做活的脚指头穿掉啦，东家小肚子也穿个透眼，现在还不知死活呢！干着急也不敢看看去。现在只有北面一条路，因为国民党天天不断地到马厂小碾一带抢粮，还可以找个熟人给人家挑点东西混进街去。咳！这成了什么年头，日本人来了当了十三年亡国奴，好容易熬到现在，这总算是八路军的功劳，不料国民党又来欺压人了。如果有志气怎么不和日本鬼子打打呢？

（甲）不要叨念了。你看李凤林来了，他刚从平泉搬回来的。咱们问问他平泉这些日子怎么样。

（乙）到平泉道上好走不？

（丙）呀哈，你们要去平泉呀！你们有证明书吗？一进罗村子街头就看见一连串的炮台，到平泉街有四道卡子，每天都在小树上或电线杆上要绑好多的人，浑身上下给脱个光，如有钱财或者吃的东西一点也不给你留，你一要分辩就说你是八路军的探子，送到司令部不定是死活。昨天朱老五家盖房子在街上买石灰麻刀，走□三□河套被国民党军盘查半天，将石灰麻刀扬了一地，还用脚踢踏，李老头子蹲在地下掉着眼泪，弄到半夜才回到家里。最可恨的就是奸淫霸占妇女。梁国栋的女儿在街上走，被他们看见了，非要不可，把梁国栋押了一宿，后来把姑娘给他们才算了。二道河子李来东的小姨子十六岁，已订了婚啦，亦被国民党霸占去了。这是我知道名姓的，不知道名姓的那就说不清了，你们到街上看去吧，哪天都有悬红挂彩成婚的，这是什么军队呢！三十家子蒙古人，李寡妇家被国民党把粮食弄得一光二净，没有法子种地，在很远亲戚家借来了两捆谷草，国民党军看见一定要拿，李寡妇说什么也不给，他们就连踢带打，李寡妇也急啦，反正日子是不能过啦，跑到街上司令部去说理，大声喊叫说："你们是国民党又是中央军，比日本鬼还厉害。日本鬼子要捐要粮谷还有个秋收八月，你们才到几天一点好事儿没做，不是修炮台，就是要粮草、房捐、地捐、人捐、货捐，逼得我们连地也种不上了，好歹是个死。"这宗事情大家伙很是痛快，还未听到国民党下回分解呢，恐怕李寡妇苦是不会少吃了！

（乙）李凤林你怎么出来的呢？

（丙）那里实在不能住了，国民党的军队才进街的时候就把我抓去。到喇嘛山上修炮台，修一个又一个。你们看看吧，平泉街四周围全是炮台，可把老百姓糟蹋苦了，房子拆毁了多少，树木砍伐了多少，连平泉魁星楼底座的砖都拆完修了炮台。在炮台附近的人还得给他们天天做饭送饭，现在春天都过完了，地全都未种呢。有的三家两户种几亩高粱，国民党下命令不让种高粱，逼着翻地。俗话说春不种秋不收，现在平泉附近的人都没有吃的粮食啦，地又不能种，将来等着饿死吧！你们要到街里可要小心，杨树梁的丁玉甫老头，那个人好说实话，好管不平的事，因为他说八路军主持和平不愿打内战，是给老百姓争自由谋幸福的，被特务领着中央军抓到锦州去了。现在多少日子了，是死是活还不知道呢。（新华社承德二十四日电）

（《晋察冀日报》1946 年 5 月 27 日）

瀑河两岸尽遭殃

章孜

春天过去了，瀑河两岸的稻田依旧是满目荒芜，北岸新筑的炮楼上不分昼夜地向南岸轰击着。就这样，有不少尸首便散布在渴望播种的土地上。农民们只好含着眼泪，看着这一片肥沃的土地荒废下去。

三月初（停战令下达后两个月），中央军曾一度强占了南岸的小寺沟，五十家子，惠州城，梓罗树。老乡们大睁着眼看着这些杀气腾腾的野兽们往墙上贴大字标语"打倒共产党"，说是要缴八路军的枪械，大概这就是他们对停战命令的回答吧！以此，老乡们进入了比"满洲国"时代还黑暗痛苦的生活。当天晚上，老乡们就被拖出去给他们放哨；因为中央军害怕八路，知道八路不伤害老百姓，因此，他们便想出一个主意，叫老乡们站到他们哨兵的前面做"挡箭牌"。更妙的是，有老婆的男人都拉去"出差"，而他们却跑到年轻女人的房里去，无耻地狞笑着说："军民是一家啊！"说罢，便用手按着大姑娘和年轻的小媳妇⋯⋯谁要不顺从，"哼！女八路匪！"当场用刺刀戳死。梓罗树有四个妇女一直被轮奸而死。王杖子村王歧山的儿媳妇、刘子毅的老婆，害着病，也血淋淋地被奸死在床上！

这些该死的东西，仅仅住了几天，就把解放后人民辛苦生产的东西，吃光抢尽。整个村庄，像被可怕的瘟疫扫过一样，听不到晨晓的鸡啼、小猪的嗥叫。他们来的时候，把老乡们赶在一堆，说："我们买东西给钱，公平交易。"确实不错，他们每人手里都有一大卷鬼票似的"流通券"和杜聿明印的一千元法币。有一个"买"了只二百元的鸡，拿出一千元伪法币要找八百元的满票。老乡叩头哀告："鸡就送给老总吧！"那人把眼一瞪："你不要？就是八路匪！"老乡白送了鸡不算，还得出贴八百元满票才算了事。这样街上的商店小贩，谁还敢卖东西呢？哪知一位连长满街大骂："给我搜！在谁家搜出东西来就毙掉谁！"五十家村有一个藏东西的地窖被他们发现了，他们说这是八路军的"工事"刨了个一干二净。老乡哀求给留一条大姑娘穿的破裤子，两个中央军伸手就是一顿嘴巴！喝道："妈的！东西不是你的，你们不是说没有东西吗？"一个女人的线包被当作"纪念品"拿走；东门杖村老刘家，女人头上的簪子，手上的戒指，硬给拔下来；孝帽都当作"军用品"没收了。他们又抓丁、抓劳工，砍树林，为了修工事，光倪林子一村就抢走十二具棺材。

"民主"两个字是不许说的，谁不留心说一句，就全家倒霉。小孩子被逼着念臭名远扬的《中国之命运》。

人民的眼泪被愤怒之火烧干了，他们不愿被折磨死。三月五日夜晚，老百姓约好八路军和子弟兵一起，又把这群野兽们赶到北岸去。他们临走那天，实行疯狂的烧杀抢掠，仅倪林子村就被杀死四个农民，拉走了十多头牲口；高杖子村抢走二十一条被子，夺去九万多斤粮食，甚至连狗都全部打死了。小寺沟一个小村统计□就损失了五百多万元。现在隔了河，那群野兽们仍不断轰击着这块土地呢。

可是人民知道了愤恨，五十家子的一个五十六岁的老太太说："我们要活！你们这些披了人皮的狼，得不到好死的！"

（《晋察冀日报》1946年5月27日，《副刊》第1期）

石塘人民的新生

——淮安通讯

晶明　郑君

天大的喜事

在石塘区这次减租惩奸运动中，许多大地主算退租账时因退不出粮，自愿以一部分田地抵算；因此佃户获得了少数土地。这在大地主们是不足轻重的，但在佃户，却是件天大的喜事。

佃户们几十年来，不，甚至几百年几千年来就不曾有过土地，他们的父亲、祖父，乃至曾祖，一直是种人家田的。正如许多佃户所说："连登屎马子的地方都是主人的，也要包租。"

但是现在呢，许多佃户有了屋基，登屎马子的地方，再也不是主人的了。

砖桥西徐庄佃户们开胜利翻身大会，鞭炮连天响，花船、高轿子，浪过来，又浪过去，他们狂热地为他们这件天大的喜事而庆祝。

"恭喜！恭喜！"佃户们一进会场都拱手笑着互相道贺。

杨柳唐过去苦了些钱，想买二亩屋基。但穷人是□不到田□，终于给地主刘鸿如垫□买去了，刘鸿如对他说："你有命买田，无命买天。"（意思是说虽有钱买田，但天下不是穷人的，田仍旧买不到的。）杨柳唐气□了嘴，没话说。这次算退租账，刘愿以田抵算。杨柳唐欢跃地说："现在是我们的天下，田没有拿钱买，就乖乖地□回来了。"

地主们给佃户做了新契，佃户们拿着新契，都讨论着，如何等到麦收上来以后，到政府去"税"。他们把契当作一份珍贵的天书藏起来，有的佃户把契拿给这个人看看，又拿给那个人看看，逢人就说：

"现在可翻身啦！"那些年纪大的老爷爷激动地说："我们□一世有过田的呵！"

石塘全区，已有五千三百亩土地转移到佃户的手里了（汉奸土地统计在外）。

他们第一次做主人

选乡长，这□□钱乡还是从古到今第一次呢。

老百姓过去根本没听说过选乡长这件事，以为："乡长就是上面派下来的官。"

但在这次减租以后，老百姓的思想发生了变化，他们想："现在民主来了，人民自己要做主，要想彻底翻身，就要有老百姓自己的带头的乡长。"

八十几个代表，他们背负全乡人民的希望，带着一双锐利的眼睛在舒大庄选乡长了。

代表中很多是妇女，她们今天特别高兴，因为她们也参加了选举。

主席在台上号召："我们要选个真正的好人来替我们办事……"谁知他的话没说完，代表们就接上来了："我们过去的罪还没有受够吗？不必要你细说，哪个好，哪个坏，全在我们心里，哪个能替我们办事，也在我们心里。"

代表们的眼睛像透视的镜子，盯住他们提出的候选人，选哪个好呢？

七个行政委员选出来了，是非常郑重地选出来的。其中贫农两个，抗属、士绅、工人、中农、富农各一个。

"委员中哪个做乡长呢？"

"赵必文！赵必文！他是个穷人，顶晓得我们穷人的苦处。"

阵热烈的欢呼。

"哪个做副乡长呢？"

"汤宝法！"又是一阵阵烈的欢呼。

新选的委员站在台前，忸忸怩怩的，代表们像看新娘子似的贪婪地看着他们新选出的领袖。掌声与欢笑混成一片。

"你们以后要好好帮我们办事。"代表又当场对新选的委员提出意见，"你领导我们求得彻底翻身，有什么事，不能独断独行，要通过大家商量，这是我们的希望。……"

"我是个泥腿子，不曾办过事。"赵必文代表全体委员接受了意见，说话时，脸红红的像个大闺娘，"以后希望大家多帮助，若我们有不对的地方，请各位马上提出帮助改正。若对我不提，害了我，也害了大家。"

代表们离开会场回去，走路上，还在谈，还在笑，因为他们今天是第一次做了主人。

妇女不再站在人后头

几千年来在封建压迫下的妇女，在这次减租惩奸运动中敲断了封建束缚的铁索，在每一斗争中都有半数以上的妇女参加运动，并在斗争中起了积极的作用。

十里乡公审汉奸陈开树时，王凤英说："你也有今天，过去你的威风到哪块去了，要钱时，迟一刻都不行，被你打得皮破血流。恨不得把你咬一口才称心。"手指着他的脸，多年的冤屈像火一样喷出来了，妇女们一个接一个地讲。像男子汉一样，她们脸上显示着不可遏止的愤怒。

经历了多次的斗争，妇女们知道要齐心才有力量，在开会时一号

召组织妇女的团体，马上就有十里乡刘大庄妇女李玉英说："我报名！"当时她还没有名字，要起个名字，并说："'什么氏'不好听，男的能起名字，我们也能起一个名字，过去妇女受人罪，现在该是出头的日子，不能再受罪了。"

一个庄子三十多个妇女，就在这样的影响之下，立刻组织起来，成立了三个小组。

李玉英在会场上就提议妇女要搅生产，每家先种一块青菜，她回到家里即拿锹挖地，并向庄上妇女说："看哪个种得好！"全庄妇女在她领导下都种好青菜。

离庄子不远，有个一丈多宽的坝。一发水，即有人多深的水，已五年没有修了。李玉英说："这个坝，我们妇女去修。叫人看看我们妇女的力量。"全庄妇女在她号召下都跟着她走，两天工夫把坝修好，大家高兴地说："几年没有打的坝，没花多工夫就打好，以后不再下水了。"

★★★★★★

妇女们除了在妇联会中的活跃，在政权中也有了她们的份儿，这次好几个乡的改选，都选上妇女做小组长、村代表主任、乡行政委员。又如这次第一届农民代表大会，一百四十二个代表中有女代表十五人。

妇女们说："过去，有人说：'种田种田，女人向前；吃肉吃肉，女人靠后。'又说：'乌盆不是盆，女人不是人。'这都是把女人不当人的，现在做起事来，男人能干什么，女人也就干什么。"陈英说："我不会干，慢慢学，只要功夫深，铁杵磨成绣花针。"葛玉英说："我们要下劲，不要落在人后头，被人笑话。不但把本庄本乡妇女组织好，还要到别的乡去组织。"

下劲搅生产

春天的太阳照在人们身上，暖洋洋的。

邱大□二十一□农民在二子沟挖沟。他们全是刚翻身的农民，他们想："今年一定要栽秧，可不能像去年一样地荒下去啊！"

有些人站在沟底，有些人站在沟沿下，淤泥从沟底用锹向岸上传送着，传送着。沟底的人裤管扎在膝盖上的，两脚满是泥浆，像穿了一双长筒乌黑的皮靴。

他们在笑，他们在工作，心里的欢悦止不住从他们的笑声中泄露出来，温和的春风吹去了他们脸上的愁苦。

"这条沟三年没有挖过，再不挖还想栽秧吗？"

真的，二子沟的淤泥已积了二三尺深。这条沟是通运河的，每□两岸的田都指望它的水呢！

"自从共产党来。"魏景元一锹把泥甩到岸上，"人民就有了日子过，领导人民翻身，领导人民生产，全是为人民呵！"

魏景茂抹掉了头上的汗，望着紧靠邱大庄西边的西刘圩，他说："听说刘圩子各家已定出生产计划，买猪、割草、挖沟、修车，预备下劲搅生产啦！"

"我们要走在头里，下劲搅呵。我们邱大庄挖沟还想戴朵大红花呢！"魏景元是队长，他笑着鼓励大家。他们在大会上曾提出比赛，谁好，谁快，就戴大红花。

"头子沟和三子沟规定别的庄子挖，为什么还不动工呢？"

"不动工？那可不行。水从头子沟来，我们搅好，推他一把，不愁他不挖呢。"

金步云向南望了望，忽然说："喂，马庄村也动工了。"头子沟是马庄村负责的。大家听他一说，头都抬起来向南望。果然，从碧绿的麦浪上望过去，远远的沟沿上露出几个人头，一块一块的泥土正在规律地从沟底甩到岸上。

"现在提到生产，哪个不高兴？虽然春荒吃不饱，却苦得有劲。"大家看到马庄村也动了工都兴奋起来。

"哪个不高兴？现在苦也苦得有个把守。"李凤英站在沟底下挖了一锹泥。她跟男子汉一样地在挖沟。

"好，三年以后，看我们的这里是怎样的一个地方！"魏景元骄傲地说。大家的脑海里都浮现出一幅非常美丽的远景，笑了。太阳照在脸上，他们笑得那么甜，像二十一朵开放了的花。

傍晚，太阳还有丈把高，大家坐在河岸上休息，抽着旱烟。

"今天搅好了三十丈了！"

"怎么样？歇工吧？"

"不，再搅一小段。"

"好！就再搅一小段。"

大家又跳下了沟。几十个小孩子大闺娘在麦田里抢着拔青草，准备回去□肥，抢得闹嚷嚷的，远远地传来一片欢愉的笑声。

（《晋察冀日报》1946 年 5 月 28 日）

国士无双一亚子

——为庆祝柳亚子先生六旬大寿作

萧三

我还无缘认识亚子先生,但亚子崇高的人格,热情奔放独树一帜的诗与字,是早就敬佩的了,读过他许多的诗和他自述的一些文章。画家尹瘦石君来张,携来去年十月在重庆举办的"柳诗尹画联展"一些材料,又从尹君口中得知亚子先生的一些事实,值先生六旬大寿之日,谨向读者简略地介绍一下这位富有正义感的民主老战士与爱国诗人生平的梗概。

亚子先生今天六十岁了。假如从二十岁在上海健行公学当教员时算起(另一说,可从十七岁入上海爱国学社时算起),亚子先生参加革命已整四十年了。这四十年来他始终站在革命的,进步的立场上,不屈不挠,老而益壮。比起国民党内多少自号革命,而其实早已背叛革命和实行反革命的不肖之辈来,亚子先生真是鹤立鸡群的了。

亚子先生的生平,是忠实热诚地为中华民族与中国人民服务的生平。他为民族与人民服务的主要的武器是他的那一支笔——他的诗、文章。先生江苏吴江人,小时即从母学诗。十四岁时所写的诗曾在上海的小报上发表,但"这时候做的都是艳体诗。到十七岁那年,受了梁任公《新民丛报》诗界革命的洗礼,便把这些东西都付之一炬了"(见先生自述)。此后,亚子先生的诗便是直接为革命服务的利器了。应该指出,先生喜诗,尤其喜爱国诗人,"使我油然生敬爱之心!因其人而重其诗"(自述)。还是在很早以前,亚子先生即在苏州和陈巢南、高天梅、黄宾虹、黄□诸人成立"南社",这是中国最早的革命文艺团体之一。在"南社"内先生和林庚白二人成了两大的形势。

民国元年亚子先生曾任临时大总统府秘书,但不久即去。先生曾几次办报纸,其言论一向是公正无私的。虽然先生自二十岁即参加孙中山先生领导的同盟会,推倒满清专制,建立民国,先生都以文字作宣传的利器;国民党改组后,先生又曾被选为中央监察委员……但革命的投机者和叛徒是容不了正人的。因此在所谓"清党"时期,先生被列为该"清"的第十一名。先生于是改名换姓,亡命海外。"九一八"后回上海,任上海通志馆馆长,仍从事于文学与历史事业,研究南明史,帮助阿□创作《碧血花》《海国英雄》等史剧。这时先生的住宅名为"活埋痷"、笔名取"春蚕"二字,这就可见先生当时的处境了。一九四〇年末、四一年初在九龙、香港,他加入了"新文字学会"。皖南事变后,先生仗义执言,大不满国民党反动派之所为。反动派恼羞成怒,竟将先生开除国民党中委甚至国民党党籍!但先生毫不气馁,继续用文字斗争。四二年五月避居桂林,卖字糊口(何香凝先生则卖画为生)。四四年避居湘桂边境的八步地方,旋辗转到重庆,四五年加入民主联盟。他现在仍继续奋斗,积极反对国民党蒋家及其一派的专制独裁,反对法西斯主义,拥护民主,拥护人民,时时站在人民方面。

亚子先生是真正的文人、诗人,他疾恶如仇,从善如流。他是革命的、爱国的诗人。他的感情激昂奔放,文字纵横,玉振金锵,霓虹万丈!先生勇于求真理,承认真理。尤其近年来,一方面目睹国民党统治区国是益非,民情益困,国民党法西斯反动派之无恶不作,另一方面又看见人民解放区举凡政治、经济、文化事业无不合理者,无不蒸蒸日上,亚子先生"信仰进化论和共产论"——马克思主义起来了;先生看见了"世界光明两灯塔,延安遥接莫斯科"(亚子先生赠毛泽东同志句);先生"在重庆住了年余。自从毛先生来渝以后,精神渐渐儿好起来,又入于神经兴奋时代了"(先生自述)。这是多么感动人的呵!

亚子先生对人民领袖毛泽东同志确是由乎其衷地敬仰备至。毛泽东同志到重庆,亚子先生即赠一律,尹君只记得首尾四句是:"阔别羊城十九秋,握手重逢喜渝州。(中四句缺)中山卡尔双源合,一笑昆仑顶上头。"

他"题润之老友画像"的一首律诗是:"恩、马堂堂孙、列健,人间又见此头颅,鸾翔凤翥君堪喜,骥附骎随我敢吁。岳峙渊渟真磊落,天心民意要同符。双江汇合巴渝地,听取欢虞万众呼。"

一代诗人的亚子先生对毛泽东同志的诗词也是非常推崇的。他说:"毛润之一支笔确是开天辟地的神手,可惜他勤劳国事,早把这劳什子置诸脑后了……"又说,"毛润之《沁园春》一阕,余推为千古绝唱,虽东坡幼安,犹瞠乎其后,更无论南唐小令、南宋慢词矣。"在和泽东同志这首词时,亚子先生写着:"……才华信美多娇,看千古词人共折腰。算黄州太守,犹输气概;稼轩居士,只解牢骚。更笑胡儿,纳兰容若,艳想秾情着意雕。君与我,要上天下地,把握今朝。"

二十年前亚子先生曾组织"新南社",坚决拥护白话的新体诗,但自以为"对于新体诗实在陌生太浅薄,所以虽做了三次,终不能上新体诗的道路"。又说,"我是喜欢做旧体诗的,不大会做新体诗,但我的估计却以为旧体诗的命运不出五十年了……""……至于旧体诗,我认为是我的政治宣传品,也是我的武器。大刀标枪果然不及坦克车飞机的利害,但对于不会使用坦克车飞机的人,似乎用大刀标枪来奋斗,也不能认为错误吧。我的蔑视旧体诗而仍然要做旧体诗者,其原因就在于此了。"但先生仍是自负的,因此他说:"我的诗,当然不敢妄自菲薄,并且自以为是'推倒一世豪杰,开拓万古心胸'。陈龙川的两句话,是可以当之而无愧的。"

是的，只要是立场稳定、观点正确、思想前进、内容切实，作为服务政治的利器的文艺，是可以让各种各样的形式存在的，旧体诗词在今天究竟还有不少的读者，在这二点上我们从事新文艺运动者是不诋病亚子先生的，相反，正如茅盾先生所言："……柳先生的旧体诗……尽管有一二典故我们得查查书，可是全诗的意义决不叫人'如坠五里雾中'（指'有些新诗却实在不易懂'）。"我们也拥护郭沫若先生为柳诗尹画联展所写的"今屈原"（指尹瘦石君以亚子为模特儿画屈原像）中所说的："……更希望他的诗歌多多产生，而且更要平易近人，使人民大众能够接受。"

亚子先生的一个私章上刻着："才子居然能革命，诗人毕竟是英雄。"（据瘦石兄说，亚子先生的祖父刻的私章上有"英雄末路作诗人"之句，亚子不肯附和此说，而强调诗人的现实意义与作用。他另有四首诗，头一句都是这七个字。）我以为，这说得很好，也恰合亚子先生的身份；亚子先生不是一般的诗人，他是尖锐严肃的政治诗人。他是正人，是君子，是志士，是英雄！谨寿曰：

> 国士无双一亚子，
>
> 正人志士真君子；
>
> 诗人毕竟是英雄，
>
> 遥祝加倍添甲子！

（《晋察冀日报》1946年5月28日，《柳亚子先生六十寿辰》特刊）

今 屈 原

郭沫若

亚子先生的诗，于严整的规律中寓以纵横的才气，海内殊鲜敌手。字、行，皆有魏晋人风味，草书则脱尽□畦，这是独创一格的草书，不仅前无古人，亦恐后无来者。

这种能纵能控，亦狂亦狷的辩证的统一，似乎就是亚子先生独特而优越的性格。亚子先生在外表上不大拘形迹，而操持却异常谨严，他的正义感，峻峭到了极端。使他具有着"见善如不及，见不善如探汤"的原子弹式的情操。但他信仰孙中山、马克思、列宁，有明敏的博施济众的思想，把他强烈的感情控制着了。原子弹式地任其发挥的是他的草书，有所控制不做盲目爆炸的便是他的诗。他的草书或许是他的感情的安全瓣，为了有这一安全瓣，怕也帮助了他在控制上的成功。

画家尹瘦石君曾经以亚子先生为模特儿，画过一张屈原像，这是把对象找得太好了。"佩长剑之陆离"者，是屈原，也是亚子。亚子，今之屈原；屈原，古之亚子也。但今屈原与古亚子毕竟有不同地方，那似乎就在这感情控制的成功与失败上。屈原的字，没有方法看见了，而他的诗，尤其像"离骚""天问"确是原子弹式的诗，那样猛烈的感情，无法控制，所以他的生命结果也像原子弹一样爆炸了，虽然也炸毁了一些佞臣和萧艾。

今屈原绝对不会那样任情爆炸的，他的原子能有所控制，控制向了生产方面，诗之多而精，可以寿人寿世。他的诗歌如粟菽，而他的志趣是"使有粟菽如水火"；因此，我更希望他的诗歌多多产生，而且更要平易近人，使人民大众能够接受。亦如水，亦如火。有所控制的原子能，能够像水一样普及，像火一样容易到手，那于人民大众是多么大的福利呵。或许有人要担心，成为洪水或燎原的大火怎么办？如有要担心的那样的人存在，也就是洪水大火有时是必要的证明。

(《晋察冀日报》1946 年 5 月 28 日，

《柳亚子先生六十寿辰》特刊)

"大爷"的画像

张井良

"吃人不吐骨头"的地主徐叔扬,在涟东时码街周围十几里路是人人都知道他的毒辣的。他是时码的"集主",拥有十□顷田,是租给五十多佃户种的。他压迫佃户的手段,真使人目不忍睹、耳不忍闻,下面就是他的一笔血账。

对待佃户的毒手

只要你是他的佃户或集丁,就都要依他的话,叫你上东就不能向西,稍一不如"大爷"的意,就"狗肏的,田给我丢下来,房子拆脱,用犁耕好,滚你妈的蛋"。这还是算小事,有的还要挨打,几十家佃户没有一个不曾被打过的。他为了打佃户,特地创造了几样打人的东西,"蛇须棒"(是藤条子,头上如蛇须)、"独龙过江棒"(较粗藤条子,上有五彩色龙麟)、□鞭子、六角五彩色□棒(□六角是木头刻的)、扁担、绑马桩上、驴屌(徐家的驴死了,用刀将驴屌割下来,灌入水,作为刑具,打时旁边放一个小盆,打一下灌一下,是对佃户最大的侮辱)。

"大爷"打人是分轻重的,不过并不是按什么"罪过"轻重,而是凭"大爷"高兴:轻,跪下打,较重的唤"门勇"和"租头"捺在地上打,再重的吊在梁上打,最重的绑在马桩上打。打得死□去了,晒一晒,再打。他除了用这些办法外,最后一着便是把你送进监牢里去。因为他是与县长(敌伪)有交情的。

举几件事实

做剃头的石六,有一年夏天在外面乘凉,穿了白小褂裤捧着水烟袋在吃烟,"大爷"看了很不顺眼。石六是个近视眼,"大爷"走到他跟前还没有看见,当时就给"大爷"打上两个嘴巴,气愤地问:"你□□水烟,'大爷'吃什么烟呢?"还不算,又喊到"大爷"家里跪下,受"驴屌"的刑罚。

有一次夏天收麦时,杭凤桂等几个人拉了一牛车□麦,由圩门口经过,因为路不平,车歪到圩沟里去了。恰巧徐家几个少爷小姐坐在麦把上,也一齐翻下圩沟,这一下子把拉车的人吓死了,连忙一个抱一个向"大爷"家请罪,可是话还没有说,"大爷"就把驴屌拿出来,在每个人头上任意乱打。

孙学仁因为对"租头"杭井保孝敬不多,"租头"便借故唆使"大爷",挨打了两次,把孙学仁打瘫了。第三次"租头"捏造孙学仁偷大麦,"大爷"便把孙喊到跟前,用马鞭打了半天,孙被打急了,跑到粪塘边,"租头""门勇"六七个人一齐赶上来,把他捺倒在地,打得死□去了,孙□好容易请了人救过来,还不中,再拆了孙家房子,要把他赶出去。孙学仁的老婆,抱着小孩,用膝盖一路走着,按□磕头,请人向"大爷"说说情,但终于还是被赶出去了。

"大爷"家里有一个伙计被大奶奶叫到西屋里去拿东西,刚巧少奶奶在里面洗澡。"大爷"小心眼儿来了,说是伙计想与少奶奶搅鬼,便赖伙计偷东西,绑在马桩上打一顿之后,又送进牢里,那个伙计因为没有牢饭吃,便饿死了。

□□次王老头家里的鸡抱窠(孵蛋),徐"大爷"把□十个"九□黄"鸡蛋给他抱,抱出了十八只小鸡。有一天,志老头从街上回来,小鸡少了一只,"大爷"便把老头捺在地上用鞭打,不住说:"狗禽的,你的命哪有我小鸡值钱!"

徐家庄规

徐家的庄规合起来有七条:(一)扛场时不许用巴斗卡,不许坐

巴斗，否则看见就打。（二）上场不许吃烟。（三）佃户不许进客屋、后天井和内屋。（四）佃户未进门要报告"大爷"。一看见"大爷"，随时都要站起来，只能喊"大爷"，不能喊"徐大爷""扬大爷"，否则就是触讳。（五）跑腿不许吃一点饭弄一口茶，因为吃惯了会常来的。（六）佃户、集丁不准盖好房子，如果盖了砖房的话，"大爷"就叫你在房子四角上打四个铁环，吊上天去，因为地皮是他的。他说："你住这种房子，叫'大爷'住什么房呢！"

剥削佃户的办法

就是下面这十几种额外剥削，已够你活不成了。

（一）"伙租"：佃户收一石提一斗三。

（二）"风钱"：例如种二十八亩田，要加提二斗大麦，名义上是留打场□酒给佃户□的。

（三）每年每个佃户要□三只火鸡。

（四）每年冬里，发二两棉花给佃户捻线，正月收线，另外替"狗腿子"再捻二两。如捻不来，按经济情况打或罚。

（五）佃户手头好一点，他就把田典给你，典费拿到后，便赖账，说那钱是佃户借给他的，所以照样要缴租。

（六）庄稼长得不好，就拿不好的田换给你。

（七）换一个"租头"丈田，就要出钱。

（八）借粮随长不落，春天粮贵，夏天粮贱，就要一斗还二斗。

（九）完空头租，屋基完了租不算，还要多丈田，说这是老古风，不能改。

（十）来客来官，佃户要送鸡送鸭。

（十一）"打庄差"，芝麻大的事全要佃户来做，有一年盖洋房，佃户分成班（十人一班）轮流去盖，一喊就要到，不到就打、骂、跪、罚，最后叫你做。

（十二）包租额特别高，有些人□把庄稼收上来连烂泥都扫给他还嫌不够。

（十三）佃户手头好一点，就要借故来罚，张子云在街上摆猪肉案子，每天要送他一副肺头，有一次张子云□□买到猪，跑腿的没有拿到，"大爷"就把张子云喊去一跪一打，还加罚五十付肺头，限三天交齐。

就是这样，五十多家佃户，一百多个集丁，被"大爷"踩在脚底下喘不过气来，过着牛马不如的日子，每个人都希望太阳能从自己门前过，可是一年、二年、三年……太阳还是没有过。

鬼子来了，徐"大爷"病死了，几个"少爷"都到四川去做官了，大爷侄子徐小胖当了汉奸，替大爷照样收租，伪费完全由佃户出。日子还是一年不如一年。

★★★★★★

太阳终于照到佃户的门前了，人民的队伍把鬼子赶跑。时码解放了。

四月十四日，几十家佃户开了个诉苦会，徐叔扬虽死，佃户的冤气却没处伸，他们用一大张纸头画了个徐叔扬的像，还画了几个狗腿子租头，贴在徐家门上。几十个人，一个接一个地把几年、十年、几十年……所受的冤气尽情吐出来，有的伤心得哭起来了，每个人诉苦时牙齿咬得咯支支□□□画像仇恨地骂着，用小棍打着，用柴棒戳眼，用手打耳光。孙中华连诉四遍，连打四遍，诉了一天，这个打去一块，那个撕去一块，到晚画的像已弄得粉碎！

佃户们都知道今天是他们翻身的日子了。（新华社延安二十七日电）

（《晋察冀日报》1946年5月29日）

南口被扣记

徐元

我和黄奇南、靳立,从张家口去北平。三月十九日经过青龙桥,南口国民党十六军九十四师把我们糊里糊涂扣起来了,我的财物也完全被他们抢走。

一

当时那些戴着红领章的国民党军队,眦目咬牙,喝令士兵把我们捆起来,捆得紧紧的、狠狠的,身子动转不得,四个士兵,用刺刀把我们逼送到居庸关团部。团长住屋的门上,有一副对联:"壮志饥餐赤匪肉""笑谈渴饮朱毛血",横联是"剿灭共匪"。我们进了门,又进了一间密室,便衣的特务马上包围上来,笑着说:

"你们来得好,请坐,好,吸烟吧!……我来和你谈谈,我们都是自己人,我也没有什么任务,我们谈谈闲话儿!……聂荣臻是谁呀?你们机关里的委座是谁呀?……"

"不知道!我们不是机关里的人。"

"没关系,自己人怕什么,明天你们就可以走了,谈谈……"

"我们是做买卖的……"

"胡说!"眼睛闪出一道贼亮的光,逼射着我的脸,可是突然又笑了:

"坦白嘛!你看共产党坦白了以后就宽大,我们也一样,同志!要坦白。"

"说八路军,有什么关系,那还不是放了,我们这里放了好几千!"

旁边几个特务偷眼看我们,有一个更鬼头鬼脑,他指着说:

"我在张家口见过你,我认识你,你不是常常往来北平吗?"

进来了谍报班长,又把我们全身仔细地搜了一遍,然后留下我一个人,他狞笑着说:

"你不说实话,今天晚上给你上电刑。"

"看见了没有!……去吧!"他指着一架简单而奇怪的机器,后来把我们推进一个没有门窗的石洞里,已经先有一个衣服很新的老乡,他皱着眉头,咬着牙,他偷偷地送饼子给我们吃。

外面风雪刮得厉害,从石洞口,打进来刺痛了脸,全身发抖,那老乡又偷着和我们说:"不要发愁,吃点吧!吃点还暖和些!……"后来他说他是八路军复员的战士,他在冀中抗战八年,现在复员回去,却在这里被扣了。

天黑了,雪越下越大,衣服鞋袜已经让水浸透,到半夜里更结成冰,我们互相紧紧地搂抱着战栗,直到天明!

天亮了,站岗的皮靴声音,送进了石洞,阳光斜射在墙上,很清楚地看到一行字迹——想中央,盼中央!中央来了……

这是新的笔迹,昨天听到岗哨说,前天才送走一大批人,也许就是他们写的。

问不出什么口供,却仍然定了我们的罪名:

"携带巨款,企图扰乱治安……""该奸匪犯等,去平进行暴动……"

我们是做复员证章的人证物证都有,而国民党几次威逼着我们承认是八路军到北平去暴动,或是挖铁路的。我简直要疑心他们是想图财害命了。

二

我又被押送到南口,推进黑暗的铁牢,刚进去什么也看不见,只听到许多人的鼻息,我很快地觉我不是站在地上而是挤在许多人的腿上，牢门一关人们都骚动起来。

"从哪里来，怎么了？""是八路吗？"

"这叫什么世界！简直是不说理！"

"简直是两个世界！天上地下……"

"日本在时是这样，把日本赶走了还是这样儿，咳！"一个人他告诉我们他是商人，他被没收了几十万元。

"这可不真和日本鬼子一样吗？咳！反正老百姓倒霉！"有一个穿军衣的大声骂：

"他妈的，问一问他们，是谁在这儿和日本鬼子拼死拼活地把日本鬼子打走！"人们安慰着那个穿军装的：

"不要说啦！谁都明白！人们不是瞎子！"

几个年轻的八路军衣服被撕得很碎，脸上没有血色，两颊凹进去，头发有一寸长，他们摸摸自己的脸苦笑，瞪圆了眼睛，咬着牙说：

"好！真见效，哼！失掉了自由增加了仇恨！"

他们唱着八路军进行曲，他们拍着手，那强烈而热情的节奏使黑暗的牢笼，阴森的地狱……一切死寂都动荡起来。

小八路摇着头，向老乡们眯眯地笑着，春天到我们狱里来了，大家忘了是快乐，还是苦痛，复员战士站起来俯下身子向大家说："老乡们，不要发愁！我们有一天出去，就决不让这铁笼留在人间！"

"同志！说得对，我们不发愁，我们有一天出去，这铁笼子万不能久长！"

"我们这才是患难弟兄哩！我们是一家人，到哪里也散不了。"

外面看守枪托当当地打着铁门！

"我日你们的！杀你们的头！"

三

说着，又赶进了五六个军人，他们满面鲜血淋淋，他们一进门就嚷:"到北平,找叶参谋长去!有说理的地方没有?"他们从嘴里也吐出血来,"要打就打死吧,为什么还放到这里……老子抗日八年,日本鬼子的刺刀都不怕,在乎你这!……"

白天不见太阳,夜里看不见月光。拉尿都在里面,满地是潮湿,墙上是干了的痰,臭虫的血,夜晚没有被子,大家压在一起,有一个难友被压死了。

听难友们说,这牢笼是日本鬼子修的,关在这里的从来不会活,死在这里的不知有多少。我迷糊地想:我是被日本鬼子押在这里呢?还是国民党呢!

每天吃着酸臭的棒子窝头,不管饱;水,只能喝两小碗。又饿又渴,三四天后皮就包着骨头了。这里还关有一个老太婆,她已被监禁了二个多月,因为她的儿子是八路军。她满头白发,满脸皱皮,浑身瘦骨,斑白的乱发,高耸的颧骨上涂满了泥土。凹进去的可怕两眼,常常看着天。她的脚手都冻烂了,整日整夜抖抖索索,而潮湿的地上,她年迈的身体已被折磨不能动弹了。一个特务走来,隔着铁栏问她:

"好受吧!这都是你儿子做的好事!"

每天天明的时候,我总是想太阳能挂在屋顶上,常在黑黑的墙上看到了异常光亮的太阳,但每天看到的总不是太阳,而是歪歪斜斜的四个大字——青天白日。

我就很快地联想到写的人一定和我一样:幻想在墙上能生出太阳来,所以写了这四个字,又联想到现在这个人一定会每天看见太阳,或者,不,永远见不着了!

人们常常念这四个字,而随后继续又加念三个字——满地黑。

四

大家无事便谈论着八路军和中央军,一个北平的老乡说:"才进了这铁笼我也知道谁好……"

一个站岗的士兵从小窗向里面问：

"你们那里有八路没有？"

"哼！哪里没有？"

"日他妈！到处尽是，听说北京城里都有了。"他的脸现出灰白色。

"为什么中国人总打中国人呢？"老乡问。

"没法子，上级命令，说几个月要消灭八路军！"

"你们抗日时跟日本鬼在哪里作战？"

"日他妈！日本离我们太远，我们驻扎关中。"

"你们真是劳苦功高了！"

"可是也没有什么！日他妈，让老子从江西跑到甘肃又跑到陕西，进攻爷台山时，险些让八路军活捉了去！现在又到这个地方来，日他妈又要打，什么时候完？真伤脑筋……"他低下了头，他的面色是因了缺乏营养又黄又瘦，决不像那红光满面三颗金花的军官。白天，他们不得不装作凶狠而夜里却不断地叹气。

五

一天黄昏的时候，我被提出来。

"走！向前！出去！"

他用枪，紧跟在我后边，拿出两颗子弹压进了膛：

我们的性命像风吹着的烛火！闪灼于明暗之间，我想要喊口号，让活着的人知道又有人死在这里……

但他们又命令我们向后转，带了回来，他们就这么来吓唬我们……

晚间提审，绳索棍棒放在一条板凳上，好几个便衣特务站在旁边，但我们所供一如从前。那姓董的参谋兼谍报队长的，冷笑着：

"铁笼的滋味尝过了吧!"忽然又瞪起眼睛,大声地说,"今天有你就有铁笼,有铁笼就有你! □吧! 好好地想想……明后天就埋你们。我们活埋人算不了什么! ……"

第二天铁牢里的几个八路军的复员战士被拉了出去,下落就不清楚了。

随后又捉我,董参谋,急忙让座,满面赔笑,请我吃烟,让我喝水……

"不要客气请坐吧!"

"……"我没有接过烟也没有坐下。

"我问你,你要说,你是三个中最轻的从犯,今天便是你自己救自己的机会,今天我们谈了以后就不再谈了。"他似乎很急。

"你说,他们拿这笔钱是不是到北平进行暴动的?"

"不知道! 只知他是用做复员证的……"

"你要明白,共产党决不会救你,现在只有五分钟是自己救自己的机会,说吧! 是干那件事情的不是!"无耻地猛笑。

"不是!"

"你真傻! 做一个无名英雄究竟是没有人知道的,可是说了也没有人会知道。我今天都为你打算,我们本不想押你,说吧! 没关系,现在都已经和平了。"

"我都说完了!"

"现在说了马上放你! 没有关系,这是党派问题与个人无关……你看你真糊涂,说了以后也不过是把这件事告诉军调执行部知道有这么回事就是了。"

"我没有了,再说就是假的了!"

"混蛋! 你真的不说! 晚上埋你!"

"我很冤枉呵!"

他用力地拍了一下桌子。

"我们宁屈死一百，不能放走一个！"

"去吧！今天夜里埋你！"

隔几天又从铁牢里提了出来，捆绑着，押送到北平十六军军部，再转十一战区长官部，转送的押条上面写着：

"……共产党犯三名……收押候讯……"

进了长官部的门，什么也不问吊起就打，绳捆得很紧，浑身麻木，皮肤都肿胀了，日夜都在院子里捆着，烈火似的阳光，烧焦了我的头，夜里寒风吹来，逼得浑身发抖，刺痛了心脏。

那些改名了的伪治安军，先是齐督办的干部，现做孙长官的卫队。他们端起刺刀拿我们当肉靶子，向我们冲杀，对准我们的头放空枪练习射击！

三四天不给我们一粒饭一滴水，而禁闭在一起的日本侵华战犯，每天吃好的，说说笑笑如上宾，亲若家人。我愤怒得骂不出声音来，我又不能挣脱绳索，动手去打，只有怀疑这些国民党反动派他们是否还是中国人。

终于，我们被共产党救了出来，这时我们已经连路都不会走了。可是，呵！繁乐的张家口呵！总算我们又重见了，而且我重见人民的军队！重见了光明！然而我要控诉，我要为那些留在那里的老乡们、商旅以及复员战士们，为仍在黑暗的人民呼救！我们一定要争取人身自由，夺回做人的权利！

（《晋察冀日报》1946 年 5 月 29 日，《副刊》第 3 期）

"横"与"赖"

严辰

从北平来的人,常说北平没有什么好的话剧可看,而且票价又很贵。但是,我还是羡慕住在北平的人,他们经常能看到许多社会的话剧。真是眼福不浅,我却只能从报纸的消息中看到一二,徒然神往而已。

据说北大红楼的"火柴壁报"被特务撕毁之后,编辑人为文警告,特务竟在饭厅拔出刀来,插在桌子上,公然声称:"火柴壁报是我撕的。你们敢怎么样?"

那真是"英雄"气概,如见其人,如闻其声。这种横行不法的人,背后的靠山很硬,人们常会给唬住了,不"敢怎么样"。然而,一旦真的群起攻之,给点颜色他看的时候,他却就立刻改变态度了。

有例可证:报载有自称行营情报职员傅崇理等四人,闯入中国大学课堂,无理取闹,将学生王玉进推入角楼,持枪威吓,将王头部殴伤,血流满面,耳被击聋。同学上前劝解,特务举拳威胁说:"你看我的拳头打人没有?"

这时,"英雄"虽然还"举拳威胁",实在已心怯胆虚,拼命抵赖了。

故乡有一种强贼,遇到弱小可欺的,常常公然抢夺别人的东西。如果你去和他理论,他就高卷起袖管,两手叉腰,摆起架子,气势汹汹地说:"老子拿来用一用,你敢怎么样!?"可是,当追究的人多了,看看自己势力单薄,他深谙好汉不吃眼前亏的战略,就会连忙把赃物往旁边偷偷抛开;如果是什么吃的,就更方便,连忙往嘴里一咽,嬉眉笑脸地抵赖:"你们看见我偷了没有?"对于这种专横又善抵赖的无耻之徒，人们最好的对付手段，往往是将他捆绑起来，送去法办。这时，强贼就会双膝下跪，叩头求饶：对不起，下次再也不敢了。

听说北平新华社和《解放三日刊》的同志被非法搜捕时，就当场用照相机把特务行凶丑态照下来了，以致"英雄"们无法抵赖。最后警察局长也不得不出来赔礼："……警察能力不高，处置欠当，动作粗鲁，技术不高明，我很抱歉，请诸位原谅一些，以后保证不致再发生此事。"

我觉得，对付这些特字号"英雄"的办法是：一方面举起"照妖镜"摄住原形，使他们无法隐遁；一方面则以拳对拳，给他一些教训。而这在群众呢？须要如钢铁一样地团结！

（《晋察冀日报》1946 年 5 月 29 日，《副刊》第 3 期）

我来自"社会大学"

得复

一

《北方文化》创刊号里,萧军先生曾介绍重庆的"社会大学"。社会大学对于重庆的人来说,都像一个谜似的,对于和大后方交通阻隔的解放区说来,怕更生疏。现在我以一个社会大学的学生地位,把我们学校的情形概括地说说,贡献于关心大后方教育问题的诸同志,怕不无用处吧?

二

为了使乌烟瘴气的重庆稍有生气,为了在"党化教育"的周遭扫出一片真正学习的干净环境,为了让一些失学的职业青年能有机会继续充实自己,今年一月间,在重重的压抑与困难之下,陶行知、李公朴诸先生,借用了管家巷育才学校的校址,把"社会大学"创办起来了。

学校共分五系,政治经济系、新闻系、教育系、民间艺术系、文学系(后来民间艺术系并入文学系)。入学手续很简单,除要有一个可靠的介绍人之外(怕特务混进来的缘故),测验以下三个试题:(一)民主世界与民主中国之创造;(二)我的自传;(三)Write a story about yourself,再经过李公朴先生的口试就可入学了。

同学将近二百人,来自不同的职业部门,其中以教育界、银行界与邮政局职员占大多数,最令人感动的是:还有两位在国民党政府组织部和军令部工作的。有一位白天在金陵大学的功课很繁重的电机系读书,晚上又跑到社大来求学。

至于教授阵营,我敢说是大后方任何大学所不及的。政经系有侯

外庐、许涤新、何思敬、王昆仑。新闻系有章汉夫、张友渔、宣谛之。教育系有陶行知、李公朴、方与严等。文学系的教授最坚实，先后在那儿讲课的有曹靖华（系主任）、茅盾、胡风、宋云彬、荃麟、艾芜、杨晦、何其芳、黄芝岗、□扬、□马等全国知名的作家。因为学校经费局促，每次只给教授们车马费一千元。实际上，教授们都是住在离学校很远的地方（像杨晦先生是执教于中央大学的，每星期为了社大的课程，要从二三十里的沙坪坝跑到城来），车马费根本不够，经常要贴钱，可是他们都冒着大热的天气，自掏腰包，兴致勃勃地给同学们讲授。

星期四更好了，经常请些权威专家讲述专题，那天晚上便特别拥挤，不少来宾掺杂在内旁听着。上学期的专题讲座，我把它写在下面——

秦博古先生：辩证唯物论。

邓发先生：世界劳工、解放区的劳工和劳工政策。

田汉先生：抗战以来各地的文化运动。

郭沫若先生：我怎样研究中国古代史的?

于怀先生：时事问题。

社大与外面学校迥然不同的是民主作风。校内一切事务，名义上是由陶行知校长、李公朴副校长负责，为了要养成同学民主自治的精神（连考试都包括在内），实际上都是各系系自治会与全校联合自治会的同学们分担起来，同学虽来自各方，却因志趣相投，故情感融洽，帮助缴学费，或代找职业。

当每天傍晚的时候，假若没有上课的话，大家便唱歌或扭秧歌舞、跳民间土风舞，或者在四壁贴满五颜六色的壁报的大礼堂中，这儿一堆，那儿一堆儿的，学习小组正在热烈地讨论时事，检讨生活，研究课程……

较场口暴徒横行的丑剧发生以后，育才学校被牵扯在内，社大也因之更被特种人物所注意了。同学们出出入入，经常有特务在盯梢；有时正在上课，忽然从院井的天空中飞进石子来。但这些卑污的行为吓不倒我们。

三

四月初，教育部的老爷们终于来找麻烦，来了一个公事，写着"……查该校设备简陋，毫无基金可言（因为照那些老爷们的章程上的规定，大学是得有基金而后才能以名正言顺的）……着予停办！"云云，惹起了重庆舆论界的公愤（《大公晚报》《民主报》《新民晚报》都有过文章），一致恨恶国民党当局，连大学青年们的受教育机会都不让有，都要加以压制了。

当时，陶校长曾安慰过我们，说了几句意味深长的话："在真正民主的政府下，社大当能受到传令嘉奖的荣誉。在不民主的政治下，社大早该封门！但是表面上在喊民主民主，而骨子里却是独裁专制的政治之下，我想，总可以马马虎虎地过去的。"说到这儿，惹起了哄堂大笑。

接着陶校长又说："你们安心读书好了。这些压迫我们是早料得到的，吓唬不了我们。我们不但要用全心全力使重庆的社大继续地壮健地成长起来，并且在成都、在上海、香港和南京正在积极地筹备，使那儿也有社会大学！"

是啊，我是多么的切望着各地的社会大学都能及早开学，好使被阻止到解放区来的青年们，也能得到一点点在民主的气氛里学习的机会！

（《晋察冀日报》1946年5月30日，《副刊》第4期）

军民一起浚沙河

肖白

朝阳从东山坡后高升起来,参加浚西沙河的队伍都出发了。人们扛着铁锹、鹤嘴锄、扁担,腰里缠着麻绳,踏着轻快的步子,谈笑着歌唱着,像是参加一个愉快的盛会,从各条路上向着西沙河、平门前进!

荒凉的西沙河河槽,今天烘火起来了。河槽里密密麻麻地布满了人,有小伙子、老汉和儿童,有工人农民、各行各业的买卖人、部队和学生;在南头是联大、报社和中央局的同志们,北头尽是老百姓。

劳动一直是热烈的、紧张的,年轻人,特别是联大的同学们都把全部的力量投到浚河工作里了,他们的鹤嘴锄举得高落得重,铁锹飞舞银光闪闪,装满了沙土的筐子,从人们手里传递着,像抛过去的一样,一忽那,河槽里的沙土一片片深陷了,新色的沙□露出□。

"加油呀,教育学院!"联大换班休息的同学们在开始鼓动更高的劳动情绪。像海风鼓动更高的波浪一样,锣鼓声起来了,歌声也起来了,夹杂着呼喊声、数土筐的粗犷声音,和女同学"快铣呀""快递呀"的尖叫声,自然地形成了一支愉快的劳动的交响乐。

男人们更加上劲了,索性脱下衣裳光着膀子干;妇女们儿童们紧张得气呼呼地,也不愿休息;老年人自然也不甘落后。有的学生刚由平津来张未及一月,过去,他们是不劳动的小姐或少爷,今天却也像工人农民一样,光荣地参加了这一次劳动。磨破了手,忍着继续干;晒痛了头,忍着继续干!在这里,劳动是无上光荣的。联大右翼是中央局、《晋察冀日报》、新华社、新华印刷局等单位的同志们,他们都参加过大生产运动,因此,劳动起来很有办法。运沙石时他们喊着,"一股劲地来哟!"接着就是飞扬的尘土和沙沙的石子声,而后□的人们就立刻回响着:"来——哟!"这□劳动的声浪,传到五区的浚河□人们,他们看见"公家人"这样热烈的情形,他们的锄也飞得更快了,□互相鼓励着,"你们看公家人,多卖劲!""来,我们要超过他们!""和他们赛!"各街浚河的积极分子,更加活跃起来。有一个六十□岁的王老汉告诉我:"新政府领导咱们办好事!大家都肯干!"接着,他又向周围人们号召着:"咱们加油呀,赛过公家人。"他的号召是有力的,人们一阵呐喊,只听到铁锹铲沙土的吱吱的声音,又一堆土上了石坝。

非正式的竞赛的呼声,从五区一直传到七区,从西豁子传到平门。我跟着这声音,一直访问到平门。人们一致告诉我:民国三十三年的水灾太怕人了,白天发水都淹死两千五六百号人,若是夜里发水更不知死多少?!现在的政府为咱们,公家人都那样卖力气干,咱们还不干,真想等死吗?!新任市参议会副议长于德海老先生,今天,也兴致勃勃地来了。他望着满河槽满石坝的人笑眯眯地道:"真是军民一家人,再有洪水来咱们也不怕它。"

河床越挖越深,东边石坝上的泥土越堆越高,像座小山一样,往上铣土非常不方便了,人们找来了许多木头,搭起木架和跳板来,更紧张地继续工作着。今天所有的困难好像都给劳动的人们踩在脚底下了。人们保持饱满的情绪,一直到下午六点多钟,因为老百姓们知道这是为自己干活[,]机关学校的同志们知道这是为人民服务!

五月三十日晚

(《晋察冀日报》1946 年 5 月 31 日)

我更懂得庄子

郭沫若

甲：我现在更懂得《庄子》了。

乙：什么意思？

甲：你记得《庄子》上有这样的几句话吧："为之斗斛以量之。"

乙："则并与斗斛而窃之。"

甲："为之权衡以称之，则并与权衡而窃之。"

乙："为之符玺以信之，则并与符玺而窃之。"

甲："为之仁义以矫之。"

乙："则并与仁义而窃之。"

甲：你居然也还记得。

乙：并且我也懂得你的意思了。

甲：你请说说看

乙：我懂得你在愤慨时事，把庄子的话套上来便是：

"为之和平以召之，则并与和平而窃之。"

"为之自由以要之，则并与自由而窃之。"

"为之民主以号之，则并与民主而窃之。"

"为之整编以调之，则并与整编而窃之。"

甲：对呀！一点□不错！你请看，不是一切都成了真假两种的"双包"吗？分明是杀气腾腾的"扫荡"，它也叫作"和平"；分明是统字号分店，它也叫作"民主"。南通、上海都已经成立了"自由保障委员会"了，他们保障的什么自由呢？不是杀人的自由？捣乱的自由？造谣的自由？一切法字号统字号的自由吗？

乙：是的！这是值得愤慨的！庄子当年所处的时代，大约也和我们的时代略仿佛,是新旧两种东西争得最厉害的时候。不过问题来了,你懂得庄子,是不是你就同意了庄子的不谴是非的办法呢?

甲:庄子并不是不谴是非,他是要另外拿出一套是非,来把两种对立着的真伪,都当成非;而把他所见到的齐生死、同万物的见解作为是。

乙:我不想听你的哲学史讲义,我是想问你对于现实的感触是怎么样,你同庄子一样逃避现实而退隐下去?还是同他两样?

甲:有点难说,退隐吧,有点不甘心;不退隐吧,我实在也有点失望了。

乙:我早就明白你的心境了。那是最危险的!你已经在反动势力的面前有点辟易了。我们正应当乐观的时候,你为什么要失望?

甲:乐观,可惜我不能再盲目了。当其政治协商会议闭幕的时候,我也曾和大家一样乐观过一晌,可是自从二月十日较场口事件以来,我的心境逐渐起了转化。闹到今天,像南通那样惨无人道的血案也产生了!北平中山公园是个较场口的翻版,陈瑾昆那样老成持重的学者,都被特务暴徒们打伤了!一切旧文章,都是变本加厉,而新花样又层出不穷,组织南通自由保障委员会的人,就是组织那样惨无人道的血案的人!人的良心还有什么方法挽救吗?

乙:你不要那么着急,要慢慢地来。你不要以为旧的东西毫无改进,或者愈搅愈坏了。其实这一两年来,中国的局面是大有进步的:两年前,我们能用"人民"或"民主"这样的字样吗?今天公然连法字号的、统字号的都不能不用假牌"民主"或"人民"了。去年年初,全国各界以及在野各党派要求政府召开党派会议,改组政府。那时候,当权者们说:"党派会议就是分赃会议,改组就是推翻政府!"在那时的高压之下,要找人在宣言上签名是多么困难?就连宣言两字也还不敢用,只好使用"进言"。结果呢?进言一进去之后,费巩教授失踪了！至今还无下落。文化工作委员会被撤销了，有好些朋友一直都失了业。这些仅仅是一年前的事，然而今天是怎么样呢？"分赃"会议早已召开了，政府诸公，反而急急于要改组政府，你说这些不是进步吗？仅算假的，拼命在假，然而政×者的存在，正是表明着善的胜利的。

甲：这些我自然是明白的，而且我也明白这些都是由于力量的对比发生了变化，是人民的力量，民主的力量强大了，所以逼得反人民、反民主者，都不得不伪装和平、伪装民主；然而今天这伪装的后边，是有大的国际力量支持着的，而这力量却大的呢，我们一时无法相等，所以使我悲观。

乙：慢慢来吧，悲观有何用处，你只要相信人民，你应该知道人民的力量可以超过任何横强的霸道，南斯拉夫是一个绝好的范本。从前不是也有强大的国际势力支持过米海诺维奇吗？然而今天都又承认了逮捕米海诺维奇的人民政府了。把悲观化成力量吧！一点一滴地增加上去！越过国界彼此都是有人民在作主人，人民的利益九州万国都是同一的，就是要得到真正的民主，真正的和平，真正的自由，我们不要只看见少数管事人的排场，而以为全体的主人都在睡觉。总之悲观失望是不应该的，我们把一切都化成为人民的力量。关于国际上的事情有机会我们再谈吧。（新华社延安二十八日电）

（《晋察冀日报》1946年5月31日，《副刊》第5期）

三 言 两 语

胡椒

记得在一篇什么文章上讲到法国的名画家皮卡索画了一张讽刺法西斯统治者暴行的漫画。警察诘问他说:"你为什么要画这样的画?"

皮卡索答:"你为什么要做这样的事?"

你能做,我就能说,言论自由所要争取的就是这么一点点。

★★★★★

五月九日本报上登了一篇北平通讯,说到北平近来新出现了一种貌似《解放报》的《解放区》,背景未公开。

报童们却提着嗓子叫喊:"看报,看国民党的《解放报》。"

我真为这些报童捏一把汗,倘被特字号的人们听到又有一顿好揍。

★★★★★

今年二月间中央社公布了一个统计,说是国民政府中央一级的大小官员连同眷属一共有四十三万多人。

看了这个数目字我悟出全国人民为什么那样迫切要求改组政府。

★★★★★

国难期间可以发国难财,抗战胜利了,又可发胜利财,收复可以发收复财,接收又可发劫搜财。……总之无往不可以发财,古语云:"四季发财。"此之谓也。

(《晋察冀日报》1946 年 5 月 31 日,《副刊》第 5 期)

四十一号桥
——边界纪实之一

胡可

四十一号桥位于平绥路康庄东二十余里岔道村外的铁道线上,它是解放区和国民党占领区之间的界石。桥东五十米处是国民党军从日本人手里接防来的岗楼,桥西五十米处则是我八路军的岗哨。哨兵骄傲地持着枪,面对着相距百米的对方的哨兵。

四十一号桥分开了两个天下,这边是敢说敢笑的,自由的幸福的生活;那边却是抢掠、威逼、拷打与受贿。商人旅客东来西往,他们在半点钟之内接受两种截然不同的待遇。从解放区东去,人们走到四十一号桥,心就开始砰砰地跳起;从国民党占领区西来的客商一过四十一号桥,心里就像一块石头落了地。

跑买卖的人们摸透了国民党军队的脾气,在经过国民党军检查之前,早就准备好了一叠"礼金"了。当检察官愣指边区票为"犯私"时,同样也是边区票的三千元"礼金"却可以解围。

"先生!放我过去吧!我家里的老妈指我养活她哩!"

"妈的!你还跑买卖哩!你干什么吃的!我干什么吃的?"

"算啦先生!"递钱,"留着您买双鞋穿!您还不认得我?常来常往的……"

"混蛋!"接钱,"谁认识你?滚你妈的吧!"一个耳光扇了过去。

花了三千块钱买了一个耳光的这位仁兄抚着左脸跑过了四十一号桥。一过桥,他便有了精神,放下包袱,掏出一大沓边区票举在手里,朝桥东骂道:

"喂!小子!过来!老子有的是边区票!我全都送给你!是你爹

揍的过这边来拿！你敢过桥来我都给你！"

那位检察官气得脸发青，追了过来，追到四十一号桥头，停下了。他再也没有胆量前进了。

"同志！这么近就是两个天下！在他们那边整天提心吊胆，说不定什么时候出事。一过桥就像到了家，咱们老百姓敢说话。对不对同志？"这位老乡回过头来朝我们的哨兵说。

(《晋察冀日报》1946年6月1日，《副刊》第6期)

从"长春"说起

左丘亮

在一个多月以前，当人民的军队把万恶滔天的"铁石部队"姜逆鹏飞血腥恐怖下的长春解放时，国民党老爷们竟大呼"陷落"！而且表示了极端的"痛心"和"义愤"。

在中国往往有些事情是不能以普通的常识来解释的。比如说，十五年前的九月十八日，几千日本兵开进了沈阳城，国民党大军数十万"迎头而奔"（鲁迅语），老百姓可是痛心了。他们请愿、游行、呼号、反抗。而所得到的却是水龙、大刀、电刑、活埋，老爷们"痛剿"了痛心的人民，可见他们是毫不痛心的。你看，他们的领袖就说："东三省热河失掉了，站在革命的立场上说，却没有多大关系，对革命无所损失。"他们不但不痛心，而且还很高兴。因为，有人替他们"管教"这些"不驯"的"家奴"了。在他们这种"革命立场"之下，一直逃跑到贵州省。当然这是"没有多大关系"，对他们的"革命"无所损失。如果不是反对他们这种"革命"的人民，共产党、八路军，挺进到华北、东北，拖住了日本的矮腿，中国老早会被他们"革"光了。

当民主联军为早日实现和平，自动撤出长春时，这些老爷又大叫"光复"，并且到处举杯相庆，"大员"们又匆匆专车北上"接收"。好一个"光复"！这也是为普通常识所不能解释的事情。十四年中日本人在那里的时候，从未听见他们喊叫"光复"。简直想也没有想过。他们"领袖"在五中全会上就说："抗战到底，是要恢复'七七'事变以前的原状。"东北是老早就除外的了。等到人民从日本人那里光复了之后，老爷们就"英勇"地用了美国的坦克火箭炮，跑来向人民"光复"。他们对日本人是"我的也是你的",而对自己的同胞却是"你的也是我的"。

然而,东北人民却从十四年的苦难中站立起来了,英勇的四平街保卫战,便给这些乘兴而来的老爷们一个响亮的耳光。好战分子们!"长春"不是被你们"光复"了吗?东北内战还是继续扩大下去呢?抑或"立即恢复和平谈判"呢?这该是你们最后向中国人民表示态度的时候了!

(《晋察冀日报》1946年6月1日,《副刊》第6期)

蹄 痕
——小小的感触之一

企霞

在一个朋友的办公桌上，有一次无意中看到一张便条，这是一个工役为了请假或是借薪而写的，在最后职名的称呼上，他写着："某科长同志殿"……

有一次参观一个工厂，在一架机器旁边看到贴着一张崭新的标语："努力故障绝迹"。

另外一次，在一个新从平津来的同学的笔记本上，我看到他把"苏美关系"写成为"露米关系"……再有，一个也是从平津来的教员，在他自己的履历表上，毫不介意地填写着："四〇年，国立北京××学院肄业。"……

这样的例子是写不完的。

好像是回到了被野兽所糟蹋过的家园，到处可以发现兽蹄的痕迹！在敌人统治下，他们处处要模糊我们民族的面貌，侮辱我们同胞！

每次看到这类斑斑的蹄痕，心里立刻有一种禁不住的憎恶。而当有一次，我们发现在一把破旧的折椅底座板下面贴着"日满蒙亲善"的招贴时，那是更加觉得恶心了。

憎恶不在于对写这类便条或标语的人，相反，我们却更了解：今天写这一便条的工役，他已经有了新的生活，他在他上级的职位下加上了同志两字，说明了这是一种新的，有意义的，人和人的关系。他写这便条时的心境，和过去显然是完全两样的。虽然他还在后面添上了这个古怪的"殿"字。

至于那一张标语，在这件事情本身上却是更值得赞美的。因为这是工人们得到了解放，从新的生活中涌现了对工作的热爱——一种新鲜的自觉。

憎恶也不在于对上述写笔记的同学和填履历的教员，因为他们也已开始了自己的新生，他们已将开始刷洗自己、改造自己，……对于他们，这是新的光明的道路。

憎恶在于对留在这些同胞身上的，八年来残暴卑鄙的法西斯侵略者罪恶的统治。它使我们同胞甚至到现在还在很小的一句一字之间，忘记了自己民族语言的使用方法，它使我们的青年知识分子笔下出现了不伦不类的字眼！它使一些人在记载自己屈辱的履历时，忘记了辨别那是一个什么样的"国立"！

不久以前，在我们张家口，曾经有过一次群众性的"消灭敌伪遗迹"运动。使这曾经被侮辱了七八年的城市，因为人民的解放而洗刷了自己的面貌，重新"容光焕发"了。我们要让新的人民的城市容光焕发，我们也要每一个同胞容光焕发，我们要恢复民族的正气、人民的尊严，我们还有很多工作要继续做。

让憎恶成为力量，要把野兽的蹄痕消灭干净！

五月十四日于东山坡

（《晋察冀日报》1946年6月1日，《副刊》第6期）

这回是包文正变老鼠了

欧阳凡海

旧戏里有这么一个故事：一个老鼠精变成了包文正，于是有了两个包文正，到底哪个是真的，哪个是假的呢？没有办法辨别，这可真把我们的包大老爷急坏了。

现在国民党收复区的老爷们要甄审学生，说："你们是伪学生、伪青年。"

如果青年学生反问国民党收复区的老爷们说：

"我们做了你们不抵抗主义的牺牲品，现在你们倒说我们'伪'了，可是你们把大汉奸李守信和德王奉为上宾，和日伪军合成一家，到底你们算不算伪呢？"

幸亏青年学生都还老实，并没有真的这么反抗，否则，恐怕北平、天津都要弄出两个"伪"来，分辨不清了。包大老爷善于审问别人，把一个老鼠审成自己，弄出两个自己，固然很麻烦，但总算还好，没有把自己审成老鼠，实为不幸中之大幸。若真的国民党收复区的老爷"伪"学生而弄得"伪"了自己，则比之包大老爷的遭遇，可又是这一代不如那一代了。

但包公到底是清官，国民党收复区的老爷们则连贪官也不如，他们其实是不能与包公相比的。国民党收复区的老爷们所遭遇的，所以不如包大老爷有如此之远甚者，这似乎也就有道理了。

一九四六年五月二十五日

（《晋察冀日报》1946 年 6 月 2 日，《副刊》第 7 期）

还都的还

何幹之

报载国民政府还都了。人们还是有记忆的，由南京垂头丧气地逃走，还是不多年的事，然而现在却又威风凛凛地归来，都归来了。还都以后，平津京沪各地报纸都有记载。看了这些，我觉得《益世报》五月九日南京通讯，最可寻味。

《益世报》这篇通讯，记了三件事。一、"地下工作者""市党部主任委员卓衡之先生"，突然不安于位，他的遗职，由副市长马元放来继任。但是这个继任者马元放，起先却又避开不就，远去杭州，经了多方的敦促，然后打消辞意。一个要人离了职，另一个要人又辞而不就，这个谜，据说是党和政两方面"攻讦"的结果，云云。二、南京临时参议会召开的时候，有一位参议员指证南京"国大代表"江政卿，有"重大汉奸嫌疑"，提议要呈请政府取消他的代表资格，市长马超俊赶忙跑出来解释，但是解释尽管解释，而全场依然一致通过了原议。三、美国记者给《中央日报》社写了一封信，诉说南京要人及其女人们不吝啬黄金几斤几斤地去买美国"花旗密相"。

那位记者是聪明的，他举了三件事，而这三件事，则代表着三种意义。胜利以来，党政军各个系统都争先恐后地猎官发财，所谓收复区，正是这些冒险家践踏着小百姓的乐园。然而冒险家们为着现实野兽式的幸福，互相角逐，则又打起架来。江正卿，不能把他当作一个特殊的人物，而是一个普通的名词。凡是"日本的合作者"，只要谁有钱去贿赂，谁都可坐在赫赫高位上，而且是"地下工作者"了。还有，这些从地下爬出来，从天上飞下来的英雄们，以及他们的女太们，没有一个人不都过着骄奢逸乐的糜烂的生活，一方面是高门的腐臭了的酒肉，他方面是路旁的惨死了的白骨。

这正是还都是还，还了依然是八年之前的黑暗和腐败，或者更有超过而无不及。

《大公报》五月十日的社评《还都以后》上，对于大材小用这种现象，有些微词："这多年政府有一个通病，就是大官小做了。做到部长的人，每每自叹不如一个书记，有些特任官，实际办着副官的事。"自然不能说这句话并没有根据，根据是有的，这正是暴君独夫政治之下的怪现状，一群帮闲帮忙帮凶们的可怜和卑劣。但是《大公报》记者的微词，显然隐瞒了一个基本问题，他是从大做和小做这一点着眼的，要大官们大做一下子。其实自独夫以下的权贵们，大做的事，不可谓不多了。就拿近十来年的历史来说吧，杀戮了几十万爱国民众，出卖了大半个中国，在现今还靠着"大来"帝国的武器，到处点着了杀人的火焰。至于小做，如果说小做是指做点好事而说吧，那么，即使是秋毫的事，也没有。孔祥熙，已是失了脚的人，但他当权的时候，官阶不可谓不大，当过十年财政部长，但他除刮了几十亿作孽钱放在美国的银行里以外，财政上开源节流的最小的事，他做过一件没有？何应钦，至今还是当权的大人物，自称"本人任军政部长十四年，参谋总长八年，心力交瘁"，但是他心力交瘁的结果，是签了卖国协定，策动着全国的大屠杀。至于国防上一件最小的事，他也做过没有？

这些是《大公报》记者所不敢说、不愿说，也是不准说的。

还都以后，所还的原是那么一些东西，请问，在这些屠夫们的铁蹄下，中国要弄成一个什么样子？

（《晋察冀日报》1946年6月3日，《副刊》第8期）

还乡河之夜

管桦

屋里阴森森,发着木器的潮湿了的气味,窗户紧紧地堵塞着。为了流通空气,墙上只是开了一个拳头大小的孔洞。这是已经三年不动烟火的空庄户,门口堵着的砖,缝里都长出了青草,如今,暂做八路军县宣传部秘密印刷所了。

朱荣久老头子,默默坐在屋里,豆油灯捻,在碗里吱吱地烧着,墙上,现出一个高颧骨,宽额,长长胡子的头影——这是一个饱受六十七年风尘的老人。

他踮着脚尖走到对屋,掀开门帘,同志们正悄悄印刷着。老头子不愿打搅他们,又不声不响地退回去。

他并不着急,因为已经习惯了。每当夜晚□静的时候,他就带着一筐子干饭、饼子、萝卜、葱酱等类食物,撑着小船渡过还乡河来。他像一只老猫,攀着贴墙的一棵槐树,跳进这座院落,用手指轻轻敲几下,门就哗啦开了。

同志们,一面大口吃着他带来的饭菜,一面听他报告外面情况,日本鬼子又围了几个庄,把谁杀死了,游击队又在那打了埋伏……但当印刷品印好时,他就一捆捆装入麻袋里,过河带到交通站去,有时还没印出,他就独自坐在这里静静地等待着。

老头子掏出烟荷包,装满一袋烟,默默地抽吸着。耗子咯吱咯吱咬着木板。

宣传品印好了,一捆捆白的、红的、绿的,同志们都帮助他装入麻袋里,用一条腿带子结好袋口,当老头子提着筐子,背起麻袋时,宣传部王主任向他拉手,塞了软软一卷什么。

"带上,给你的!"

"什么?"

"一千块钱,家里买些柴米用。"

"不要!"老头子把一卷钞票,放在桌子上。

"为什么?我知道你家里困难!"王主任着急地坐在椅子上。

"白天照样干庄稼活,一点也不耽误工,二来——"老头子一着急,说话就有点结巴!

"抗日也是我老头子一份本分啊!"

"带着!"

"不!"老头子固执地走了。临出屋,王主任偷偷把票子放入他口袋里。老头子上了墙,七月的夜满天星斗,还乡河银链似的闪着光亮。同志们把麻袋举给他,他又用裤带轻轻放下墙外去,听同志嘱咐了一句"加小心!",就抱着树滑溜下去。

老头子背着沉甸甸的麻袋,向河岸走去,猫尾巴大的谷穗,打着他毛茸茸的胸脯,他的带补丁的毛月色粗布裤裆,被露水打得潮湿,冰凉地贴在肉上。

到了河岸,怕露水湿了纸,找了一块没草的干地,把麻袋放下,蹲下身子向四处探望……因为,这是两个据点当中,相距都不够三四里地。在这大"扫荡"期间,鬼子封锁还乡河,常常夜里沿河堤巡查捕捉偷偷过河的人。

老头子看看没有人来,只是青蛙听有人来,停止叫喊,都扑通扑通钻进水里去了。

这里,每一棵草、每一根芦苇,都是老头子所熟悉的。日本鬼子没来以前,夏天水涨,涨到只露那几个芦苇尖梢的时候,朱荣久老头子,就三五成群搭伴来打鱼,有时撑着小船,有时只立在岸上,观看激流的水向,从水的旋涡,看出有鱼来了,用力把网一撒,一会儿长着金黄色圆鳞的鲤鱼,便在岸上跳摆着尾巴。有时鱼打多了,就到街上去卖;少了,大伙就当作酒菜。

日本鬼子来了,还乡河显得死寂。一九四一年五月大"扫荡",全村三十八个青年小伙子,被鬼子抓走,到东北下煤窑去了,老头的儿子也在里面。从此，家里十五亩地，就靠他这把老胳膊老腿来耕种收割，渔网挂在房檐下也就腐烂了。

老头子找出藏在芦苇丛中的小鱼船，拔了锚，提麻袋轻轻上了船，一只水鸟扑拉拉，从苇塘叫着飞走了，老头子轻轻骂了一声，船慢慢向芦苇外面撑去，苇叶擦着船帮沙沙地响，时而有折垂的苇茎打在脸上，出了苇丛，篙用力一撑，船就箭一般向对岸射去。

就在他刚一登岸的时候，被两个鬼子架住了，亮闪闪的刺刀，前后逼着他。

二十几个日本鬼子，巡查到这里，听苇塘里沙沙响，并有哗啦哗啦水声，暗暗爬在堤岸旁，老头子登岸时发觉了……被抓住了。

老头子被带到宪兵队长的屋子里，屋里灯的光亮，使外面乍进来的人，眯缝着眼睛。屋里有一股刺鼻的汗臭和酒气的混合味。地上，放着棍子、鞭子、铁水壶。这时一个鬼子从里屋出来，他是一个小个子，秃头顶，嘴巴刮得像屁股一样光，脸上满是酒刺，鼻子底下一块小黑胡，坐在椅子上慢慢抽烟，他抬起眼皮，向老人说着中国话：

"你的——八路军的运输员？"

"老百姓。"老头子回答很简单，小鬼子把一捆宣传品掷在桌子上。

"捡来的。"老头子早在肚子里编好了。

小鬼子摇摇头。

"八路军宣传部你的去领！"

"不懂！"老头子也摇摇头。

沉默了一会儿，小鬼子又慢慢立起来，凶猛地向老人嘴巴上打了一巴掌，老头子嘴流出了血，不由向后退了一步，但又被扭住了胡子，用另一只手左右抽打着。老人感到头嗡嗡地叫，屋里东西都在旋转，老眼冒着金花，胡子被拔下一把来了，每根都沾着殷红的血丝，小鬼子叫着：

"八路军宣传部的哪里？说！"

"……"老头子没有言语。

小鬼子吼了一声,上来了一群,把老头子上衣脱光,点着一支火把,烧灼着老人的胡子,胳肢窝,马上发出一股焦臭的气味。

老头子咬着牙……老头子额上冒着黄豆粒大的汗珠,一颗颗地滚下来,最后只听"妈呀!"地苦叫了一声,就死过去了。

鬼子用凉水在老人头上喷,又渐渐还醒过来。

"你的说,八路军宣传部哪里。"

老头子合着眼没有回答。

就在这个夜里,把老头子装入原来盛宣传品的麻袋里,抬向还乡河去。

仍是满天星斗,青蛙听有人来,就扑通通通钻进水里,两个鬼子,猛地一撒手,只听"咚"的一声,河水卷起了圆圆的波浪……

夜,死一般寂静,还乡河芦苇被风刮着沙沙地响,一只水鸟低声叫着,擦着芦苇梢头,飞走了。

一九四六年四月二十日

(《晋察冀日报》1946年6月3日,《副刊》第8期)

"主席"来慰问了!

胡椒

一个星期前,"主席"带着尊贵的太太,背后跟着一大批文武官员,乘坐着马歇尔特使的自备飞机,飘飘荡荡,降落下沈阳的云端。

东北同胞对于这位稀客的光临,免不了心惊肉跳。因为凡是十四岁以上的人都还记得:主张"东三省热河失掉了……没有多大关系"的是谁,抗战以后主张只要恢复"七七"事变前状态的又是谁。现在当抗战胜利以后,当这"没有多大关系"的国土被"奴才们"收复之后,此公心血来潮,满面春风地飘然而至,到底是来干啥的?

这一回据说完全出于一片诚心,专为慰问东北父老,别无他意。北平五月二十四日的《华北日报》记者有如下一段按语:

"东北自民国二十年'九一八'以后,沦陷达十四年。此十四年中我东北同胞所过之牛马生活,主席时在痛念之中。今兹敌寇投降,国土重光,故特来东北视察地方情形,并示慰问东北父老同胞疾苦之至念。

"主席如此关怀民瘼,凡我东北同胞自当感激涕零,战战兢兢双膝跪下去,说:'主席真仁慈啊!'"

消息是载在官家的报纸上,当然是千真万确的。

可是只经过二十四小时工夫,中央社又从沈阳发出如下电讯:

"蒋主席于今日上午十一时召见东北保安第二总队兼长春防守副司令刘德舫,主席对于刘副司令抵抗非法武装部队之英勇,为国家为民族效忠之精神,深予嘉许。"

还有上月三十一日上海广播南京电称:

"中立观察家对大局表示悲观,该方证实蒋主席飞东北与各将领会晤，系讨论国军继续北上。"

这还不够明白吗，慰问东北父老是怎么回事？

军队是不用钱拉来的壮丁，武器是美国奉送的最新式武器，赶快北运吧，东北的"非法武装"还有好几十万，"效忠国家民族"的将军们不是大有用武之地吗？

一批一批的"国军"装配着美装的最新式武器，这是跟在"主席"后面的"慰问"队，很快就会到的。

我不禁兴起了一点感慨：东北人民的命是太苦了，而主席的心肠也太"仁慈"了。阿弥陀佛！

(《晋察冀日报》1946年6月3日，《副刊》第8期)

向 阳 口
——平西画记之二

张望

向阳口在怀来东南——五里,途中须越过二座山岭,再沿着崎岖曲折的山沟走去。早上出发天还没有亮,下午到达目的地,已经黄昏时节了。向阳口七八年来惨遭敌人蹂躏,已成为一座断壁残崖,一片瓦砾,使人触目惊心的村子。

村子是蹲立在无定河的两侧,河水汹涌奔流。又深又急怎样能渡过去呢?人毕竟是能克服困难的,一根五十多丈长的粗铁绳横贯过河面,西边是系在离水面数丈高的岩石,东边则缚在河滩的木架上,铁绳上悬挂着一个筐子,晋察冀边区邮局就从这里传递着信件,邮务人员也坐在筐子里被送过去,每次只能渡一人,胆小的闭了眼睛,身上还紧绑着带子。晚风开始吹来,天渐渐昏黑了,这时,使我感到有如梅斐尔德的《士敏土》木刻插图中,在运送煤矿的工人。然而,这里不是遇害殉难的工人,也没有遭受压迫、剥削。相反的,劳动者们在愉快地歌唱了,河水急流的声音在伴奏:

"仔细听,民主好,民主权利是个法宝,咱们要紧紧掌握好,咦个呀呼咳,咱们选个好代表,咦个呀呼咳……"

"唱得好,再来一个!"我从筐子里跳了出来。

"当然好啦,现在不受鬼子的治,有吃有穿,政府还叫咱们老百姓民主呀!"

我走近一看,原来不单是邮务人员,还有好几个老乡在帮助着,我低头问一位穿制服的邮务同志:"老乡们是雇来的吗?"

"不,他们自动来的。"

"那么，不耽误他们做活吗？"

"不，村里人多，他们也自动争着来，再说，我们也常帮助他们。"

"对啦，一年四季，咱们也短不了八路的帮助，送粪、锄草、秋收……八路打跑了鬼子，共产党带给俺们老百姓的好光景……"一个老汉听到了争着回答，话像河水般滔滔不断地从缺了牙的嘴唇发出，虽然天朦胧了也可看出他喜悦的神态。

晚上，我们就住在这缺了牙、老而益壮的老汉家里。因为房子困难，他们弟兄二家和邮站都挤在一起，原来他叫高老三，老大、老二都被鬼子杀了，剩下他和老四，现在也儿女成行了。

晚餐后，他和我谈了许多的事情，八路军八年来如何在这里坚持工作，老乡们又如何掩护八路军，从来就没出过岔子……

时间还不算晚，这位热情的老主人劝我们休息，我不感到疲劳，为了将继续长途跋涉，便打开了简单的行李，躺了下去。三月的夜晚，还有些寒冷，朦胧的月色下，隐约看见窗外牛圈里的黑影，高老三的大孙子在唱着：

"无定河，解了冻，太阳照来暖温温，八路军打跑了鬼子，还叫老百姓讲民主。

"向阳口，家家忙，政府帮助大生产，耕三余一要完成，感谢八路军和共产党。"

编者按：本月十九日，本报增刊所载《"野山坡"的人们》即平西画记之一。

（《晋察冀日报》1946年6月4日，《副刊》第9期）

也算"歌功颂德"

陈稻

鬼子打来了，夹着尾巴逃上峨眉山；"看战八年"后，匆匆忙忙飞回宁国府。这本来就"无啥稀奇"，不过"战"法有不同，"凯旋"则一样。正因为"战"法太那个，"凯旋"更要排场。所以，就有"大□运京""还都庆典"，更要宣言社论，歌颂一下。而"主席"，"最高"上面还留一点空白，若不是摆在面前确确实实是四开版印着新五号字的《华北日报》，真使人疑心是在看《□巡大事记》之类。

有人说丧礼的鼓乐是散气的灵丹，可以使送丧者在别一境界中，安心乐意地活下去；其实，用惯了万应油，灵药也会不灵，何况鼓乐还掩不住号啕。不信，姑充一下文剪公：

"……全甘待救济灾黎一百八十八万，流亡觅食之少壮灾民亦不下三十万人……"（天津《益世报》四月三十日中央社兰州二十八日电）"河南国民党区饥民已由四百万激增至八百二十万，其中流离无依者五百余万，奄奄待毙者二百六十万。粮荒极端严重，树皮野草均被充食……"（新华社延安二十九日电）"米价连日猛涨，每百斤突破十万大关，……二日仅掩埋队所检获之路毙尸体即达五十三具……"（天津《大公报》五月四日中央社广州三日电）"据上海《申报》载，广西灾荒蔓延全省，雒容、中渡一带的难民，自去年九月到现在，饿死的已有万人以上，每天总有饿死四五十人的惨闻。饿民十九离家远去，并有全家自杀的惨事……"（新华社延安八日电）"衡市灾民云集，二十一日饥毙八人，二十二日死十二人，育幼院院外难童死五人，院内死十人，情形极为严重。"（中央社衡阳二十五日电）还有江西、皖北、徐州……中国人口众多，饿死些人原不值一提，反映出灾荒、贫困则千真万确。

说贫困吗？也不尽然，"本次中央还都费用共达一千六百亿"

（五月一日天津《益世报》南京专电），还要供应"接收"军、维持"伪"军、优容"皇"军……羊毛总不会出在乌鸦身上。

"据天津《大公报》称：郾城县仅□河一处，从敌人投降到三月上旬，开过了三十个师的官兵。驻在那里的还有'湘鄂赣边区行动总队'，×〇四师和军官十四纵队及眷属三万人，日俘四万四千名。七万多人的伙食完全由郾城一县，在实际上无代价的情形下供给……"（新华社延安四月十一日电）

"徐州苛捐杂税层出不穷，有所谓秋征、加征、借支、借粮、出捐等等名目，仅征粮一项，既规定每亩征收十斤、八斤、六斤不等，并月征数次……"（新华社淮阴二十日电）"在'豁免田赋'美名下，芜湖各种摊派有：（一）'地方自治补助费'数达二万万三千万元；（二）补缴军粮一万石；（三）县级公粮三万石，限七、九两月份缴清；（四）警察制服费加房捐每月五千万元；（五）厕所经费每镇负担一个；（六）妇协会费每户一人二百元。此外，三青团建造广播电台，修建马路……，均由保甲长挨户摊派。"（新华社淮阴二十五日电）

人民活过了"吴大帅""张大帅""×主席""×主席"……，能够恭逢"而今只剩屁无捐"的盛世，哪能不"庆"！

记得去年西安的某一"庆典"，台上喊"蒋委员长万岁"，台下跟"赶快交捐交税"；读完《华北日报》之流的颂圣鸿文，喊句把"天下太贫，民国万税"，也算"歌功颂德"。

五月二十八日夜

（《晋察冀日报》1946年6月5日，《副刊》第10期）

联大修堤记

王影

"参议会的提案同学们也提到了,西沙河堤要修起来,免得山洪暴发的时候老百姓受灾,全市军政民齐动员。我们学校里虽然多数是平津来的公子小姐,也常说到为人民服务,今天要看我们的实际行动了……不要磨洋工(老百姓的工),但是也不要拼命……"林教务长刚把话讲完,全校同学起了一阵骚动:"别看咱们是北平来的决不会落后……"

"咱们比一比……"

"干起来见。"大家七言八语说着。

"别看闹得欢,要看最后成绩单。"同学们怀着竞争的心理各选了自己的工具,踏着火红的晨光出发了。这天是提前吃了早饭,同学们带上了碗筷,准备午饭不回校吃,这样可以节省出好多时间的。

工作开始了,潮湿的石子和碎沙在镐锹下滚来滚去。

"同志!你去传土吧,我刨!你身体不大好!"维壁夺住一个同志的镐说。

"咳!我身体不大好,咱们看看吧!"

"快点!政治系拉下咱们咧!"坡上传下一阵声音来。

接着加快了速度,只有镐锹叮当作响和土筐在空中飞来飞去的。

"政治系,加油,被人家赶上了……"啦啦队大声地喊着,锣鼓咚咚地敲着。

组和组,女同志和男同志比赛开了,个个争先恐后,谁也不甘心落后。

"哎!垮了!"

"谁垮了，那一筐没递上去呀！"

林教务长看见这种情形，便写出了大型标语"反对拼命主义，要沉着应战"等口号。

太阳正南了。"同志们！吃饭了！"大家才放了工具，端着饭碗盯着各组的成绩。

"教职员真不错，比咱们还快……"同学们谈着上午的成绩。

下午从一点钟动工，总是兴高采烈地干着。

"毕成！有纱布吗！手打了泡！"

"你休息去吧！多一个少一个没关系。"说着从口袋里掏出一块纱布给他。

"不！这算什么！好多人还不是全打了泡。"

"顾明你去休息一回吧！"好多同学再三地劝她。

"不累！"总是这样回答。

她是去年才从北平来的一个女同学，下午始终没有休息。

"现在休息了……"

美术、戏剧、舞蹈等系同志们装作没有这回事，继续干着。

"休息！休息！"林教务长督促大家，一只手拉着大家的筐子，一只手向大家敬礼，这才休息下来。

没过十分钟又干起来了，劳工小报随时报道模范例子，外语系看看人家已经完成了，自己却还有一大堆，政治系全体动员帮助他们很快完成了全部工作。

夕阳下坠，微风吹着，同学们轻松地打着身上的土。区里的同志赞扬我们说："这一天你们每人要顶三个工！"

同学们都喜洋洋地返校了。长长的行列随着鲜红的校旗向街中行进，忘记了疲乏，说笑成了一团，锣鼓敲起来了，大家兴奋地扭着秧歌，有的唱着"生产拿锄头，战斗拿枪杆……"。街头巷口挤满了老乡和商人,他们很敬佩地谈论着我们:"这些念书的闺女们都能受这个苦呢!"

拉洋车的也停止了脚步,楼窗里探出好多头向我们扬手,小孩们也随着我们歌唱起来,街上的播音机,似乎也在狂欢地为我们奏着胜利的凯旋之曲。

五月三十一日

(《晋察冀日报》1946年6月5日,《副刊》第10期)

昌 师 傅
——平西画记之三

张望

接连两天雨，山沟里路途泥泞，我们离开上囲不出十多里，就到了西安寺。"道难走哩，请进来歇歇吧。"一位瘦长身材，穿着黑袄的老和尚和蔼可亲地迎出来，他便是这寺里的主持昌师傅，小徒弟也跟着出来，拴上了毛驴，引我们到北厢房住下。

提起昌师傅，西安村一带数十里的老百姓，人人拥护。自从三八年日本鬼子来后，随即八路军的游击队也来了。虽然三里一岗楼，五里一据点，八路军的工作人员却一直坚持着和残暴的敌人作斗争。昌师傅虽然是个出家人，他眼看这些事情，心里难免要感动。于是他掩护革命干部，不管冰天雪地凝成一片的三九天，冷得人缩头缩脑，昌师傅半夜也起来招待。一面叫小徒弟上山放哨，一面自己忙着烧水做饭。有时敌人搜查得严密，咱们干部躲在庙里十多天，昌师傅也不怕麻烦，同志们吃饭都带了粮票，然而昌师傅硬是不要。他说："你们为人民牺牲，俺出点公粮，做几餐饭，有什么了不起啊！"同志们要转移，老师傅一定自己去观望观望，然后再三叮咛："同志们要注意、注意，前面情况不好就回来啊！"一直送出了山沟，望到看不见人影，他才慢慢地回庙里。

四四年，四月里，八路军老七团切断了矾山敌人的交通，吓得鬼子赶忙撤退李家堡和大庙的据点，逃回涿鹿县城去了。这时候，我们的政权工作忙起来，昌师傅帮助村政府、区政府，开路条、写报告、评公粮、算公账。村里发生什么纠纷，只要找到昌师傅，事情包管没了。

今年春天，昌师傅看见村里办学校请教员困难，于是他来尽义务。他教的是新课本，但不会扭秧歌、体操，因此他找到一个念过三年书的十五岁青年赵治。"你当正教员，我当副教员，上午我教，下午你教。"昌师傅就这样把学堂办起来了。为了建立"正教员"的威信，昌师傅先教他，然后教众人。对于好学生，昌师傅常表扬，十三岁的任秀英，四十天便学会默写一百零八个生字。昌师傅还订了一份报，也是他重要的教材。村里农民每当黄昏空闲时节，便到庙里来听老师傅读报。小徒弟也学了一手好笔墨，老师傅说："你得好好学习，但不能像咱的样，咱已是过时代的人了！"

昌师傅今年五十八岁了，到西安寺整整有二十年。二十岁那年因为受不了地主的虐待，生活压迫，他才出了家。由于出身是个受苦人，所以他一向对贫苦人特别注意，常帮助村里贫农，又把庙里几亩荒地，无代价地给佃户种上。今年三月，村里开大会选举国大代表，他被全场公举为候选人，然而他说："我老啦，走路、吃饭都不方便，这件好事，咱干不来，村里别的实际工作，咱可以多帮点忙。"

这位老和尚，在西安寺周围百里，受到人们这样的尊敬与拥护，并不是偶然的啊！

五月二十六日

（《晋察冀日报》1946年6月5日，《副刊》第10期）

检 查（小幽默）

胡椒

张市某书店派人去北平购回一批书籍，路经南口，受当地驻军检查。

检查员问："带的什么书？"

书商："中华书局的。"

检查员："中华书局是八路军的，不准过。"

书商："还有商务印书馆的。"

检查员："商务印书馆也是八路军的，不准过。"

书商偷偷地塞了一卷钞票给检查员，检查员不吭声了。瞅着这个空子，书商两步做一步，一溜烟地把那批"八路军的"书弄走。

（《晋察冀日报》1946年6月5日，《副刊》第10期）

女县长白芸同志

魏伯

未到冀东前就听说遵化县是女县长。我从兴隆到遵化的路上，和赶大车的两个青年呱拉，我问他们看见过遵化女县长没有，一个抢着说：

"怎么没见过呢！那一天城里一大堆人开会就数她穿的……"

"数她穿的？"我眼睛有点困惑地望着他，另一个笑着搭腔了："数她穿的坏！"第一个说话的这时大笑起来，也惹得我们全笑了。他又补充着说："那天老百姓妇女绸的缎的，看那一个俏吧！我们的女县长却穿件蓝布衫，还是旧的。"第二个又接着说："有能耐不在穿上，官可是比水还清哩。"

在陕甘宁边区我会见过安寨女县长邵清华同志，现在我第二次听说遵化女县长白芸同志。女县长在历史上没有过，在国民党统治区没有；在解放区妇女已摆脱封建的枷锁，但女同志做县长的到现在为止我听到的只不过二三人。大家对这感到新鲜和惊奇自是难免了。

我到遵化的第三天，从报上知道白芸同志被冀东一百六十八万人民选为国大代表。这时我很想找她谈一次，不巧她下乡工作去了，直到五月中旬我的愿望才实现了。

白芸同志中等身材，脸上呈现出一点过于辛苦的消瘦，穿一件半旧的毛蓝布衫，一条褪色的黑粗布裤子，一双庄稼人穿的粗布鞋。冀东县城里的一些妇女多打扮得很厉害，妇女干部服装则是朴素的，而白芸同志则是朴素中的"朴素"的，衣服比不过人家用的老妈。也曾有人对她的衣服提过意见，希望她穿好一点的制服，而她回答则是："怎样穿能接近老百姓就怎样穿。"

我进她办公室的时候，她正在和一个荣誉军人谈话。两个人对面坐着，他诉说他的困难请县长解决。已经一个多钟头了，一个人尽情地谈着，另一个笑着诚恳地解释与安慰着。我还记得十岁时被县长找去时的情形：县长戴着墨镜稳坐在太师椅上，我两脚并得紧紧地站在地下，感到一种阴森和恐怖。我还见到过县长过堂时的情景：两边衙役拿着枷锁，老百姓跪在堂下。我听说在国民党区保甲长都可开堂审人了，而这里呢？女县长和老百姓谈话，就像姐姐和弟弟叙家常；直到他心里话说完了，问题解决了，脑筋开了，白县长才送他离开办公室。

四月底她因公去承德，五月初返回，已是傍晚了。她看到院里有二十几个人还在等着打官司，她脸也不洗，茶也不喝一口，马上把县政府的工作人员组织起来，分头向每一案的原告被告进行调查、讯问、调解、处理，结果老百姓全都解决了问题，满意地回去了。

白芸同志，河北省定县人，家很贫寒，五口人只三亩地。她半工半读，念完四年中学，以后就做小学教员。抗战后她出现在冀中平原上，三九年做冀中妇联会主任，领导冀中妇女起来参加抗战。当时河间交河一带敌人活动得最厉害，工作最难开展，而她就经常到这一带指导工作。曾三次被敌人围住，而她都机警地突围了。今年二月她才做遵化县县长，在这期间，她每天吃玉米稀饭，小米干饭，除了七小时睡眠就完全埋头在工作里，为全县三十万人民踏踏实实地办事情。日本投降后，因一时缺乏纸币，汉奸曾在遵化大量发行白票，我解放遵化后，有二千万白票流散在各家商店和住户的手里，白票成了废纸，许多人都要倾家荡产。这时候白芸同志即领导商民和五家发行白票的汉奸斗争，没收了汉奸的财产，按等级将白票兑换了。她用各种方法繁荣遵化的商业，对中小商人减收或免收营业税，请公家商店帮助小商贩，赊货给他们。在她的努力下，遵化城内已有二百四十家商店在营业，每到集市街上全摆满小摊。

遵化有四个区沿着长城，过去全是"无住地带"。由于敌人摧残得厉害，那里女的穿不上衣服，很多家伙着裤子穿；那里没有吃的，野菜里和一把玉米，脸都青肿了，走起路来晃东晃西。政府以全县赈济款的三分之二——二百万元发放给他们，还没收一些汉奸财产，来救济贫苦的抗属和农民。

遵化是老根据地，多半减过租，但不彻底，且全没有清算；因此政府以很大力量来发动群众，白芸同志和县里别的干部常下乡工作。为了取得更多的经验，了解更多的情况，和取得统一的步调，县政府常召开座谈会，征求群众团体对发动群众的意见。她这方法还用在处理拥军优抗的问题上，经常从军队方面了解些士兵对政府、对优抗的反映，以改进政府在这方面的工作。

她强调打通思想，干部的学习。而她的方法是以身作则，每天黎明起来她即开始两小时的学习。这影响了别人，早上也开始看书，过了一段时间个人学习的多了，她才号召建立学习制度，实行集体学习。但她并不强迫谁去学习，她善于等待，善于用谈话来开导别人。她说："我每天都用相当大的一部分时间在和同志们谈话，谈工作也谈思想。"她说，"干部思想打不通，政策就无法贯彻，工作就无法推进。"

白芸同志是和群众密切联系着的，她在县上时群众常出现在她的屋里，在乡下群众常围绕在她的周围，她收集人民的意见，执行人民的意见。这就是她被冀东一百七十万人民选做国大代表的秘密。

"假如开国民大会，你将提些什么意见呢？"

"冀东人民的意见：反对国民党反动派蚕食冀东，捕杀人民；要求国民党解散冀东伪军；要求和平、要求民主、要求救灾。另外我将报告解放区妇女八年来抗战的奋斗史，要求妇女参政。"

（《晋察冀日报》1946年6月6日，《副刊》第11期）

"亡国奴的样子"

严辰

十四年前,在国民党统治者的不抵抗主义之下,被慷慨地送给了敌人的沈阳城,现在则又由国民党统治者从人民的手里"接收"过去了。

在那里,据说有了很多"新酋",当给老百姓"造福"不浅吧!报上曾经透露过一个消息,给我的印象很深:说的国民党接收沈阳后,将地痞流氓、伪军残余,编成所谓"新建军"。他们可以在马路上把坐车的人拉下来,自己坐上去;如有反抗,即飨以耳光,并骂一声:"亡国奴的样子。"

当敌人统治的时代,那些地痞流氓,曾是堂堂的"满洲国"的"国军";现在,摇身一变,又成为"新建军"了。他们一样作威作福,可以随便把人从车上拉下自己坐上去,可以随便飨人以一耳光。而且,这还是在万目睽睽的马路上;如果是在其他场所,他们的"威风",当有千百倍于此的。

"亡国奴的样子!"这话出之于伪军之口,真有点叫人哭笑不得,但在另一种意义上,他们倒也说出了某些真实。本来这"国家"就是他们这一伙的,不管"太阳徽"也好,不管"青天白日徽"也好,主子虽有更换,商标虽有改变,这些狗腿之流仍是未变。他们依旧是这"国"的统治者,依旧"奴"役着人民。

而老百姓呢?十四年来,尝尽了亡国奴的滋味。今天也仍然是被剥削、被奴役、被压迫者,生活没有着落,行动没有保障,民主自由,还只是可望而不可即的美丽的名词。沈阳的人民,何尝有过自己真正的"国"呢!——不,应该说也曾有过的,但那太短暂了,当它还刚刚透出新绿的嫩苗时,就被"接收"掉了!

　　回头来看看解放区的城市,比如我们的张家口吧,人民不但可以自由自在地走在马路上,绝不会有地痞流氓、伪军残余,以及什么"新建军"之类来横加非礼(这些坏蛋和他们的主子们,早经过人民彻底的清算复仇,而得到他们应得到的惩处了)。而且,人民还自己投票,选出了自己的政府人员。人民不再是亡国奴,而是这新社会的主人了。

　　张家口的老百姓是值得骄傲的,解放区的老百姓是值得骄傲的,因为他们有了真正属于自己,保护自己的利益的国了;而沈阳的老百姓,以及和沈阳一样还在剥削、奴役、压迫之下呻吟的更广大的老百姓,什么时候才有他们自己的真正的国呢?!

(《晋察冀日报》1946 年 6 月 6 日,《副刊》第 11 期)

国民党特务怎样陷害青年

——第七中美特训班的内幕

陈世民

编者按：这是一篇血泪交流的作品，也是一篇悲愤万状的控诉。我们对于作者不幸的灾难遭遇愿致深厚的同情，并希望他与他的同类朋友，都勇敢地跳出"特务"泥坑，走上新生道路，与中国人民一道儿来粉碎反动派的魔掌统治；同时也希望一切真正爱护中国的美国朋友与世界民主人士，快来制止美国特务机关这种助纣为虐的丑行。

我是一个被国民党特务所陷害的青年，抗战中也曾做过救亡工作，为祖国而奔走呼号。后因失去救亡工作的岗位，茫茫无所依，受欺骗而投入到特务的魔手中去——走进第七中美特训班。受了几个月特工训练后，便辗转而来淮南解放区，经共产党数月来之宽大待遇，与真理之熏陶，才认识了国民党特务政策的恶毒阴谋，才真正了解到共产党的光明磊落。每回思已往，特务的狰狞面目与丑恶神态似乎犹隐约可见，令人有不寒而栗之感；但一想到自己已立身于民主解放区，于是我的生活勇气又百倍地提高了，对人间又开始感到有温暖的气息。现在我就趁着这灵魂复活的当儿，来把东南第七中美特训班，做一个片段的介绍，让全淮南以至全中国的人民，看一看国民党反动派，如何地在大批训练特务，如何地在陷害广大青年，如何地在梦想着用特务来统治一切，把中国拖向黑暗的深渊。同时这篇东西也作为一个失足者的我，向国民党反动派所发出底悲愤的控诉吧！

东蓬——特务的魔窟

在福建建瓯县东面四十里的大山中,有一个人烟稠密屋宇俨然的古老村庄——东蓬村。这个村庄前面流着一湾泉水,后面依衬着葱茂的树林,四周是万山环抱,处处是柳暗花明。村上古式的祠堂颇多,大者可容千人。村人生活淳朴,经济上大都自耕自给,少与外人来往,宛如一个世外桃源。

自从特务头子戴笠看中了这个地方以后,第一步便在这恬静的村庄,建筑起慢性的屠杀场——集中营。于是无数的青年,就成为这世外桃源里忧郁的"游客"了。夜间凄厉的惨叫,震动着幽静的空谷,长年的尸臭,充塞住人们的呼吸,美丽的东蓬,变得丑恶了。

但戴笠还不以它做中国的特烈勃林卡为满足,他认定这个地方,还有更重要的用途,于是就大兴土木,营造新屋宇,建筑起一座特务的制造厂来——中美特训班。戴笠认为这样一来,特训班不但有了人员的来源,——从集中营逼迫一些遭难青年来受训,而且也有了实习场所了。但是,戴笠这个聪明的创作,是宣告破产了。因为身受特务毒害的青年,有谁还愿意再拉别人去充当特务,做出卖良心的事情呢?而到集中营去实习的学员,大多数是良心未死,不愿下毒手的。这样,戴笠就不得不施展骗术,到各处招摇撞骗,吸收一些纯洁幼稚的青年,来作为特训班的"新血液"了。

骗人的广告

特训班的学员,除了少数是原来的特殊人物外,其余大部分都是欺骗或强迫抓来的知识青年,而我就是被漂亮的招生广告所骗去的一个。

我从前是上海仁丰染织工厂的一个见习工人,"八一三"沪战爆

发,就参加了救亡工作。上海沦陷后,流亡到江西,初在第三战区政工大队任区队长及政指,后又到苏南运输合作站当职员。因我生性耿直,稍有正义感,所以见到社会上的黑幕,即发牢骚,长吁感慨,于是引起了上峰的疑忌,被革职。失业后,四顾茫茫,毫无凭依,乃于去年到江西广丰访友谋事,未成。正在彷徨之际,偶于街头看到军委会干部训练学校(中美特训班对外的名称)招生的广告上面写着,"本校宗旨:为适应盟军反攻之需要及培养建国人才为宗旨。待遇:与青年远征军相同。毕业后由校方按其考核成绩与能力,并听其志愿,分配到浙东苏南一带(即指新四军解放区)做适当工作。……"一个失业的我,看了这样的漂亮广告后,自然是喜出望外,马上去报名参加考试了,不知怎的,也就很顺利地在"金榜"上题了名。这更使我兴奋了,以为自己不但已经找到职业,而且也有为国尽力的机会了。于是,我整理行装,欣然地前往东蓬。

饿着肚皮强迫劳动

到了东蓬以后,使我大大地失望了。首先是在生活上感到莫大的痛苦。一天是两餐饭,饭又煮得很少,每餐都抢,挤得不可开交,人头上、身上、地上,处处都是掉下的饭,有时为了争锅铲子,而互相口角,互相扭打,以至掏出手枪动起武来。我是一个新来的学员,加上体力也很孱弱,不敢同他们去"冲锋陷阵",只得忍点饿,带着半饱的肚子,走出饭厅。不到三天,我的身体就显得瘦削了。

饭吃不饱是小事,每天还有半天的"劳动服务"。修房子、筑围墙、铺路,样样都来。如果这是为了公共的利益,或生活的改善,那大家是劳而无怨的。可是,我们这种繁重的劳动,完全是为了中饱队长个人的私囊。上面本来是发建筑费的,而队长先生就利用我们这无偿的劳动,来替他完成所谓"宏大"的工程,几十万元的建筑费,就装进自己的腰包了；并美其名叫"劳动服务"，真不知"劳动服务"四字作何解？

队长为了强化我们的劳动强度，他每天都亲自出马，手执皮鞭，像工头一样来监工。如果有谁劳动不力，他先是一声怒喝，继之皮鞭就要在头上飞舞了。因为他知道这样对付自己的喽啰们，是没有问题的。大家由于腹空体乏，都是拖着一副疲惫的身躯无精打采地工作着，但因慑于队长的皮鞭，也不得不装出一点神气。当我回忆起昔日在工厂时的情景，就觉得我现在所身历其境的简直不像一所学校，而是一座吃人的工厂；所不同的，仅仅是政治性的罢了。它不但要剥削你的劳动，而且还要剥夺你的灵魂。

恐怖！恐怖！！恐怖！！！

有人以为特务不许人民有自由，而特务自己大概是可以无拘无束地自由一番了。这是不知道特务内幕的人的看法。其实特务自己又何尝享有自由权利呢？因特务头子要统治一群小特务，必须要用独裁恐怖的手段，才能奏效（这一点和统治人民是一样的）。就拿特训班来说罢，在开学时除宣誓"服从领袖""消灭奸党""保守秘密""违者处死"等誓词外，还规定出一套骇人的规则来："两人不准交谈，一人不准行动。不与外人接见，不与外人通讯。互相监视，互相检举"等。这些规则宣布后，下面当然是百分之百地遵行了。但特务头子认为依靠这些规则，还不能巩固自己的阵营，就兼施检查与考查两种办法，来补不足。所谓检查，就是平时对行李、宿舍等施以公开检查与秘密检查——派核心分子秘密地把你的一切东西搜查一遍，事后人不知鬼不觉。所谓考查，就是对每个人的言论、行动，都加以考核。这种考查，不知断送了多少性命！比如你在讨论会上发言积极，他们会怀疑你是"思想剧烈"分子；如果抱沉默态度，他们又会怀

疑你是"思想不纯"分子。当你被他们注定为"不可靠"或"别有居心"分子时，那就有被"分配工作"的危险了（以分配工作为名将你调出去暗害掉）。

去年我们班内有一个姓胡的同学，因对这种恐怖生活太厌恶了，后悔不已，常发怨言，并向校方当局要求退学。这个要求不但未被准许，反而送掉了自己的生命。记得是一个春雨连绵的黑夜，大家都熟睡了，寝室内静无声响。突然间走进了两个特殊人物中的特殊人物。他们叫醒了姓胡的同学并说："工作需要你马上离校，队长找你去谈话。……"这时大家都从梦中惊醒了，姓胡的听完了他二人的话，迟迟地不能起身，只迷迷糊糊应了几句听不清的话，声音里带着颤抖。此时我想姓胡的一定是预见到自己的不测了，以致恐惧得口齿不清，并想尽量地多延长一分钟的生命！然而这有什么用呢！两个催命鬼看他有些迟疑，便不断地催促他迅速行动，姓胡的终于被架走了。到第二天、第三天、第四天，……一直未见他的踪影。但谁也不敢探问他的下落，大家只以淡然的目光，相互示意，在内心中都存有兔死狐悲之感。

杀气腾腾的组训阴谋

从中美特训班的名字上，就使人感到杀气腾腾，阴霾森森了，同时也就会令人想到他的训练性质和训练目的了。东南第七中美特训班和其他的中美特训班一样，是由军委会调查统计局和美国特务机关共同创办的，是以中国的"人才"和美国的技术相结合，为其组训方针的。班主任是特务头子戴笠，副主任是福建公安局长林超（林为该班实际负责人），并聘有美国教师七人，传授近代化的特务技术。全班共分三个大队，各队的训练目的，有所不同。活动的方式，亦因具体任务之不同，而各有其特点，现分述于后：

第一队叫政治工作队，实质上是属于政治特务。学员有二百余人，大多数是大学生、中学生及失业青年。训练目的，是培养政治特务的。毕业后分配到东南各地党政军民各机关团体内去工作，并深入到乡保甲各基层行政组织里去活动，以指导员、干事、助理员等面目出现的。其任务：第一，建立核心组织，监督各机关团体内的人员的言论与行动，从中检举所谓"思想不纯"分子，防范"奸党"活动等。第二，操纵各种社会团体，及党政机关，准备在开国民大会时，把持选票，包办选举事宜，以便达到钦定候选人均能当选的目的。这一批特务是受中央党部调查统计局直接领导的。最近在大后方一连串的市选乡选丑剧，大多是这批仁兄们所一手扮演的，国民党反动派离开这件法宝，还有什么把握在国大选举时被人民选举为"代表""主任""委员"呢？我们这批"特种学生"训来训去，不过要训出这一点特殊的"伟大"作用罢了！

第二队为特工队，在性质上是宪兵特务和特情人员的混合体。学员有三百多人，成员大多是退伍军人、兵痞、流氓，也有一些原来就是特殊人物的知识青年。训练目的有二：一部分人做交通特务兼宪兵特务（不是宪兵名义），分发到东南各地的交通巡查总队，与军委会海陆空统一检查处（站）或所，以职员面目出现去活动。其任务是控制交通要道（过去在大后方连国民党要员坐飞机和坐火车，都要由戴笠批准，就是这个道理。因为戴笠是兼海陆空统一检查总处的处长），限制人民行动自由，并在来往行人中，进行侦察，发现"可疑分子"。有时也到旅馆饭店去检查，企图破获"奸党"人员。另外一部分是干练可靠分子，及"忠贞党国"的"同志"，则分配到敌区或"奸区"去进行内线活动，获取情报，打入上层，甚至建立点线作长期隐伏。这一批特务是受军委会调统局领导的。

第三队是军事技术队，可以说是武装特务。学员有四五百人，成

员都是从三战区各部队调来的下级军官,或是招来的落伍军人。训练内容,是教授新式武器使用法,及突击战术之研究。新式的杀人武器,有卡通步枪;有汤姆式手提机枪;有火箭炮;有软性的白色炸药,威力较大(去年八月为了阻止"奸军"进入杭州,就使用此种炸药把钱塘江大铁桥炸毁的)。此外,还有新式的通信器材,及小巧玲珑的无线电台,收发电非常简便,大都是深入"敌"防区作侦察之用的。这个队的训练目的,主要是组织中美突击先遣军,向"奸区"进行军事进攻的。其中一小部分人是作军事情报工作的。去年在西安组成的华北中美突击先遣军,就是属于这种性质的,他们同样都是充作反共内战的急先锋。

我不哭,我要抗议

我不忍再写下去了,我不知道中国一大批纯洁善良为"找出路"而"找出路"的青年们,为什么会遭到这样"特殊训练",旷古未有的灾难。难道携带"卡通步枪""白色炸药",学习"突击战术",就叫做"培养建国人才"吗?谁个不是父母的孩子,谁个不是中华民族的儿女,谁个不是有血有肉的人,难道我们命运安排着,见不到光明,而要在阴风惨厉的魔鬼圈套里,干那些不是人干的勾当,天天想暗害别人,而恰恰又是天天在残害自己灵魂,昏天黑地地干一辈子吗?

我要哭,我哭不下去;我悲哀,我愤恨,我为一切与我同样遭遇这个残酷命运的朋友们悲哀愤恨!我想通了,我不能白白地让魔鬼把我糟蹋了,还要驮一个万世子孙受人臭骂的"特务"名声到墓里去!

我是人,我到底还是一个人!人有人的灵魂,人就该走人的路!我在"特务"系统里所干的罪恶,固然有责任,主要的还是中国法西斯魔鬼的罪恶!我没有对它留恋、掩饰、保守秘密的必要,我要大胆地把这丑恶的黑幕撕开,让全中国、全美国、全世界一切有良心有正义感的朋友们,一切人道主义的善男信女们,来看看中国反动派这样凶险、残酷无比的心肝和面目!

我再不懦怯了,我不能用眼泪来弥补过去的损失,我要勇敢地撕毁过去,走向将来,走向我应走的道路!

这是我的忏悔书,也是我对反动派的严重抗议!同我一样受害的朋友们,我希望你们热烈地参加这个抗议。

(《晋察冀日报》1946 年 6 月 7 日)

为弟子服务

——"六六"教师节献言

肖白

自从"有酒食先生馔,有事弟子服其劳"的理论出世以后,好为人师者越来越多了,因为一旦为了人师,不仅有"弟子服其劳",而且还有弟子送其礼呢!这样的人师大概不能算上等吧。最上等的老师是一心一意为弟子服务的,鲁迅先生就是这样的老师,"俯首甘为孺子牛"的老师,因为他肯为弟子服务,所以他得到了他的弟子们的最高的尊敬,永恒的尊敬。

解放后的张家口也出现了不少的好老师,他们是时时刻刻为弟子服务的。从课堂到课外指导,从学业提高到正确人生观的培养,从校内生活的指导到深入家庭的访问,处处都是为着弟子上进,为新中国培养好人才;一扫过去教书吃饭,照例上课下课,其他根本不管的旧作风。如六校女教员下了课又给贫苦儿童缝衣服,使得贫苦儿童们更安心更积极学习;十一校教员课余组织义务理发组,收入全归学校;十小、回民一小组织儿童半日学校;还有的先生收集废纸老远背回学校,发给学生写字。这种为弟子服务的精神,的确是值得表扬的。

但是今天还有不少学校的教师,不安心工作,天天想跳出学校来,没有决心长期为人民教育服务的精神,因此他们就不能深入下去,不能让学校在群众中生根开花。大家知道:学校建设的中心是教师,教师如果不养成终身为弟子服务的观点,那么,他就不可能精通教学业务,也就一定会误人子弟。虽然这样的教育,在我们张家口教育界中是不多的,但我们希望这些教师猛进一步。

今天是"六六"教师节,我把这个为弟子服务的问题提出来,我认为要把张家口的教育办好，为弟子服务的问题是一个带关键性的问题。张家口的教育是有宽阔的前途的，望教育界的同志们努力前进！

六月六日早晨

（《晋察冀日报》1946年6月7日，《副刊》第20期）

在炮火里诞生

田雨

队伍进了村赶着做饭,粮秣主任费了半天事,领着战士们,好容易从山坡上打回几捆湿漉漉的柴火,就在敌人烧毁又搭起的房棚下架起锅灶,烧起火来。

逃到山沟的老乡们,听到自己的队伍到了村,有的篮子里提着刚摘下的野菜,有的背回坚壁了的米袋子,老婆们跟在后面。大雨把他们淋成一群水鸡儿,连嚷带笑,奔回村。

村上的人抢着给军队做饭,人多手稠,淘米的,烧火的,锅脚下尽成了老婆们尖声的谈笑,拉东道西,话头儿越拉越没个完。队伍上,今日个炊事员的活,可就给他们抢完了。

烧饭的房棚下,一伙子青年妇女,淋着大雨跑进来,拉走了正在切菜的刘大嫂子,说是村东头院里,有个女同志正在难过哩,叫大嫂子去扔摸扔摸。于是跟着刘大嫂子,叽叽咕咕,女人们又跑去了一大伙。

倾盆的大雨,夹着冰雹,越来越大,院子里,那破砖碎瓦的土堆上,冰雹在溅飞,墙头上丛生的荒草,立刻被雨打得抬不起头来。

屋子里连长和战士们,围着熊熊的火,烤他们被雨湿透了的军衣,并且说着今天一连打退敌人三次追击的紧张战斗,正在有趣的脸上露着倦意的回味中。哨兵猛然跑进来报告:村外又发现了敌情。连长跳起来,迅速穿上未烤干的衣服,给通讯员下了各排紧急集合的命令,大拇指把驳壳枪的机头一扳,在大雨中向街上跑出去。

迎着风头,在"哗哗"倾泻的大雨中,传来街上短促的哨子声,人的喊叫声。一瞬间,村外的机枪声,炮的轰炸声,就响起来了。一朵一朵的黑云,顺着暴风雨,在灰色的天空里流散着;炮弹接连着落进村里。战士们在街上,踏着淹鞋口的水,雨布蒙着枪,一个一个,低身前进。

这一天,第四次的战斗,又在村外展开了。

"□,坚持坚持,上了山头再生,行吗?"连长站在雨地里,跟草棚子往里喊。

"哎哟哟,你说的尽是不门道的话,风天雨地,人家要落月子,怎么能出去。"草棚里刘大婶子在叨唠。

"鬼子眼看进村,什么落月子不落月子!"

"说死说活,总得叫孩子落炕呵。"草棚里传出了女人们七嘴八舌地嚷嚷。连长没多说话,跑出村指挥他的队伍了。

小草房棚里,滴滴答答,满屋子漏着雨水,屋子里没有炕,铺着秆草的地上,那个临产的女同志,痛得乱打滚,围挤在屋子里的女人们,挽着袖头子,握着冷汗,刘大婶子撸起衣袖跪在草铺上,扶着女同志祈祷:"难中生贵人,咳,我的宝宝,你快些出世吧!""唉,这个年月,可把人遭罪了!"外面的炮火,一阵比一阵近,劝她们先转移,可是她们死活,总要等着一起走。

外面响着沉重的脚步声,连长第二次又来催,揭起草帘子,他把头伸进草棚:"生了吗?快点呵!"

"好连长,停当一会儿吧。"

连长第二次跑出村时,战斗更加激烈了,炮弹一颗一颗地飞过来,白杨树折倒在地上,冰雹夹着大雨,击打着半红的高粱穗子。白色的风雨迷雾中,连长看见,机关枪班,在敌人炮火轰击下转移阵地。他把横着的眉头一皱,叫通讯员再传去"坚决抵抗"的命令。

但是敌人的兵力很大!我们仅仅是两个排,终于我们的队伍,从村外的高地上撤回村里的掩护物后边。

当第三次连长回来的时候,他一直闯进草棚里面了。

"走走走,不管死活,坚决上山——"

她们正挤在一道,而且笑着,刘大婶指着躺在草上的孩子,连长也笑了,于是一分钟也不能迟延,孩子剪了脐带,也没有洗,就用一件军衣包起来,赶忙把产妇和孩子放进担架里,村里的女人们在后面跟着。

雨,照旧在倾泻,大风摇撼着大树;炮弹,和机枪在后面追击着,担架颠颠荡荡越过山头。

(《晋察冀日报》1946年6月7日,《副刊》第20期)

记深泽县开明士绅崔老秉先生！

敬之

在"五一扫荡"以后，冀中区成了"迈步登马路，出门见岗楼"的世界。敌伪每天出动，奸淫烧杀，抢劫财物，阴惨的杀气，笼罩了各个角落。有一些动摇分子，都投到敌人那里，进行着祸国殃民的工作。就在这个时候，崔老秉先生，对敌伪人员进行一次公开的教育工作。

崔老先生是冀中区深泽县西三村人，现年七十四岁了，他有一副漆黑的脸，胖胖的身体，走起路来好像鸭行一样。他是一个专治斑疹的名医，在附近几十里地以内，被他治好的病人，成千累万了。他没有上过学堂，只是跟着他父亲学会了写字看书，他最喜欢《三国志》，谈起来总是滔滔不绝。

因为他给伪大队长的儿子看好了病，被请到县城去赴宴，伪大队长□请到伪新民会的许多要员作陪。他开口道："今天席上可以随便一些，因为咱们都是中国人！"当海菜上席以后他又说道，"六年以前，我不断吃海菜，不过和今天不同，那时候吃的是个人的，今天呢！把全县父老的血都吃到了！"这话刺激地在座的伪人员都面红耳赤，默不作声；伪大队长为了打破沉闷，就调转话头说："崔先生果真是名医，我的儿子几服药就好了。"崔老先生不以为然，用他的手指向他的胸部说："不是，你的儿子好不好，不在药力，而在良心，你的儿子是否能脱险，要看这里。"——指心脏是否坏了。

他以七十四岁的高龄，做这样尖锐的公开的教育工作，这件事很快传遍全县，老百姓给了他一个评价"深泽开明士绅第一名"。

崔老先生是一个富于正义感的人，他非常不满意国民党的制造内战,那时他在村选中,选他为国大代表的呼声很高,他高兴地对我说:"我相信共产党一定会得到最后胜利,因为它能得民心。"又说,"大家说要举我当国大代表,假如举上了,我一定要到重庆去一趟,当面问问国民党和蒋介石,为什么他们不敢打日本,非要打内战?我七十四了,就是被国民党杀了也要出出这口闷气!"

(《晋察冀日报》1946年6月7日,《副刊》第20期)

冀东解放区

魏伯

一

北部是雄伟古老的长城,热河山地峰峦相连;中部丘陵地带,山地平原相间;南部则是大平原,联结着汹涌澎湃碧绿无际的渤海。北起山海关,西界平津,在一千七百七十三万方里肥沃的土地上,洋河、青龙河、滦河、还乡河、蓟运河、潮河、白河蜿蜒穿过,平列入海;有六百万朴实强悍勤劳的人民在劳动着、斗争着、生活着。这就是冀东解放区。

这里交通是便利的。有北宁、平古两条铁路穿过,纵横的公路像网一样密,而塘沽秦皇岛则是物资聚散的海口。这里物产是丰富的,长城一带有金矿,热河山地盛产小米、玉米、高粱,平原上则是无际的起伏的麦浪,秋天里遍野都是柔软的银白的棉花朵。在滦县、乐亭、昌黎沿海一带,数万渔民趁着海潮的来去,大白浪里驾船撒网,猎捕鱼虾。

冀东是古今的战场,古北口、喜峰口、山海关都是著名的军事险要。冀东有光荣的革命传统;中国共产党著名领袖李大钊同志就诞生在乐亭县。第一次大革命时,唐山、乐亭、丰润、玉田、遵化、迁安、蓟县等地就有过共产党的活动。现在冀东行署主任张明远同志、冀东农会主任韩东征同志都是当时大暴动的组织者。

冀东行署是这里的最高政权机关,他领导着四个专区,二十六个县,即迁安、卢龙、临榆、抚宁、青龙、青西、乐亭、滦县、滦南、滦西、丰南、昌黎、兴隆、遵化、蓟县、玉田、丰润、宝坻、宁河、密云、平谷、顺义、三河、通县、香河、武清(滦西、滦南、丰南、

青西等县称县佐公署）。

二

一九三一年"九一八"国民党丢弃东北后，三三年爱国志士发动了长城抗战，远在这时中国共产党冀东特委李子光同志就领导冀东人民进行英勇的抗日斗争。国民党和日本订立的"塘沽协定""何梅协定"，使冀东六百万人民在三五年即遭受到敌人的蹂躏。共产党则一直领导着人民做地下的抗日活动，鼓舞着与组织着对敌斗争。"七七"抗战振奋了冀东人民，决定以武装起义配合全面抗战。三八年七月七日前后，冀东共产党领导全体党员及各种抗日组织掀起十余万人的武装大暴动，以响应八路军宋邓支队的东进。暴动如暴风雨一样卷遍冀东各个角落，人民手执武器高歌《义勇军进行曲》前进，配合八路军占领了卢龙、玉田、乐亭重要城镇。四〇年六月平西部队受训回来，向敌人展开大规模的攻势，开辟蓟南平原，进入丰玉遵地区，建立了遵化、丰滦遵、蓟平密、丰玉遵等四个联合县政府。四二年夏敌人因治安军被我击败，乃对我实行残暴异常的四次"强化治安运动"。蓟县大汉奸李午楷立"人电线杆子"，火烧孕妇、刀劈活人，人民受到空前的虐待与凌辱。而八路军则领导人民坚持斗争，军分区副司令员包森同志等在斗争中光荣殉国。四二年九月敌人实行"五次治安强化大扫荡"，集结二十七师团全部及伪治安军二十几个团，向我基本区进攻；并抓了民夫十几万，又从山东、冀中抓来了大批民夫，挖沟壕、修碉堡，新建碉堡据点五百余处，壕沟更难以数计。我子弟兵则在敌人的碉堡壕沟中间勇敢袭击敌人，收复了基本区。四四年二月我子弟兵恢复了蓟县，打垮了汉奸李午楷的伪军，开辟了通香顺。冀东抗日根据地从山海关到通州，从长城到渤海，除极少数据点碉堡外都连成一片，高高飘扬着祖国的旗帜。去年八月日寇投降了，冀东军民一面继续向热辽挺进，拯救东北同胞，一面迅速向敌人盘踞的各县城镇和交通要道进击。国民党与伪军的合流，曾妨碍了我们受降工作的顺利进行。我以极大代价于八月十七收复乐亭，二十三日收复宁河，二十六日收复卢龙，九月四号收复平谷，十九号收复蓟县，二十二日收复玉田、三河，二十六日收复香河、丰润，三十日收复宝坻，十月十七日收复迁安，十二月三十日收复遵化，中间又到口外收复了青龙、兴隆。

三

共产党领导冀东人民赢得了抗战的胜利，现在又领导人民恢复战争的创伤，进行和平民主的建设。八年抗战中人民的损失是严重的，伤亡被俘及被抓人民达二十五万，焚毁房屋三百余万间，粮食损失卅五万万斤以上；但人民还不能安然地以全力来恢复这样巨大的创伤，冀东只有七个完整县（遵化、蓟县、平谷、兴隆、青龙、玉田、迁安），其余十九个县都遭受到国民党反动派的蚕食与骚扰。反动派像毒蛇一样爬在平古、北宁两条铁路上，口中的毒舌不时向人民喷着毒汁；因此冀东民主政府不能不一方面领导人民作反蚕食的斗争，一方面领导人民建设幸福的未来。

冀东去年八月，蓟运、鲍邱、箭杆、滦河、还乡等河相继决口，宝坻、玉田、宁河、香河、蓟县、丰润六县一千五百余村，及滦县、乐亭四百余村全是洪水横流，八十万灾胞饥寒交迫。政府去年九月间一面放款救济，一面组织生产，今年为了彻底解决冀东水患问题，决定以工代赈办法，疏浚青龙湾河，改修潮白河道，挖通江洼口至七里海沟道，对滦河则堵口修堤。而国民党反动派却勾结伪军特务，屡次破坏修河工程，包围我修河委员会，偷袭我修河部队，这增加了修河工作的困难，拖延了人民的痛苦。我政府则举行一万万的水利贷款，实行赶修，路南分区并号召一两米运动，争取做救灾工作中英雄模范，以掀起救灾运动。

冀东兴隆、蓟县、遵化、密东等县均被敌人实行过集家并村，设有"无住地带"。解放后人民由部落中搬回无住地带，一时衣食住全无，靠野菜充饥，一家人伙一条裤子穿的实在多得很。政府用大力来救济他们，蓟县盘山一带一个人得到二十五斤粮食，遵化救济无人区二百万，占全县救济款的三分之二。兴隆县在日寇投降后，政府曾贷款四百五十万，救济衣服三千余件，救济粮数万斤。

自三五年殷逆汝耕成立了"防共自治政府"，冀东人民即遭受到敌人与汉奸的凶残的压迫，一部分民族败类投降了敌人。顺义北务村的地主赶着马车请敌伪来按据点，丰润北下庄地主何正平担任伪保安团副团长，蓟县地主李午楷当了大汉奸，他们借敌人的势力喝穷人的血水、"上打租"（先交租）、倒四六、驴滚利，花销让穷人出还从里面贪污，杀害抗日分子和共产党员，冀东农民对这些败类有着血海深仇。因此当我政府号召，有仇报仇，有冤报冤、减租、退租、减息、退负担的时候，清算复仇运动就在各地展开了。国民党反动派组织不法地主，地痞流氓，出动伪军，甚至派遣特务打进群众团体和政权里面，以破坏人民的翻身运动，我个别干部也曾有过害怕群众斗争"过火"的右倾思想。但这却阻挡不了人民的清算复仇的烈火，在遵化的东留村，顺义、香河、兴隆的每个地区，以及路南各地，不少人民从这一运动中要回了自己的土地，得到了胜利果实。许多县把清算复仇运动与救济、生产、优抗等工作联系起来，取得了很大的成绩。现在冀东区党委已总结了已往的发动群众的经验，干部思想更加协调，而人民在运动中也磨亮了自己的眼睛，因此更加轰轰烈烈的几百万人民翻身的运动，在冀东即将到来。

民主政府四四年即号召人民进行生产，军民在一起平沟壕，开荒。四五年曾开生荒二万亩，平沟壕两万二千亩。今年是抗战胜利和平实现的第一个建设年，各级政府都成立了生产委员会，政府并发放了一万万的生产救灾贷款，五千万的牲畜贷款，已翻身的群众马上组织到生产里去。在封建势力仍束缚着群众手脚的地方则首先发动群众，帮助他们翻身。斗争一取得胜利，即迅速转入生产。有的村子在组织生产中发动群众。今年政府号召的口号是"消灭熟荒，深耕细作"，抗勤取消了，劳动互助如套搭，拨换工，普遍地被组织起来。宁河、滦县等地政府并领导人民拨换工，挑坨子开碱荒。若干干部对今年大生产运动超过往年缺乏信心，在思想上不够重视这一工作，生产委员会曾发出指示加以纠正；而群众的生产情绪却是很高的，翻地、播种、锄草、施肥，作不息的劳动。现在秋麦快要收了，早庄稼禾苗长得苗壮，晚庄稼也大都出苗了，人们脸上都露着笑容。

尽人皆知冀东有无限的出产与资源，玉田鸭虹桥出布，林南仓出席，有长芦盐滩、乐亭盐滩，沿海出鱼，山中出水果，迁安出纸，有解放农场、宁河农场、马兰峪农场，兴隆县鹰手营四十里黑山都是煤矿，倒流水的金矿每天可出一百多两金子。现在我政府都分别加以救济、投资、经营、提倡。

冀东接连平津唐山，文化教育相当发达，有中学十四处，完小五百八十八处，初小三千七百三十一处。乐亭一个县即有完小八十五处，初小二百零五处，中学里有一千二百八十五名学生。冀东最高学府是建国学院，有四百多学生，内分文教、财经、地干、政治各班。冀东日报社四〇年即成立，是冀东历史最久的文化团体，在战斗中有二十几个烈士光荣殉国了。此外军区文工团、长城影社的同志们，天天下乡给军队老百姓演戏。

冀东民主政府正领导着六百万人民建设新民主主义的自由繁荣的冀东。但这种事业正遭受着国民党反动派的破坏与威胁，他们勾结伪军无止息地蚕食冀东，五月二十九日且开始向我香河进攻了。但正如聂司令员所说，反动派向冀东人民的进攻，遇到的将是六百万人民的"奋起自卫"。冀东人民是勇敢的，他们知道怎样打击进攻的敌人，保卫自己的财产，他们有信心而且必然得到胜利。

(《晋察冀日报》1946年6月8日)

故乡纪事

纪普

一、夜渡

又有一天,我坐着那一只捕鱼的小艇,经过白洋淀,转过几处苇荻的遮拦,到了淀中央。因为是顺水,小艇近于奔驰地前进。老人站在船尾,用一只划板划着船。月亮升上来,照在水面上。

老人又向我诉说着他的鱼鹰的惨死。自从鬼子们到了水淀,沿岸各村所有的鸭子、鸡、鹅、鱼鹰,都叫他们"以战养战"了。但我却想起前几天,敌人清早袭击堤村,村人逃了出去。一群鬼子在街上肆虐,从一家宅院里赶出一只大花公鸡,鸡拼命地奔跑、飞腾,鬼子们冲着它开枪,它钻到河边的一个高大的苇子垛里去了。

高大的苇垛像一座高房,鸡钻进洁白整齐的苇子,就没有声息了。一个鬼子赶过来,鸡不见了,他就扔下枪拆起垛来,把苇捆□到地下,突然他跳起来,张着大嘴笑:

"姑娘的!"

他向后面的同伴们招手,他们也就咧开嘴向前跃进,这时站在垛上的那个鬼子,同两个苇捆滚下来了,一个姑娘立在垛顶上,她瞥了那跌下的鬼子一眼,嘴角上笑了一笑,就拉开了一个手榴弹的弦,抛到那一群跳跃向前的鬼子中间。

鬼子死掉了几个,跑掉了几个,他们抬来机枪,冲着这用苇荻围成的堡垒扫射。

姑娘一直立在苇垛上,手榴弹抛了一个又一个,她始终没有再掩藏。以后,她也许被枪弹穿过胸膛死掉了,也许被不久就起火的苇荻焚化,其中也许还有她的伙伴们。

但是无论如何,像前六年的命运是不会有的了,那时是被逮捕,剥下衣服,被掳在船上带走,凌辱在爹娘兄妹的眼前,被阳光照射;现在姑娘们不会再有这种命运了,顶不行的在绝望的时候孤注一掷,宁为玉碎,普通的是去袭击敌人。

鸡鸭和水鹰的命运,这一带的姑娘们,早知道是愚蠢而可笑的了。

二、投宿

春天,天晚了,我来到一个村庄,到一家熟人去住宿。走进院里,看见北窗前那棵梨树,和东北墙角石台上几只瓦花盆里的迎春、番石榴、月季的花和叶子越发新鲜了。

我正在院里张望,主人出来招呼我,还是那个宽脸膛黑胡须,满脸红光充满希望的老人,我向他说明来意,并且说:

"我还是住那间南房吧!"

"不要住宿了。"老者笑着说:"那里已经堆放了家具和柴草,这一次,让你住间好房吧!"

他从腰间掏出了钥匙,开了西房的门,这间房我也熟悉,门框上的红对联"白玉种蓝田百年和好",还看得清楚。

我问:

"媳妇呢,住娘家去了?"

"不,去学习了,我那孩子去年升了连长,家来一次,接了她出去,孩子们愿意向上,我是不好阻挡的。"老人大声地骄傲地说。

我向他恭喜,他照料着我安置好东西,问过我晚饭吃过没有,我告诉他:一切用不着费心。他就告辞出去了。

我点着那留在桌子上的半截红蜡烛,屋子里更是耀眼的新鲜,墙上的粉纸白得发光,两只红油箱叠放在一起,箱上装饰着年轻夫妇的热烈爱情的白蛇盗灵芝草的故事，墙上挂着麒麟送子的中堂和撒金的对联，红漆门橱上是高大的立镜，镜上遮着垂璎珞的蓝花布巾。

　　我躺在炕上吸着烟，让奔跑一整天的身体恢复精力，想到原是冬天的夜晚，两个爱慕的娇憨的少年人走进屋里来；明年秋季，侵略者来了，少年的丈夫推开身边的一个走了，没有回顾。

　　二年前，我住在这里，也曾见过那个少妇，是年岁小的缘故还是生得矮小一些，但身体发育得很匀称，微微黑色的脸，低垂着眼睛。除去做饭或是洗衣服，她不常出来，对我尤其生疏，从眼前走过，脚步紧迈着，斜转着脸，用右手抚摩着那长长的□柔的头发。

　　那时候，虽是丈夫去打仗了，我看她对针线还是有兴趣，有时候女孩子们来找她出去，她常常拿出一两件绣花的样子给她们看。

　　然而她现在出去了，扔下那些绣花布……她的生活该是怎样地变化着的呢？

一九四〇年十月

（《晋察冀日报》1946年6月8日，《副刊》第13期）

下　　窑

张凛

在一个刮风的早晨我到了宝兴煤矿，离下花园有七八里路，宝兴"柜上"就在一撒满煤渣的山沟里，煤窑也在附近。

我这次来是专为下窑看看去，就一直跑到那个比较大的"二坑"坑口等着。那个开高车（下窑时所乘的升降机）的老工友告诉我，他虽在这坑口干了三十多年，可是一次也没有下去过，原因是"没事不去冒那个险！"。这更增加了我的好奇心。我扶着栏杆往坑里瞧，确有点怕人黑洞洞的像是无底井，又从里面冒着白气，烘得浑身发热，听说这坑有百十来丈深。

下决心去看看，就跟着一位煤师跳上高车，预先他让我脱下棉衣，换上一件破褂子，因里面闷热，又容易脏衣服，另外给我一顶竹藤帽，和一盏电石灯。在高车上像是坐电梯，愈来愈黑，渐渐感到头发昏，气不够用，没用几分钟就到了坑底，很亮，周围都用大木柱支着，还按着电灯，道上铺着铁轨，不少人在忙着装煤运煤，我在那里第一次看到"采炭夫"。我脑中的采炭夫原是这样的，粗粗的胳膊，像运动员似的宽宽的肩膀，被煤渣涂得黝黑的健康的脸，一笑露出一排白牙……但是站在我眼前的真正的采炭夫恰恰相反，个个都是瘦得干巴巴的，肩膀并不宽，有的还弓背，特别是他们的脸！在灯底下看，简直是发绿！这时我才懂得，在我脑中所想象的矿工的那种健康已被长期见不着阳光的劳动夺去了，同时更看出自己的生活的窄狭，竟把那群工作最艰苦的弟兄们想得那样美！

挖煤的还在里面，我跟着煤师往前走，拐几个弯，就看不见电灯光了，黑得伸手不见五指，这时才显出电石灯的好处，若让我一个人走要命也绕不出来的。路是相当远，有的两边用木头撑着，大部地方都没有，听煤师说，这样很不保险，煤常垮下来，俗语叫"冷崩"。就在前几天有一地方还垮下十几吨，幸亏没伤人，要不砸得连骨头都找不到。有的地方要弯着腰走，否则就碰脑袋，走着走着，忽然发现几点隐约的灯光，原来挖煤的地方到了。走近一看，几个采煤夫正蹲在小洞里拿着尖嘴锄在凿煤，有的在钻炮眼。灯光很弱，看不清他们的脸，只看见在黑煤堆里有几只发亮的眼睛；至于他们的身体，也许因为穿着黑衣裳，或是浑身被煤渣染黑了，反正是看不清。

我还要往里走，煤师将我拦住，说那边危险，两天以前，有一地方着了火，至今还冒着烟。是的，我是嗅到一种说不出的刺鼻味道。我问一个采炭夫："你们整天在这里做工不害怕吗？"

"不，干出来了，人就是一贯！"他坦然的回答使我的心松了好些，他还告诉我坑里有三险，一是"着火"，一是"冷崩"，还有就是"出水"。三险一个比一个厉害，怨不得我看见前边有几个人在□水呢，要不然恐怕鞋浸得更湿了，这我才明白那开高车的老工友，为什么在坑口干三十多年都不下来一次。

窑里很大，采炭夫分散到各角落去挖煤，我看到只是少数，因他们工作很紧张，我没机会和他们谈更多的话，仅从煤师那里知道，他们多是本地人，少数是被敌人抓来的，有的曾在这干了八九年。工资按每日所出的煤计，一月三百多斤小米，和他们过去的生活比起来，不知好了几倍。

我在窑里总共不到两个钟头，但出来时已觉头晕眼花。人家说我脸色很难看，我心里好惭愧！仅是观光似的看看就吃不消啦，但是想想那些采炭夫，每天要在里面工作八小时，且时时在和"三险"搏斗，这才使我感到冬天火炉里烧的煤有多宝贵，每一块都是经过不少人的血汗换来的；同时，对那群艰苦工作的弟兄发出无限的敬意，是他们，用自己的手，给人们挖取最需要的东西。临出来时，我从窑里捡了一块煤，回来以后把它安放在桌上。有人笑我：为什么摆块黑煤当装饰品！其实，我的意思是：让那块煤时时提醒我，多少人是在日夜地艰苦劳作着，自己不要落在后边。

(《晋察冀日报》1946年6月8日，《副刊》第13期)

十五个青童工

谷军

　　张垣火柴公司里带头掀起募捐劳军运动的七个青、童工,是在包装火柴部门的一个打包刷药间里做工的。他们一伙,有八个女孩,四个男孩,三个青年男工。这十五个人,生产上一贯积极,特别是从"五四"发奖以后,时常在清早六点钟前,就在厂门外,用孩子的嗓子喊传达员开门。进了大门,又到管锁钥的工役那里,去推他的脑袋,催他起来开工房的门。接着,还得敲打玻璃窗,一声声地把管仓库的刘头叫起来。几个地方的门都开了,他们就一齐动手,工作起来,扫地的、打包的、扛箱送库的、生火刷药的,高高兴兴地开始了一天的劳动。公司规定是八点钟开工,他们每天不到七点,必定到齐。等到八点钟上班铃声响起时,打包的已经做了一箱半活了(一天最多才做九箱)。公司和工会,几次劝他们注意身体,不要劳动过度,他们还是早来,一进工房,见没有活,就到工会王大姐处去讨活做。这十五个人这样积极,这样一致,还因为他们是团结的模范。他们中,虽然都有明确的分工,但是,如果刷药的刷完了,就会去帮别人贴商标、装木箱;装箱的没活了,也会去帮助打包的。同样的,打包的女孩,也帮他们扛箱子。很难得的,是像贺桂英和李淑华她俩一组,每天一起交活,一起登账的事,她们都是打包的,是计件工资制,一般都是各自努力各自的产量,但她们却把两人每天所做的总数,平均起来,分记在两人的工账上,竟互助到这般地步。中午休息时间,十五个人都玩,跳绳、打皮球、看画报,或者到树荫下躺着说笑唱歌,或者挤在成年工人里面抢篮球排球。遇到刮风,或是活忙,十五个人,个个在房里做活,谁也不去玩。由于她们团结得这样好,一个很调皮的，原来在三课糊盒子的高淑兰，被调去和他们一块工作后，经过她们在小组会上劝，个人悄悄地劝，现在高淑兰已经不再做一会儿歇一会儿了，也不再边做边吃零食了，更不再打架骂人了。

工会方面，眼见这十五个工友积极、团结的榜样，决定赠给他们一份礼物。因此在五月三十一日的黑板报上，出现一张朴素美观的画，画的左边，是一页从"毛主席近影集"上取下的毛主席半身像，右边写着三行金黄色的美术字"第二课的打包间，工作努力又团结，工会赠，五月三十一日"。画的周围，有几行粉笔字写在黑板上：

"打包室，人不多，做起活来可不错！

生产勤，团结紧，十五个工友一条心。

好该夸，好该奖，送份小礼来表扬。"

第二天，这张画挂到打包室的墙上了。第三天，郝桂荣对我说："谷同志，我们十五个人天天要在毛主席跟前唱歌哩！"

（《晋察冀日报》1946年6月9日）

吃粽子有感

艾虎

到张家口，已满一月，适逢端午节，又吃酒肉，又吃粽子，据说全市的牛肉、猪肉，不到中午，就卖光了。有一家卖江米粽子的小店一天收入竟达五六万元之数，事情虽小，却使我感动。

我记得在重庆的公务员的生活，这生活曾经有过很切实的描写，"吃的是新生活餐（粗粮淡饭），喝的是太平洋汤（开水一碗，上飘稀疏几片菜叶，有似太平洋中浮了几只巡洋舰），着的是脚踏实地的鞋子（鞋已脱底），穿的是空前绝后的袜子（袜子前后均有破洞）……"

我还记得一个机关里的科长，午饭后把伙食团剩下来的米饭，偷偷地装满了他进饭厅时所携的公文皮包，经发现后，他很难为情地承认了是预备带回家给妻子小孩吃的，因为家中绝粮，早已断炊。

但重庆不是所有人都如此的。尽管老百姓，尽管公务人员生活如此，却也有每食万金的人在。不过像张家口的端午节，人人吃粽子、吃肉的地方，我在那些苛捐杂税的国民党区里难找到的。

（《晋察冀日报》1946 年 6 月 9 日，《副刊》第 14 期）

太原城的五气

大可

政协会的决议公布了之后,全国人民都很高兴,山西人民也不能例外;但据说有一些人却不高兴,反而生气。太原城里就有不少老百姓唱着了一首《五气》的歌谣,哪五气呢?就是:

阎长官生气。

城里的汉奸伪军照样洋气。

他们对日本鬼子倒更客气。

二战区干部都垂头丧气。

老百姓呢?——还是受气。

(《晋察冀日报》1946年6月11日,《副刊》第16期)

回　队

叶未萌

响午前，民政助理为了把老亢家这码复员的生产贷粮拨出去，匆匆跑到亢老太家里来。亢老太那草房上盖的新谷草，在阳光里闪着金黄的亮光，叫助理有些晃眼，谷草喷着醉人的醇香，不由得叫他笑了上来，高兴地往屋里说：

"亢老太，这真是和平建设哇！几年没盖的房，这回也换新了。"他满心欢喜着，在他这个区里，人们正忙着盖房、修圈的建设。

亢老太听着助理那熟嗓子，三步两步迎了出来，立在门槛边，劈面就问：

"当下这嘛忙，怎么有工夫来这儿哇？"

"这一阵子，事儿真叫多，今儿才抽个空，把您老这码生产贷粮拨一拨。"助理想着拿出"支付证"来，在门口办完这码事就走，可是亢老太没容他拿出来，就把他拉到屋里来了，助理格格地笑个不了，坐到炕上，亢老太递给他一根烟锅子说：

"是啥生产贷粮哇？"

"您老的二儿子复员家来，政府为了帮他建立家务，拨的贷粮，他是二等，六百斤小米。"助理把烟锅子吊在嘴边，把挂包打开，亢老太上前一把拦住他说：

"要是这那就不用拨啦，拨出来也没心肠搞生产，反而耽误了公家的东西。"亢老太那纹路爬满了的脸上，显得有些阴暗。她这一说，叫助理心里莫名其妙地直翻个儿，看看屋里，炕上乱七八糟的，粮食衣裳堆满一炕，衣袋堆里躺着一支老套筒子枪，助理把挂包放下说：

"是怎么回事呀！亢老太！"

"我正打算让我那二儿子回队上去,往下的日子也没法过了。他一走,只剩下他媳妇,我娘儿俩嘛,哪里还用得着这嘛些贷粮哇!"亢老太说。

"怎么复员回来不几天,又让他回队去呢?"助理肚子里的闷葫芦,还是没解开,想着,许是家里闹了气,他把烟灰扣掉,接着说:

"您老家里别生气,往下是和平建设啦!多养几嘛鸡,喂口猪,过年就抱着白胖白胖的小孙子过太平日子了!贷粮哩,领去吧,让您儿子做个买卖,慢慢日子就好起来啦!"说着助理格格地笑开了。亢老太听他这一说也笑了起来,可是满不对她的心思,接着她就唠叨开了:

"助理!别看得那样没事呀!啥和平哪,昨儿个西庄又抓走三嘛青年,城里的那群国民党真是群恶狼,比日本仔还恶哇。前儿个,我妈家听说他外甥复员回来,几年没看到了,打发他老舅来看看。你说,连人带他提的两嘛小鸡都抓走了,当下还没出来,硬逼着他那四十好几的人去当兵。你说,这有啥法子,我们这里离城十几里地,今天不打炮了,明天就出来围庄,抢东西,遭害妇道,这叫人有啥法子过日子哇?"亢老太说着气就上来了,筋络爬满了的手,颤抖起来,掠了一掠弹到额角上的灰白头发,忧□涂满了一脸。她这么一说,才叫助理明白过来,来的时节一肚子的乐观,刷一下都飞走了,心想着,我这区里的环境真的是太紧张了,怪不得,今儿个庄里人都有心没劲,生产情绪是不如往日个了。他正在想着想着,亢老太那老嗓子又嚷了起来:

"日本仔来的时节,抓青年,又烧又杀,叫人活不下去,逼得我让我儿子到大部队去。你说谁还乐意自家儿子离开娘哇,我这大年纪了,还没个孙子哩。你看当下又跟日本仔没完一样,坐不安宁,睡不安宁,一天总得跑八遍,这样我还是让我儿子回队上去。我真奇怪,八路军为啥这么厚道，见着这样不是人性的国民党队伍，还不打。"她这么说着，给助理一个警觉，助理想起来，大前年个，扩军的时节亢老太是头一份送她儿子报名的，那时节正是鬼子围攻吃紧，他想着想着，心里一阵凉爽：我这个区的群众真是有了认识，要是这回上级号召扩军，真用不着动员了，民情逼到这一步来了。他想着，可是他对亢老太说：

"亢老太，□们八路军为了讲和平，不愿意打内仗，当下是让着国民党哩，要不……"话还没说完，亢老太便插了进来：

"唉！可别让了，再让，就得死了。依我看，城里这群国民党，你让他一寸他就进一尺，再让，他还觉得你怕他哩！"

"哈哈！亢老太您老真有见识！"助理被亢老太这几句激得笑得脸通红。正笑着，亢老太那叫大雷子的二儿子从外头回来了，挂着一脸笑，咧着大嘴，黢红的脸上浮着一层黄土，随身带来一阵新翻起来的土香味，他伸出巴掌给助理，助理笑着拉住他说：

"复员回来，怎么样？"

"不跟在队上好，没有啥保障，做活也安不下心去，成天得提防国民党，觉也睡不安逸，我还想回队上去。"说着，他并排跟助理坐到炕沿上。

"好好生产吧！贷粮拨来了。听听再说，真的要是有事，你留到区里，带着民兵们干吧！"助理这一说，倒挺对雷子的心思，笑着从衣服堆里摸出那支直筒子枪来说：

"昨儿个把它找出来，妈跟我擦得真亮，你看，怪好使的，在队上队长也是说：这回胜利了，往后是和平建设。依我看，国民党不知道好歹，让他，他就骑着你脖子上拉屎。真他妈再不要脸，我就得把对付日本仔那两套拿出来，那怪不得谁了，逼人上吊嘛。你说哩助理！"说着他那宽胸脯在那汗褡子里晃呀晃地颤动。

"你这话说得对！"助理的喉咙有些硬塞，说话有点颤动。

亢老太从外边迈了进来，手上被刚和面粉糊得两个巴掌都成白的了，这回她那没门牙的嘴巴，笑开了，她向助理说：

"助理！谁不盼着过太平日子，往前日本仔搅和咱们八年了，逼得人没法过日子，我才把我这一把眼泪一把水抚大的儿子交给队上。谁晓得，日本仔完了，又来了国民党这群恶狼，逼得人更没法活。在家里，不定哪天抓了去，我还是让我这孩子归队去，他就是老实一点，好歹他还打得一手好枪呢。"

雷子笑着望着助理，助理望着亢老太那兴奋得红润润的，皱纹爬满的脸，说不出话来，一面想着是应警觉些，但同时也因这老太婆而高兴了。

（《晋察冀日报》1946年6月12日，《副刊》第17期）

战斗归来

轻影

去年十月的一个早上,我军巧袭了平汉路旁贾村的伪军第十二团,伤亡它二百多,俘虏三十个后,撤出战斗。

部队是头天后半夜悄悄来的,隐蔽在伪军大操场周围的棉花地里。拂晓,伪军的十几个小司号员照例"哒——哒——"练着号音,老乡们照例到地里去做活,送粪的大车"咕噜、咕噜"响着,赶车的扬着鞭子大声吆喊:"喔——吁。"老黄牛慢腾腾拉着水车转来转去,"叮、当,叮、当。"一切都很平静……太阳露出一个红边的时候,全团伪军正在"哈吃,哈吃"跑步,突然"啪"一声清脆的枪响,战斗开始了,十几挺机关枪一齐向它们开火。"唬!"像山涧里飑起飓风,忽地又从棉花地里冲出刺刀闪亮的健儿,伪军们钻了梦坛,莫名其妙地就被打垮了。

回来的路中,经过一个新解放的村庄,男女老少站满一街,他们的表情随着队伍的行列,不约而同地变化着,看见战士们新缴获的机关枪、大盖枪,就合不上嘴地笑,看见一行俘虏低着头也跟在队伍里,就咬着牙、红着脸,想上去打两耳光!

忽然一个老乡,从行列里恨恨地拉出一个俘虏,守卫的战士们也制止不住了,全村人都围上去问他:"你们说,日本投了降,你们成了中央军,中央军有什么脸?一样地到村里来要钱、抢粮、抓人,还说专打八路军,这都是你们干的!""这会你们可打呀!发横呀?""你低着脑袋干什么?说呀!""揍他!揍他!"眼看拳头就抡过来了,守卫的战士赶紧阻拦着,俘虏终于开了口:"那都是当官的说的,俺才抓来一个月,啥也没说过!""当官的?狗屁!"人声哄嚷起来。

不知哪个老乡，把三连王指导员也笑眯眯拉出来了，立刻人们又跑过去，围上："为什么同志们来，也不说一声，好烧水做饭哪！看现在晚了！"你一言，我一语，抱怨起他来，王指导员闹红了脸，赶紧解释："咱们八路军是老百姓的队伍，打仗是为了老百姓过安生日子，哪能麻烦老乡们呢？"一个雪白胡子半百的老先生，扬着胳膊说："愿的，日本鬼子常说，八路是大大的天兵神将，我看咱八路军就是行，伪军狗日的们正跑步，稀里糊涂就挨了打！""这是保守秘密好，叫它知道了，它又不是傻子，怎么愿意痛痛快快挨打呢？"王指导员对着全村热情的面孔，兴奋地说着，大家都笑了。一个小脚的老太太好容易等到了说话的机会，赶紧插上嘴："同志，后边还有咱们的队伍吗？""还有咱们十几个伤号，在大车上，就快到了！"王指导员话巴刚落，人们"嗡"的一声散了，都跑回家去！

半点钟后，村边道口上又站满了人，大车过来了，伤号们看见这么多人很惊讶，但马上就明白了。老太太们、姑娘们围住大车，这个喂挂面汤，那个喂鸡子，有的喂馍馍，有的剥花生。伤号同志们坐起来，想说话，但都被嘴里的东西堵住了。那个小脚老太太离村道口远，她提着篮子，挂着拐棍急急赶来，满头汗，一看这么多人围着，挤不上去，急了，举起篮子来往车上一抛，花生、鸭梨、白面饼、五盒纸烟，"哗啦哗啦"滚了满车，逗得大家"哈哈哈哈"大笑起来……

五月二十六日

（《晋察冀日报》1946年6月12日，《副刊》第17期）

"特来道谢"（民间传说）

吴群

最近在搜集一些山西民间材料中，我深深地体会了人民的眼睛是锐敏的；从其切身经历中，人民也最懂得喜怒爱憎，并善于通过各种形式，来表达自己的情感。现在我们把山西民间对老阎的谈论材料，列举一二向大家介绍：

近几个月来，太原一带流传着一个新的民间传说，这是传说阎锡山围太原以后的事情，大意是：阎锡山围到太原城，和鬼子一个鼻孔出气，太原百姓没有一个不恨的，街上经常贴有"反对阎锡山"的字画。老阎心里害怕，晋东南打八路军吃了大败仗后，更神魂不定坐卧不安起来。一天晚上，他刚睡下，觉得门外有人喊"报告"，老阎恍恍惚惚地叫进来，门开了走进两个浑身是血的人，到床沿前，一句话不说，爬下一个劲儿磕头。老阎捉摸：别人都说我不好，怎么这两个人倒这样待我强？就问："你们俩是干什么的？"那两个站起来说："我们本是太原的两个大汉奸，年上五月在东门外，被八路军的游击组打死了，到阴司里阎王爷知道我们是汉奸，每人打了一百板，就压在十八层地狱里了，我们想永世不能出来，谁料到你老人家围太原，大刮地皮，竟把十八层地狱，也刮透了一个大窟窿，我们才又死鬼复活，所以特来道谢！"阎锡山听说是鬼，大吃一惊，忙叫："打鬼！"只见那两个鬼魂儿，并不害怕，从从容容地哈哈大笑道："不要打，咱们是一家人！"

（《晋察冀日报》1946年6月13日，《副刊》第18期）

刘 大 娘

胡青

刚进夏天的一个早上,红红的日头照着油绿的山坡,刘大娘赶着一群羊走出寨子的门。羊群由门里挤去,有几只小羊由寨子窟窿里钻过,刘大娘的这个寨子就又受了一次折磨。刘大娘看着这群羊心里很舒服,好像是她的一群孩子。虽然这群羊,还不属于□自个,但却忘不掉民主政府,这群羊是政府交给她放的,因而刘大娘和她的儿子小拴都有了饭吃。

刘大娘呼唤着羊群,走上山坡,迎头碰见一个穿着干净月白裤褂,长着格外醒目的八字黑胡子的老头,刘大娘的眼睛立时冒出火星子来。

"老顾,怎早上山又看地吧?置谁家地呢?"

"哈哈!"顾老头不好意思地笑着:

"别逗啦,近来你发财了吧?"

"你们这群家伙连穷人的血都要喝净了,穷人谁还敢想发财?"

刘大娘眼里冒火,头有些发昏了,可是同时又有一股酸味由心里钻到鼻子里。"别逗啦,别逗啦!"顾老头急速地走了。

刘大娘把羊赶到山腰,羊吃草,她坐在一块光石板上。山下有一片瓦房,瓦房上罩着做早饭腾起的炊烟,旁边是一片大菜园子,一畦连一畦,绿得很好看,但是刘大娘仇恨着这片菜园子。

这是刘大娘的一段悲痛的历史。从前她天天上山打柴,和每天鸡叫一遍就起来织布,挣了几个钱就存起来;孩子哭着要吃烧饼,都不肯轻易买一个给他,十年来挣了五百吊钱。于是她想买一块菜园子。菜园子看好了,卖主要七百吊。"怎么办?"刘大娘为这事很发愁!这二百吊钱,这可不容易一时挣到;等一时再买,又恐怕园子又涨价了。

刘大娘想种一块园子够多好，娘两个种园子，自己打水，儿子看畦等菜长大了，天天有青菜吃，卖了钱可以吃饱饭，再也不受穷了。"一亩园，十亩田"，经营费点事，那倒不要紧。刘大娘当时心里非常愉快，于是咬咬牙决定买下。然而钱呢？二百吊哪里去找呢。

她想到顾四爷，于是她就去求顾四爷去了。事情倒不像刘大娘想的那样难办，顾四爷慨然答应了，说明月利三分，刘大娘并没大计较利钱轻重，心想只要买了园子，种了菜，长出菜来，卖了钱，二百吊钱总容易还清。

刘大娘把二百吊钱从顾四爷手里拿来，又原封交给卖地的，立了契约。刘大娘万分高兴，天天到园子里看望。东西划畦，垄头长；南北划畦，不好留垄沟；多种黄瓜不爱活，多种豆角，是芸豆角呢，是菜豆角呢？又不定多卖钱。她天天盘算。她领着孩子，指点给孩子哪里做畦，哪里留道；有了秫秸夹上寨子，寨子上也要叫它生窝瓜，留到冬天吃窝瓜粥。

从这时起她每天夜里少睡两个钟头的觉，精神却更觉爽快。她已经不是穷光蛋，她是有三亩园子的小康之家了。

可是事情倒不像刘大娘想的那样好办，种菜要买菜籽，要施粪，要买锄镐，浇水要买水斗子。刘大娘天天起早拾粪，留着苗菜，告诉儿子也去拾粪。

园子算是经营起来了。卖了菜要买米，要还锄镐钱，到年下顾四爷来要账，然而刘大娘并不富裕，二百吊本，八十二吊的利息。刘大娘央求四爷，行个方便，并要求再周通几吊钱，到春天一总还清。"那倒可以，八十二吊也按月三分行利吧！"

三年以后了，这三年的生活不是像当初买园子时所想的那么幸福。她一天不闲，一时不空，一滴滴的汗珠换来的赢利要吃、要穿、要养活孩子；再有就是部分地给顾四爷拿利钱，利钱拿不起又算本行利，本加多了，利也加多了。

又到了快要过年的时候，顾四爷驾临刘大娘的寒舍，连本带利刘大娘一共欠五百二十七吊了。顾四爷这次的神气使刘大娘不寒而栗。刘大娘心里又酸、又急，忍不住泪流满面，苦苦哀求，企图能稍缓时日，设法归还，可是顾四爷说道：

"再倒一节再搁三年更还不起了，你想办法吧！不然你给我园子也成。"晴天霹雳刘大娘痛哭了："顾四爷呀！那不是要我们娘们的命了吗？四爷！"刘大娘忍不住像失了魂似的痛哭着。

"穷人总要讲理，你不给我园子吗？三亩园子顶五百二十七吊呢，再加上后半年的三分利，就是六百二十三吊了，你够多便宜？现在有六百吊就可置四亩好园子了。你的园子整年不大施粪，还有多大力量？"

顾四爷自己确定了事情的解决办法之后，便走了。刘大娘痛哭着，孩子偷偷流着泪。

这年的春天，刘大娘丢了她心爱的菜园子，顾四爷又格外"施恩"，刘大娘成了四爷的菜园看守人了，刘大娘痛苦地受饥耐寒，挨过十五年，小拴已经二十三岁了。

太阳晌午了，刘大娘赶着羊群下了山，羊群围绕着她很驯顺地走回家，又钻进那个年老的寨子门里去了，刘大娘抚摸着小羊像是对自己的孩子，她仇恨着顾四爷，怀念着民主政府。

"小拴！"刘大娘呼唤着孩子，孩子扛着柴从山坡上走下来："妈？我刨了有几间房子大的一片荒，后半晌你也去吧，多刨点地，吃穿就不愁了。""你看见顾四阎王没有？"刘大娘悻悻地问。"看见了。他满山直跑着查看，怕刨了他的地。这个东西。咱们再也不怕他了。"小拴愤愤地说，刘大娘愣着，"现在的老百姓可不像他强占咱们园子的年头了，谁也不再是傻瓜，谁也不再总挨欺负了。"

（《晋察冀日报》1946年6月13日，《副刊》第18期）

东线见闻记

谷岩

一、这就是我们亲爱的同胞

从四海冶往东,经八亩地、琉璃庙、汤河口,到安家屯,这条三百多里长的公路两旁,是伪"满洲国"的所谓"部落区"(即人圈)地带。从边区出来的人,走过这里,无不惊奇,落下眼泪,浑身战栗。

一个个像羊圈似的土围子,墙上豆腐块似的白泥皮上写着"××部落"和"建设部落,自□乡土"。

街上是静悄悄的,大白天,不见人。一町町的土房子,像好几百年前就不住人似的。门窗上有的挂着草帘子,破麻包片;有的像山洞似的敞开着,裹雪的旋风在门口嘶嘶地叫啸着。

队伍每过一个村的时候,人们从那些土房子里钻出来,披着麻袋片,女的用烂布裹着下部,他们围着休息的队伍,菜色的脸上一阵阵地起着"鸡皮疙瘩",光屁股小孩在雪地里站着发抖。当发觉我们是他们很久所盼望的八路军的时候,一个瘦得像骷髅样老头子抓住我的手说:

"同志!你们知道我们在这里受苦吗!同志!十二年哪!……我们盼你们盼了十二年啦!"哆嗦着伸出了两个满是裂口的手指,我被感动了,当我去看他们的时候,他低下了头,在他光脚踏着的雪地上。

有的跪下来,无力地仰着头……

"老总!破衣烂裳的……赏给……俺们点吧!……一家子没有一件囫囵衣裳呵!"

"有双破鞋吗？……同志……脚快冻下来啦！"

战士们赶紧拉起他们来，一个战士将刚从自己身上脱下来的衣服递给一个五十多岁的老汉的时候，他惊异地颤抖着说：

"哎呀！同志！这叫我怎么着好呢！"好像十二年生活使他成为一种本能似的，"扑通！"一声又跪在雪地里，战士又连忙把他拉起来。

二、所谓"模范的部落"

安家屯西南八里路是安乐村，敌人在时的"模范部落"。正月我到了那里，一个老乡对我说："什么他妈的模范，不过糟害人比别处更厉害点就算啦！"接着，他告诉我修"部落"的经过。

民国三十一年二月六日动工修园子，六月十七日完工，整修了四个半月，大大小小都得参加，老的小的搬石头，壮的垒墙。特务们挨门乱翻，要是翻出来玉棒子就要你的命。六月天，老的小的在汗里泥里打滚，特务们拉上年轻的闺女媳妇，在树荫处里，就……

"哎！大嫂子！多在凉里歇会吧！别把脸蛋晒黑了！"

多少妇女就这样被糟蹋了。

接着便是"集家"，原先这里是一块好地，这三十多户人家，净从三里五里十里八里的山沟弄来的。"集家"户提起"集家"来无人不落泪，挺好的大瓦房硬逼着叫拆了，箱箱柜柜在雨里淋着，黑夜白天抢着往"部落"里搬（警署限定时间不搬即烧），老的哭小的叫像死了人似的。特务们要跟谁不对眼，马上就叫你"挪窠"，在这里二次"集家"三次"集家"并不算稀罕，谁搁得住这个哇！

这园子和别的园子不同，只要一搬进来，有钱没钱得盖三间，因为房子盖得整齐就成了"模范部落"，因此特务们对这园子糟蹋更厉害，从康德四年谁黑夜白天没有安生过。只有街当中"狼烟墩"上的钟，当当一响，不管黑夜白天，就得赶紧上园墙，每人拿一根花枪。特务们在外边往里边打石头、扔草把子，叫人们用花枪扎，如果慢一步，特务进来便是一顿苦打。

"妈来个×！八路军往里边扔炸弹，他们爬墙，你为啥不扎？"

三更半夜他们在外边要叫门，不开他们就祖宗爷爷的骂，如果要给他们开开了他们上来就是两个耳光，"妈的×，你知道我是谁？我是八路军你还来开门呵？"

和"集家"同时开始的是修路，什么"义勇奉公"，从滦平到古北口光开海深口的十二个山洞，就不知道砸死了多少人。十冬腊月百姓们穿着单衣，你想暖暖手，特务们过来就是两棍子，剥了衣裳在阴凉里罚立正，往身上浇冷水，再不就把两个人，一个人左手，一个人右手用铁丝拧的一块，叫你动也不能动。百丈的高山硬修成汽路，简直是用百姓的骨头垫起来的呀！

十二年这个"贮蓄"，那个税，百姓们一点油水也没有了。康德四年前，贮禾，每年每亩五十斤，四年之后得全部交给他，他再给你"配给"。青年人发给高粱米，十五以下六十以上是高粱糠、锯末（这东西连猪狗都不吃）。

四三年开始了"大路封锁"，谁不知道满洲国有要命的三大犯呢。遍地是特务，你说个"八路军"或"中国"，他拿"国事犯"帽子一扣也许送了命；在路上你穿一身囫囵衣裳或背着二升粮食，特务们听见了就马上送你警备署，"秘输犯"罪名一加，送你鞍山去下煤窑。为一升米一尺布，一句话，送了命的，不知有多少……

三、只有人民才是好汉！

十二年前日本强盗进了承德，汤二虎（即汤玉麟，国民党热省主席）带着他的财宝和喽啰们，一枪不放，退到安家屯。当日本飞机

在安家屯上空一出现时，他们连做好的饭都没顾得吃，一直奔丰宁向关里退去了，再也没见影儿。六百万老百姓便像垃圾一样被扔在日本强盗的铁蹄下了。

可是热河人民，没有屈服，只有反抗。事变后，八路军来了，他们更有了求生的意志和信心，他们相信共产党八路军，会去拯救他们。四二年，八路军的武工队突破伪"满洲国"界向"满洲内地"活动，那时敌人虽然正在完成"国境线上的网状公路"和"武装部落"，可是使人兴奋的消息，依然传播着——"×××警备分驻所被打垮""××汉奸被处死""××讨伐队吃了败仗！"……至于八路军有多少，连敌县公署也不知道。有一次一个讨伐队问老乡，那老乡说：

"八路军可多着哩！"

"有多少哇！"

"谁知道有多少，昨天他们在我们村下了一石米熬的稀粥。队伍走时，有喝一碗的也有没喝上的。"吓得那讨伐队长，目瞪口呆，脸色都变了。

他们怎么能知道八路军的消息呢？八路军天天在汽路上打伏击。一到黑夜，他们便潜入部落，在热炕头上，盘腿卧脚的和老乡们谈着。关里，边区……就在八路军这样的活动下，有不少人躲到天龙山上，吃树叶啃雪水，坚持着死不进部落。多少人冒着风雪给队伍送信带路送粮食，多少人从煤窑矿山里跑出来，多少人砸了大狱去参加八路军……拉海沟有一个老乡，不给鬼子修路，当讨伐队用一把粗的木棒，打他的时候他破口大骂：

"他妈的！汉奸！你还打我，你摸摸你那脑袋还长几天！"

正像那一带的老乡们所说："国民党、汤二虎光会刮地皮，打日本是个赖种！热河人民才是英雄好汉呢。"

四、新生活的开始

热河解放了,八路军打开活人圈建立了民主政权,半年多来,热河东南虽在国民党的炮火猛攻之下,但它已改变了过去那寒冷和痛苦的旧面貌。

由四海至承德的大路上,带着清脆驼铃的运输队,由西向东运输着布匹、棉花、粮食,和募集来的红红绿绿的棉衣。在汤河口我亲眼看见,到县政府领衣服的妇道和儿童,几百人长长的行列在广阔沙滩上向汤河口行进。当我们走近的时候,一个三十多岁的妇女用特别响亮的嗓子说:

"同志!你们是到汤河口哇?我们也到那里去呀!咱们政府给穷人救济衣裳哩!……你说,可真好呵!这会天下可变啦!……"

从琉璃海往西你看吧!在高山顶上的牛群羊群已开始蠕动,山下被"集家"从圈的破墙垣那边又搭起了新房架。好多地方已将围子拆毁,用那些材料修补起自己的茅屋来。有的已搬回老家去,耕起荒芜了好几年的土地来,溪水的哗啦声和牧童歌声在山谷间荡漾着。

在八亩地一个老乡把我拉进他那刚糊上新窗纸的小屋里去,一边生着炭火说:

"共产党真算作'人和'了,自古来这里的军队过的没数,没有再比八路军这'军头'好的,同志!你们是——这个!"他伸出大拇指往我眼前一晃,又哈哈大笑起来。

热河解放了,千百万人民将在共产党和民主政府领导下,在被国民党遗弃又被日本鬼子糟蹋过的废墟上,建设起新的生活。

五、保卫胜利的果实

为了奴役刚被解放的热河人民,国民党反动派,想在停战命令有

效以前，打下热河重镇——古北口，以便配合凌源、平泉方面进攻承德，驻密云、石匣、小营的第九十二军三个师及新从保定开来的四十二师于一月十二日夜晚向古北口进发了，长官告诉他们明天（十三日）夜十二点前要在古北口宿营。

美式重机枪在离古北口十八里的南天门上响着，炮弹落到古北口的南关，古北口吃紧了。我们的主力部队，从一百里以外跑步赶到古北口，连水都没喝便投进战斗中了，激烈的枪火在三十多里宽的战线上爆炸着。

"不到古北口不吃大米饭！"这是中央军的动员口号。

"叫你到了古北口，我们小米都不吃！"这是我们战士响亮的回答。

为着保卫和平，全滦平的每个村落，每个人，每辆大车，每匹牲口都动员起来了，随时准备进入战斗。

滦平到古北口的汽路上，载重汽车飞驰着，向前线运送子弹炮弹，增援部队跑步向古北口前进，每张脸都被汗水冲得通红。在这增援的长长的行列里还夹杂着些老百姓，他们扛着担架和子弹箱。我看见一个五十多岁，花白长胡子的老汉，替战士扛着一挺歪把子，右手拿着自己的棉袍，一样地和战士们跑着。这老汉看样子是个"活宝"，一边跑一边像"会头"（领会的）似的向空中摇着手喊着：

"同志！快跑！打狗日的去！"

古北口的铺家老闾也都成了担架队，伤号一站站地送到后方去。轻伤号，自己从前线上三五成群，又说又笑地走下来，虽然满身血斑，但他们并不在乎。战士们爬在山头上，当饭送去的时候已冻成冰块似的，战士们拿起来啃两嘴，一丢，马上又爬在射击的岗位上去了；在天昏地暗大风里战斗、冲杀，继续三昼夜。

我们胜利了，古北口没有被奴役和践踏，它顽强地站立着，这是正义的胜利,这是人民的胜利。

古北口烈士纪念塔正在建筑着,在边墙曲曲的山岭上,埋葬着我们同志的尸体。

潮河解冻了,古北口南边,曾作过九十二军炮位,和拼过刺刀的地方现在丛绿的麦苗在春风里舞动着。

一九四六年四月三十日,阳高

(《晋察冀日报》1946 年 6 月 14 日,《副刊》第 19 期)

奴 才 相

胡椒

美国帮助中国内战，舆论界已多所指责。帮助内战当然就会帮助法西斯主义，是一件事的两面，不是什么新问题。不久之前，民盟的领导人之一罗隆基氏只那么轻轻指了一下，有些人已气粗了脖子。可见罗氏的话很灵验，的确道着了此辈的心病。想不到主子还没开口，奴才倒先嚷起来。

他们说罗氏的意见"实属可耻，此乃侮辱倡导民主之伟大盟邦"。又说罗氏之言论，"实非出诸中立派人士立场，……无怪外间有人指罗为共产党做义务发言"（据中央社南京五日电，某秘书长声明）。

官腔官调，神气十足。从今以后，中间人士免开尊口，除非也跟着他们一样叫叫嚷嚷。否则，就会触犯"侮辱盟邦"和"为共产党义务发言"的天条，杀毋赦。

对帝国主义政策捧之唯恐不周，对民主主义抑之唯恐不力，奴才身份原该如此。凡奴才无不媚悦主子，要不然，人家怎会白白送来飞机、大炮、坦克？所以该声明官气之中又不免夹着点奴气。

查罗氏发言并非反对整个美国盟邦，而只是反对该盟邦的某些帝国主义分子。一经奴才转述，就变了模样，确是奴才向主子告状口吻，可惜是毫无证据，于是不得不来一个"无怪外间有人……"云云。

假借官势，堵塞人民的喉咙；卑躬屈节，在外国主子面前甘做奴婢。这是中国的确还在实行法西斯主义的铁据。要说可耻，这才是最大的可耻！

（《晋察冀日报》1946年6月14日，《副刊》第19期）

迎接七月节开展回忆运动

抗战胜利后第一个七月节就要到来了。"七一"——中国共产党成立的二十五周年,"七七"——我国抗日战争和晋察冀军区成立的九周年,三个伟大纪念日所标志的伟大历史事变,是和中国人民特别是和晋察冀解放区人民的命运有着血肉般密不可分的联系的。各地正为庆祝这个节日的到来而欢欣鼓舞,开展竞赛、总结工作等等,这都是很好的。为了使这个伟大节日在我们解放区军民的生活中发挥更好的实际效果,我们认为开展一个广泛的回忆运动,有特别重要的意义。

回忆运动——是群众自己创造出来的、行之有效的自我教育方式。本来回忆往事是很平常的事,每逢佳节,回想更多。在七月节,亲身参加了轰轰烈烈史无前例的敌后抗日战争的晋察冀军民,要回想的事情实在太多了。因为过去的九年是翻天覆地的九年,而领导我们翻身的中国共产党,已走了一世纪的四分之一的道路,从最初的很小的马克思主义的小组,发展成为决定中国要走和平民主团结的道路,中国人民具有伟大光明前途的强大政党了。而今天在赢得了抗日战争最后胜利的中国人民面前的,则是严重的大规模全国性内战的危机。经受了八年抗日战争的巨大牺牲或十四年惨重奴役的中国人民,今天不但未能恢复日本武器所给予的严重创伤,却又新添了国民党反动派手持美国武器所给予的严重创伤;而反动派仍毫无悔过之心,正野心勃勃企图把中国人民推进大屠杀的血海中去。在这个严重局面之前,我们中国人民必须弄清楚我们应当走的道路,弄清楚我们为保卫既得的胜利果实所碰到的问题,以及我们有没有力量来解决这些问题。"温故而知新",趁七月节的到来,我们开展一个回忆运动,对我们弄清楚这些问题或者是有益处的。

当七月节到来的时候，我们都会想到九年前的今天，整个中国特别是晋察冀地区是个什么局面？当时，在日本帝国主义步步加紧的进攻面前，国民党蒋介石采取了什么政策？从"九一八"开始，一方面对日寇采取不抵抗主义，高唱对日亲善屈膝妥协；另一方面又采取法西斯恐怖手段镇压抗日运动，"围剿"抗日红军的，难道不是国民党蒋介石吗？"七七"抗战后，与日寇稍一接触就纷纷南逃，从卢沟桥逃到贵州省的难道又不是国民党蒋介石吗？请大家回想一下，国民党蒋介石把我们丢给日本人以后的灾难生活吧，你吃的什么？穿的什么？你还记得娇嫩的婴儿被日本人挑在刺刀尖上，旷古未有的惨剧吗？你还记得大屠杀中男女老少鬼哭神号不忍闻的声音吗？你还记得被奸淫的妇女投井上吊后惨白的面容吗？你还记得一条川一道沟被完全毁灭变成"无人区"的凄凉景象吗？你还记得像阜平平阳惨遭千人被屠杀后，一排排的血尸和一口口的血井吗？……八年中阴风惨惨的地狱生活，是日本人给的，可是如果不是蒋介石的不抵抗主义，我们怎么会遭到这么悲惨的命运？

同时，我们又会想到：当蒋介石把日本人"亲善"了来，他的军队纷纷南逃的时候，不顾一切艰险兼程北进，第一个在平型关阻止了日寇进攻，打击了日寇的凶焰的，难道不是只有中国共产党和毛泽东所领导的八路军吗？你还记得当大家妻离子散走投无路的时候，八路军到达你的家乡的情形吗？你还记得为了壮大这支人民军队，母亲怎样欢送儿子、妻子怎样欢送自己丈夫参加八路军的情形吗？而当武汉失守以后，蒋介石采取了"观战"政策，让我们敌后军民独力抵抗强大日本军队，而他却与日寇勾勾搭搭的情形吗？你还记得他派遣了多少大官大将投降日寇和日本人一块打我们敌后军民的情形吗？而那个时候，我们处在多么困难的情况中呵，我们在封锁"扫荡""围剿"中，军队老百姓都吃不饱、穿不暖，大家甚至连半饥半饱也做不到。我们的子弟兵更是艰苦，受伤不能很好医治，打起仗来子弹不够用，还得把子弹壳捡起来；但是，在这样艰苦的情形下，八路军离开了我们没有？你还记得在那艰苦的岁月，我们军民怎样更加团结并肩作战吗？你还记得在反"扫荡"中八路军指战员和老百姓一起抢收抢种的紧张场面吗？你还记得我们老百姓被包围万分危急的情况下，八路军赶来解围的情形吗？你还记得子弟兵战斗英雄像狼牙山五壮士等等壮烈故事吗？而当战斗的空隙，子弟兵就一面自己生产，减轻人民负担，一面又帮助乡亲生产，还帮助民兵练兵、民校上课，和各种工作。这种军民一家的情形，不是时常引起我们的老人们高兴地称道连祖辈上也没见到过这样好的队伍吗？可是，不管在开头也好，或是在这艰苦的岁月也好，国民党蒋介石派回一兵一卒援助过我们没有？现在他是那样热心地用飞机给人人痛恨的日寇爪牙伪军送子弹枪械和粮食，而在八年抗战中，他给过我们抗日军民一枪一弹的援助吗？从这些事实来看国民党蒋介石把我们敌后军民丢给日本人任意糟害，如果没有共产党毛泽东领导我们打败了日本，我们的子子孙孙都做日本人的奴隶，永世不得翻身，这个道理不是太明显了吗？

在七月节的时候，我们还一定会把抗战前后的生活比一比。我们解放区人民，每一个人都可以想想，当抗战前，自己在政治上、经济上、文化上处在什么地位。农民们：回想一下减租减息以前的日子吧，你一年到头流血流汗所得到的是什么？你可以吃饱饭吗？你的衣服够穿吗？你的子女能念书吗？你能够自由的选举吗？你敢进衙门吗？你受了冤枉，有人给你做主，领导大家清算复仇吗？你听说过种庄稼可以中状元当劳动英雄吗？你的土地财富增加了还是减少了？为什么？组织起来的办法给你多少好处？这样过下去难道不能发家吗？八路军指战员们，你们也回想一下吧：你还记得你的父母妻子和乡亲们送你入伍的情景吗？你还记得战斗伙伴们壮烈牺牲时的号召吗？他们不是嘱咐你，要你永远用手里的枪保卫人民的利益吗？你也把自己和国民党军的士兵们比一比吧，在全中国还有哪些军队能像我们样受到人民的尊敬？你听说过国民党军队里有战斗英雄吗？你听说过他们的家属的悲惨生活吗？你说，□今天这样严重的局势面前，你的责任不是更重大了吗？你将怎样回答父兄的希望？他们所获得的一切利益，依靠你们来保卫呵。工人们、知识分子们、各个阶层的人士们，都把解放前后的日子比一比吧，看一看解放以后我们到底得到了多少胜利的果实；再把今天的生活和国民党统治的城市比一比，那么，你就不难发现，在这九年中，我们已经翻了身，我们已经真正成了国家的主人！我们值得保卫的胜利的果实，实实在在是太多了！而反动派那样仇视解放区，一定要消灭解放区，也只是因为解放区太明亮了，他的灿烂四射的光芒，照亮着全中国，把反动派的丑恶腐朽的统治，在全国人民面前暴露无遗，这就对他的独裁大大不利，于是他就来一个灯蛾扑火的把戏，妄想把光荣的解放区扑灭掉。但是，事情会像他想的那样容易吗？

　　只要大家回想一个事实，当九年前晋察冀军区的创造者聂荣臻同志奉毛主席的指示，来到晋察冀创造抗日根据地时，他才带来一个独立团和少数部队。那时，整个八路军三个师也不过几万人，而当时解放区的基础，实在是很薄弱的，日本人又是多么强大、多么疯狂呵。不是有许多人看不起这支军队吗？他们以为打败日本主要靠国民党，但是事实恰恰相反，八路军新四军最初数量虽小，质量却很高。他正确执行了毛主席所指示的人民战争的路线，和解放区广大人民相结合，就展开了无限光明的前途，得到迅速的发展，成了中国抗日战争的主力军，抗击了百分之六十四及百分之九十五的敌伪军，坚持了最残酷的敌后战场，解放了一万万以上的人民，最后，配合同盟国的军队，战胜了日本帝国主义。先不讲不可抗拒的世界和平民主的大潮流，单说连日本法西斯都没有消灭掉反而日益从战斗中壮大起来的这支一百几十万的强大军队，有一万万几千万人民的强力支援，几百万民兵的直接配合作战，难道见到日本人就跑的反动派军队就能消灭得了他吗？

在纪念七月节的时候，我们解放区人民，抚摸着自己八九年战争中所受的创伤，瞻望目前的局势，我们深知这严重的创伤是怎样得来的，但我们的血没有白流，我们英勇子弟兵的血没有白流，我们从重重压迫下翻过身来，成了这块光明土地上的主人。我们渴望和平、建设和繁荣。但是，我们也深知那些专门靠偷窃掠夺人民胜利果实为生的人，是无时无刻不在想着用内战来把我们打回十八层地狱去的。不过，今天是更加严重了。因此，我们在回忆运动中，不仅要弄清楚这些问题，还必须检查我们的工作，找出优点也找出毛病，比如依靠军民一致、官兵一致、上下一致的坚强团结，我们克服了八年战争中的困难，今天保持与发扬这种光荣传统够不够？我们的拥政爱民、拥军优抗或尊干爱兵做得好不好？我们的干部关心群众、战士的疾苦如何，是不是有"忘本"思想产生了？等等，都应当加以检查，定出改正办法，切实执行。那么，我们的回忆运动，就不仅是一个思想教育运动，而且产生了直接效果。如果我们解放区的人民、战士、干部都从回忆运动中提高了政治认识，弄清楚自己脑子里的问题，那就是给我们保卫胜利果实的斗争奠定了坚实的思想基础。

我们希望各地根据当地实际情况，细密地领导这一运动。首先要了解当地群众或战士中间存在的问题，要善于发现和选择典型，给予具体帮助，有重点地进行回忆；对于所提出的一些要求，应妥为解决。要知道，任何运动都不是放任自流可以搞好的。各地应很好利用报纸（墙报、黑板报及其他各种报纸）来推动这一运动。丰富生动的典型报道，可以启发大家的思想，成为最实际的教材。让我们大家投入回忆运动中来，共同学习吧。

(《晋察冀日报》1946年6月15日)

老 英 雄

——记复员老伙夫曹根祥

徐光耀

透过窗孔上的玻璃,看见院里来了老少两个同志,手里拿着新领的衣裳卷,面上浮着笑容,我知道是办完复员手续的同志,便迎了出去,和那个年老的谈起来。

他告诉我,他叫曹根祥,今年六十二岁,他说:"事变第二年我参加的藁城大队,当了几月战士,就下了伙房,一直到现在。七年多呀,没换过工作,七年多!……"他加重语气的,一遍又一遍重复着后一句话,他感到无限光荣而自豪起来了。是的,七年多!没换过工作!连我也替他自豪起来了。

"你家现在还有什么人?"

"还有五口哩:大儿残废啦,那是在冀南队伍里打仗打的,二儿现在野战团里,俺他娘是村优抗委员,闺女是村妇救会主任,儿媳妇担任妇女识字班的小队长。——我们这是革命家庭呀!你到××村打听打听,一提'老曹'没有不知道的!"

"老曹!你这样的家庭可真是少!"我伸给他大拇指,"你什么时候入的党?"

"可早啦!事变的头一年,我正给人家拉长工……他们介绍我入的党。"

"噢!你家里(妻)也是党员吗?"

听了这一问,老曹脸上更显出了开朗的笑容,点着旱烟给我讲了一个短短的故事:

"事变第二年,皇协(伪军)一下包围了我一家子,俺他娘偷着跑到宁晋老家去了，你说，她在外边也没有关系，不言不声地一下发展了十几个。到后来我才给她接上茬了。"于是他又联想到一件事，"那时候，俺们村里有当'皇协'的，一次田庆克、曹学秋、曹增月三人回了家，我去找他们劝说：'咱都是穷人，你们还想发穷人的财呀！'打动了他们的心。在一天，他们一下带着三支大枪跑出赵县曹伍瞳岗楼，参加了咱们大队。"他本来明光的眼睛，更发光亮了，不时从笑里露出满口整齐的牙，越显得他仍很健壮。

"老曹，你的残废是怎么落下的？"

他抬起右手，看着腕上的创伤说："这是晋县古儿村战斗我负的伤——也是'五一扫荡'以前来——敌人打倒了咱们一个弟兄，我刚过去拾起枪，又上来一个敌人，我一枪把他放倒了，扯了敌人的枪就跑；又看见栅栏上靠着一支枪，也不知是谁的，刚一伸手拿，就觉着右手腕沉甸甸地抬不起来，可是什么也顾不得了，把枪又套在脖子里，就跑了，后来看见流血，才知是受了伤……

"后来咱们坚持不住了，敌人冲上来了，我同一个卫生员藏在一间东屋里。他拿着一支枪，我左手拿手榴弹，嘴里咬着弦，准备着万一没了法，他往我怀里一倒，把弦一拉，一块牺牲算啦。"

"你真称得起革命的英雄！"

"不！不沾。"老曹忙着纠正我的话，"咱们警备旅里才有好样的呢！就在古儿村战斗，有个和我差不多的老伙夫，在院里把腿腕子打断了，他拉拉着脚爬到北屋门口，一点不当回事地靠在门扇上，端着枪等着，南边墙头上敌人刚一露头，一枪就给他放倒了，以后敌人就没敢上来。战斗结束了，他等着担架还跟俺们说：'你们不要结记，有我的枪，就有办法！'你看看他那两下子，谁比得了？不行，我还不如人家呢！"

最后，我问他对复员有什么意见。

他说:"没有!我年岁大了,队上不能工作,回家工作也好!回去多开开家庭会议,好好搞搞生产。"尤其他自信地说,"想我还会当上村农会主任哩!"

老曹,已经走了好几天了,可是他发亮的眼睛、浓黑的胡髭、饱满的精神、健康的中等身材的背影,还经常盘旋在我的脑子里。

我祝福这位老英雄永远健康。

一九四六年春

(《晋察冀日报》1946年6月15日,《副刊》第20期)

编　　剧

葛文

二月初二黑间，老会长吃完饭，坐在炕沿边上，心思二十五过啦，正月也出□，那一群野马也该收收心啦！正打算早点睡，隐隐听见有笑声，急忙趴在窗台上隔着玻璃片往外一瞧，哎呀，夜黑的天，轻风传来小银铃磕□的□声，叮叮叮……门前台阶上石板片啪嗒啪嗒，话语是听得更清楚了。

"'三八'节，咱们可得好好演上一幕！"人不少，老会长一听就笑了，紧着收拾锅碗，眨眼工夫，她们已挤进来。老会长看得准，领头的又是青妇二妹子，圆胖脸蛋，右头顶上斜飞着一个白蝴蝶，过年节挂在襟头上的银牌子是双喜方头，银链子系着小银铃，小银铃，叮叮叮……

地下站不开，老会长提议到堆货的厦子下编剧，于是一阵铃声又转到厦子下。大伙自然地让开一片空场，坐在羊毛包上，小灯头摇摇晃晃，她们的黑影，照在泥墙上，像一座高矮不齐连接的山崖。

老会长靠着柱子，细声细气地说："大家出主意吧！"

"演咱们妇女们的事吧，我说上一段。"桃兰子一下跳到当中，郑重地说。

"东街麻婆子和她媳妇三六九生气，尽是埋怨媳妇的不是，那老婆子才是个老妖精。有一天，她正和邻家又是说又是笑的闲倒拉，猛抬头看见媳妇回来啦，马上绷起脸来，看也不看地说：说是走三天，那怎这才回来？媳妇做好饭，公一碗，婆一碗，自己悄悄地……"

"看，看那老妖精！"二妹子走上来，一把捏住桃兰子装模作样的嘴，惹得大家都笑了。小银铃在灯光里闪闪，像天上的星星。天上,星星正围着青绿色的小钩月。

二妹子是个热闹人,她弯着腰学着麻老婆子:"哎哎呀,好我的亲人呀!猪肉贴不在羊身上,怎也不亲。"

小钩月已升到瓦房脊上,银光撒在屋顶上,一片白光,四方窗格子照得湿淋淋的,银光也斜披到她们肩上来,她们为了"三八"节还在热情地编剧。二妹子边扭边唱:

> 俺村里有个懒老婆,
> 东家子学说西家哭。
> 压迫手段太毒辣,
> 倒咬媳妇不是货。

"好,好,咱们都唱这个!"老会长也参加进来了,小银铃,叮叮叮。

"大家编,大家演,谁也不兴不来!"互相嘱咐着,她们披着月光,扭成一个圆圈圈,像一个解不开的环子,扭呀,扭呀。为了庆祝自己的节日,她们唱出了新的歌。

一九四六年三月,回忆中写成

(《晋察冀日报》1946 年 6 月 15 日,《副刊》第 20 期)

终究想出办法来了（小故事）

石以允

陕西省三原县，有个老赵，家里只有个六七十岁的老妈妈，穷得什么也没有，就靠他给人家受苦来养活他娘俩，挣得多了吃口稠的，挣得少了喝上口稀的，受一天苦吃一天，有时受不上苦，连口稀的都吃不上。可是他从来不巴结财主，他穷，穷得有志气。

大前年夏天，从西安开来一把子中央军，说是来"保护"老百姓，打共产党的。他们一来，就要给老百姓"借军粮"，不管穷的、富的、有钱的、没钱的，一律都得给借。老赵因为"借"不出来，就被抓到县政府押了起来。

家里剩下个六七十岁的老母亲，吃没得吃，喝没得喝，整天鼻涕一把泪一把地哭，一点办法也想不出来。

县政府把老赵关了个把月，"军粮"一粒也没交来，只好把他放出来，叫他三天以内，要把军粮交到。

老赵到哪里借去呢？财主家有粮不给借，穷人家想借没有粮，结果还是没搞到，衙役们把他又抓了回去。他说他想不出办法来，县长说："你无论如何也得想办法！"老赵说："我实在是想不出办法来！"县长说："不成，想不出办法来也得想办法！"

老赵无法可想，就拿上镰刀去抢劫，碰到一个做买卖的，他就拦住他向他借钱，跟他说他不是土匪，是被官府里逼得没办法；并且告诉了他，他住在哪里，他叫什么名字，叫他以后找他要钱。

那做买卖的把钱给了他，就跑到县衙门去告状，衙役们赶忙又把老赵捉了来，县长升堂一问，说："那个做买卖的是你抢的吧？"老赵说："是我！"

县长说："你怎么敢抢人呢？"

老赵说："我说想不出办法来、想不出办法来，你非要叫我想办法不可……"

(《晋察冀日报》1946年6月15日，《副刊》第20期)

隗 有 清
——妇女纺织英雄介绍

张望

一

远远地望去，杏树、核桃树和苍老的槐树环抱着静静的蓬头村。早晨，太阳还没有起来便有一家房顶上最先冒起一股炊烟，穿过刚长出红色嫩枝的树梢，这就是隗有清的家。

当村里正在做早饭的时节，哗哗的纺车声早已从这户人家传出来。这时，隗有清和她的婆婆小姑三人正在纺线呢。

最初她家没有棉花，隗有清从旁人地里拾回来几两冻花，向妇联会借了架纺车，就这样开始纺线了。她卖去了纺好的线，又买回棉花；有时卖不了，合作社就给她收买下来。后来又得到合作社的帮助，自己做了架纺车，隗有清更起劲地纺起来了。

去年开展大生产，村里忙了起来。合作社供给她大批棉花，隗有清提出全家大竞赛：

"咱们打赌，每人每天最少纺六两，谁先纺完，谁先睡觉。挑水做饭由我来干，你们不是可多纺些吗？"

就这样地，她家掀起了生产热潮，仅秋收后二个多月，她家就纺了一百零三斤线啦。这个数目，很快地传遍了全村，家家户户都钦佩她们。就是合作社开始织布，也首先靠她们的线。到了冬天，她买了六亩地，又将合作社的红利买了二石玉米，不单吃的问题解决了，并且买了二床新被子，全家换上新棉袄。腊月底还杀了一口肥猪，全家欢欢喜喜过了年呢。

去年村里纺线的人增加了，村合作社开始训练织布工人，隗有清头一个推动她男人去报名。

"隗有清有主张,她叫赵振书今年不扛长活,在家经营几亩地,弹棉花,还借来一架织布机,自己来织布哩!"村里的人常这样称赞她。她有时拿出丈夫新织成的粗布给大家看:

"俺们要自纺自织才能余下粮食,过个好光景啊!"

二

隗有清今年才二十三岁,身体结实,对人和蔼,圆脸上常露出笑容,但她的眉端上,还遗留着一段苦难的皱纹。

过去,她家住过房山西河村,家境很好。一九三九年遭水灾冲毁,四一年又被鬼子"扫荡"。她们的财产:田园,房舍,牛羊……全被吞没了!老大和老三参加了八路军,她丈夫当苦工去。兄弟媳妇熬不了苦,离婚了,于是剩下了她和婆婆、小姑。生活鞭策她们,不得不到处漂流要饭!饥饿和寒冷不断地威胁着她们,那苦难的日子实在多着呢!隗有清背着烂铺盖卷,扶着年迈的婆婆,拖着疲惫的步伐漂流过无数的荒谷、山庄。有一次走到香峰崖,忽然乌云罩着山沟,狂风暴雨来了,在地里拉耧的人们早躲避了。山沟里只有古老的树木,冷冰冰的岩石陪伴她们。好不容易才找到了财神庙里来,但是这里哪能容许她们躲避呢?

"你们干吗的?这是财神庙啊!你们又脏又臭,把财神赶走了怎么办?快滚蛋!"一条黑汉睁大眼睛吼叫着,把她们赶出来了。

"穷人实在受制啊!"隗有清暗地里悲叹着,心里一阵酸,眼泪只能往肚子里流!

提起了这些酸楚,隗有清眼眶里便流出泪水。

三

隗有清不仅自己勤劳生产,而且积极帮助大家,她亲自领导一个纺织小组。

在隗有清的影响和推动之下，现在蓬头村已有一百三十辆纺车和四架织布机。不论在大街小巷，还是在松树底下，在院子里，到处在摇动着纺车；连毛驴号叫，小孩喧嚷也给纺车的响声掩盖了。过去爱串门子的妇女，现在连吃饭也离不开纺车，大伙见面就说："今天你纺多少？""她的纺车顶好使？""你的线质量好。"

村里开始织布的时候，布织得结结巴巴，合作社卖不出去，影响了业务的开展。隗有清知道了，她不迟疑地买了回来，用苇叶一染，浆了面浆，布变了又厚又光，穿在身上，村里的人都称赞，这样也就提高了合作社的威信了。

合作社每当办来了棉花，人家总争先恐后地挑好的，剩下坏棉花没人要。"大家不纺，合作社不是亏了吗？"隗有清不着急领回来纺，五斤坏棉花只消耗了一两，这件事村里更把她当作榜样。

隗有清是受尽苦难的人，因此她对穷人特别关心。村里有些贫户，秋收后打了粮食，一时不容易换上钱，无法交累进税。她立即将自己劳动来的六千块钱，全借给合作社，替穷苦人家交纳，完成了政府的税收。她说："合作社帮助了我，现在我的生活改善了，我也当帮助穷人。"

隗有清热心帮助大家，先公后私的优良品质，和她劳动成家，达到耕三余一的具体事实教育了群众，传遍了平西许多村庄。在她影响下：紫石口便组织了六个纺织小组，有三十二个纺妇，每人每天要纺四两线；李各庄也有二十三人动手纺线。

隗有清运动在涞水已普遍地开展起来了，她真不愧为去年当选的全县的纺织英雄。

四

今年三月里，国大选举运动开始了，大会进行到提候选人名单的时候，喧喧嚷嚷，紧张了起来，虽然风里卷起了一阵阵黄沙，人们还是兴奋地集拢着。

"我提议：隗有清当代表，她帮助俺们交统累税……"一个老太婆首先站起来说，"我今年六十一啦，这才头一次看见选举国大代表，俺们要选这个好人。"

"我也赞成，她不但推动全村纺线，而且影响了外村。李各庄张恒德，过去是个懒婆，自从听到隗有清的故事，又经过干部帮助，她转变了，她纺线得来一套新棉袄，四千元买四间房子……"合作社李先生也说了。

"隗有清每天做活、喂小孩、搞生产，对学文化也不放松，年底到现在识了一百多生字，又热心教别人！……"

"隗有清……"全村的人都赞成，投票结果她当选代表了。随着一阵掌声，她被妇联主任拉上来讲话：

"俺能力浅，今后大家多帮助提意见。"阳光照着她发红发热的圆脸庞，心里怦怦在跳动，"只要俺会的，一定帮助大家，咱们村今年要把纺织搞好，完成合作社二百七十匹布的计划。"她说完了，手遮住脸，连忙跑下来，这在她是生平第一次，太阳强烈地照着她，眼睛似乎睁不开。大会结束第二天，隗有清准备骑上毛驴，抱着婴儿上涞水县城去开会。村里小学生、拦羊娃在唱着：

"隗有清，纺织勤，克服困难大翻身；当代表，为众人，好光荣的隗有清。"

（《晋察冀日报》1946 年 6 月 16 日，《副刊》第 21 期）

解放区斗争故事

万力

一、八路军来了

八路军来了。人们传说着,可是人们不相信。听说八路军在黄河北哩,啥时候过来了呢?恐怕又是冒充的吧!于是队伍还没有来到,村里的老百姓早跑光了。有寨墙的把寨门关得紧紧的,派人去交涉,喊话,说明我们是八路军,解释我们的主张和政策,寨门仍是不开,队伍被关在外边。大家的肚子都饿得叫了,还是耐心地和躲在寨墙后面的老乡讲着话。

天晌午了,寨里的公鸡叫了,小孩子在喊他大人吃午饭,我们的肚子还是空空的。

经过很久的交涉,寨里答应给我们做饭,但是不许进寨。待一会儿,饭送来了。老百姓站在寨墙上,用长绳子系着一瓦罐一瓦罐的"稀面条""蜀黍糁""红薯面馍",都送下来了。我们吃了后,用寨壕里的清水,把瓦罐洗得干干净净的,里面放上钱,又把它系在绳子上,仰着脸喊道:"老伯!这可麻烦你老人家啦,多谢啊!"老乡把罐子又吊上去。有的一看里面还放着钱,"俺们不要钱!"说着,便把钱又扔下来。我们固执地让另一个罐子再给他捎上去。

在黑夜里,我们常睡在露天里,连雨天里也是这样。秋雨又多,衣服都淋湿了,肚子又没有吃饱,还得睡在那漫野里。有的人实在饿得发慌,难受得不能再支持了,恰好,这时候已是秋天了,地里的红薯已长成大块了,便扒上一棵吃,好解解渴,压压肚子,又继续往前走。

第二天,老乡到地里去,一看,红薯被人扒了,便很不高兴地把秧子拔去，免得它占地方；一拔，连根拔出来五块中央票和一个小纸条子，上边还写着些小字。"咦！这是咋回事？红薯地里长出纸票子来，怪啦！"他发呆了，他想不明白。他把钱和纸条子拿着回到村上，去找教书的老先生，看看那条子上写的啥话。老先生接过条子一看，大声地读起来：

老乡：

对不起得很，我实在饿得厉害，没有经过你的允许，扒吃了你一棵红薯。这里是五块钱，请查收。

敬礼

八路军

他一面拿出钱来让大家看，一面大声地叫道："这是真的八路军来了，真是公买公卖，连吃一棵生红薯，没有人在，还给你留下五块钱哩！"他的声音很大，好像要对整个河南人民讲的样。这话像长了翅膀一样，到处飞传着。自这以后，在河南人民的心目中，才相信真的八路军来了。

二、初来的日子里

那是在初来的日子里，我们走到哪里，敌人便跟到哪里。老百姓还不相信我们，不给饭吃，不许进寨子，有时候还打我们。我们知道：河南的老百姓是受兵灾最厉害的，因此，我们也知道，河南的老百姓最怕当兵的，也最恨当兵的。一旦等到人民了解了我们，他们就会知道，我们是和过去的任何军队都不相同的。于是我们天天在走路，天天在和敌人打仗，既吃不好饭，也睡不成觉。

一夜，队伍睡在街上，露天下。上级下了命令，不准任何人去打老百姓的门，或发出响声，惊扰他们。天明了，老百姓像平日一样地去开大门，一看，"呀！这么多的队伍！"吓得伸了伸舌头，啪的一声，又把大门关得严严的。这时候，小雨下起来了，队伍派人叫门去了。打门声、喊叫声、说话声，一时街上很是热闹，但都是自家人的，门里面却听不到一点回声。队伍仍在喊着门，衣服已淋湿了。后来，终有一家，听懂了我们的话，或是由于害怕，把大门开开了，我们就请他领着去叫另一家的大门。

"老总！俺家里啥也没有……"门还没有开，就听见里面有一个老妇人这样说。从她的声音里，就可以听出来，她是在害怕，乞求，又像是在哭泣。你可以想象出一副哭丧的面孔。门开了，老妇人出来，她没有哭，却还在笑，露着两个大黄牙齿，但这种笑，是多么的不自然啊！

当我们再三向她解释，不让她害怕的时候，她也说"不怕"，她却一连地说着："老总！俺家里很穷，啥东西也没有啊！"好像只恐怕我们给她要东西样，只是把着门口，注视着我们的行动。

"娘！你把这红薯面放那屋里去吧！"媳妇对她说。

她一边提着小篮子，一面说："这屋里没空，放不下。"好像又怕得罪了我们样。

"老大娘！你家的外手人（男子）到哪里去了？"

"没有外手人，就俺娘俩。"

说着说着，一个老汉扛着被子，和一个提着包袱的小孩子，从外边跑回来了，衣服和被子都淋得湿漉漉的。

我们吃罢了饭，都围着火烤衣裳，老大娘也敢围来说话了。"我们叫了大半天，你老人家为啥不早点开门呢？"我问她。她像回忆过去很久的事情样，她说："你们一打门，俺一家人都吓得打哆嗦，外手人都跳墙跑了。后来你们喊得久了，声音也大了，俺媳妇问我：'娘！是不是给人家开门去？'当时我真吓糊涂了，我说：'你们看着办吧！谁知道是啥人马啊！'早知道是你们，这样好，早就开门了。"

说罢，她随长叹了一口气，好像还有满腹的心事样。只是不住地望着外边，外边正落着雨。一问才知道，她还有一个儿子，也是吓跑的，到现在还没有回来。"早知是你们，谁也用不着跑了。唉！俺们这里人，叫队伍把胆都吓破啦，不敢见队伍的面。"这时，外面的雨还在淅沥淅沥地下。

等我们在她家住了两天后，她才更相信了我们。在我们喊门时，被她用一个大瓦盆子扣起来的老黑母鸡，也敢放出啦，它正卧在太阳光里刷翅膀。也是在那时，被她和她媳妇急忙塞进屋檐下的衣服、单子、破棉花，又拉出来了，搭在院子里晒。

"你们这队伍老好啊！啥也不吃俺的，啥都用钱买，也不横喝人，把俺家一百年没打扫过的墙各老（墙角落），都叫你们打扫得一干二净的。"我们要走了，她送出大门外，还恋恋不舍地这样说。

"同志！时早午晚的再路过这里，千万到家里来啊！"

（《晋察冀日报》1946 年 6 月 16 日，《副刊》第 21 期）

"放下武器,我们心甘情愿"

一铿

与俘虏营一六二团士兵谈。

"热境蒋军本月中旬于叶赤路线挑起内战,连续进犯,我军被迫奋起自卫,已将蒋军于一月十九日违约侵占之天义车站及莫理河、乃林、平庄等地收复,并将赤叶全线收复。此次自卫战中违约进犯之国民党十三军五四师一六二团全部已被击溃,该团自动放下武器者一百五十余人。"——赤峰《民声报》。

随着这个消息,我们在赤峰市访问了这一百五十个不愿用枪弹打自己的同胞的士兵们。他们很快活,因为他们在这里不但没有受到任何虐待,相反的是得到了比过去更多的自由。他们可以自由地谈论他们是愿意回家或许是留在八路军里,在开会时叫他们可以毫无拘束地发泄几年来压抑在他们内心的曾经被侮辱与被损害的许多心里的话。他们的一切都是自愿原则下进行的,谁也不强迫他们做一件他们不愿做的事;而这些,在过去统辖他们的国民党是绝对不允许有的,谁要想回家不是遭受子弹便是活埋,要想按照自己的意志做点事,那是绝对不许可的。

他们告诉我们说:"本来我们是在贵州,长官说:'日本人现在投降了,我们要去大连缴械,以后大家就可以回家了。'我们很高兴地上了美国兵舰,开到秦皇岛,在那里住了好些日子,就没缴过一支日本人的枪。我们很奇怪,后来还是老百姓告诉我们,是开到关外打内战不是缴日本人的械,弟兄们知道上了当,就去问长官。长官还瞒着我们说:不是打内战,是剿土匪。接着我们又由秦皇岛开到平庄,到了后,官长才告诉我们说:现在要剿土匪。我们这一连分配在离团部几十里的一个碉堡内。我们仗着我们有全副的美国武器,就有些疏忽;主要的是大家不想打内仗,兴趣不高;白天走了一天,夜间就都大脱了睡。半夜,突然听着外面有吵杂声,才知道八路军已打到门口,衣服还没穿,外面手榴弹就响了,我们的机关枪也开火了。这时有我们投降到八路军的弟兄,拿着红旗跑到院子来,劝我们不要打了。本来我们就不想打,怕的是不打,长官在后面用机枪扫我们,这次只有我们一连人住在这里,大伙儿不打,连长也没有办法,就这样我们全部自动放下了武器。"

接着他们又说:"其实当时你们只要把大门一封,喊两三个口号我们就会放下武器,也不会伤人。""我们是全副美国的装备,在贵州受了好几个月的训,打国战时,我们就没有怎样打,现在又要打内战。美国人就不帮助我们干好事,偏偏对中国打内战那样起劲。""唉!我们天天盼战争快结束,好回家看看。好容易打得日本投了降,又听说国内和平了,我们都盘算着要回家,谁又出了主意打内战。弟兄们谁愿打内战,从秦皇岛出发,沿途逃跑的弟兄真不少。"

他们——这一百五十余人中包括中国许多省份的人民,而他们所遭遇到的命运却都差不多,同样都是被国民党"抓壮丁"抓来的。七八年来,他们已不知道他们家庭究竟是否还有人存在。因为他们懂得,在国民党统治的区域内像他们那贫穷的家庭,要想挣扎着生活下去,是很困难的。

赵占宣这个朴实的农民,他控诉国民党是怎样拆散了他和睦的家庭:这青年人本来参加了八路军的游击队不久,这次游击队因为战争的布置离开他们的家乡,转移到另一地区,他得到了三天的假期回家省视父母。可巧,他回家的第二天,国民党军队占领了他们的村子,挨家搜索壮丁,他被搜了出来,押在区上。年老而又明白的父亲不愿自己的儿子参加这样的队伍,将自己几十年辛苦换来的一点薄田出卖了,换回了自己的儿子。儿子出来后却找不到游击队开走的方向,只好帮着父亲种种庄稼,想用勤劳换回为了自己卖出去的土地。这一愿望在十天后又给另一支开到这村的"国军"给破灭了,他又被作为壮丁抓到区上。这次老父亲将家中所有均当卖光了,才将儿子取回来。虽然家产损失尽了,但总有儿子在身旁,这使得年老的双亲也以为欣慰。可是不幸的灾祸又降临到这穷苦的家里,儿子又被抓走了。家徒四壁无物可卖,老人只好四处求情,遭到的只有白眼和申叱,老母受不得这刺激,死在儿子出发的路旁,高年的父亲至今无消息……这年轻的人一面诉说着,一面泪珠纷纷地向下滴:"他们就是看上了钱,前两次抓了我,知道家里有产业可卖,在区上押了一个多月也不往上押。第三次知道没东西可卖了,只在区上押了三天就转押走了。那些人,他们不把老百姓的血吸干,他们不会甘心的,这次放下武器我是心甘情愿的。"这个在国民党的部队当了五年的一等兵,在内心却藏埋着对他们更深更大的仇恨。而在这一百五十余人中,谁也有着一篇说不完的哀痛史,这哀痛将使他们变成一种新的力量,来回击给他们写下哀痛史的人。

你看:他们内中的几个火箭炮手,已经自愿地到平庄修理缴获来的火箭炮并且教给为正义和自卫而战的八路军如何来使用这些美国的武器了。

他们中更多的人已报名参加八路军,不愿回到自己家乡,因为他们懂得如果回到自己的家乡,最后仍然是被抓来充作壮丁,进行屠杀自己同胞的战争;他们知道只有全国得到民主和平,他们才能获得完全自由,他们愿意来争取这几年来所期待的真正和平。

他们中有的人已经写信给他们所熟悉的弟兄,要他们不要再受欺骗,为了和平和民主不要再屠杀自己的同胞。

这一支力量已逐渐在国民党的部队中生长,不信,请看最近所登载各处国民党军的义举。

一九四六年六月,于赤峰

(《晋察冀日报》1946 年 6 月 17 日,《副刊》第 22 期)

兵

龙题

一

"向前，向前，向前，
我们的队伍向太阳。"

歌声在阳光中飘荡，尘土在大路上飞扬。在歌声和人群里面我突然发现一个人低着头走路，不说笑也不歌唱。他的脸色枯黄，他的服装也和我们不一样。我们穿着很干净的灰棉衣，他穿着很肮脏的黄棉衣，而且袖子后面的布面和棉花已括飞了，只剩下一层粗白布里子。这不像是我们的战士，我问他：

"同志，你是哪一部分？"

他迟钝地抬起头来回答说：

"国民党骑兵第××旅，是退伍兵！"

"你有病吗？"

"不，"他摇摇头，低沉地说，"我没有病，是他们把我折磨成这样的。挨打受骂，吃饭也吃不饱，我们的弟兄都是面黄肌瘦。老百姓把我们当瘟神看，见了就躲。你想：'养兵千日，用在一时。'抗战八年没见过鬼子面，老是讲'剿匪'，老百姓怎么能不恨我们？"

他叹着气，又低下头去。我没有再问他什么，在雄壮的《八路军进行曲》的歌声中，只有他沉默着。

夜间，老王告诉我，这一带是新解放区，不大安静，睡觉时要放灵醒些。

二

在战争里面，我养成一种习惯，不管旅途如何劳累，临睡之前一定要写几分钟日记。当我正在昏暗的麻油灯光下写日记时，门突然吱地响了一声，开了一道小缝，灯光很厉害地摇晃起来，我急忙喝道：

"谁？"

没有声音，一切都很寂静，只有我的心因为神经紧张的缘故，咚咚地跳。我一转想：

"恐怕是风刮的。"

我正要继续写下去，门突然开了，还没有来得及防备，一个黄黄的东西已经逼近了炕沿，我正要大声喊救，突然认出他就是白天路上碰见的那个兵。他向我抖抖地伸出他的右手，递给我一块摺了四摺的白报纸，我摊开，见那上面用毛笔写着：

"骑兵第××旅骑兵王清明，河北保定人，因抗战胜利，思家心切，本部准其退休回家，请沿途军警查验放行为盼。"

旁边，八路军晋西北行署批着一行钢笔字：

"边区境内各兵站，请免费招待吃饭和住宿。"

他眼泪汪汪地对我说：

"同志，我早就知道八路军好，我眼巴巴地盼了好几年啦。"

他用恳求的眼光看着我，我说：

"你不是想家想得很厉害吗？"

"不，我并不想家，请你们准许我参加八路军吧。同志，收下我吧！"

　　　　　五月三十日于张市《工人报》社

（《晋察冀日报》1946 年 6 月 17 日，《副刊》第 22 期）

拾 物 不 昧

——豫西解放区斗争故事之三

万力

队伍还没有来到村上,老百姓早就拿着包袱,牵着牛跑了。在大路上,指导员拾了一小包东西,用白手巾包得紧紧的,他提着进了村子。

村里的人都跑了。队伍把背包放下,坐在街上休息,连长下了命令,凡是大门上搭着"门拉吊"的,谁也不准去打门;每班派两个战士到山上,去动员老百姓还家。待了一会儿,好些老百姓,又拿包袱,牵着牛,陆续地回来了。

"不知道是你们啊!俺们又当是老日来啦哩!早知道是你们,叫跑也不跑了。"他们解释着,好像还怪不好意思似的。

指导员提着手巾包,问着回家的人们:"这是谁丢的东西?好领回去,我也没有解开看,也不知道包的什么东西。"大家都望望他,没有人哼气,他只好又提着回来。

一会儿,一个老大娘哭着回来了。通讯员报告了指导员,他走出来了。

"老大娘!你为什么哭啊?"

"不为啥,老总!我没有哭。"她马上止住了眼泪,不敢再哭,只恐怕得罪了他。

"是不是丢了啥东西?"指导员试探的口气问。

"没有啥。"她很不愿意说话的样子。

"要是真的丢了东西,你好说一声,叫咱们队伍给你找一找,找着了好还你老人家。"

"唔——唔，丢啦！"她的声音很小，她也没说丢了什么东西。她的意思好像是说：丢了还不是丢啦，对你说又有啥用处？难道你拾了还能给我啊？！

这时候，指导员叫通讯员把那包东西拿出来，又问她道："老大娘，你看看这是不是你家丢的？要是，你就拿回去。我也没解开看，也不知道里面包的什么东西。"

老大娘笑啦，但眼里却感动得流出了泪，她对指导员说："哎呀！我的好老总啊！俺闺女和俺几房媳妇，就这些银生货（银首饰），都在这里头哩！我也是吓糊涂啦，不知道啥时候丢了。我只当是没想头啦，谁知道叫你这个好心肠的老总拾了！"说着，她又是忙着问指导员的姓名，又是忙用两个手拉着他，叫他到她家里去吃饭，就像不知道怎样感谢他才好了。

指导员说："老大娘！你不要这样，这是应该的，我们八路军都是这样。"指导员再三地这样对她说，再三地谢绝了她。

她只好提着小包裹回家了，她走得很快，边走边和街上的人讲道："八路军真是老好，普天底下哪里见过这样好的队伍啊！"

（《晋察冀日报》1946年6月17日，《副刊》第22期）

记续范亭将军

穆欣

续范亭将军已经是五十四岁的人了，连年的病痛使他显得瘦弱，但他给予人们的印象则总是那般的热情而年轻。对于这位素以忠贞报国、富正义感著称的老将军，使人一见面就引起亲近和崇敬的感觉。他将近四十年不屈不挠的革命生活，使他在山西和全国进步人士中间都有很高的信仰。

一八九二年续老出生于山西北部的崞县，辛亥革命前便曾受到革命的教育、革命的熏陶，参加了同盟会。辛亥军兴，他纠合同志组织"忻代宁工团"（因由山西忻县、代县、宁武人民组成），自己担任队长，攻打大同，赶走满清的势力。但待清廷退位，却因不容于封建余孽阎锡山，而被山西当局解散了他的队伍，并压迫他离开山西。其后续氏又曾联络冯玉祥、胡笠僧等，打倒曹锟，赶走宣统，那时他在国民军中担任旅长职务。民国二十一年以后的四年间，他又在甘肃协助邓宝珊将军工作。

到了一九三五年底，他因愤于民族危机日深，亡国大祸迫于眉睫，曾在南京中山陵前愤而自杀，幸而遇救，当时曾经轰动全国。一九四〇年秋，当我首次在兴县拜访续老时，提及此事时他的声音马上变得沉痛起来。他说："从甘肃出来，经北平到南京，到处的现象都给我的脑中留下极深的印象。我是一个老国民党员，想以死激动全国人心！"所以他便在中山陵前自杀，时为警宪发现救出。在他自杀之前，国府任命他为陆军少将，但他说："做官，对于我并没有什么兴趣。"其后我谈到他决心自杀前写的诗："窃恐民气摧残尽，愿将身躯易自由。""谒陵我心悲，哭陵我无泪。瞻拜总理灵，寸寸肝肠碎。

战死无将军，可耻此为最。腼颜事寇仇，瓦全安足贵？"真是正气磅礴，大义凛冽！

续老在中山陵前，以大无畏精神，流了满腔的热血。但国民党反动派的特务却造谣说是他"失恋了"。这使他提起来就很痛愤，他说："不错，我诚然是失恋了。我热爱的国民党，当她十三岁的时候，交了共产党做朋友，替她打扮了打扮，也觉得相当漂亮，很有出息。但她到了十六七岁就变了节了，被人引诱改嫁了，现在她已三十几岁，应该是徐娘半老、风韵犹存，然而因为她十余年的自残形体，已经不成人样子，我也早不爱她了。"特务又造谣说他"得了神经病了"。他骂道："不错，是有神经病，但我的病是被你们丧心病迫成的，当时全国爱国人士、全国青年，奔走呼号、开会、请愿、挨打、杀头、囚禁、活埋，举国若狂，那都是神经病！……"

其后他到杭州养病，读了许多社会科学的书，精研了辩证法，他为人民事业奋斗的意志就更加坚定而充满信心。那时他所写的一首诗："不怕死，不怕痛，不怕辛苦不怕穷。养成一片大无畏，誓与倭寇决雌雄。"

以后他就为"停止内战，一致对外"的主张而奔走呼号。双十二事变时他正在西安，其后曾作杨虎城将军的代表到太原。他对张杨团结抗战的主张是极端赞成的。张杨陷身囹圄，续老深致系念，记得一九四〇年时他曾写过《重阳登吕梁山（忆张汉卿杨虎城两将军）》诗："中国革命几许人，中山西峰胡笠僧。崛起云南有蔡锷，乘风破浪毛泽东。轰轰烈烈蒋先生，导师中途失重心。不是张杨谁转舵，同舟共济少二人。君子之道如日月，蚀焉依旧复光明。团结抗战资群力，况复张杨系知音。阳明洞口云深处，两个将军鬓森森。出师未捷先囚禁，多少英雄泪满襟。"今年三月间前西北军将领数十人通电要求释放杨虎城将军，续氏也签名在内。

续老奉行革命的三民主义,是中山先生的忠实信徒。因之一贯反对法西斯暴政,致力于民主事业。一九三五年在陵园剖腹后,他就曾在答各友人信中说:"中国如果法西斯实行了,我们不但有杀头之罪,而且有阉割之虞。"西安事变和平解决后,他又屡次写文章:"我是一个国民党员,但我没有受过南京政府的洗礼,吾人生当共和民主之世,而受专制流毒之苦,推其原因,皆因蒋先生独裁一念有以致之。"而当希墨称雄欧洲,暴日横行东亚,风云叱咤,不可一世;中国的独夫民贼醉心此道,东施效颦之际,续老便早给法西斯命运推算了"一卦",得到三十四个字的结论:"日暮途穷,倒行逆施,没落阶级,势必至此;勉强挣扎,不足救死,前途如何?一段丑史而已!"

他由西安到了太原,山西当局一度开放民运,太原曾汇集了无数救亡青年,呈现出蓬蓬勃勃的气象,他就决心留下。卢沟桥事变不久,山西成立战地动员委员会,将军出任主任委员,这是一个统一战线的团体,有中共代表南汉宸、彭雪枫等同志参加。他们在太原沦陷前五天出发到敌人的侧背,和贺龙将军的部队开展了晋绥边区的游击战争和群众运动,可惜在山西政治逆流中,一九三九年秋该会突遭阎锡山无理取消。此时动委会的几个支队改编成暂编第一师,续老出任师长,率部在五寨、宁武一带进行战斗,光复了大块被敌践踏过的国土。"当时的情况是格外的艰苦,一方面要对付敌人残酷的进攻,同时还须提防不明大体的坏人的破坏。"

晋西事变后,人民战胜了投降妥协的逆流,扑灭了阎锡山绞杀进步力量的罪行,肃清了叛变抗战的内奸投降派的阴谋,赶走了勾结敌寇屠杀人民的赵承绶部等匪徒。由一九四〇年春天以来,晋绥边区便成为民主自由的乐园,新的气象洋溢于吕梁山北端的每一个山谷,爽朗愉快的歌声一直响遍到塞外的蒙古草原。续老先被山西新军推为总指挥，继又被五百万人民拥戴为行署主任；一九四二年晋西北临参会上，又被选举连任行政公署主任，并兼任晋绥军区副司令员，领导了边区的战争和民主建设。

当一九四〇年他在兴县蔡家崖居住时，虽然健康情况不很好，但心地却是恬静愉快的，每天起床绝早，必到住院附近打拳，然后回来读书办公。当时诗句中有"胸中无乐亦无哀，大事因缘总在怀。新柳一湾沙土地，清晨日日打拳来。"便是记叙这种生活的。但是事情忙，物质条件苦，身体还是逐渐坏下去了，然在一九四〇年冬季反"扫荡"中他仍拖着病体和部队一起打游击，别人屡次劝他到黄河西岸，他坚持着不肯。记者那时亦曾随军，这是晋绥边区所受敌寇最为残酷的一次"扫荡"，兴县大川大火延烧数十里，浓烟蔽日，几天不熄。部队日夜与敌周旋，常常连续行军百里以上，续老病况转急；加以冰天雪地，朔风刺骨，时见续老艰难地骑在马上缓缓地走着，上山下山都得警卫人员照拂；直到他自己感到对大家是种累赘时，才同意过河西去。

这几年，续氏一直住在延安休养，病好得慢，这大约与将军的性格有关。他是具有浓烈的正义感，遇到时局逆转，政情动荡，闻之便常激动万分，充满义愤。记得一九四三年内战危机，他振笔直书，仗义执言，警告内战挑拨者悬崖勒马，一边写，一边咯血，真是针针见血，一字一泪！这样，便常加重他的病。一九四四年八月十九日，他曾发表《致山西土皇帝阎锡山五千言书》的名文，有一段讲到这情况："我虽不是共产党员，但我十分同情并拥护共产党的办法，因为他们真正实行了三民主义。我所以反对你，是因为你背叛了三民主义，做了山西的土皇帝，勾结日寇，背叛国家，压迫山西的人民。我实在告你说吧！我这个人，是毫无私人恩怨的。谁对得起国家民族，我就拥护谁。谁对不起国家民族，我就反对谁。十年前，我还是个颇为学佛的人，四书五经、诸子百家，我多少读了些，认为世界任何的坏人，都能感化而转变的。我的陵园自杀，和又回到山西做事，都是想拿我区区的个人，影响你们。我现在才知道我这个观念是错了，不但收效甚微，而且自苦太过。陵园自杀，流了我满腔的热血；并且每遇到可悲可愤的事情，我就又要流泪，又要吐血。我的悲伤愤怒，真有天来大。我给你的这一封书，还是在病床上口述的，并且又流了我的多少泪，吐了我的多少血。……"阎锡山在战争之初曾说过："续范亭是背上棺材抗战的，我们不能背上棺材抗战。"阎锡山的特务并三番五次地造谣说续氏已经死了，他回答："我现在还活着，并且还了解了些马列主义。"并且说，"我和希特勒法西斯和日本军阀一同死掉，和你一同死掉，和那些势利小子卖国贼一同死掉，我是很甘心情愿的，并且是很舒服的。呜呼，'时日曷丧，予及汝偕亡'。这大概是被压迫人民对独裁统治者的共同心理吧！"

续老很诙谐，善讲笑话，不论写诗作文，言谈笑貌，都极富幽默感。他对中国旧社会，旧官僚军阀的轶事丑史知道得很多，说起来使人笑破肚子。他曾比喻：共产党是牛，牛为劳苦人民服务；资产阶级是马，马总是阔人才有的骑；小资产阶级知识分子是驴，驴有时富人也骑，有时也和牛一样替家人劳作。有人问：×××是什么呢？续答："是骡子。"他又说："在抗战中大资产要占大便宜，小资产要占小便宜，封建阶级要占老便宜，无产阶级只求不吃亏，绝不向人要便宜。"

在秋林会议上，阎锡山常向人夸耀其"唯中哲学"是再妙不能了，如八月十五中天之月，不多一点，不少一点，又中又正，又满又圆。续氏事后奉送他一副对联："厕中怪石，不中不正，又臭又顽"；"井底孤蛙，小地小天，自高自大"。并告诉他："人苦不自知！"

一九四三年秋，驻榆林的《大公报》记者杨令德君过延时曾向他发问："续先生既是国民党员，为什么住在延安？"续氏即回答道：

"我孤立多年了，因为不愿加入一个小圈子作奴才，所以宁愿孤立。古人说：'宁为鸡口，勿为牛后。'我今天是宁为牛后，不做狗头。请你把这话告诉重庆的朋友们吧。"事后他又著文补充说："实际上他们为法西斯当奴才，也做不了个狗头，也不过是狗腿、狗尾、狗毛而已！法西斯制度一定死亡，他们不过落一个死狗腿、死狗尾、死狗毛而已！历史也就够丑了。"

续老极爱真理，坚持正义，光明磊落、正直不苟的态度，是贯穿在日常生活的细节里。据人讲：抗战以前赵承绶在太原盖了一所很阔气的房子，一天续老带着他的孩子到赵的家里去，坐在客厅里等赵出来。他的小孩子说："爸爸，赵伯伯这房子真好。"他回答："这房子好是很好，可是压死了几千万人。"赵承绶出来后，小孩子就问："赵伯伯，这房子底下埋的有死人吗？"

续老是博览群书的通儒，文学造诣很深，旧诗写得很多而且很好，写起文章来，总是洋洋洒洒，一泻千里，痛快淋漓，脍炙人口。他在前年写的致阎锡山的《五千言书》，更是传诵一时。太原平川许多知识分子，都读得能够全文背诵，颂为佳作。他对于各地文艺活动亦素加关心，一九四二年盛传渝市文化界将合演《屈原》，续老听说，曾写了一首诗："闻道陪都吊国殇，名流巨子齐登场。屈原身份谁能肖，沫若先生自上装。莫谓中流无砥柱，多因当道有豺狼。忠言是否王还怒，消息不来望断肠。"当他住在晋西北时，逢文化界有集会，他总是抽空参加。晋西文联成立时，他谆谆告诫到会代表："文人的立场要紧，差之毫厘，失之千里。"当一九四〇年文联纪念高尔基逝世四周年开会时，他送了一张亲笔题字："你的钢笔利于钢刀，你的墨水就是血水。钢刀将砍尽魔王的头颅，血水已灌溉了穷汉的身躯。高尔基！高尔基！我们热烈纪念你！你虽然在四年前逝世，但是我们奋斗的目标，永远和你一致。我们要向你学习到底，永远追求真理并且要打倒我们当前的敌人——日本帝国主义。"

有人曾经问他："你常和共产党在一块，你不怕吗？"他答说："我怕什么？第一，世界上现在有一个强大很好的社会主义国家摆在那里，这证明共产党不是胡闹；第二，共产党讲道理，讲唯物辩证法，这是顶好的科学，凡讲辩证法的，我就相信他；第三，我自己是穷人，没有钱，不怕共我的产，你说，我怕什么？"

前边的话是在晋西北的时候讲的，听说续老在延安时，曾向刘少奇同志问过一个问题，意思是说一个非党人士假若他努力学习马列主义，并且身体力行，是否可以承认他思想上已加入了共产党。刘说，可以承认。所以有一次续老病重时，人们劝他写遗嘱，他说，邹韬奋已替他写过了。

他在延安养病期间，还时时刻刻惦念前方的工作，时常写信指导。去年四月九日，他写来的一封信说："毛主席的十字箴言'恭谨勤劳，决心眼光向下！'要刻刻不忘，这十个字，虽说简单，但其中革命的立场、行动、态度都已完全具备。恭谨二字，就是虚心；勤劳二字，就是耐心。以上是态度与行动的指针，决心眼光向下，就是坚定的立场。凡事之有无办法都是根据决心来的。……只要有决心，为人民谋，今天没有好办法，明天会有的；没有最好办法，也有较好办法，随时随地，可以改进的。这就是我们坚决的立场，再以恭谨勤劳的态度行动以起之，革命前途，必然大放光明。虚心、耐心、决心，贯彻了一切理论实际，我们都要三心共照，永世不忘，革命前途，自易开展，愿与诸同志共勉之。"从这一段话中，我们更能清楚看到续老为人民服务的思想与坚决革命的精神。

（《晋察冀日报》1946年6月18日）

国民党军的"模范团"

高世　坤冰

我的一个同乡在一九三八至一九三九年曾是国民党山东敌后"模范团"的士兵，这个部队驻在昌乐县，番号是山东第八区保安独立第五团。"模范"团长张天佐是在庐山领受过蒋介石亲自训导的地道的"复兴"分子。这个"模范团"在严重地糟害了昌乐人民后，投降了敌人，但是去年秋后，"模范团"长又被委为什么国民党的将领。以下是我的老乡当时身经目睹的一些事实，时间虽然久了些，但读这篇文章后，对国民党军的本色认识上倒有一些帮助。

一九三八年一月，队伍从昌乐城逃到了山地郎郚镇，团部的一位传令兵在小摊上买纸烟，伸手拿了五盒，边往口袋里放边问道：

"多少钱一盒？"

"一毛五，老总！"守摊的老头子笑容满面地回答。

"放你娘的屁！城里一毛，你卖一毛五？！"

说声未了，哗啷啷一声，把摊子踢了个糖球花生满地滚，红绿的纸烟也弄得七仰八翻。老头子赶紧连声地赔笑说：

"别生气，老总！多少不算啥，拿去吸吧！"

"你没看见公买公卖的布告吗？你娘的要敲老爷的竹杠！老混蛋！哼！"骂着，白拿了五盒纸烟扬长而去。

老头子回头望着墙上盖着大红印的公买公卖的布告，气得说不出一句话来。

★★★★★★

十三大队到××营子宿营，四班长齐竹溪向房东要席子，房东说了句没有，他就领着士兵把桌子上的茶壶茶碗摔了个粉碎，摔完以后瞪着眼说：

"有席没有！"

老百姓是根本不敢惹这些老总的，因为他们手里拿着枪，赶紧设法弄了席子来。这时班长又叉着腰说：

"弄茶壶茶碗去！"

"刚才不是都叫老总摔了吗？"

"摔了！摔了买新的去！"

房东知道再说个不字，不知又要出什么乱子，只得忍气吞声地又借了一套来。

班长反倒得意地笑着说：

"中国人就是这个奴隶性，不按着脖子不拉屎！"

第二天班长与一等兵萧世杰打着玩，班长从北屋往南屋跑，没来得及弯腰（昌东县乡村的房子，门都低过人头。）一下子碰在门槛上，把头碰破，气地他按着头大骂：

"不是人住的房子，是狗窝！"

他举起劈柴的十字镐，把门劈得乱七八糟。房东心疼地问道：

"老总！为啥把俺的门劈烂？"

班长气冲冲地话：

"劈烂你的门？！你赔我的脑袋吧！"

★★★★★★

有一个时期，以班为单位吃饭，菜要班内自己解决，班长们便带着士兵去老百姓的菜园里偷，每次都是满载而归。一次，被看园的发觉，他们便把枪栓一拉，大喊：

"干什么的！站住！"

"老……老百姓，看园……的！"

于是，他们装腔作势地说：

"看什么园！住着队伍，有流动哨，谁还敢来偷你的菜！以后不许黑夜看园，发生误会打死不管！"

有一次，好几个人到老百姓地里摘绿豆角和玉米回来煮着吃，起初老百姓不敢说，后来见弄得太多了，便走来央告说：

"少摘点吧！俺挺穷的！"

"看你娘的小气！抗日军吃你这点东西算什么！"

他们似乎不知道自己从来就未和日本打过仗。

其他如杀老百姓的鸡吃，拿鞋子穿等等是不可胜计的。

★★★★★★

嫖女人在这个团里是公开的秘密，不嫖的被看成傻瓜，从班长至营长，个个都是内行，当兵的也偷偷摸摸地干。

在下河洼住的时候，一等兵萧世杰诱奸了一个年轻的寡妇，排长知道了这件事，便叫了他去，他以为这可糟了，谁也想不到这位一排之长竟对他说：

"事是好事，可是偷偷摸摸背着我干可不行！出了错我不负责，以后有这种好事要告诉我，我负责任，还可以帮忙。"最后拍着他的肩膀说：

"好小伙子！不愧是我的兵，只要干得巧、干得妙，就大胆地干吧！要只不背着我就行！"

原来这位排长就是没有女人陪着不睡觉的。

也是在下河洼，团部的一个传令班长和三营的一个上等兵，为了争一个姘头，闹得"醋海兴波"，打得你死我活，直闹到团部去打官司，结果如何不得而知，反正没枪毙倒是真的。

即便是白天，调戏女人的事也是不少。经常三三两两地在大街小巷中穿来穿去，专做些调眸子的勾当。一次，十三大队的六班长小六，见一个漂亮姑娘在门洞内做针线，他就去把她的脸蛋拧了一下，

那个姑娘起身往院内跑去,他竟然毫不顾及地跟了进去,直到她的母亲出来干涉,他才厚颜无耻地说:

"这算什么!这算什么!"

★★★★★

谈到军官,那就更令人作呕,营长们和团长不是把兄弟便是老同事。团长又兼县长,大权在手,狼狈为奸,更是无恶不作。

每个营长都吃鸦片烟。据说团长没有瘾,不过"因公"过累,解解疲乏而已。往往下级见他们时,笔直地立在下面,他们躺在炕上,一面吞云吐雾,一面慢腾腾地答话。

营长们也同他们的士兵一样玩弄女人,不过方式妙一些,"合法"一些,他们的姘头公开地随军行动,美其名曰"太太",士兵们背后称她们为"临时随营太太"。对这些"太太"不免久而生厌,也做些寻花问柳的勾当,甚至糟蹋良家妇女。

一九三八年夏天,手枪营驻在×耿庄,营部设在村长家里。村长老两口只有一个十九岁的姑娘,营长赵有名夜间闯进住房内,守着她的父母,在手枪逼迫之下强奸了她。

每个士兵都知道团长和他的把兄弟们都大发了"洋财"。生财之道,除了无止境的田赋和苛捐杂税外,还想了一个"巧妙"的方法,他派了一个便衣分队去铁路(胶济路)以北活动,不打日本,专门绑票,后来闹得太明目张胆了,老百姓都纷纷控诉,为了掩饰自己的罪恶,张天佐不得不把那个分队长枪毙了。

在郎部镇时,截获了由天津来的三个苦工模样的青年,并未问出什么口供,就硬说是汉奸给砍头示众了。执刑前,三个青年喊天呼冤,痛哭号啕的惨状,观众莫不潸然泪下,为什么硬要杀了呢?原来那三个青年带了一千多块钱,这些"老爷"们就红了眼。

★★★★★

有一次日军五十余人在小寨子大烧大杀，团长带着四百余人驻在该村南边三里地的山上某庄，看得清清楚楚竟不去营救；使该村的房子几乎全部化为灰烬，一百多人口只有几人幸免。

够了，这就是"模范"团长张天佐及其领导的"模范"团，和他们在敌后的"贡献"。其非模范者就可想而知了。不是真金终是经不起火炼的，不久以后就原形毕露，这位"模范"团长带着他的"模范"团投到敌人的怀抱里去了。可是日本投降后，这位抗日无功害民有余的降将张天佐，以"地下军"的资格，摇身一变，又成为国民党的什么将领了。

（《晋察冀日报》1946年6月19日）

十　四　年

焦心河

大别山脉附近，那些有着松林，有着大鱼塘的村庄里，就是过去红四军的老家，这里的儿女们，为着民族的解放，成千万地跟着共产党一道奋斗。

十四年前，他们为着抗日救亡，通过了一切阻挠与艰苦，离开大别山而北上了。

十四年后，他们为着和平民主，又回到大别山来。

贺团长的队伍，驻扎在×湾，离他十四年前放牛的××大湾，只有四十里。前天，我接到贺团长给我的信说："我请了七天假，回去给父亲拜年，如果你有时间，希望到我家里来玩！"

新年的第六天，我像老百姓们拜年一样，用羊绒手巾包了两包点心，向贺团长的父亲拜年去了。虽然，我从小就不习惯向任何人拜年，可是，今天我向一个老红军家属拜年，却是那样自然，那样心愿。

起初，他父亲把我完全当成一个贵客招待，叫人给我用茶盘子端茶，父亲亲自拿葵花子给我嗑；快吃饭的时候，桌子上排满了酒盅、酒壶、菜碟子和菜碗。这时，我精神上很感不安！因为我知道贺团长的家景是非常困难的，大大小小的六七口人，只种人家的两石多田。仿佛是去年的秋天，他曾告诉过我："听说父亲在要饭！"

"同志，到我家来，可不要笑话。——很穷！"老父亲很难为情地向我说。

"大伯……"一瞬间，我不知道应该怎样对付才好，只觉得很难过，心想："他完全不了解我的心情！"

"就是因为穷,革命才革到今天了,要是孔祥熙在□十四年前就不干了……"贺团长仍然像在部队上一样地爱说笑话。

"同志的,上面坐!"老父亲让我去吃饭。

"不要客气,大伯!这就给我自己家一样!"我再三给他解释着。贺团长站在一边,其初老是笑,不发表意见,最后他恐怕我因为客气,会感觉到拘束,因此,他就笑着对父亲说:"你不用多管我们,坐在哪里都不会饿着的!"可是,他的话并没阻止着父亲的诚意,相反的,又引起了别的人也都客气起来:"同志的,要不是为国,哪会到我这湾来呀,坐下坐下!"最后,我实在不能再让了。贺团长在旁边一面嗑着瓜子,一面给我眨着眼,像是一个顽皮的孩子故意地看着我的笑话。等大家都安静地坐下以后,他又向大家笑着说了:"俺们八路军,吃饭不用让,越让越不好意思吃,越不让越吃。"说完,他自己已经把菜送到嘴里了。

"大伯,这几年可受苦了吧!"我等大家的笑声停止后,开始正经地谈起话来。

"哎!可怜哟!这话是对你说来,同志的,整整地过了十四年的'犯人'生活呀!"说着,他那明净的眼睛里忽然显得湿润起来,苍白的胡须下边,露出了一丝回忆的苦笑,接着又说:"自民国二十一年,红军从我这湾子里走后,这里的老百姓出气就不敢大声啊!人家一张口就骂咱是'奸匪',是共产党。人,给杀了;房子,给烧了!——你看!"于是,我顺着他的视线看去,果真,门外有几间早已垮了的墙壁。那些高低不平的砖瓦堆上,已经长出了碗口粗的小橡树。

"妈的,咱们在前方杀日本人,他们钻在后边杀自己人……"贺团长很气愤地把筷子往桌子上"啪"一摔。

"你少喝两盅!"父亲严厉地打断了贺团长的话,忽然,又温和地举起了筷子说,"咽菜——同志,这是鱼呀——我听老二说你爱吃鱼。"

这时,院子里忽然出现了七八个妇女,有的抱着小娃,有的头上插着一枝黄梅花,边说边笑地走过去了。贺团长看见他们走过去,马上筷子一丢,跳出门外,大声地吆喝着:"婆婆,不送了啊,谢谢你!叫表哥来玩啊!"等他返回来的时候,笑着对我说:"乱弹琴!他们都来看团长来了,一看!除了我脸上长了些胡子以外,什么还是原样,咱不是人家那军队,一个连长一回家就是几十万。咱这八路军总司令回家也是两个肩膀抬个嘴。"

"那可一点都不假,大凹的杨德亭从××军回来,带了一连人的饷回来,人家都争着给他说媳妇。"坐在我左边的一位青年人讲,看面相给贺团长差不多,大概是他一祖家的兄弟。

"咽菜呀,不要客气咄!咽!"老父亲在让我,"我家这几天,就没断过客人呀!老二,一出去十四年没个信,这一回来,亲戚朋友都说:'贺明礼的老二当了团长了,贺明礼也成了老太爷了!'同志,你给我老二一道办革命,你清楚,咱们共产党不兴那套升官发财的思想咄。——不像他们!"说着他得意地大笑起来。不知道是酒劲还是兴奋,他那含着数年悲痛的脸上,忽然显出了红光,每条深深的皱纹,都紧围着他那眼角两边的微笑。等他接连地又喝了两盅酒以后,说:"你不要看我老哇,红四军在这时候,我还是一个赤卫队的队员哩。他(指着贺团长)在工会当委员。他大哥,在三十七团当伙夫,他三弟□在警卫队里。老大的给他的'屋里人'都在妇委里办宣传。我家除了老的不能动了,小的不会爬,统统地都出去办革命了——你咽菜!那时候,虽说领导上犯点错误,可是,无论怎么说:革命思想咱总懂得些!"他越想越高兴,一边讲,一边用筷子夹菜放在我碗里。

"是的,我早听文青同志给我说过!"这时我清楚地回想起在豫西的时候,一天晚上,我和贺团长坐在一棵杨槐树底下闲谈,他说:那是红四军快北上的前几天,父亲把他们弟兄三人,都叫到跟前,沉痛地说:"老大在家养活我,文青和老三出去,共产党走到哪里,你们跟哪里!"

是啊!不久红四军就真的离开了大别山,文青和三弟就跟着共产党,爬过雪山,走过草地,穿过了反动派的枪林弹雨,结果,才到了山西与日本人接上了火。不幸,在平型关大胜利的前两天,老三英勇地牺牲了!据说等寻到他的尸体时,日本人早已把他用刺刀串得不像人形了!我想到这里,心里突然难过起来,可是,他们不了解我在思索什么,仍然在一边让我:"咽菜,同志的!"

等我吃完饭的时候,我用试探的口气问:"听说老大伯,现在还在担挑子跑生意呀?!"

"没有,没有担!"他笑着否认了,我实在分析不出他为什么要否认,是怕我笑话他吗?还是怕文青同志听到心里难过呢!

"嗳!可怜哟!"停一会儿,他拿起水烟袋,坐在燃烧着松木疙瘩的火炉旁边,慢慢地又给我说了:"你不担!吃么呢?"我一边听他讲话,一边观察着他那隐藏着痛苦的一双眼睛,心想:"在我们八路军、新四军活动的区域内,对任何参加抗日的军人家属,都是受着同样的优待。没牛,政府帮牛;没人,政府帮工。过年过节,总是送去的礼物一筐子一簸箩的。可是,在别人的地区内呢?如果有了八路军、新四军的家属,不但不优待,反而认为是'奸匪'、是'犯人'!"

"这以后,该会好些吧?"老父亲忽然兴奋地问我,"你看我,还能看到革命的胜利吗?"

"能看到!大伯!"我肯定地告诉他,"你老人家是太心苦了,受了一辈子的罪,等咱们革命成了功,国家和平了,叫你们这些有功的老人们，好好地享几天福。"

"好！但愿得有那一天！哈哈……你不能走，今晚上就歇我这，你不知道啊，我十几年就没有给人说过'通心话'了！不能走！"

那天晚上，我就在贺团长家里歇了，老父亲和我睡在一个床上，贺团长睡在窗户下边，临时搭起来的小床上。父亲给我们一直不断地谈说着他这十四年内的痛苦生活，贺团长也不断地向他父亲诉说着他这十四年所经历的一切艰苦斗争……我躺在床上睁着眼睛光听，从一更到三更，从三更又到窗户闪明。

(《晋察冀日报》1946年6月19日，《副刊》第24期)

被俘之后

青昭

他们的经过是这样的：

我们被俘之后，都捆得结结实实，人家就用枪托，拍着我们的脊梁骨跑。一个同志有病，跑不动栽倒了。傅作义的走狗们赶到跟前，恶狠狠地照心窝里，猛一枪托，他还没断气，又向他脖子上踹了几脚："回老家去吧！"那个同志就这样牺牲了。

进了包头，便送到绥远党政纵队里（国民党特务机关），就开始审问了。那个陈主任（党政纵队的特务头子），半张着嘴，翕动着他那狗鼻子，问："你们为什么参加八路军，不参加国军？"

我说："我们河北那地方，国军早就撤了。"

"哼！"他哼了一声，连忙改变了话头，"你为什么参加共产党？"

我说："我不是党员！"

他微微地冷笑了："你们共产党，脑筋全变死了，好说不行，来！"

几个狗东西，立刻上来，把我按倒，一顿军棍，我的棉裤打崩了，血流出来，我咬着牙："任凭你狗日的来吧！"

他又冷笑了几下："好硬的骨头！再来！！"

几个狗东西，又把我的手掌按在板凳上，啪啪，又一阵手板子，肿得寸厚，紫黑紫黑的，快要烂了。

"说了吧，受这个罪干什么？！"旁边的狗东西劝我，我没理他。那个野兽更气坏了咆哮着："再来！"

一群狗东西，用索子把我的两个胳膊拧上拉起来，跪在我腿肚上压杠子，我死过去。他们用冷水，在头上喷活我。我不说，他们又压,我又死过去,他们又喷,一连压了三次,没问出我一句话。他气得没法说:"共产党这些玩意,真没办法,给他戴上再说。"立刻,脚镣、手铐,给我戴上了,押进了大狱里。

到狱里,我们看见了六十多岁的老头子,还有头发很长的青年,他们蹲在木笼里,用同情的眼望着我们走进去。在每天开木笼的时间(一天开两次,掌灯和吃早饭,让大家出来大小便),我们在厕所里,才敢悄悄地说一半句话:"你们老百姓,怎么也被抓来了?"

"我们是在解放区种庄稼的、做买卖的,他们把我们捉起来,硬说是'八路'。"

木笼很矮,进去,立不起来,我们只好躺着坐着,有了屎尿,不到开封时间,是不许出来的。你一叫,特务就扯出来用木棍揍你,说:"混蛋,还想起哄吗?!"木笼的角底上,有一个圆窟窿,大家憋不住了,就在那里拉尿,弄得木笼里臭气冲天。每天,每个人发几个高粱饼子、两碗稀米饭,饥饱就是那点。饭,是人家从木笼缝里送进去,想多一口也不行。夜里,门窗都有铁蒺藜网,通上电,冒着红红的火苗,防备人们逃跑。冬天,塞外的那个冷劲,我们的毛衣、棉衣全被人家扒了,穿了人家一件破单裤,冻得不行。我们那个木笼里,二十六个人,不到一个月就冻死了三个。黄文同志,冻下了五个脚趾头,疼得日夜哭,身体壮实的人也冻瘦了。人死了,人家扯出去,用草包一卷,抬出去,像狗一样埋了。

后来,把我们押解到绥远大狱里,又提到三十五军政治部审问,又灌辣椒水,把我们的腿打肿了。回来,大家花钱运动管狱人,偷着买点酒来擦一擦。虽然,生活是那样危险困苦,但我们团结得更紧了。

不久,听说执行小组来了,傅作义为了掩盖自己的残暴,就把我们送到三青团去了。名义上,是到"军官学校"受训,实际上罚苦工。每天,去给他们背粮、背炭、修飞机场,这样的牛马生活,谁愿死受呀!马盖明和徐占彪瞅空跑了,没跑脱,又被捉回来。他们把马盖明两手吊在树上,集合起我们所有的人,围上看:用一只洋狗,咬;他指一下,那狗就拼命地咬他的脚、腿。一会儿把裤子扯了个稀烂,鲜血流出了,那军官,骄傲得意地指给大家看:"你们还有跑的吗?!"直到马盖明不能动了,才把他拉出去砍了。

后来,我们脱险出来的时候,在路上,我们碰见被我军释放回去的傅军俘虏,有三四百,每人都发了一床被子,有的是大氅,个个吃得油光满面。看到这情景,回想起我们被捕时吃的苦头,越加痛恨反动派的可恶。

(《晋察冀日报》1946 年 6 月 19 日,《副刊》第 24 期)

温故知新

毓只

"九一八"到"七七",日寇步步进逼时期,亡国灭种大祸迫在每个中国人的眉尖,但中国政府一贯地采取了"不抵抗主义"与"长期(无限期)准备"主义。

从一九三五年十一月国民党五中全会、一九三六年七月的二中全会,一直到国民党被迫抗战之前,蒋介石有两句"名言":

"牺牲未到最后关头,亦不轻于牺牲;和平未到绝望时期,绝不放弃和平。"(五中全会蒋氏闭幕词)

这在当时被"三日亡国论"者及一切妥协投降论者,奉为至高无上的经典。蒋氏及国民党当权的衮衮诸公何惧"牺牲"之切耶?何爱"和平"之深耶?

然而亦时至今日,他们对东北内战,以及破坏国内停战协议,又何不惜"流血"之勇耶?又何憎恨"和平"之亟耶?

论曰:"无他,勇于内而怯于外也!"

子曰:"温故而知新。"反动派岂悔祸乎?

(《晋察冀日报》1946 年 6 月 19 日,《副刊》第 24 期)

护 送
——豫西解放区斗争故事之四

万力

在××山口，为了防止汉奸和特务，混进解放区，有八路军的两个哨兵，在盘查着来往的行人。

有两个人过来了，周身上都被搜查了一遍，什么也没有发现，只搜出每人身上都带有四五万元的伪币，这是两个从洛阳来的商人。两个哨兵，把原数又交给了他们，还说着"对不起"，并向他们解释着为什么要盘查后，便放他们过去了。

两个商人正往前走着，忽听得背后有人喊道："老乡！别走哩！咱们一块走。"声音有些怪耳熟的，扭回头一看，还是那两个哨兵赶来了。"糟啦！"两颗心都在跳动，互相望了望，脸都吓白啦，但又不敢不站住。

这时候，天已经黑啦，两个战士赶上了他们，四个人一块走着。

"他们这是来干啥的？"他俩心里只是想，但又不敢问，越想越害怕。

"我把钱都给了他们，只要放我一点活命就行！"一个商人在想。

"想要钱花，为啥不说话呢？到什么地方才说呢？"另一个商人也在想。好像他一切都准备好了，只等着他们张口要了。

战士们还是不说话，只是不住地往四外望着。天已更黑啦，四外不见村庄，连一声狗叫也听不见，只有他们的脚步声。

当走到一个非常险要的高山顶的时候，一个战士说："伙计！你看这地势多好，埋伏下两个人，谁也不知道啊！"

两个商人没有听懂战士的话，心里更害怕啦，两颗心跳得更厉害了,头上都冒出了冷汗。

两个商人拼命地往前走,他们想,到一个村庄上就好了。两个战士在后面紧跟着。

就这样,他们走了三十多里路,才到了一个大村上,两个商人放下了心,两个战士也放下了心。这时候,一个战士便开口了:"老乡!我们连长说,这一段路上不好走,你又带那样多的钱,怕出了岔子,特派我俩来护送你俩,以下的路就好走了,你们自己走吧!"

噢!原来如此!两个商人感激得不得了,又要请他们吃饭,又要买烟请他们吸。但他们什么也不要,只说:"老乡!以后再见,我们另有任务,连长还叫我俩赶快回去。"连一口烟也没有吸,他俩就回来了。两个商人,站在村外,望着他俩的后影,直到他俩爬过了一个小坡,他们才回去。

(《晋察冀日报》1946年6月19日,《副刊》第24期)

公 审 辩

何幹之

平津各地报纸最近发表了不少关于公审犯罪者的记录。五月三十日在陆军总部军事法庭上，首次公审了日本战犯酒井隆。首次是公审了一个第二三等角色的酒井，那么，第一等的战犯到哪里去了？这一节姑且不说吧。我觉得最可寻味的还是这个在军宪监视之下"挟书三册蹒跚入场"的酒井被拘问的时候，事情竟牵连到"何代委员长应钦"这一点。

问：为什么你强迫我北平军政首长承认伪满？

问：你以华北驻屯军参谋长地位，向北平军分会提出要罢免河北主席和天津市市长、要撤退国军和宪兵、要撤销河北党务、要取消励志社，你承认吗？

这不过是旧事重提，既是事实，又是在军事法庭上，又是首次，所以"被告俯首无言"，当然是没有异议。但由此我们小百姓就得反问一句：有权有势的大人老爷们，你们即是什么代理委员长、什么国军、什么党、什么社，以敌国驻屯军的一个小小的酒井，强迫要求一下，你们就唯命是听，伪满也承认了、主席市长也罢免了、国军也撤销了、党务也取消了。你们这些谋国的人又应得什么罪名呢？

战犯之外，据说有几个第二三等的卖国者已被判了死刑，陈璧君也宣判了"无期徒刑"。但是"其女汪文恂，代母上诉"，当然是"表示不服"；其实不但其女不服而已，连她本人也表示不服的。她为什么不服呢？据江苏高等法院判决主文所披露之一端来说：一、被告称"其（汪精卫）任务比之抗战尤为复杂艰巨"；二、"汪逆不敢以主席自居，而以代理主席名义，主持政务，其无反抗本国之企图，至为明显"云云。

这是一个秘密的暴露,暴露了什么呢?南京这一面是出头露面地"与日寇商讨和平条件",而同时又暗通重庆那一面,特使往还,都在"商讨和平"。但是南京这一面却是拉着两条线,一条通着富士山,一条通着峨眉山,他的任务,岂不更为复杂而艰巨!况且,都在"商讨和平",而当时因为所处的地位不同,有明暗之分。"汪逆不敢以主席自居","其无反抗本国企图,至为明显"云云就揭穿了这一□丑恶的双簧。而在中国人民眼中,则无论其为明为暗,卖国者诛,通敌窃国者罪无赦,那才是神圣的法律。

(《晋察冀日报》1946 年 6 月 20 日,《副刊》第 25 期)

忍　　让

立高

八达岭下的铁路线上"四十一号"桥,成了天堂和地狱的分水岭。站在哨位上,心头就压不住那激愤的怒火:桥那边耸立的炮楼,和那着美式服装、握美国武器的国民党兵,简直成了阳间的阎王殿和鬼魅了。每一个老百姓步近跟前,都森然可怖的□着心,低着头,卑下地向他们微笑,一不小心便要挨他们的拳打脚踢。最使人害怕的就是他们承袭了日本老一套的那些脱口而出的字眼:"你他妈的勾通八路!""给八路军买的是不是?"那些字眼象征着坐牢的危险和死的恐怖呵!

但是只要用钱暗暗一通:"先生!您包涵!买双鞋穿!"那些国民党兵,就把那当兵的本色显露出来了!"去你妈的!"一面把钱掖在腰里。为糊口而奔波的小商人,惶乱地跑过桥,才伸直腰吐口气,向我们的战士招呼着:"哎呀同志!这算又过了鬼门关了!"愤恨、同情,说不出一句话。

战士柱子是个炮仗脾气,他看着这样的情形,常常气得发抖。一次一个国民党兵,打一个无辜的老百姓,他便吼叫起来:"你们是中国人不是?!"那人才趁机逃脱了,国民党兵又追过来,柱子毫不迟疑地"哗啷"一声顶上子弹,对方才不敢动。老百姓感激地抓住柱子的手:"同志!谢谢你,要不……唉!钱和东西都叫他们抢去了!"柱子把牙咬紧不说话。

战士们心里窝着气,柱子一个人背地里常常哭,但他不让人看见。

最近发生一件事,柱子再也不能忍耐了,一个苍白头发的老太太，眼哭得红红地走过来。这老太太是抗战八年的八路军的家属，她已经五六年没看见她的儿子了。现在日本人打败了，不远千里而来看望，叫国民党军队把钱和东西抢了个一干二净，押在肮脏的黑屋里七八天，并说："当八路军就犯罪！"她的腿也给闹跛了，脸黄得像蜡一样，当柱子问她时，她哭不成声地用衣襟擦着泪："孩子们呀！看住了他们？和汉奸鬼子一模一样，汤药都没换！"柱子忍住眼泪，跳起来："班长！我们就这样看着吗？我们是不是为老百姓服务呢？日本汉奸咱们能打，这些王八蛋我们就眼看着不管吗？"班长的手搭在柱子的肩膀上："柱子！你不要太急躁了！他们慢慢会改的，再忍让一下吧！为了求得和平民主，为了老百姓不再重遭战争的痛苦！"

柱子死不愿听"忍让"这两个字了，国民党背信弃义到处撕毁停战协定：在中原、在冀东、在冀中、在绥远……国民党不断向我们进攻，东北的内战正在扩大！我们为了和平又自动撤出长春……柱子噘着嘴："哼！光说让步，蒋介石吃着碗里望着锅里，你让到什么时候为止呢？难道让人家扼住我们的脖子都把我们卡死吗？"班长急急地辩驳道："不！我们会自卫的，敌人在哪儿进攻，我们就在哪儿抵抗，我们决不打第一枪！"柱子不服气的："第一枪？怎么才算第一枪呢？中原、冀中、冀东、东北……人家都向我们开着枪，我们就光等着打在我们的头上来吗？"

"同志！为了和平呵！……"

一阵嘈杂，从桥那边传过来，抬头一看：几个国民党兵持着雪亮的刺刀，正捆绑几个衣衫褴褛的老百姓！"×你妈！你叫唤！"耳光的声音似乎都听见了。

"柱子！注意前面！"班长匆匆地去了。柱子眼里凝着泪花，嘴里唠叨着："决不打第一枪？！难道叫人家把我们都杀光吗？！"

六月七号的清晨，岔道是非常恬静的，大群的小买卖人在曦光里摆布自己的摊子，庄稼人唱着山歌走向地里去；队伍在操场上跑步唱歌，一群娃娃夹杂在一块，有的要求教歌，有的讲着故事，咯咯嘎嘎地笑着。

柱子在山顶的哨位上注视着前方。

"轰！"一颗炮弹从国民党方面打过来，落在岔道的城墙旁边。老百姓吓得趴在地下，山鸟惊恐地飞蹿了，几头骡互相冲撞着，接着，死一般的沉寂。一个哨兵急冲冲地跑进连部："报告连长！国民党向我们打炮！"大家正吃饭呢！连长抹抹嘴，把勃克枪挂在脖子上："通讯员！告诉各排布置好！"

"轰！"又一炮。

"同志们！国民党真打在我们头上来了！"连长说着向出跑，街上的老百姓来往急忙地奔跑着，小孩子哭叫着，连长冲向山去。

柱子跳起来："好哇！小子这你算打了头一枪了吧！"大家同声喊："打他个王八×的吧！"柱子把子弹"哗"地推上膛："老子不报仇不是人！"班长急忙地拦住他："柱子别打！看看情况怎么样！……"班长集中地向打炮的方面窥视。

炮依然打过来，震得山摇地动，把沙土和烟硝卷到天上去，杀气划破了这平静的气象。连长抢上山头，喘着气："怎么样？"

"只是打炮！看不见行动！"

连长用望远镜向国方探视，也看不见什么行迹。柱子几乎是号叫："连长！这我们还不打吗？人家的炮已经落在我们头上来了，我们是窝窝头吗？连长！你下命令吧！老子一个人拿他的王八窝！"连长摆一摆手，叫他不要再嚷，柱子背过脸鼻子又一股子酸，泪水涌出眼眶来。

连续打了十一炮停止了。连长放下望远镜说："同志们！可能是国民党向我们解放区开玩笑了，大家注意一点，并没什么进攻的模样！我们一定要向他们抗议的！"连长转过身，忽然看见柱子，在那儿背着脸擦眼泪，故意开着玩笑："柱子怎么啦——流猪尿，害怕了吗？嗯？只要他进攻我们有他的苦头尝，别哭啦！"柱子越抽咽得厉害，半天他说："连长！我们打……败了鬼子，现在成了受欺包了……国民党骑人脖子拉屎，还叫人吃喽！我们……"

连长也认真起来，他说：

"我们忍让还不是为了老百姓！为了和平！柱子！我了解呵，哼！要是以我的意思，非誓死斩尽杀绝这些吃人饭不办人事的东西，不能解气。但今天党的政策，不是这样，我们还是忍耐一下吧。不过，他要真敢把狗爪子伸进来，就不客气地给他剁掉！"连长斩钢截铁地挥着拳头。

柱子的眼泪一颗颗地滚出来，他凝视着国民党的碉堡，把嘴唇咬紧，沙哑的声音从胸中吐出来："连长！我们抗日人犯罪吗？前几天我老乡来说，我爹在家被国民党杀啦！"这句话就像一声晴天霹雳，连长、班长、战士们，都惊愕地睁大眼睛，一时说不出话。连长立刻把柱子的头搂在怀里，柱子放声地哭了。……

六月十三日

（《晋察冀日报》1946年6月20日，《副刊》第25期）

无数悲愤的心

杨觉

五月廿九日北平《解放报》遭国民党非法查封后，北平市又重陷入黑夜，再也听不到正义的呼声了。但是人民对于国民党这种卑劣的暴行，却引起更多更大的不满与仇恨。

三十日早晨，被解散了的交通中学，有个失学学生打电话给我，他第一句就焦虑地问："听说《解放报》被封闭了，是真的吗？"

"是的。"

他急促地问："那怎么办？"

我知道他非常关心，简单告诉了他现在的情形，并安慰了他几句。

"只要能复刊就行，可是国民党……"

因为特务分子经常无耻地偷听我们的电话，我为照顾他的安全，马上截断他的话："电话里说话不方便，有时间我当面跟你谈吧！好不好？"

"好。连这点自由都没有，真他妈的！"赌气"啪"地放下了耳机。

★★★★★★

当天的正午，有个中学生拿着一篇稿子来。他首先自我介绍了一番，说他是市立×中被开除的学生，因为太受冤，有话无处诉，想投篇稿子到《解放报》发表，控诉国民党摧残学生的无耻暴行。他说话充满了热望，同时也充满了愤慨。

我问他为什么开除的，他说："前月我曾到张家口去参观，回来后，三青团就监视我。在上星期三，一个三青团员在黑板上画了个

'王八'，旁边写着'训育主任'。但他们要陷害我，他们报告说这画是我画的。训育主任以此为由，说我行为不轨，侮辱师长，而且还说我有共产党嫌疑。虽经我再三解释，亦无用处，我就在这样'莫须有'的罪名下，被开除了。"接着他又说，"我昨天将这情形写了个稿子，拿到《华北日报》社去，那里的编辑说'不收这类稿件'。我又气又恨，亏他们还自说是人民的喉舌！我们虽不认识，但我知道只有《解放报》才是真正替人民说话的报纸。"说着将稿子交给我，盼着一个满意的回答。

我知道他来时，没注意到门上的封条，于是我不得不将《解放报》被封闭的消息告诉他。但他却急得直跺脚："这样，我的恨，更没处泄，这岂不把人憋死！"说着拳头打在沙发上，面上突然变白了："哼！国民党不叫人民说话。可是我不会忘掉对他们的仇恨！"

我安慰着他，收下稿子，答应《解放报》复刊时发表。

他带着气愤告辞了，临行时再三要求："《解放报》哪天复刊，千万先发表我这稿子。"

我走的消息，被东城某私立中学的三个学生知道了，他们约我到北海公园和他们一晤。

见面就先问《解放报》被封闭的经过，当我谈到国民党武装警察，布置森严，如临战场，未经通知报社，即将封条偷偷贴在报社大门的那种小偷似的行动时，他们扑哧笑了；但当他们追问"何时复刊？能不能复刊？"，经我答称"暂时不可能"之后，他们却黯然无语，若有所失了。

"这几天我们没《解放报》看，像身上缺了什么似的。《解放报》一天不复刊，我们就多做一天傻子，多迷失一天方向。"郗□说着，从书包里拿出一本书："现在我们虽看不到《解放报》，就多看看《新民主主义论》。"

太阳没下去。在归途上,我问他们:"肚子饿了吧?"

"不饿!真的!和一个《解放报》的记者在一起,兴奋地就忘了饿啦。"

因为路太远,我叫他们骑车先走,他们不肯,定要推车子送我。到天安门时,他们还是恋恋不舍地,手扶着车把,盯视着我的面孔,心里像有多少话还未说完。临别时,细声告诉我:"我们一定到张家口华北联大去学习。"于是三个人骑上自行车,回头向我招招手:"再见!这儿不见,那儿见!"

(《晋察冀日报》1946 年 6 月 20 日,《副刊》第 25 期)

论"中间人"

胡沙冰

记得小的时候,我们的房东有一个小孩,老爱无缘无故地骂呀逗呀地欺侮我。那家伙长得小眉小眼,又瘦,可是,他却很猖狂。我想大概是我太老实了。有一天,他又操着手来撞我、摸我的脸……我很生气,一下子将他的胳膊扭转过来,原来他的力气并不大。我朝他背上打了两拳,把他放了。后来,他又来寻我报仇,我俩正在门前石阶上交手的时候,他的干哥出现了,连说带笑地抓住了我的两臂,喊着:"不要打了,不要打了!我当中间人。"我的对手就乘机揍了我几拳,跑了。这个印象深深地留在我的脑子里,我想这样当"中间人"真太聪明太卑劣了。

中间人,往往是在双方势均力敌的情况下才出现的。目前,我们中国的政治土壤,产生了许多"中间人",这些"中间人"的举止行为,似乎还很重要。

首先,赫尔利以显赫的美国大使的资格,来到中国,好像从"天朝"派来的御使一般,来"调解"我们中国的政局,遗憾得很,结果并不成。美众议员德拉西说:赫尔利对华的政策是"腐败"的,又有人说赫尔利没有知识,行为鲁莽。他的政策是对中国人民的高压,以大力扶持蒋介石的武装力量,想对中共来一个压倒之势,以求中国局面的稳定,企图恢复旧世界的老样子,把中国拖回他们殖民地的地位。虽然他在重庆延安间也奔波了几次,实际上是越来越坏,终于被中国人民及盟国朋友揭破其阴谋,挨着骂滚了蛋。赫尔利的"腐败"与"鲁莽",归根一句,就是对中国人民的力量估计过低了,而且失去了"中间人"的身份的缘故。

于是，马歇尔将军带着三国会议的使命，以新的姿态出使中国。很感谢，马歇尔将军对我们中国的民主政治有促进的功劳，政协召开了，停战命令公布了，这点，我们中国人会念念不忘的。

马歇尔将军，最近仍然"希望"中国"和平"：五月二十四号报载："马帅渴望恢复东北和平，并告诫各执行组之美方代表，应以坚定而公正之努力，应付不仅包括艰难而且甘冒生命之危险，以改善现状。……"这说得很中听，只是事实好像不是大家的理想：五月二十五日报载，国民党军队与东北民主联军之间，发生了激烈的战斗，国民党军队与美国武装，已□一部分被民主联军俘获。这一事实，在民主联军引起了极端的愤慨情绪，蒋介石杀人的刀，原来是美国送的，美国为什么这样干呢？

五月二十六日，《纽约时报》记者马丁报道："仇视美军的情绪日益加强……在华北地区凡驻有美军的城市……美国士兵自己亦已看清楚，他们至今还驻在中国不是为了军事需要，而是有其政治原因。"五月二十七日，据美国军事代表团意见，蒋介石在满洲的军队，如果得不到外国军队的帮助就会失败……应当说，如果"美国"不帮助，蒋介石就"不敢"动手。五月二十八日，密勒士评论军事记者谓，"……美国军舰运载美国训练及装备的国民党精锐部队，将由秦皇岛赴东北内战，彼等驾驶美国坦克、轰炸机……成千累万的东北和平居民，死于美国炸弹之下……"五月二十九日，美民主远东政策委员会，关于贷款给蒋介石，致函于杜鲁门，清楚地指出，"中国内战使我们在这远东丧失了不少威信，如美国成为内战之工具，则中国人民对美国之友谊，将为憎恨所代替。……"

美国人很明了："中国共产党消灭国民党不可能，中国国民党消灭共产党亦不可能。"但他们似乎并不明了蒋介石加上了美国的帮助，对中国人民是会有着什么结果。据我看，只有越闹越糟。中国人民有着独立的人格、战斗的经验,是不会被吓倒的!全世界爱好和平的人,包括美国的人民,会同我们携起手来,战胜这些不怀善意的野心家。根据最近的消息,这些"中间人"对咱们中国还颇感兴趣,不但不理会我们提出的"撤兵"要求,还准备喧宾夺主,大有在中国"成家立业"之势。我们大叫一声,希望你们美国的官员们不要来中国现丑,不要带着你们高贵的太太和少爷们来到我们中国当"世袭"的"中间人"。我们欢迎马歇尔将军说的,真正公正的调处;但真正公正的调处是不需要把军队留在我们的国土上,更不应该拿自己的军事力量,或明或暗地帮助蒋介石,屠杀人民。"我们中国人在一百年的经验中,早已认识凡是用武器来屠杀中国人民的外国人,凭着我们的常识的判断,都知道这种外国人不是中国人民的朋友,而是帝国主义分子。"(《东北日报》社论)

(《晋察冀日报》1946年6月21日,《副刊》第26期)

信

轻影

三班刘大顺站岗的时候，收了营部通信员送来一封信。"刘大顺，这封信是你们连上的，请你交给连部吧！"营部通信员说完，做了个鬼脸走了。

刘大顺翻来覆去地看也不认识信皮上写的什么，他正纳闷，被连部的小通信员玉锁子看见了。玉锁子是个小活宝，又爱逗又爱笑。他像个小猫学逮老鼠一样地从背后搂住了大顺的脖子："大顺大顺，谁的信？"刘大顺抓住玉锁子的耳朵一弯腰，玉锁子吓得"哎呀哎呀，不啦，不啦！"从他头顶上折过来，大顺还捏着耳朵不松："我不认得，罚你给我看看是给谁的？"玉锁子把信皮上的字小声嘟念了一遍"哈哈"地笑起来："我也不认得，给指导员看看去吧！"一把夺过信来连蹦带跳地跑回连部去了。

玉锁子高兴地告诉了指导员，指导员看过信说："你去告诉三班长，叫他们全班集合再叫他们学习组长先到我这来一下！"玉锁子"呱嗒呱嗒"跑去了，登时学习组长宋金山来到连部，按着指导员的吩咐把信带回去。正好全班也集合好了，宋金山说："这封信是咱们班的，我不念上边的名字，光念内容谁听着是谁的，谁就拿了去！"全班人都急得心里直扑通："快念快念，看是谁的！"指导员在窗外听着，玉锁子靠着门框止不住嘴地笑，刘大顺也瞪着眼睛等着听，宋金山笑嘻嘻地念了：

"某某同志，你的身好吧？练兵中进步很快吧？我在家除生产外，每天都上午校，大家还选我当了妇女识字班的小组长；三个月认了四百个生字，不过还是进步慢文化低，信写得不好，请你原谅指教……

望你不要牵挂家中，只望你努力学习求进步，坚决打击国民党反动派，保卫咱们解放区。最后，你如同意咱们可来一个比赛，看谁进步快，望回信，此致建礼！"……宋金山念到这里只把两手按着肚子笑，大家还是莫名其妙，不知道是谁的，更加着急了，嚷着："快念完，快念完，念下边的名字！"宋金山提高着嗓子："妻，李翠兰五月初十。"刘大顺一听就出了一身汗，脸红得像刚下了蛋的母鸡，一把抓过来："这是我的！"大家都笑起来了，你一言我一语开起刘大顺的玩笑来："刘大顺有个好媳妇啦！"玉锁子立在门框上张着大嘴笑着说："人家比你强呀！"

指导员笑眯眯地走进来："刘大顺，信写得不赖呀！"刘大顺耳根子烘烘低着脑袋说："刚才是我收的这封信，唉！真吃了不识字的亏啦！指导员成天讲努力学习、提高文化，我老不放在心上。这回老婆把咱都落下了，我算明白啦，再不努力学习，真没脸见人。"

(《晋察冀日报》1946年6月21日，《副刊》第26期)

吵 架

葛文

张林秀在吉古村挺出名：因为她样样工作都做得不错，拥军好，学习积极，妇女们挺信服她，选她当戎冠秀小组组长。一冬天，风里雪里，识下有二百多字，她都记在家里烟熏火燎的黑墙上。先头，因为手头困难，买不起石板，就把早年供神的木盘撒上些红土面面当石板用；后来民校里第一次测验，考了八十分，大家奖她一块石板，从此她识字愈下苦心了，洗锅刷碗的时间都不忘记字。

"姆的×，念书识字，能充饥能解渴？"

"你姆的×老顽固老没死的！"

院里人常常听见男人和她为了工作、念书的事吵架。提起男人来张林秀就长叹一口气：三十多岁身强力壮的人，就是个不进步，大小会不参加，什道理也不通，三句话不对头，就扯着嗓子瞎嚷嚷。人要说："林虎，今黑间队伍来的多，把你家房子腾一间出来吧？"他就把牛眼一瞪："你家房子干什啦，叫他们到俺家后炕睡吧！"可是张林秀总要左说右说劝男人把房子腾下。

今年春天，两口子很有一阵子没吵啦，林虎参加了变工组，不到吃饭不回家。张林秀把生活过得有条有理：早起，等太阳一露红，就把一锅菜糊糊煮好，锅盖上热气腾腾升起一层薄雾，盘旋在屋顶，然后她把炕上地下，各里各落打扫得干净利索，坐在满门阳光的门口，整刷自己。张林秀，如今学得愈发干净了，头发剪得齐齐整整，过年时套上去的蓝地白花粗布单裤和二红腿带，在这耀眼的阳光里，倒显得爽快。她看着滋滋地吸着泔水的小猪，肉肉的，赶夏里生一窝子，又是一大项收入，心想：光景能上升，人也有个转变呵！

她一面尽着男人先吃饭，一面把小猪按在地下，抓着它灰白色的肚皮，得意地和男人说：

"今年春起，咱村里有这个药厂，老百姓可活动多喽，看我净刨知母就买下个小猪，扯下个灰布衫，再有两个来月，草麦接上嘴，怎也饿不着。"

"嗯！怎也不困难，大生产嘛！"男人看也不看她，睁着牛圆眼，大口地喝着糊糊饭。

"懒虫，自私自利的家伙！"张林秀早就把男人看透了，不过总希望男人转变过来。因此，自己也努力过光景。

早饭后，男人放下碗走啦，张林秀怕误了学习，把碗筷一齐放在锅底，泡了一瓢水，锁上门，进了东街小学校。这时，各小组长都还没来，教员先给她写了三个字："刨知母"。她边看边走，猛听见有人喊：

"张林秀，你今儿个干什？"她看见是村长，便提高嗓子说：

"有什你就说吧！"

"荣军几件衣裳，你给他们洗洗吧！"村长央求她。

"洗就洗吧！"说着她就迈开脚步，春风迎面吹来，短发像两只小翅膀，在耳边沙沙飞起。

在家里，她一面温着水，一面小声地哼着：戎冠秀，工作强，妇救会的老会长……然后她把几件衣服泡在大瓷盆里，又捻上点黑碱，端在门口青石板上，跪起来劲大，查，查，几把搓得衣裳溜下黑水来，黑水沿着石板淌下来，集成一条小河，弯弯曲曲流到街心。

街心，送粪的人来来往往，林虎冒着汗走回来，进门二话不说，扯着嗓子又骂起来：

"姆的×，有点水不够你穷鼓捣！"铜瓢碰着缸沿、锅盖啪啪地响着。

"这又不是到了旱庄子,没啦水,这我给同志们洗几件衣裳,又妨害着你个人利益啦!"张林秀把溜到前边的短发,往耳后压了压,洗得更加有劲。

"工作工作,如今你们妇女可倒成精了!上民校、演剧团、拥军都有你,你还不是跟着疯子撒土,瞎跑!"张林秀看见男人又是瞪着圆眼,摔东摔西在吵闹,自己索性也站起来,提高着嗓子喊:

"老顽固,就怕我给同志们做点活,懒虫、自私自利家伙……"

架愈吵愈凶,惊动了妇救会长。

"这是做什哩!"妇救会长是个心细体弱的人,轻声地说着,便把张林秀推到自己家里,这样结束了这场风波。可是张林秀提起男人来,总是恨恨地说:

"也不知道什么会才能把那老顽固教育过来,这真是我心上一大不如意。"

(《晋察冀日报》1946年6月22日,《副刊》第27期)

买 米
——北平小故事

殷

一天，一位《解放报》的伙夫同志到西单一间小米铺去买米，一进店就问："米多少钱一斤？"

老板坐在柜前冷淡地回答："四百五十元。"

"嗨，太贵了！"伙夫同志望了掌柜一眼，举起三个手指说："三百吧！"

"不行，北京没有这么贱的米。"

经再三争议，价格未减低分文。伙夫生气了，转身就走："一点不能减，我不买。"

伙夫同志刚跨出门限，掌柜的急忙站起来问："你是哪里的？"

"《解放报》社的。"

"啊？《解放报》的？回来！回来！"掌柜眼睛亮着光辉，笑嘻嘻地说："《解放报》社的好说，你为什么不早说！"

老板即刻吩咐伙计按三百元称米。他自己却亲切地跟伙夫拉起话来，问长问短的。等五十斤米称好了，老板又吩咐伙计说："你替他送去。"

伙夫同志奇怪地问道："你们不是不管送吗？"

"是的，但是我们乐意替你们送，《解放报》替大伙儿说公道话，太好了！以后请常来玩吧……"

（《晋察冀日报》1946 年 6 月 22 日，《副刊》第 27 期）

现实与判断

白婷

一

日本法西斯统治东北的时候，实行酷刻的"粮谷出苛"的制度，驱使警察特务，为催缴而拷打农民。今日的国民党反动派，在湘粤各地，"勒索军粮"，大军下乡搜索，用机关枪威吓、捆绑、吊打灾民。二者，前后如出一辙，宛如撒旦（地狱魔王）的双生子。

二

过去六七年间，松花江上的饥民，和受日本奴役的数百万矿工、劳工，吃的是"橡面"，食用不久，就因便闭困难，腹胀而死；今日广东各地人民开始吃"竹米"。食后，手足肿胀，不能行动，或中毒毙命。国民党反动派的"德政"和日本法西斯的"德政"，竟是如此相似的。

三

一九四一年，吉林市上，有一个小学校儿童，被日本军用汽车碾死，肠断腹破，挤出的未消化的白米（稻米）饭粒。日本人汽车夫，借这一"犯罪"（那时候，在东北，中国人是被"满洲国法"严格地限制着不许食用白米的，因为那是日本"优秀民族"的专食品）证据，便拒绝向遭难儿童的家长道歉、赔偿，当然，更不受法律的制裁，并且指着为孩子的鲜血所逐渐染红了的白米饭粒，威吓地说："这是犯法的呀！"使孩子的父母，连泪也不敢落。最近，据五月二十八日淮阴新华社电称，湖南，衡山大堡乡难民劫粮，被官方（国民党军）击毙，并且剖腹检验，发现腹内仅有野花和青草。——我把这两件事实联想在一起，是不合逻辑的吗？但是，它们却会以同样的情绪，使中国人民悸栗。

四

一九三七年七月七日的"七七事变"，给中华民族带来八年的深重酷烈的灾厄。最近，五月二十九日，北平的"七七事件"（查封《解放报》等七十七家文化出版业），又在严重地预示着中华民族可能发生的不幸。前者，是远在"九一八"和一九三三年的"塘沽协定"，国民党把国土出让及出卖给日本的结果；后者，则是国民党反动派依赖"美国的援助"将大军开往已经解放的东北，继续攻打曾经进行英勇抗日斗争的民主联军的先声。

五

一八五三年，太平天国军，刚刚占领金陵，便有美人华尔和白齐文、英人戈登，率领什么"常胜军""常捷军"，帮助清廷的汉奸，大举追击。太平天国这一农民革命起义，结局虽归失败，但是，革命的种子，却深深地普遍地播了下来。如今，美国的赫尔利，或者继续赫尔利政策的某些美国官员又在帮凶中国的反动分子屠杀中国人民，阻碍中国的民主改革。但是，这一次，中国人民的革命运动是决不会被阻止的。中国人民在十几年的艰苦抗战里，炼冶出来的强韧力量，将使所有的反动企图，都成妄想。

六

美国，利用它的金元政策，加紧布置世界的反动势力网。为加强法国的右派力量，宣布了对法十三亿美元借款；为帮助国民党反动派，准备了五亿美元的借款；在日本，压抑群众示威运动，批准了反动的吉田内阁；在朝鲜，阻遏朝鲜共产党的活动，制止民主势力的抬头；为攻打东北联军，美国频频给国民党运兵，美军替国民党把守交通线。但是，在世界的任何国家，任何地域，反动势力都不能防止民主力量的迅速而强大的发展。这一事实，比什么都在雄辩着光明的预约。

七

"原子弹"——这并不够一种威吓。原子能，是二十世纪科学文明的产物，它将被利用于民主的事业，贡献于人类生活的福利方面。它的秘密，不会为一个特定的国家所保守，而且也是不可能保守的。这种不可能，在人类科学发展的历史进程里，会得到证明的。

八

四日报载晋绥副专员赵安乾等多人，夜宿永兴村，临难不屈，被阎军烧死，使我们又记起殉难不久的王若飞、秦博古、叶挺、邓发诸先烈，和在解放区的边缘地区被国民党的武装特务分尸解体、剖腹断肢、挖眼掏心、残酷杀害的那些英勇干部、那些正直的人民；使我们重新想起毛泽东同志的话："灾难深重的中华民族，一百年来，其优秀人物奋斗牺牲，前仆后继，摸索救国救民的真理，是可歌可泣的。"

（《晋察冀日报》1946年6月23日，《副刊》第28期）

和平前零感

水生

一

最近做了些统计工作,知道日寇八年来在晋察冀共杀害我同胞将近一百零六万;由于掠夺烧杀而流离失所无衣无食的,光冀热辽就将近二百万;冀热辽八年破毁房屋六百七十余万户。看了这笔血账,谁能不咬牙切齿,怒火中烧。

然而,比日寇本领更高一筹的,世界上原来还有,远的不用去找,看本月八日《晋察冀日报》,知道蒋介石在东北打了半年内战,就致死同胞三十万,致使流离的一百五十万,被毁房屋三十万户。把这个"半年"和上面的"八年"比较一下,不禁使人感到:中国法西斯实在是"青出于蓝"的了!

对于日寇的暴行,我们要恨;对于中国的反动派所加给人民的残暴,更要加倍恨!那意思是:你也是中国人呀!你怎么下得了这般的毒手?我要对中国法西斯反动派们发一问:你们是不是也还希望人家把你看作个中国人呢?看了你们那副杀气腾腾的尊容,真叫人怀疑你们,千百万人民求生的意志不是任何残暴的手段所能抑压得了的。硬要蛮干下去,结局只有一条路:自寻灭亡!你们的阿哥希特勒、墨索里尼、东条就是前车之鉴。

二

又一个统计:日寇在晋察冀"创造"的"无人区",仅在热河西部承德、滦平、兴隆、青龙、平泉、建平六县,就达三四六二平方公里,占这六县总面积百分之十弱。那时节,那里的农民,被迫丢开自己热爱的土地，遗弃快成熟的庄稼，拖儿带女，集中到敌人指定的地点，修筑囚禁自己的围墙，然后把自己囚禁住。多少良田变成荒野！于是，千里没人烟，草长人来深，家鸡家狗家猪没被带进"人圈"的，变成了野鸡野狗野猪，见人就飞就跑。农民，谁能离开土地啊？于是，好多偷偷地藏入深山岩谷里，靠野菜野果，靠八路军偷偷送点盐和布去，来养活生命；而有的藏得太严实，竟好几年没见过外人。有一家这样的人家，还在水里生了个小孩，取名"站水"，当去年热河解放，站水的父亲知道了这个消息，竟乐得晕倒了……多么悲惨的事实，日本法西斯把中国拉回几千年去！

悲惨的事实自然是已经过去了。像山西一带"无人区"，没有"无人"几天，人们就都想办法回了家，在民主政府领导下，过着战斗生产的顽强生活。就是热河"无人区"吧！今天也是农民回家了，"野鸡""野狗""野猪"进了圈，草没了，庄稼绿了！"无人区"依然春风吹又生。

这是艰辛的苦斗，然而也并不太奇怪。敌寇对晋察冀根据地那么惨重的杀害，我们用战斗生产战胜它！三九年大水灾，敌人且在冀中决堤造成灾难更大，灾民达三百万；四二年三十九县大旱，灾民十八万；四四年冀中大水，灾民百四十万，又加上二十三县蝗灾；四五年还有水灾和雹灾……这一切，我们兴水利、担水点种、发救灾粮、贷款组织运输、纺织、军民一起修堤、锄草、围剿蝗虫，一切历史上的奇迹都出现了，使我们八年中从来没听见过饿死一个人；任何灾难，很快也就不得不屈服！春风吹来，一切又发芽，滋长，繁荣，美丽。

我经历过一切这些场面，我充满着斗争的勇气和永远的乐观！

然而，今天我的家乡湖南大灾荒，却那么不知不觉地就死去了三百二十万我的乡亲骨肉！那里是像日本法西斯那样，被反动者拉回几千年去了的黑暗世界呀！我……我的"乐观"呢？我沉痛得咬紧牙关了!

不过,我知道,沉痛没啥用,"反正老子跟你干到底"!我的乡亲,不是好多被"逼上梁山"了吗?这就是人民斗争的起点和继续吧!人民力量死不尽,人民力量在迅速无尽地生长,热河"无人区"才曾几何时,就春风吹又生了啊!我到底乐观:春风吹绿我家乡的日子,绝不会是太遥远的了!我只有继续勇敢斗争前进。

三

报载:冀东香河挖河工程,因遭国民党军队的进攻而被迫停顿。国民党大概是从来也没有真正为老百姓兴修过半点水利的吧!而解放区人民兴水利,也要遭它的破坏:其可恶可真是够瞧的了!但我想起的另外一件事。

大约是十年前吧!那时我正是国民党"埋头读书,莫问国事"统治下的一个小"奴才",也的确不大问国事;只仿佛记得就是今天这条香河,也发生过"香河事件",情节仿佛是日寇及其特务,和被国民党卖国卖出的伪冀东自治政府,杀了爱国的中国人,把尸首偷偷丢到香河里,结果香河浮尸,激愤了全国。

事隔十年,香河人民流洒了多少鲜血,好容易换来些个胜利,想不到还是那一流反动家伙,又来加害香河了。

然而,到底是事隔十年了。过去不得不被人家卖,被"伪"统治的人民,今天到底争来了和平胜利果实。人民的力量,的确是一天天大起来,香河人民再被卖、被统治、被丢在河里的时代,是一去不复返了。谁想再搞相同于十年前香河事件的血腥屠杀吗?大概是不容易的:冀东民兵打退国民党进攻的事实,就明明白白;日本法西斯和汪精卫、殷汝耕的下场,更是明明白白。

四

今年一月，北平一家什么报的记者，随执行小组到绥远跑了一趟，回到北平，就写了本书叫《绥晋之行》出版了。那书颇也如实报道了一些解放区的情形，并且对解放区也赞许了两下；但也对解放区给了些批评，其中之一点，说是解放区群众的翻身斗争，不应该叫"翻身"，叫个"转身"就可以的了。这位记者先生的意思是说：过去被人家踩在脚底下的人们，今天翻过身来了；既是"翻"身过来，是不是又要把过去的统治者踩在脚底下呢？这多不客气啊！而且，踩来踩去，哪一天完？和平又怎么得了？

这也许是好心的顾虑。

不过，如果被踩的人只是"转"一下身，那不还是要被踩吗？

人民是应该翻身的。至于翻身以后，是不是又要踩过去踩人的人，那就要看过去的统治者自己。只要他进步，赞成和平民主，那今天边区各级政权中的开明士绅、进步人士，就是榜样；要不，他还想再踩踩人，那自然会被人民唾弃，人民就踩他两下，不值得什么大惊小怪。

人民是应该翻身的。不客气说："转身"的理论，似乎还是给旧统治者说话。

五

有这么一个故事：冀中"五一扫荡"以后，冀中某部队攻下了敌人几个堡垒。老百姓马上欢天喜地，闹了很多猪肉去慰劳这部队。但是，每块猪肉上，老百姓都给插上个钉子：这是什么意思？部队上想不透。

后来，这部队的团长和政委想通了，而他们就感奋地给全部队来了个大动员,于是他们接连又打了好多胜仗,攻下了好多堡垒。原来,敌伪的堡垒,老百姓是看作自己心上的钉子的,哪村安上了敌伪堡垒或据点,老百姓口头语总是说:"安上钉子了!"这回慰劳,是老百姓告诉部队:你们要吃肉吗?就请先"拔钉子"吧!

多么意味深长的故事!

今天,中国人民心上肉上的钉子,是早应该全部被拔去的了。可是,国民党在好多地区,不让敌伪钉的钉子撤除,而且国民党自己又给人民心上肉上钉钉子了!说什么"保护交通",铁路沿线和边缘地区,钉了多少啊!

鬼把戏骗不了人民,人民从斗争中早尝过了味道。钉你的钉子吧!要知道这是钉在人民的心上和肉上;人民和人民的军队,为了自己美满的生活,会毫不留情地给拔个干净。请注意吧!人民和人民的军队,拔钉子的力量和经验,是足够的,而且是很熟练的了。

六

报载:陶行知先生为南京惨案招待外籍记者,曾发表这样的谈话,"蒋介石有一种复杂的心理,这种心理使他相信每个想要和平与民主的全都是'共产党'。"的确,从每天的报纸上,我们可以看到很多反映蒋介石这种心理的事实。陶行知先生的谈话,真可谓是警辟之言了。

不过,仔细想想,事情颇也奇怪。今天,沪渝等地好多民族资本家,全力为和平民主奔走,难道他们也是共产党吗?蒋介石曾自称为同盟国四大领袖之"一"的,应当是很"伟大"的人物了,为什么连这点也不懂呢?莫非是神经错乱了吗?

其实,再仔细想想,原来事情也并不奇怪。

希特勒法西斯曾经说过这样的警语:"我一听见文化,我就要掏出手枪来！"而且也曾经有过这样警辟的行动：在他最后失败的前两天，他跟一个电影明星结了婚。这些，难道不都是神经错乱的言行吗？如果说咱们中国这位"伟大"人物的"复杂心理"是神经错乱吧，那原不过是祖辈相传，又何足怪？

可是，法西斯希特勒神经错乱地跟电影明星结婚到底只两天，就寿终正寝了；咱们这位之"一"的"领袖"，不知道是不是也要考虑一下神经错乱后面的结局？

七

张家口有个中医，在一个时事座谈会上，讲了这么一个故事：

察哈尔老百姓害了好多年的病，换了好多医生，总没治好过。后来，来了个姓蒋的医生，口称他能治好这病。可是，治了好多年，病被他越治越厉害，老百姓的钱都在蒋医生身上花光了，只落得面黄肌瘦。蒋医生却心术不正，还是一个劲把病往坏里治，而且不叫老百姓请别的医生。后来察哈尔来了强盗，蒋医生掷下病人就跑了，老百姓在强盗当权的八年中更是病得只剩一丝气息，快要死了。幸亏去年来了个姓毛的医生，赶去了强盗，用他高明的医术，一下起死回生，把老百姓的病治好了，而且一个谢金也不要。老百姓感激万分，高兴得了不得；一个个脸上发亮，身子也胖了。可是，姓蒋的医生听到这消息，又不高兴，造谣言，吹牛皮，说老百姓的病是他治好的，硬说姓毛的药不好，叫老百姓再吃他的药，给他药钱，不吃不给不行……

医生的故事讲到这里，会上人们都嚷起来："咱们不吃姓蒋的药！今天咱们病好了，有精神了；他要再来，就揍死他！"

会上人们竟动了感情，把医生的故事当成了真的！

不过，这故事也的确是真的！如果谁要问：天下哪里会有那样无□的姓蒋的一类医生啊？那其实也不难回答：恐怕那位蒋医生，也正是前面一节里所论的神经错乱。

但是，普通神经错乱的人倒未始不可医治好，而这位神经错乱的蒋医生，结局怕会和前面一节所讲的一样：没好结果。这能怪谁呢？人们说："他要再来，就揍死他！"

八

旧事重提：四三年，国民党反动派发动反共高潮，正想大兵进攻陕甘宁的时候，阜平凹里村小学校一个学生，忽然有一天在课堂上，拿起课本子，当着先生和同学，扯下了一页书来，气愤地说："咱们不念这一课了！"接着，全校学生都扯下了那一课书，丢在地下，用脚踩了。

那一课书的内容，原来是《拥护委员长》。

后来，听说全边区小学生都扯下了那课书。

事隔三年，边区小学生大概早忘了那课书了吧！最近，忽然得到另一个消息：曲阳仁景树村小学生，听说政协会上解放区让了步，他们不高兴；学生代表刘素荣说："咱们打了八年，光儿童就出了多少力，牺牲了多少啊！今天得了胜利，还能让步？"后来老师解释很久，并且说这是毛主席同意的，大家才安生。但是，最近国民党反动派又开始挑动全国内战，仁景树小学生这一下可再也制不住胸头气愤，吵闹着请老师给毛主席写了信，叫毛主席问问那个"委员长"，问他到底讲不讲理？要不的话："咱们儿童就不答应他！"怎么不答应呢？他们又向全冀晋三十多万儿童写了封信，号召大家起来自卫，准备打退反动派的任何进攻。这号召，全冀晋儿童响应了，而且，无疑地也行动了。

这个行动，自然比扯课本进了一大步。

这个行动，"委员长"如果知道，也许会不值一笑的吧！然而，仔细想想：小学课本上有过一只苍蝇闹得一只老虎毫无办法的故事，何况冀晋三十多万儿童，而全边区有数百万儿童啊！这也该是"委员长"值得注意的。

九

近来从外面报纸上，见到一些流行在蒋区的诗，其中有几首题名：《国民党军的画像》，画得很好，抄下来：

（一）参谋：平时说大话，战时就害怕；手拿红绿笔：乱画。

（二）副官：无事抄起手，有事满街走；专门办报销：揩油。

（三）军需：钞票不离手，会客交朋友；士兵要饷金：没有。

（四）军医：平时吊郎当，看病乱开方；伤员来住院：没床。

（五）政工：男女搅一团，开会吹法螺；到处贴标语：膏药。

这真可谓天才创作！想和一首，却实在没本领。但想到前面说了好多蒋医生和"委员长"等等，颇动于衷，姑瞎画两笔表示表示。曰：好话说个尽，坏事千千万；人人挥铁拳：完蛋。

（《晋察冀日报》1946年6月23日、6月24日、7月19日，《副刊》第28期、29期、52期连载）

杂感两则

程钧昌

其一

清末反动势力的集权者慈禧太后昂然地发出过一句响亮的金言："宁赠友邦，毋予家奴！"

这是气势磅礴的，对于自己卑劣的卖国行为的勇敢的告白。拿这和今天的中国的反动派头子来比较，就鲜明地显出了大巫小巫之分。今天的反动派是扭扭捏捏的、吞吞吐吐的、善于撒谎的，完全缺乏这种明朗的、自信的性格。只就目前的例子来说：反动派出卖内河航行权，准许日人在沿海捕鱼，这当然是"宁赠'友'邦"；但对于中国人民用血肉从敌伪手里解放了的土地，却非要大举进攻，实行三光政策不可，这当然也就是"毋予家奴"。然后反动派没有勇气公开承认这些，他每次只念咒似的说什么"国家主权"。自然人们懂得：在反动派的字典里面，"国家主权"的含义，对外就是"宁赠'友'邦"，对内就是"毋予家奴"。在这里，袁世凯正是慈禧太后的不折不扣的"合法"的、"正统"的继承者，而今天的反动派又正是袁世凯的不折不扣"合法"的、"正统"的继承者。而且，在实践的彻底性上，我们是不能不承认的确一代胜似一代的。不幸的是今天的反动派生不逢辰，他的"家奴"较之他的父亲和祖母的"家奴"已不大相同，他们不但已经懂得要起来维护自己的权利，而且懂得了为何维护自己的权利，他们要由"家奴"变为主人！这一点，反动派是痛苦地感觉到了，这就是为什么他的性情变得如此晦涩而暴戾，也就是为什么他扭扭捏捏，每次只念咒似的说什么"国家主权"，而不敢像他的祖母那样坦率和果断。

其二

由于中国人民在反法西斯战争中表现了无限的英勇和巨大的力量，中国曾被承认为反法西斯的四大强国之一，因而中国的独裁者也叨光被称为"四大领袖之一"。然而中国的独裁者却没有作为一个民主国家底领袖所应有的风度和资格，他的对内对外的所有措置，却恰好都是法西斯式的。所以曾有人说：毋宁把他并列于"希墨东"而凑成"四大元首"更为合适，这是一种深通中国国情的看法。但两年来世界已变了颜色，德日意法西斯已垮台，希墨东已被吊在树上或列为战犯，剩下的只好与佛朗哥之流相呼应。然而佛朗哥现在也被全世界民主人士斥责和攻击得狼狈不堪，大有下不了台之势。而由于国际反动分子的支持，中国的独裁者已经由世界"四大元首之一"，一跃而为世界"最大元首"了！

这一提升，绝非仅仅是名分问题。他的法西斯统治的鬼蜮伎俩，固然和德日意法西斯有深刻的血缘关系，但有些地方却也是青出于蓝、出类拔萃的。如最近在渝、沪、津、汴各地实行的"警员警管区制"，就确较德日意的特务制度更为严密更为厉害。说蒋家"德政"即是"德国政治"，虽然是最本质的，却也只是真理的一面而已。

（《晋察冀日报》1946年6月24日，《副刊》第29期）

东北鳞爪

鲁基

一、东北大员们的行动

有人要问:"接收"东北主权的大员们,每天究竟在做些什么呢?现在让我从东北最高机关的东北行营说起吧。行营主任熊式辉听说是挺能干的人,一夜打三个八圈,最后方才想起吸口烟(指鸦片),吸完,马上还会去赴鸡尾酒会!同时还得去会见客人。假如你能选出一个漂亮的女人送给这位名高德重的熊主任,那么你准可在行营里弄个少将高参。曾听一个行营的小员说过,熊主任一双马靴光手工就要东北流通券十五万元,弄得小民真不知道一个行营主任的月俸几何?

辽宁省主席徐箴,这位是个地道东北老乡,理应对东北人民要客气一些,可是在他接收省府的时候,却把旧有职员尽都革职,通换上了三亲六故,不是这个参议,就是那个秘书,此之谓接收主权也欤?

二、所谓统一接收委员会

国民党当局鉴于东北情形与华北各地不同,特别组织了统一接收委员会,于是一批一批的接收大员们都飞来了,来办这统一接收,东也统一西也接收,你的也接收,我的也接收,这些老爷们便大发其财了。无论工厂、公司、医院,只要你拿出洋钱来送给统一接收的大员们,他们什么都肯出卖,于是便物各有主了。工厂前门贴封条,后仓库却车马盈门,将所有物资搬空,封条却仍然无恙。这时他们有的说了,根本这里就没有什么东西,有的已被老毛子(指友邦苏联)拿走了,剩下的也被匪伪拿出了,他们却把责任推得一干二净。

三、军人作风

满街溜达的美式军人，服装、帽子、靴，一切都是美国的，我真替他害羞，穿美国服装的中国兵领着穿中国服装的日本女人。中国兵说着不大通顺的日本话，日本姑娘也说着生硬的中国话，日本姑娘说："你的媳妇没有？"中国兵说："没有，你的我的。"一个学生问一个美式的军人，为什么帽子歪戴着，兵很自然地回答说："中国人民的自由必须由头顶作起。"只可惜中国只有一部分美式兵戴帽子可以自由了。

四、裙带关系

报章满载着订婚启事，某某某承某某某介绍与某某某于某日在某某大饭店某楼礼堂订婚，特此敬告诸亲友。随着中央军同时来沈的就是订婚结婚的广告，这些真给东北人民带来不少的新奇，因为东北过去订婚也不需要启事的，因为现在不同了，现在什么也都要美化的。

我知道有一个军医中校，在锦州招了亲，这位娘子，是个锦州某大医院的护士，结婚后，除了吃喝玩乐之外她也戴上个军医上尉的牌子，堂堂乎也是官了。于是这位太太的兄弟、哥哥都当上了医官，我知道他们都不明白医术，但在"朝中有人好做官"的条件下，原是不足为怪的。

五、杜长官的命令

为了严整社会秩序，军人纪律，这位东北保安司令长官杜聿明将军，下了一道命令，禁止军人携同日本女人在街上闲游，但事实日本女人脱去了和服穿上了旗袍，仍然满街皆是。我问一位领日本女人的军官说："杜长官不是禁止携同日本女人溜达吗？"他答得更好，"中国啊，就是那么回事，管兵不管官。禁止吸大烟呢，哪个大官家里没有几杆大烟枪？禁止领日本女人，为什么杜聿明在锦州给日本下女传上花柳病，又跑到北平去住医院疗养呢？这个你知道吗？就是那么回事就得了，哪个当官的还不会这一套？"

六、妇女运动在东北

东北的妇女也有运动了，目的和方针我不知道，我在报纸只看到东北的妇女代表一个是熊夫人，一位是杜夫人（杜长官几个太太我不知道，熊主任的夫人就不好办了，因为我知道，他在北平的太太就很多）。她俩对沈阳妇女讲演时说："我们全中国的妇女在蒋夫人领导之下，……"多么好听的名词！我真奇怪，一种运动的代表人为什么非弄个有声有势的太太？她们真能领导运动吗？我知道杜和熊的老婆，都会打牌、吸大烟、吃喝玩乐、好金子，难道这些都是中国妇女应当学习的吗？但生气没用，她们仍然是代表呢。

七、禁止吃大米

国民党当局于五月初旬通令各地，说国军大都是南方人，乍到东北来，水土不服，尤其不习惯吃高粱米，因此特规定了一条：东北老百姓因为过去吃高粱米吃惯了，今后一律吃高粱米，大米只供给国军，现在沈阳铁岭等地已开始实行了。日本人在时，不准东北老百姓吃大米，今天国军来了也不准老百姓吃大米，国军与日本人究竟有何差异？

(《晋察冀日报》1946年6月24日，《副刊》第29期)

阿 Q 再起

夏园

最近，我复习了一下历史：

南京政府对于日寇进攻东北，唯一的办法是绝对不抵抗和哭诉于国联，"国民"政府某要人，在那一年九月二十三日南京市党员大会上说过这样的话！

"此刻必须上下一致，先以公理对强权，以和平对野蛮，忍辱含愤，暂取逆来顺受态度，以待国际合理之解决。"

又云：

"我们在精神上已有最大的胜算，无论敌军怎样强大，怎样威胁我们，我们只是处之坦然……"

"以公理对强权，以和平对野蛮……"这两句异常温柔婉转，和谐动人。

但是日本强盗在行动上却删改了这篇诗文：

"此刻必须齐心勠力，先以强权对公理，以野蛮对和平，含羞带愧，永取胡干硬来态度，以待五殿阎军解决中国。"

至于："我们在精神上已有最大胜算，……"云云，更是地地道道，百分之百，千分之千，万分之万的阿 Q 精神的发扬光大，登峰造极！

然而现在的阿 Q 进步多了，他学会希特拉那一套，几年来日本的血腥谋略，似乎也给他不少的启示。于是日寇一倒，他便一跃而起，但精神失常，成为狂人，乱叫乱跳、乱打乱闹，逢人便咬，大有不咬死誓不罢休之慨！

我警告大家：要时刻提防疯狗，免上大当！他有时神经错乱、胡言乱语，有时疯劲大发乱咬一阵。

（《晋察冀日报》1946 年 6 月 24 日，《副刊》第 29 期）

天 津 掬 拾

李健

甲 "自他妈中央接收后,天越来越高了。"

乙 "为什么?"

甲 "地皮一天刮下一层,天不就越来越高了吗?"

★★★★★★

我听一东北老乡愤恨地说:"他妈的,'沦陷''沦陷',什么东北也叫'沦陷区',简直胡说八道。沦陷是与敌人打,打败了退出来,被敌人占了叫'沦陷区',想当年东北一弹未发,给人家啦!还叫'沦陷区',应该说是'奉送区'。"

★★★★★★

甲:"你的买卖怎样?"

乙:"唉!萧条得很,几乎要关门,怎么办?"

甲:"喂,我告诉你一个道,保险发财,开妓院、跳舞厅……"

乙:"噢!"恍然大悟,感激万分!

★★★★★★

刚一和平,家家吃白面,喜气洋洋。自国民党接收后,就听到这样的话:"以前,日本鬼子在时,吃兴亚糕。如今胜利,好么,吃起胜利窝窝头。"

(《晋察冀日报》1946年6月24日,《副刊》第29期)

胜芳保卫战

张元凯

反动派的美梦

胜芳市的人都这样夸耀自己美丽的故乡："南有苏杭，北有胜芳。"胜芳的确很富庶美丽，七月的时候，到处充满着荷香，渔船鸭群出没在稻田苇地，真是令人神往。胜芳是津保公路的支点，是津西靠近大清河的重镇。去秋我解放该镇后，人民清算和严惩了汉奸特务，农民减了租，人民慢慢地翻过身来，胜芳显得更美了。国民党反动派想打通津（天津）保（保定）路，想占领大清河北，想把这美丽的重镇夺去，再把人民踏翻在脚下，便集中了一二一师的主力、二一师的六三团及一个工兵营，以优势兵力采用突袭手段向胜芳进犯。

激战的第一夜

五月二十日，约有五千蒋军，从天津坐着美式卡车经王庆坨、得胜口、唐二里在黄昏的时候到达胜芳外围，兵分三路进攻。激战就这样开始了，机枪大炮疯狂地吼叫起来，子弹像雨点一样落在胜芳。在炮火的掩护下，蒋军在这一夜发动了极猛烈的十二次冲锋，但每一次冲锋都被我守军击退了。其中有一次曾经在东南角有蒋军一个连突入我军阵地，但经我警卫团一连一个反突击，突进洼地的敌人便被完全消灭在那里了。当夜一个汽车路附近，担任迎接敌主力进攻的我们的一个投弹组，掷出了过千的手榴弹。这一夜我军以不足一个团的兵力，抵抗住了美式装备的四倍于他们的敌人的进攻！我们的英雄们取得了胜利，创造了光辉的战绩，因为胜芳是他们的家乡，是冀中的门户，八年来用血换来的胜利，是不能让反动派的猪嘴把他吞食的。同时他们也知道几月前蒋军一次偷袭里,只一天半的时间就杀死了他们的家属和抗战有功的村干部三十多人。

飞机坦克无济于事

激战的一夜刚过去,太阳刚升起,美造飞机和坦克便一起涌上来,大炮又疯狂地打起来,炮弹炸弹机枪,响成一片。蒋军趁机发动一次更猛烈的冲锋,企图一鼓突入胜芳。这时我某团以急行军冒着敌机的扫射轰炸赶来增援自卫,守军和援军的勇士们更加勇敢了,以火力以血反击着进犯军。前沿阵地上我们一颗大地雷击翻了一辆美造坦克,其余坦克见势不佳跟着向后退走了,就这样,把蒋军这次猛烈冲锋又打塌了。自此美造飞机虽每天都来轰炸、扫射,坦克也出动了几次,但蒋军的士气遭受坚强的打击后便一天天低落起来。

驾坦克的是美国人

击翻的坦克驾驶员从坦克里爬出来,准备徒手逃走,我们的战士发觉冲上去,把他俘虏过来。待战士们仔细辨认的时候,却使他们惊异起来,因为那坦克驾驶员是一个碧眼金发的美国人。他们不得不想起,在过去曾用生命去拯救美国飞机失事人员,对日曾并肩作战的朋友,现在却驾着坦克来进攻自己,来射杀自己。他们痛苦地低下头去看看由坦克所射杀的七横八竖的同伴的尸体,抬起头来再看看眼前的当了俘虏的美国驾驶员,愤怒便不由得填满了胸膛。现实教训了他们,使他们认识了美国人,这一小部分美国人是一个什么样的朋友!

一个排投降了

战斗到第三天的时候,蒋军一个排三十余人(排长在内),在战场上放下了武器,带来一挺机枪,二十余支步枪,他向我们这样说:

"我们大都是河南人,在日本投降后,国民党为了进行内战,在路上把我们抓来,天津受了几个月的军训,便开来进攻你们。我们在家的时候,就听说八路军新四军是中国顶好的队伍,待老百姓顶强的队伍。我们打仗的时候往前打是叫你们打死,往后退是叫国民党督战队打死,与其那样叫国民党打死,倒不如跑到这里找条生路。凭良心说,那边当兵的大都不愿打你们的。"

人民的评论

经过一旬血战,胜芳保卫战获得了光辉的胜利,蒋军狼狈地向王庆坨、天津方向逃去。□府与军队进市后马上进行善后工作!埋了蒋军六百具遗弃的死尸,给被难的人民找房子,发放救济粮食。人们谈论着:

"没有这次胜仗!我们又得回到十八层地狱里去。""卢沟桥事变的时候,国民党军妈的一打仗就跑,扔下老百姓不管,现在不要脸的东西,又回来进攻起来了,坏小子们不怕碰碎脑袋,就请他们来尝尝吧!"

(《晋察冀日报》1946年6月25日)

母亲在命令我们

贺敬之

人们永远忘不了，在伟大的八年抗战中，冀中平原上的千百万个母亲是怎样地为了祖国，为了土地而把自己的儿子们献给了神圣的战争。八年间，她们献出了的她们的孩子们，数目将近六十万个。

在那些难忘的日子里，当母亲们送她们的孩子们参军时，母亲们全然了解：那是把孩子们送到接近死亡的战争中去的，但是，她们却并没有因此而中止。虽然在开始母亲的心里有过不少的痛苦，而最后，为了抗日，她们还是给孩子们收拾了行囊。

陈大娘，五十多岁的老人，我们的房主，当她回忆起她最初送她儿子陈玉山参军的情形时，说：

"'五一扫荡'那年，玉儿（她儿子陈玉山的小名）的心眼儿活动了。那天黑价，他给他爹说了：要抗枪去，参加部队。他爹儿俩在里间屋里商量着，怕我听见。可我在外间早听得一清二白。……唉，那会儿我心眼里还发死哩，我闯进里间屋，坐在炕上就啼哭起来了。我说：'玉儿呀，你娘可就你一个呀，你年纪还小，身子骨又不好，怎么能抗枪呢？牝马上不了阵呀……'"

母亲的心是如何剧烈而痛楚地在抖动呵。

但是，母亲并没有固执下去。在最短的时刻里，她们战胜了悲伤，擦干了眼泪。她们答应了儿子们的请求。

"我给玉儿他爹商量了一黑价，后来就同意了。"陈大娘说，"咳，同意倒是同意了，可谁也不愿意先给玉儿说。后来，我把心一狠，就说了：'玉儿，去吧，把日本抗出去再回来，不要忘了你娘……'玉儿说：'娘，你甭难过。我去了，好好抗日，我也不跑、也不颠，我抗走了日本，骑上白马就回家来看娘。'……第二天，我送玉儿走，可不知怎么的心里又难受了，我难受可也不敢叫玉儿看见。玉儿他爹倒'利索'，那天一早就偷偷扛着锄到地里去了，说是去耪地去，可倒是那会儿地里什么庄稼也没有呢。……"

但，不管怎样，母亲们到底还是把儿子送走了。陈大娘送走了玉儿，隔壁刘大娘送走了柱儿，还有孙大娘、张大娘……本村一共有廿多个。就是这样，一个、两个、千个、万个……在同样的情形下，无数的母亲把儿子们献给了祖国。当母亲们站在村头上，树林子里，目送着亲爱的儿子们的行列踏过青草，踏过大道飞扬起来的尘土而远去了时，母亲们低下了头，揩着眼泪。一会儿，却又想起什么似的，兴奋地抬起头来。母亲们的心里有悲伤，也有欢喜。

而这些都是八年前的事情了。现在，这八年已经过去。长长的八年。儿子们的血和母亲的泪交织着八年。那时的情景已经变成了回忆。今天，凶暴的敌人已经投降，抗战是胜利了。熬过了数不清的灾难，八年以来冀中平原上的第一个春天，绿色的麦苗在欢舞，燕子用它轻盈的翅膀掠过村边的苇塘，向母亲们歌唱了。

母亲们的心活跃起来。陈大娘心里早嘀咕着的那件事再也憋不住了。这天，陈大伯正在推着糁子，大娘把他拉到一边，她低声对大伯说："玉儿的爹，知道了吧！快啦！玉儿他……"

"那还用你说，"大伯赶紧接上来说，"我心眼里早捉摸着这事儿啦！"

是的，母亲们在等候着儿子们回来。

听吧：在村子里，母亲们都叽叽咕咕谈论起来。在纺线时、在织布机旁、在苇塘边洗衣裳时，都七嘴八舌地说，我家栓柱，我家二憨，还有大楞……该回来了。

"可熬到头了，"陈大娘说，"我心话，我屋里墙山上还挂着几个鸟笼子哩，那是玉儿小时候在家拿秫秸插的，那会儿还装着鸟儿。这几年，谁我也没叫他动，等我们玉儿回来看看吧！"

不错,在陈大娘屋里,墙上那尘封的鸟笼子和母亲一样在等候着人呢。不久,似乎又该有美丽的鸟儿在笼里歌唱了。

但是,儿子们却一直没有回来。

陈大娘站在过去送玉儿走时站的那棵大杨树底下向远处眺望。好几回了,从没有看见过玉儿的影子;也不像玉儿临走时说的,他将骑着白马跑回来没有,一点白马的影子都没有。

因为什么呢?

原来,是这么回事:日本投降后不久,在铁道线上,从南边上来了一起子队伍,叫"中央军"。他们就是八年前七月里从村北边败下来的那伙子"老总"。他们抢了陈大娘的鸡,抓走了村东头的小贵子。后来,听见高粱地里起了风,他们以为是敌人来了,一溜烟就跑了。一跑八年,不知道藏在哪个老鼠洞里。这会儿,他们却大摇大摆地来了。他们给日本人换了岗,给"白脖"们拜"把兄弟",还是住在过去的岗楼里。学日本人的样子,照样出来杀人、抢东西、放火……而且,比日本人还凶得多。就在这一带,刘村、大王庄、马庄……都遭了难。前天,他们来到了这个村,他们烧了村西头二十多间房子抢走了粮食,还揭走了炕席,又杀了王大明他们一伙十几个人。后来,陈大娘也被他们抓住,逼她承认她儿子是八路军。大娘不回答,他们就拔出刺刀来威吓着说:"你不说,你知道我这刀是干什么的吗?"

一切都明白了。

日本鬼子走了,"中国鬼子"又来了。所以儿子没有,也不能够回来。事情就是如此。在平原上,那随着日本鬼子走去了的灾难这回又随着中央军的到来而返回来了。人们又面临着第二个"五一扫荡"。而我们无数的亲爱的母亲们的心,在日本投降后到今天的八九个月中间,由欢喜到沉默,现在,是愤怒,而且燃烧起来了。

母亲们成群地围聚在被烧毁的房屋的废墟旁边,围聚在被杀害的

人们的尸身和血迹旁边。在那里，仇恨燃烧着母亲们的心，从她慈爱的眼睛射出了可怕的光芒。

"这伙子不吃五谷的，这伙子千刀剁的……我们知道你们啦！"母亲们咬牙切齿地说。

"看我们要过好日子，要过团圆日子了，王八羔子们眼红啦！"刘大娘在跺着脚。

陈大娘用手抓住披散下来的头发，好像叫喊一样地说："咳，我真糊涂，他们拿刀逼着我问我他的刀是干什么的那会儿，我怎么不告诉他说，你们也该知道我们玉儿的枪是干什么的呀！"

最后，母亲们齐声怒吼了："哼，不能，万不能！不能叫孩子们回来！他们还得给我打仗！"

母亲们的心变了。

但是，国民党反动派刽子手，却并没有一点要改变他们杀人的主张的意思，他们只是一刻比一刻更疯狂。在今晚，当平静的月亮从平原上升起时，不平常的消息又传来了——中央军从十里外的一个村子出动，有向这村进攻的企图。我们接到马上转移的通知。当我们在紧急地收拾行装准备出发时，陈大娘进来了。她手里拿着一个信封和张信纸。"同志，请你们替我写封信带给玉儿……"她似乎压制不住地，呼吸都急迫了。

平原上的风，带着新麦的香味，也带着我们被国民党军杀害的人们身上的血腥味从窗外吹进来。颤抖的油灯的光芒照出了陈大娘的被怒火烧红了的脸。

"告诉玉儿说，"陈大娘开始口述着信的内容，"前些日子她娘糊涂，盼望他回来，是想错了！"

"过去母亲是想错了。"我们写着。

"这会见中央军又来遭害咱们村子。……我告他：不叫他回来！……"

"我不叫你回来!"我们继续写着。

"……八年前我送他参加部队抗日,抗了八年。这会儿逢上这光景,他还是得给我再抗,把那些不是娘养的坏东西消灭。干吧!他娘还有心再等他八年。"

母亲的话全记在了信纸上以后,我们谨慎地把它折好装入信封,带着庄严虔诚的心情把信藏在了我们身边。

我们告别了大娘和全村无数的母亲,在苍茫的月色中行进了。

今夜晚是不平凡的,因为,我们身上带着陈大娘给玉儿的信。这不是一封信,这是一道战斗的命令;这不是一个母亲带给一个儿子的,这是我们无数母亲带给那无数儿子——千百万个子弟兵的。

接受母亲的命令吧,实现母亲的志愿吧,一如八年前离家那回一样。

请记起母亲慈爱的面孔,请记起家门口的果树园子和大苇塘吧,请记起平原上的麦子吧,当我们八年的血汗把它们灌溉得这样肥沃美丽而将要开花结果时,反动派又把她们遭害了,他们火焚村庄、刀砍亲人,而且欺负母亲了。那么,为了村庄,为了果树园、麦和苇塘,也为了墙上那尘封了的带着儿时的记忆的鸟笼子,也为了有一天投身在母亲温暖的怀抱,让手里的枪飞出子弹,痛打那罪恶的侵犯者!在神圣的自卫战中,勇敢,再勇敢吧!

母亲在命令我们。人民在命令我们。

一九四六年六月十七日

(《晋察冀日报》1946 年 6 月 25 日,《副刊》第 30 期)

饥寒病死遍农村

克平

自从实行征实以来,由于官场贪污风盛,这正好为他们大开贪污之门。三四年年底,仅仅浙江省龙泉、卫县、建德三县被告发的粮政人员贪污案件就有二百廿一件。据浙江各法院审粮政人员贪污案已发现的舞弊方法就达廿种之多,其中最常见的是农家挑谷上粮时,他们故意说谷子不好,不能接受,或者说时间过了,第二天再来。上粮的因为工夫忙,住客栈又不经济,便只好私下出钱买通他们。而在量谷子的时候,他们会把一石两三斗括得只有一担,从中又撂一把。一个县政府的粮政管理局局长干上一两个月弄到几百万已经是"老实"了,有时这些人员也因分肥不均而内讧。比如四川威远县粮管处的某员因被保长"发觉"他舞弊,保长又叫乡民向县府告他一状。于是他着了慌,赶忙拿了几百万票子到县政府和乡公所活动,隔了一阵县府宣布这案子已经转到省政府去了。不久,省政府下来一个公事,叫县政府查办,这样一来,事情便阴消了。

由此也可见保甲乡镇长的威风了,最近《新华日报》曾披露巴县太和乡前任乡长廖×清及现任乡长王子任等曾经互相勾结剥削农民,扣发出征军人安家费、征集费等,侵吞地方积谷五千八百余担并变卖公产,浮派马干。去年六月出征军人家属告了他一状,但法院并未处理这事;今年六月他们又告一状,仍无结果。而廖王等反利用贪污得来的巨款暗中活动组织暗杀团,征属李吴氏、叶张氏等都被殴伤。如果你看到保长乡长那种作威作福的样子、鱼肉农民的手段,你真会觉得农民称他们为土皇帝是有道理的,四川有个地方有四句民谣说:"镇长嘴流油,保长啃骨头。甲长撵山狗,花户泪双流。"这也可证明农民是如何在被牺牲。除此以外，地主也是农民痛苦的来源，在四川因为粮价上涨，地主大发其财，于是他们以为那些终年耕种获得一点不足糊口的谷子的农民也一定发财了。他们眼红，他们不放松榨取，于是加租加息，双管齐下，并且副产品也比以前多拿些去。又因为地主资金雄厚，不去县里从事政治活动便四处赶场大做生意，于是农民成了他们召之即来挥之即去的轿夫、挑子，大大地影响他们的耕作时间。

这在重重的多方面的剥削压迫下，不管农民和他们全家如何终年劳碌，到头来仍只落得食不果腹衣不蔽体。巴县和江津算是富庶的县份，但作者就曾看见许多不穿衣裤的农民，至于教育文化，那就更与他们无干了。

去年敌人投降后，照理原有的那种最为大家熟知的惨无人道的抓兵拉夫的事，不应再有，然而，由于国民党反动派进行内战，这种残暴的事情，仍未稍止。

如今，在国民党统治区内由于不尽人事而招□了空前普遍的灾荒，耕地荒芜、副业凋落、疾病蔓延、死亡相继。川西原是出产最丰富之区，也是最难干旱之区，然而今年因都江堰水枯，迄至四月底，仍无法下种。至于川北，因地瘠山多，又加连年天旱，人民痛苦已达极点。今年春旱，收成无着，又不免受难，到四月底止，报灾的县份已达二十余处。安徽全省六十余县，受灾者达五十余县。即素以"湖广熟，天下足"著称的湖南，也不免吃树皮草根和观音土了，衡阳附近平均每家饿死三分之二，一月至三月已饿死九万多人，最近当更厉害了。前些日子救济总署湖南分署的人员去衡阳视察灾情，一群灾民向着他们大哭，喊叫救命。他们拿出十三种吃的草给分署人员看，说这是他们赖以度日的粮食，分署人员感动得流起泪来，当即用两万元把草买下，准备寄往美国去给美国人看看。市政府也有所谓救济，但分得的就食券平均一家不过二三张，数口之家只好轮流就食，隔日一餐。春耕时期，他们亟盼政府发给种子耕牛资金的农贷，但是政府的德政是每家给数十元（有些人家因保甲长中饱，还没法领到），这有何用处？所以大家说："别说活不了命，就是拿去买毒药也不够啊。"在耒阳县，则一条耕牛价值百来万，而且几十里路难得找到一两条。许多饥民不得不流为匪盗，有时成群结队去抢牛，而同有牛的村子里的人殴斗起来。一石谷子去年十二月只卖二千八百元，现在却高到两万多了。

然而，纵令如此凄惨，国民党政府仍不放松搜括。在湖南留下的卅万日军，因耗粮甚多，要征军粮一百六十万担来养他们，但是人们实在无法负担，直到三月底止只征得七万担。国民党政府又曾向湘省征购滨湖"余粮"二百万担，经过湖南人力竭声嘶地呼吁，总算幸免。但这一百六十万担军粮，则非要不可。每石征购的价钱为二千七百元，而市价则在两万上下，各县存量既然不多，当然不能踊跃应征了。叨光的倒又是乡镇长，他们或者以官价强迫花户多配购些而以市价售出，或者把规定征购的价钱再打一个折扣自己从中捞一把，因征购而捕人的事，多不胜举。安徽也因配购三百万石军粮，人民无力应购而当局又催逼得急，曾有二十三县派代表赴京请愿。七十一岁的代表杨慧舟等曾向粮食部次长跪求减少配额，据说苦求半月，粮食部仅口头允减，实则仍在催迫。代表们曾对报馆记者说："若请愿无切实结果，绝无面目生还，即回去也活不成。"

（《晋察冀日报》1946 年 6 月 26 日，《副刊》第 31 期）

大同二三事

□□

一、不准采访

四月中旬,新华社晋绥分社特派记者甘惜分前往大同采访。他和大同第十三执行小组的中共代表随员们住在一起,但他却失去了自由。一连五天,每当他要出去采访时,行经执行小组大门前,都被荷枪站岗的卫兵阻回,禁止外出。该记者气愤万分,以后他遇见大同总司令楚溪春,立即向他提出质问:"为什么不让我出去采访呢?"

楚溪春反恬不知耻,答云:"就是不让你出去!中央社记者们来,他们是可自由出去的,唯独你们不行。"

二、没法子

晋察冀边区贸易公司副经理李子祯和燃料公司经理王振平,被邀赴大同与当局进行贸易谈判。每当他们到街上去,总是觉身后有个不三不四的人鬼鬼祟祟地紧跟着。

一次他俩才出了执行小组大门,即发现身后有一人随来,李副经理问他:

"你跟着干什么呀?"

"我是带路的,怕先生们才来道路不熟。"那人镶着金牙一嘴五台口音。

"回去,我们用不着你带路!"李副经理大声斥他。

那人慌忙地回答是:"不叫去我也得去,这是总司令的命令,没法子……"

三、是朋友

冀晋野战军驻大同执行小组的联络参谋,在大同街头发现了怪事。三五成群的日本兵,仍然是那样傲慢的神气的,穿着呢子服、大马靴在街上横冲直撞。阎军的士兵穿得非常破烂,当他见到日本兵时,有的竟恐惧地向他敬礼。他一直在纳闷着。

一天,大同领导组的军事部参谋焦耘来了,他便将这事告他请他解答。

焦参谋说:"没有这样的事吧,我们就怕发生这样的事情,才专门下令不允呢!"他沉默一会儿又说,"呵!要是有这样的事,那可能是他们早先就熟□,是朋友。"……

六月初,于阳高

(《晋察冀日报》1946年6月26日,《副刊》第31期)

炮楼下收麦

羽山

六月十五日黄昏，我随昌平的县区干部，到距蒋伪军××炮楼三里的××村，去组织群众麦收。

昌平地区的蒋伪军，早就计划着到附近解放区抢麦了；麦子微黄的时候，昌平城的蒋军九十四师就向各村要地亩册子；六月二日蚕食了产麦区的百善、孟祖等十余村庄，并在百善、孟祖修上炮楼。三四日前，高丽营蒋伪军掩护着几十辆大车，想到我前后□沟抢麦，被守军击退；昨天和前天蒋伪军纠集了昌平城、沙河、何营、张各庄、百善、孟祖等据点的六七百人，向解放区进犯，后面跟着五辆汽车，十几辆大车，几十个民夫，来势汹汹，企图抢麦，当地驻军与之激战一日，将其击退。

由于我军的英勇保卫，地方干部的积极组织领导，离炮楼二三里以外的麦子，已经全都收割回来，人们称道着十年来未有过的丰收，衷心地感谢着八路军和民主政府。可是炮楼跟前的麦子，老百姓不敢白天收去，晚上偷偷去，又怕炮楼里可能射出的子弹打伤。今晚，县区干部就为着解决这个严重问题到这个村上来。

村公所门前的老乡愈聚愈多了，八路军某部和县区干部取得联系以后，从村里出发去围困炮楼，某部则准备深入到孟祖村里，掩护群众拔麦，老乡们看见队伍开过去，心里不由得高兴起来。但，他们却还有着一个顾虑，为着这个顾虑大家纷纷议论，有的找到中队长："要炮楼里打枪，死伤了人怎么办？"中队长急得没法子直嚷嚷："我哪能保险呀？"我问一个老头儿："你在炮楼跟前有多少麦子？"他告诉我有五亩，就他一个人一夜收不尽，又没敢雇人，怕打死人家担待不起；县区干部问到几个老乡也异口同声地这样说。我们给解释：有八路军掩护，炮楼里的不敢出来，夜间打枪打不准，听见枪声就地趴下就不会出事。说来说去，老乡仍旧怀疑着，炮楼跟前没麦的老乡对这事更是冷淡。的确，县区干部也很难保证炮楼里一枪不发，老乡们一个不伤，因为，谁也知道炮楼里的蒋伪军，和那些被群众清算后跑上炮楼去的坏蛋们是比蝎子还毒，比狼还狠。他们和这群善良的农民是死对头啊！

老乡们齐集以后，县区干部便把炮楼跟前有麦的和没麦的分别找在一起谈话，有麦的问他们谁有多少，需要几个人，并且问他们："我们一年辛辛苦苦，眼看着黄澄澄的麦子，眼看吃到嘴了，难道就白让反动派抢去吗？"老乡们答复说："不愿意。"经过艰苦的说服，人们敢去收了，愿意出两倍工资请没麦的老乡帮助去收。没有麦的老乡，由区长亲自动员解释，说明麦子不能让反动派抢去，要互相帮助；因为当村的人家麦子收不回来，没有吃的还是大家的事；并告诉他们怎样防备炮楼里打枪，告诉他们一夜算两个工，他们也愿意去了。

时间已经不早了，按照有麦的需要人数分配以后，一小组一小组地向村南走去，剩下一位老头儿，一位抗属没分配到人，村区的另一部分武装部队和县区干部自动地去帮助他□，我也随着他们出了村。

明朗的月亮已升到天心，白茫茫的平原上，麦子在随风摇曳着，不远的前面，便是那座炮楼的影子。老乡们顺着几条小路接近炮楼，大车、小毛驴从村里出来，一位老太太急匆匆地赶着毛驴往前去。当我们快到地里的时候，炮楼附近突然响了两枪，炸了两个手榴弹，一排子机枪划过夜空，我们静静地蹲在道边。不一会儿，几个老乡从前边跑回来，区干部拉住他们。枪声断了后，区长告诉他们不要紧，劝他们返回去。在另一个地方十几个老乡趴在地里不敢动，县武委会主任说:"不用怕,跟我来。"领头带着他们又继续向前走去,平原上沉寂下来,近处只听见人们的呼吸和拔麦的声音,远处却不时升起白色的尘烟,尘烟里杂合着大车的轮响,和娘儿们赶毛驴的轻声吆喝。

月儿渐渐偏向西北,人们紧张地拔着麦子,平原上安静无事,人们的情绪更加高涨起来。大家忘记了疲乏,低声的耳语讲起来:"这一下,反动派可不用想吃咱们的麦子了,这十年来没有过的好收成咱们落下了。""八路军真棒!炮楼里一出来就给打回去了,昨天坏家伙们出来抢麦,还没到麦地,就给打跑了。今晚上,你看!一围上他们就连气也不敢喘!"嘴在说着,手在沙沙地拔着麦秆。雄鸡在村庄里叫着,月亮沉下去了,东方露出"鱼肚白"。人们擦了擦脸上的汗土,把最后一车麦子装上,三三五五地返回村子,县武委会主任和队员们帮助老头儿和抗属收完了麦子,老头儿直说:"你们辛苦了,上我家歇歇,吃点饭再走吧!"感激得快落下泪来。当人们离开炮楼很远,再回头看时,平原上一片金黄的麦浪已被谷苗,玉黍苗的绿海代替了。炮楼无声无息地敌意地仍旧立在那里,周围的麦子收尽了,人们脸上泛起得意的笑容归来。

一九四六年六月十七日,昌平

(《晋察冀日报》1946年6月27日)

缝 鞋 匠
——街头访问之一

夏口

一张黑红的圆脸,宽大的鼻梁,像忠实的马一样明亮的眼珠,厚嘴唇,宽肩,两双粗糙的大手,一只脚残废了。这是八年前国民党中央军退却的时候到他家里抢东西,他抡起斧头反抗,一个军官打了他一枪,打在脚骨上,没有好好医治,留下残疾,现在走路太多的时候,这只脚还是疼痛。——这个人姓张,名叫适生,河北省顺义县人,今年四十岁。他说:

"前年夏天,我坐了七天监狱,那时候八路军还没来呀,警察查许可,我没有,要罚两千块钱。好家伙,这么多钱,要命也拿不出来,没有钱就蹲监狱。没有法子,蹲吧,这七天可把我折磨死啦!监狱那间小屋,不到六尺宽,押了十来个人,坐都挤得难受,别说睡觉。地下潮湿,跳子有的是。天气又热,吃也吃不饱。嗜!真不是滋味儿……到第七天头,把我放出来,限制三天期限,交齐罚款,没有法子,把做活的家伙卖了凑上。嗜!想起来心里真不好受。

八路军来了以后,把我们穷人救啦,工会开会的时候,同志对大家说:'大家有什么困难尽管讲,我们想办法解决。'那个同志叫什么来的?你看,我的记性真糟,那个同志,人真不错。加入工会,会费才收一百块钱,可是大家得的益处一万块钱也买不回来。现在,我这么不紧不慢地做活,肚子先说不愁啦。到下午七点钟我就收摊,回到店里吃完了饭,练习写字、看看电影、听听戏,光景可好啦!同志……"

从他的眉目之间明显地流露出无限自由与幸福,西下的夕阳照着他松动的面孔放出黑红的光亮。

十九日于电业公司

(《晋察冀日报》1946 年 6 月 27 日,《副刊》第 32 期)

泊头风光

肖光

一

泊头车站的洋式红色砖房、水塔、龙头、路轨、车皮、碎石子，暴露在五月的阳光下，闪闪发光；工事已全部拆除，这里只留有黑衣路警看守。看守着期望真正和平的到来，期望着通车。

顺公路向西，约走半里就踏上运河的木桥，河宽十丈余，微波北流；除了运粪入乡和横渡的木船，码头上好久不见堆货与背夫了，这个小商埠是在受着顽伪阻碍交通之苦啊！

弯曲的运河，划泊市为二。东岸多土房茂林，西岸是泊市三条大街之一的顺河街，密排的房所，竹货铺最多，沿河高竖着线竿。最热闹的还是南北三里长的东大街，商店栉比，行人如梭，沿街两厢的玻璃窗内，陈列着闪着诱惑颜色的百货。新东书局的门口，挂着大广告牌子："新到书目，《毛主席自传》和毛主席玉照，评《中国之命运》《论联合政府》……""跑合"的人们显得特别匆忙，从一家商店出来，又拐进另一家去，彼此相见，打着招呼："买卖好做多了，今天做成两三号是不成问题的。"提篮子的小贩，边走边喊："卤豆！""烟卷！""果子！"有的手里摇着□筒。

东大街的北尽头，是三七日早市设在这儿，小黄瓜、蒜薹、小北瓜都已上市，除了各样菜蔬，就是卖鱼肉和炸油条的。早市太嘈杂了，做买卖的好像只有不住地吆喝，才能做买卖，听吧："鲜鱼……哟！""买鲜……菜……来吧！"一直到晚上，还有的不肯住嗓子。虽已夜深，提着小手灯的小贩也还在沿街叫卖。

二

走进市商联会,几个商店经理正在纵情谈论着。

市商联筹委会副主任陈先生说:"市长是领导咱们往前走的,你听,他为咱们想得多周到;可是,我们不是合着眼走,譬如市长给咱们东西吃,咱们吃着不对口,可以要求添点糖呵!就是市长那话:'你们得提意见呀!'"他又补充,"这是民主言论自由,早上一月,你提意见?做梦!"

陈经理又评劳资合作政策:"这个合作政策是非常非常之好的,必须传给各商家,仔细研究,万一执行不好,可不是人家的政策不好,是你没有明白了这政策呀!"

□园王经理插了嘴:"这也不是骂国民党,问问他,你这几个月的政绩是什么?要钱。人家(指共产党)这几天的政绩是什么?打堤、建设、繁荣。依我看共产党的建设方针,就是'八仙过海,各显其能'。所以,咱们尽管做好买卖,用不着抽抽缩缩!"

陈经理说话总是不让人:"我不说国民党怎样,八路怎样,我就以事论事,不知道你们见过不?反正我没见过徐春霖开过一次会说一声'你们的买卖怎么做?'一开会,除了要钱就是要钱。"在旧商会待过的安先生插嘴说:"徐在这儿半年,要了五万万。"陈经理说:"出个章程,就跟咱们商量,咱们哪里经着过这样的执政者?!吃惯了国民党那套专政派儿,今天就松快死了。"陈经理像找着了重大问题的答案似的,兴奋地站起来,"要不汉奸也说,国民党也说,邪门!谁要一沾上共产党,就着了邪。嘿!着了邪?不过是信奉真理而已。"

有人担心国民党再来,王经理把胡子一抹:"你这种说法不对,咱们赞成真理犯罪呀?怕什么?为了真理,死了又怎样?难道苟延残喘有意思?"陈经理也带点急:"他来?他有什么脸蛋子来?"在国民党统治下他们尝够了说话没自由的苦楚，所以话一多牢骚就来了："中华民国这个牌子挂了三十五年。这是说中华乃民人之国，可是这三十五年是民人之国吗？"陈经理举起一只手说，"我以公民的立场说话，正该把过去三十五年的牌子，改成'中华专政国'，一群鱼肉人民、贪污自肥、为所欲为的土匪之国。"他真是具有一副"政论家"的气派呢。话锋渐渐移到商联的章程上，为着一条"半年开一次全体会"争论起来，陈经理坚持三个月开一次，他说："咱们镇可不比别处，商户多、事多，该多开会。"……

这群以小心谨慎经营商业，处人处世著称的经理们，从来没有这么多话，现在他们的"意见箱"却打开了，倾泻不止，这就是国民党反动派所奇怪的"邪门"。

三

泊市的边缘区，住着广大的贫苦市民、苦力，一色的矮小残破的土房，因为陷在运河掘口洪流的淤沙里，从市外边望，房子更显得矮小。他们都是靠了背脚、拉洋车、挑粪、挑水、打杂、小贩过活；女人则多是缝洗，给永华火柴公司糊火柴盒、装火柴，给十余家枣栈拣枣。他们从来没尝过好日子是什么味道。敌人走后，国民党来了，伪军顽化了，严密封锁，掘堤放水，挑动内战，火车、航运被迫不通行了，火柴公司、枣栈、煤店被破坏停了工，国民党反动派宣布了工人的失业、饥饿！如市三区真寺街刘家胡同里的十四家，就有八家从三十一年直到国民党反动派退走前，都是日进一餐。冯瑞奇家七口人盖着三条破被子，二十多岁的瑞奇饿急了，常常拣起块咸菜吃两口喝点水填肚皮。顽伪在去年十二月初八大拆房子时，一个叫王奇玉的女人，躺在自己的房根绝望地说："你们先弄死我吧！"顽伪冷笑了，把土块投到她身上。两辈脚行工人的儿子——七十九岁的沙兆图，滴血滴汗盖的房子，已被平为荒丘。逃到我解放区来的史广凤，含泪哀诉："区长！那时候的苦比黄连、比《血泪仇》里的事还苦哇！"一提起顽伪，沙兆图老人恨得浑身颤动。

在民主政府五百万元的急赈后，市委又决定了办理生产贷款，泊市全体工作人员正积极协助他们组织生产。一区王文凯等四人凑了四万元办运销，要求政府再帮助些款；苏王氏等五人已组织了纺线组。她们见了区的妇女干部，就抓着手："大姐，听说乡里纺一斤线给十三斤谷子，你老给俺领点棉花纺吧！"织布作坊、胰子工厂都找到利民合作社要求帮助修房、贷款、开工。他们是劳动中长大的，能生产，愿生产，也只有生产才能改善生活。民主政府代表人民意志，正以发展生产繁荣工商业的方针建设着新的泊市。

(《晋察冀日报》1946年6月28日)

把戏公式

陈稻

在重庆较场口，铁棍、拳头落到人身上，中央社跟着来一个"民众纷纷拥至主席台上，秩序太乱，互相殴打"；在北平中山公园，石头、鸡蛋，飞向主席台，中央社又来一个"各执一词""互相对骂""互相斗殴"；捣毁渝民主、新华两报营业部，要先来个"爱国示威游行"；封闭北平《解放报》和新华社，便拉出些御用报刊陪绑；他如编辑化"难民"、特务转警察……"地无分南北"，把戏一套紧接一套，真个十色五光，目不暇接，较之十五年前的"触及军警刺刀""自行失足落水"，可算"掩眼"得多。

大闹天宫的孙悟空是最善变的了。西游记载，有一次他老人家同二郎神斗法，摇身变作一座庙宇，一张血口做大门，两只门牙充门扇，满以为一口可以把二郎神吞进肚里，不料猴子尾巴无处安放，只好竖在庙后暂当旗杆，终不免露出破绽。近代的齐天大圣嘴上经常挂着"以不变应万变"，处在这"穷则变"的半年，却是要"万变"求"不变"；不过，正因为骨子里"不变"，"变"来"变"去，就"变"不出那"对共斗争设计委员会"布置好的几套，人们一眼就看穿他掩掩遮遮不伶不俐的手脚。

二十三晚七时，南京下关车站刚刚演了特务殴伤请愿代表马叙伦、阎实航诸先生的血案，中央社又忙着竖旗杆：

【中央社南京二十四日电】……彼等一行下车后，适有苏北难民群集车站，始则质询马等既系人民代表来京请愿，自可为人民陈述苏北共军暴行情形，并请为渠等解除痛苦，俾能早日还乡安居。……此时候车室为数以千计之难民及观众所围拢，以待马叙伦之确切答复，唯室内室外声浪嘈杂，秩序甚为紊乱，喊打之声一起，群众数十人即蜂拥破窗而入，……政府方面以苏北难民，情形可悯……

又是"难民"，又是"民众纷纷拥至"，又是"秩序大乱"，又是"互相斗殴"……

行凶者是什么人？指使者是什么人？曲为辩解长其气焰者又是什么人？"瞎子吃汤圆"，人民肚子里有数。

鲁迅先生说："血债必须用同物偿还。拖欠得愈久，就要付更大的利息！"黑色百人团并没有挽救住沙皇的命运，墨索里尼已经吊在树上，希特勒也湮没无闻，黄脸徒孙鼠狐蝇蚤的统治能维持得多久呢？

喝血的暴君，血，人民的血，无辜者的血，争民主自由志士的血，共产主义者的血；血，由涓滴流成河川，汇成海洋，这海洋将是暴君的坟墓无疑。

一九四六年六月二十六日

（《晋察冀日报》1946 年 6 月 28 日，《副刊》第 33 期）

忧 郁

——东北国民党军的一封信

常叔美

有个朋友,他的弟弟于前年"参加"了远征军,抗战胜利后,派到东北去"接收""主权"去了。这是最近他给他的哥哥的一封信:

××哥:

多久没有给你写信了,总找不出一个提笔的时候,也总没有一刻平静的心情。半年来,我是如何激烈地变了,你一定会吃惊。现在我是这样容易地暴躁、发气,对一切都很讨厌。我实在厌倦了这种毫无意义的战争生活。

你记得当我们在印度受训的日子吧,尽管是热得喘不过气来,讨厌的叮人的蚊虫,紧张到连大小便都没有工夫的演习和课程,但人还算是愉快的,总还可以过得下去。人人都有一个希望:赶快打败日本,然后,和家庭团圆,再过和平的生活。在南国温暖的夜里,我不知梦想过多少回生养了我、哺育了我的故乡。自然有时也感到这是耻辱,是一个爱国军人所不应有的思想。半年前,坐了大连运输机飞到这完全陌生的地方,飞到这寒风如割的东北。长官在出发前训话:"那里只有一些土匪,苏军一退,咱们就去接收。"

天晓得!这是些什么魔鬼地方,有铁道也有公路,就是不能走。我们是机械化的快速部队,讲究的是和时间竞赛,从印度到北平,谁走过十里路?下了飞机就是载重汽车和摩托卡。然而到这里,简直像老蜗牛一样在爬!冷枪很多,好像死神就在头上飞翔呢。你记得张振霄吗,我们高一的同学,运动家,多棒的身体,到了锦州他病了,拉

稀，一天直不起腰。行军的一天，他蹲到野地拉稀，就再也没有回来。找了半天，发现他躺在高粱地里，脑袋砸了个稀烂。你该以为老百姓要欢迎我们这些"王师"吧，他们十四年受尽了日本的欺凌，一定会箪食壶浆来欢迎国军。就这一点希望也给打碎了，他们见了军队什么话也不说，对我们的问话，就只一味摇头。找人抬担架，一个年轻人都没有，全是些老头子老太婆，你不得不用枪托子来逼他们工作。一入夜，恐怖包围了我们，风声、狼嗥，都叫人浑身打颤。我们从来没有放过单人哨，至少两个，往往是三四个。就这样，还说不定子弹从什么地方飞进脑袋……

几个月来我生了虱子，遍身爬，睡觉没敢脱过衣服，更不敢梦想洗澡。而且我瘦了，怎么能不瘦!？一天两顿高粱米，有时连这种东西都吃不上，逼得我们只好到老百姓家里搜，这样或许不大好吧！但有什么办法？有次抓了个人带路，结果，几乎给"土匪"全部消灭。他们对那些"土匪"似乎比对我们还要好些。

我悲观了！你不能不悲观。全连一百八十四人，而今不到一半。疾病是这样可怕的流行，不死在战场上，就得死在病魔手里。长官们哪里知道这些，他们住大洋房，吃西餐，跳舞厅闹到天亮。口口声声说与士卒同甘苦，甘的全叫他们占了，光剩下苦的。

昨天又枪毙了两个逃兵，似乎这也失掉了效力，人们的心都朝着家乡，无论什么都禁不住他们了。他们甚至于相信了"土匪"的宣传，而把长官的训话丢到脑后，这是可怕的，却像疾病一样，传染着，扩大着。

原来总以为"土匪"，一吓就跑的，可是，世界上哪有这样的"土匪"！他们不但有机关枪，而且有大炮；穿的是黄呢子军装，一个一个就像小牛犊那样强壮。看看人家的炮手，一下，两下，把我们的重机枪阵地翻了过来。我们成天放炮，掀起大片的灰尘和黑烟，可是谁也不知道打中没有。这些饭桶，还自夸，是老兵宿将呢。

提起秀水河子，叫人胆战心寒，死人不知有多少，曹淮斌就在那里"壮烈"了。乱七八糟，连死带活埋在一个大坑里，看着这种下场，我不禁流了眼泪。

每天，我只有一个思想！能不能活着回去？太可怕了，我恨透了这种毫无意义的战争。抗战胜利了，还要流血，过这样倒霉的日子。……

(《晋察冀日报》1946 年 6 月 28 日，《副刊》第 33 期)

家　属

方□若

火车驶进站，速度放缓，汽笛尖叫。

乘客们拥下车，顺着月台的走廊，成一行地走出车站。

经常地，只要火车一到，我们就拥到站台的木□外看热闹（火车到时正是游戏时间），间或用目光搜寻旅客中有无自己的家属。最近从冀中平原上来看自己子弟的家属很多，从连队到团部都忙着欢迎、招待、慰问，这种亲人久别重逢的场面是非常动人的。有时事情过很久，故事还挂在人们的嘴头上，如：七班王德有天放门卫，来个老汉问："同志，这是连部吗？"王德领他到连部，才认出老汉是自己的父亲。朱玉民的老婆来看她男人，带着小孩，男人离家时，小孩才一岁，如今已是九岁了，有人告给小孩穿军衣的红脸兵是他爸爸。但小孩分不清，见了穿军衣的就叫爸爸，逗得战士们大笑。还有如：三班长李光红出差回来，他母亲已在连部等了两天，不管连长、指导员如何安慰，老太婆总是不高兴。见到儿子后，头一句就嚷："跟我走，咱家驴圈也比这宽敞……"儿子却冒火了："妈，咱是革命呀，又没请你老人家来。"一扭身出去了。老太婆气极了，就在连部拍着桌子嚷起来："好孽畜呀，老娘从小一口奶一口饭养大你，口嚼着还怕牙挂着，翅膀硬了就不认娘啦……"晚上，指导员劝说李光红和母亲住一起，三天后，老太婆态度转变，有说有笑，见了战士就用母亲的声音说："把棉袄拿来让我缝补缝补，绥远地方不比咱家，桃花落了，还离不开棉衣。"晚上老人一面费劲地穿针线，一面和战士絮聒，没几天全连的棉衣都缝补好了。她只有李光红一个儿子，自从离家打日本，八九年来没音没信，可把心都想焦了。这次听到儿子音信,不顾自己的年龄和路远,赶了来,指望叫回儿子,娶房媳妇,该抱抱孙儿了,却没料到儿子还是那股"牛"性子,但是终于儿子把母亲□服了。母亲带着骄傲,倾听战士们叙述儿子的勇敢和机智。在军中住了半个月,当返家时,老人再三嘱咐连长、指导员:"反动派心不死,世事还不平静,孩子一时难回家,反正在八路军里坏不了,我也放心,可是总得你们好生教管着……"

每次,只要战士们一谈到母亲,就难抑温暖的微笑,并希望更多地尝到这种愉快。只要有家属来,不论是晋西北或河北的,大家都非常愉快,并探问自己家乡情形:"你是大玉庄的吗?咱村紧挨着,知道我爹张兰亭吗?""咱村离国民党区域那么近,可要提防狗日们抢麦呀!"接到家信或听到一些音讯后,大家更高兴了:"哈,王青山,你老婆当了劳动英雄,可要进步呀!""才离家五六年,咱那顽固大伯也开明啦,当选了村长哩。"

★★★★★

晚点名后,机掷班长冯二海的哥哥来了,他哥哥叫冯大海,高大,宽臂,脸色黑红,头上罩块白手巾,却穿着军衣。原来当他过了平汉路后,一个政府同志和他商量:"有个复员军人家在国民党地区,便衣一时领不到,你反正往老解放区去,把便衣换给他吧!"军衣已稍破旧,但他还是无犹豫地对换了。他坐在连部,像在家中一样自由地和连长谈话,大声发笑。弟弟离家时才  四岁,而二海记忆中的哥哥也只有十七岁,农闲时参加村里唱戏,好饰张飞李逵一类的角色。不久弟弟参加了八路军,哥哥先是自卫队员,后来是民兵中队长,二人都打了八年仗。见面时,还是冯大海从弟弟左额的伤疤上认出的(那是小时游戏在碌轴上的碰伤),倔强的哥哥忍不住滴了几滴泪,弟弟却坦然,把大盘子机枪倚在怀里,闪着发亮的眼睛,热情地问询家中的情形。

战士们对冯大海没有一点家属的感觉，但却又用惊奇的眼光看他。第二天，这位家属按号声起床，参加战士们的早操、投弹，战士们开始新奇地发笑，但一见他手榴弹投得五十来米远，就肃然了。晚上战士们开班务会讨论时事，这位家属也参加，并发表意见，和战士们争执辩论。

在讨论会上，冯二海当着哥哥面，发言有些羞涩，并因大家看重哥哥而喜悦，而哥哥却用全新的眼光看弟弟。离家前，二海是个体弱、好哭，有着执拗性格的小孩，直到十来岁还尿炕，想不到已长得这样壮实高大了，幼年的影子已难认。那天他见他扛着那挺大盘子机枪（这是善于地道战和地雷战的哥哥从未见过的）而新奇发问，二海说："这是苏联造的，叫道格列夫式，苏联送给中国打日本，国民党却用来打咱们。去年自卫战中得的，可好使呢，天气再冷，别的机枪失效，只有它打得叫，像一阵风似的。"另一个战士告诉他："过去二海使的一挺烂捷克（机枪）不知打死多少鬼子，现在有了这挺，打仗越发有把握了，就是大屁股子弹缺！"（苏联式机枪子弹底座大，战士们浑称此名）。当弟弟在扳弄机枪时，大海用心看着，记住特性，心里盘算："看看究竟是怎么鼓捣的，有机会得到一挺也不致抓瞎！"他想起从家起身时，国民党军正准备抢麦子，民兵们开了会，坚决保卫麦收。

军队练兵学习很紧张，冯大海虽然感到一种全新的快乐，但报上登着国民党军队进攻冀中的消息，使他惦记着家、惦记着金黄的麦子和民兵同志们。谢绝大家对他亲切的挽留，开过一切欢送会，他抓住弟弟的手，说："刚来时我怕引起你闹情绪，没告诉你，咱爹在四一年五月'大扫荡'时病死了，妈因不知你音讯，想起你就念叨，这回要来叫你挂个假回家看看，我看军队里工作忙，离不开，和平又没巩固，往后再说吧。妈虽说上了年纪，身体还硬朗，家中万事有我、有政府,你也不要费心,安心干革命吧……"

看见弟弟眼里纯洁的执拗自信的光亮,他才松开手,弯腰去提简单的行李。

一九四六年六月一日于丰镇

(《晋察冀日报》1946年6月29日,《副刊》第34期)

杂感二题

"主权"注解

在国民党反动派的字典里一切都有个不同的解释。随手举个例子吧。

什么叫"维护主权"呢？在这本特殊的字典里注云："维护主权者，一面把本国权益让给外国，一面驱策大军，惨杀中国同胞之谓也。"不信的话，可以看看这几个事实：

1. 外国军队长期驻华，不叫"丧失主权"。
2. 内河任意让外国舰船航行，不叫丧失"主权"。
3. 中国领海让日本人获得捕鱼权，不叫丧失"主权"。

这些不但不叫丧失"主权"，而且是保持"主权"完整哩。但是，中国人民在中国的土地上建立起民主政权，却成为"主权"问题，不惜调兵遣将，大举进攻，把刚刚苏生的东北，又闹得战火绵延、民生涂炭。而更奇怪的是：在最近南京谈判里，国民党竟主张马歇尔对中国问题有最后决定权，堂堂"主权完整"的国家，外国人却成为决定一切的"太上皇"了！好一个"维护主权"的政府！好一个"主权完整"的国家！

赞曰："马歇尔捧成太上皇，美国兵驻在中国领土上，什么叫主权完整，就是专制独裁打内仗！"（疏明）

事出有因

当美国前驻华大使赫尔利因厉行反动的对华政策，而被中美人民轰下台以后，素有威望的马歇尔将军以杜鲁门总统特使的资格，衔命来华，人们对他的期望曾是很殷很大的。马寅初先生元旦撰文提到他这位"本家"时，更曾谓短期内的中国局势，将唯"马首是瞻"。马帅之重要，由此可知。而政协之召开、停战命令之颁发、整军方案之公布……的确也多少证明了这一点。

然而，自马帅第二次来华后，美军帮助国民党运兵愈忙，拨给国民党的武器也愈多，而国民党反动派打内战也愈带劲，等等这些，据各方报道，似乎马帅都已知道，然则为何竟一至于此？

中国古语有云"既往不咎"，又曰"悬崖勒马"，想起赫尔利，我们不能不以此贡献于杜总统和马特使。

记得去年日本投降两月以后，有人问一个日本青年对此作何感想，那青年曾谓："日本诚然败了，并且是在一个美国将军的控制之下；但是中国之所谓'胜了'似乎也并不比日本的败了高明，国民政府之上还有政府，蒋主席之上，还有主席。"那位熟人当时并不全以为然，但适见报载国民党当局竟向中共建议马歇尔将军对中国问题有最后决定之权（周恩来将军已直率地拒绝了），我想那位熟人如果看到了这消息，到此总该了悟那日本青年所云是"事出有因"了吧。

于此我不得不佩服老舍先生解释"惨胜"之妙，何以见得，有言为证："阿Q是画了一个圆圈死去的，现在收复了东北，台湾，这些广大地区，只不过是阿Q的圆圈画得更大一点而已。"（克平）

（《晋察冀日报》1946年6月29日，《副刊》第34期）

保卫既得利益

——平北昌平纪行之一

羽山

踏进昌平县境不远，我便发现了一种不平凡的事情。在休息的村里和途中曾经碰见了几位农民青年，他们都那么不平常地喜欢着武器。在一个小村庄休息的功夫，一个青年拿来四颗水连珠子弹，一定要和我同道的两位战士换七九子弹；战士们怕回队后受批评，婉言拒绝了他，他却摸咕了整半点钟："同志，换给咱们吧！咱村四条枪全是七九的，你们有水连珠枪能使这枪子了。""吓！同志！不拿子弹换，向你们要也得一人给两颗啊！"在别村我也见过这种事情，而且听民兵们说：曾经有个青年民兵，他从一位八路军团长手里要去过十几发子弹。

在道上的一个泉水旁，我碰见另一个青年，他屁股下边坐着大约有十多斤的麻□，他招呼我和他一起休息，随便扯起来。他是一个复员军人，住在靠近县城的村里，本来想回家成家立业呢！谁知道回去不久，反动派的军队占了离他家五里的村子；复员时拨给他的粮食也在那村子里，这下算拿不到手了。自从三里外的村子住上"国军"，特务便一天两头来抓他，他们刚组织起民兵小队，顽军又开始向村子进攻。家里生活困难，他和区长商量了一下，趁这空儿到沙城贩了一趟麻，他对我说：这次回去，无论如何要把村民兵小队组织起来，保卫家乡。实在说，老百姓被反动派的军队逼迫得不能再忍受了，他们不能不想法起来自卫。

日寇统治时，对这地方的统治是采取着怀柔政策的，所以胜利前这儿就没有民兵。胜利后，这儿被八路军解放了，普遍展开了对汉奸恶霸的清算复仇与减租增资的斗争。广大群众得到利益，而被斗争清算的家伙们却跑到未被缴枪的伪军和"国军"怀抱里去。这时华北各地"收复区"正在闹着敌伪顽合流的时候，这些汉奸恶霸，八年来为非作恶，鱼肉乡民，跑到"国军"那儿却得到了保护。并且"国军"和已被编为"国军"的伪军不断向解放区进攻，到村里捕捉干部为这些汉奸恶霸"报仇"；把他们也组成一支队伍叫："好人队"。这样昌平解放区的不少群众，曾经受过"国军"的枪杀、抓捕，被占去的村子还硬逼着加倍地偿还给被清算过的"好人队"们。群众好容易熬过了几十年，今天刚翻了身又碰上这样的钉子，于是在为了保护自己既得利益的鼓舞下，农民们自觉自愿地组织起来了。

　　这儿我想来谈出几个具体的事实：今年一月二日，昌平二区老君堂曾被顽军五十余突击包围，带顽军来的是本村大坏蛋，曾当敌人大乡长的张维昆，解放后，他被全村清算便跑到顽军的据点里去了。此次他带来顽军是想抓捕和他清算的干部、积极群众，未来前他答应顽军打一颗子弹给一千元，一颗手榴弹一千五，打轻伤一个就十万，别的情形钱更多。他知道当时那里没住队伍，以为不响一枪便可达到他的愿望。结果他和顽军刚从村外的山上一露头就被村里发觉了，老君堂的四个民兵还没有枪，就用三十多颗手榴弹打垮了顽军。顽军伤亡九名，回去后张维昆掏了一百多万还被抱怨了一顿。此外，去年十一月伪军门致中的九路军一个营，企图歼灭小汤山的八路军，结果被民兵事先发觉打了一阵，八路军趁此时机部署就绪，敌人一个营只剩下五十多人跑回去了。另一次民兵炸毁了平绥线上一座违约新修起的炮楼，顽军吓破了胆说："幸亏还没住上，晚一天咱们就坐飞机了！"今年一月龙母庄与何营的顽伪军六七十人，带着"好人队"进攻华山边的香堂村，想接出"好人队"的家眷，抓捕村里干部，被香堂民兵打退。阴历初二顽军八十余人又来了一次进攻，香堂民兵以地雷和大枪结合，炸死顽军八个，伤十二个，一挺机枪被炸碎了。香堂的民兵打出名了，鼓舞了全县民兵更积极起来保卫自己既得的利益。

　　一月十三日停战令后，顽伪军仍不断进攻昌平地区，大小进犯竟达八九十次之多。四月上旬在东水峪一区大队长受伤牺牲，老君堂游击小队长牺牲，中队长和一个民兵被俘，三支枪被顽伪军夺去。一月二十七日，顽军在悼陵监杀死一区一个干部，俘去一个干部。四月下旬顽军纠合南口、旧县、昌平城二千多人进攻十三陵，泰陵园民兵和一股六七百敌人打了一个半钟头，全二区三百多民兵（远的二三十里）都赶来助战，八路军一个连同民兵与二千多敌人打了四五个钟头，顽伪军死伤四十余，一个连长打死，一个连长受伤，但他们在永陵、德陵抢走了老百姓许多东西。

五月份上半月，四区民兵全部去前后蔺沟掩护群众种上了庄稼，这之前高丽营（距蔺沟八里）的顽军带着"好人队"常到村抓人，晚上老百姓不敢在村里睡觉，几个妇女生孩子都是在野地里生的。群众无法种地，乃要求区里想法，民兵用地雷封锁了高丽营，抓了到村活动的特务，七八天群众在村里尽作好饭给他们吃。而香堂的民兵从一月到四月，拨工生产种上了自己的地，还给人包工挣了卅多石玉茭子，其方法是游击小队自由分为三班，每天一班出一个人放警戒，做活由大家公评谁当紧先给谁干，放警戒民兵的活由班里人代做。泰城、阿苏卫、大汤山都有这种劳武结合的形式，大辛峰民兵中队长、指导员、小队长均为长工，但队员们自动帮其做活，使之能很好领导游击小队。

停战协定以后，顽伪军每次向昌平和平北解放区进攻，都由被广大群众清算斗争过的伪保长、乡长等组织的"好人队"带着，顽伪军到村便大量地抢劫抓捕，虐杀村区干部和群众，因而昌平的民兵便在这样逼迫下组织起来，成长壮大起来。今年以来配合部队自卫作战二十多次，单独自卫作战达三十五次，伤亡顽伪八十八名，今天他们正在积极组织保卫麦收。

一九四六年六月十三日昌平

（《晋察冀日报》1946年6月30日）

也算杂感

夏园

六月二十六日，报载："日共领袖德田球一首次发表演说"的时候，"某些反动议员跑上讲坛企图制止德田演说……"后来德田开始讲话，"反动派议员不断怪声叫嚷，竭力扰乱会场……"。

次日报上连续报道这些反动议员互相咒骂，互相扭打，"币原出面请客，要求他们共同合作，支持议会通过反动宪法……"。

★★★★★

我读了这些新闻，真是啼笑皆非，不知如何是好。但是冷静一想，你骂我"蠢货"我骂你"混蛋"的骂街会议，岂止日本，各国反动诸派，都会表演。即以我们贵国而论，几中全会，不是就有某某要人攻击某某要人的杰作吗？攻击的形式尽管不同，决不会越出"我日你娘！""日他祖宗！"的范围。所差的是没有互相揪住辫子比赛脑盖的硬度，这是凭着"大座"一道手谕的效果，于是上下脉络一贯，政协决议撕得粉碎！

接着便是发动全国西式人马，直奔万里长城以北的平原蹦蹦跳跳杀气腾腾而去。

★★★★★

中日两国政府，相亲相爱的历史，远自奉送东北以前便已开始。人民八年英勇抗战期间，他们也是不断陈仓暗度，互通心曲。两国当道首脑，思想逻辑早趋一致，只是扭扭捏捏，不太公开，世人多不明了真相。即以两国培养其私生子特务人才而论，内容形式，什么地方不同？

怪声叫嚷，捣乱会场等等，早在重庆、北平各地演之又演，同胞兄弟姊妹也都司空见惯，不以为奇。而且中国政府豢养的特务，成绩远在东洋之上，你们没有听说鸡蛋同石头像雨一样的精彩情况吗？日本反动议员诸公在这一点没有模仿中国特务贤能的技巧，这可以说：日本法西分子未免也太落伍了！

★★★★★

日本反动分子所以不飞鸡蛋，也许是因为客观条件不足——物质缺乏，鸡蛋太少。至于石块，日本本是有的，所以不用，是因为祖传的摔跤尚未遗失，谓之"武士道传统精神"。将来，中国政府计划大量向日输送鸡蛋；钢铁早已动运，区区鸡蛋，当然不成问题。

鸡蛋输日，摔跤来华，取长补短，各尽所能，从今以后，特务课目，又多一门。

然而人民的巨大铁锤早已挂在高空等着这批妖怪，广大人民群众的团结呼声一起，便是妖魔鬼怪寿终正寝的末日。

（《晋察冀日报》1946 年 6 月 30 日，《副刊》第 35 期）